KB149750

孟子

漢文 文法의 構造 分析

安炳國 著

에피스테메
EPISTEME

맹자 한문 문법의 구조 분석
孟子 漢文 文法의 構造 分析

초판 1쇄 펴낸날 / 2018년 8월 30일
초판 4쇄 펴낸날 / 2024년 4월 1일

지은이 | 안병국
발행인 | 고성환
발행처 | (사)한국방송통신대학교출판문화원
　　　　03088 서울특별시 종로구 이화장길 54
　　　　대표전화 1644-1232
　　　　팩스 02-741-4570
　　　　홈페이지 http://press.knou.ac.kr
　　　　출판등록 1982년 6월 7일 제1-491호

출판위원장 | 박지호
편집 | 마윤희 · 이민
본문 디자인 | 북방시스템
표지 디자인 | 크레카

ⓒ 안병국, 2018
ISBN 978-89-20-03054-3 93820

값 25,000원

이 도서의 국립중앙도서관 출판예정도서목록(CIP)은 서지정보유통지원시스템 홈페이지(http://seoji.nl.go.kr)와
국가자료공동목록시스템(http://www.nl.go.kr/kolisnet)에서 이용하실 수 있습니다.(CIP제어번호: CIP2018024499)

한문은 한자의 多義性으로 인해 해석하기 어렵다. 문장에 따라 다양한 해석이 가능하기 때문에 무엇보다도 多讀과 오랜 기간에 걸친 학습을 통한 문장 독해 능력이 중시된다. 따라서 전통적으로 한문 학습은 우리 선조들의 서당식 교육 방식을 답습해 왔다. 이러한 훈장식 학습은 문장을 이해하고 대의를 파악하는 데에는 도움이 되지만 수동적이면서 주입식 교육이라는 한계가 있다.

한문 문법은 한문을 무작정 외우거나 두루뭉술하게 해석하고 넘어가는 문제를 해결해 줄 수 있다. 한문도 다른 언어와 마찬가지로 체계적인 문장구조와 문법을 갖추고 있는데, 다만 이러한 문법이 있다는 사실을 모르고 있었을 뿐이다. 한문을 문법적으로 해석하고 배우게 되면 일단 한문에 흥미를 느낄 수 있다. 한문은 무조건 읽고 외워야 한다는 고정관념에서 벗어나 학습자가 보다 능동적으로 학습하고자 하는 동기가 생겨나게 된다.

한문을 문법적으로 접근하게 되면 단순히 읽고 해석하는 것에 그치지 않고 문장을 분석하게 됨으로써 다른 문장을 공부할 때 혼자서 해석할 수 있는 자신감이 생겨난다. 그리고 한문을 문법적인 구조 분석을 통해 이해하게 되면 번역되어 있는 수많은 한문 관련 고전의 오류들을 혼자 힘으로 짚어 볼 수 있다.

한문 문법 공부는 중국어 학습에도 많은 도움이 된다. 중국어를 올바르게 이해하기 위해서는 한문 학습이 선행되어야 한다. 한문은 고대한어로서 고대인들의 말과 언어를 기록한 것으로 현대한어인 중국어의 원류이자 모체가 된다. 현대한어의 문장구조와 문법은 고대한어인 한문의 문장구조나 문법에서 비롯된 것이다. 따라서 한문 문법을 학습하면 현대한어를 보다 쉽고 재미있게 익힐 수 있다.

필자가 한문 문법에 관심을 가지고 공부한 지 십여 년이 되었다. 학부 과정에 초급한문과 중급한문 과목이 있어 강의 중에 효과적인 학습방법을 고민하던 중 자연스럽게 문법에 관심을 가지게 되었다.

『맹자』는 고대의 문화, 역사, 철학이 총망라된 중국 고전 필독서라고 할 수 있다. 아울러 『맹자』는 중국 고대 문장 가운데 가장 표준적인 문장 체계를 갖추고 있어 한문 학습에도 많은 도움이 되는 책이다. 필자는 『맹자』의 문장을 좋아하여 수십 번 강독하였고, 틈날 때마다 대학원생들과 『맹자』를 읽고 토론하고 있다.

이 책은 필자가 십여 년간 『맹자』를 강독하고 강의하고 토론하는 과정에서 정리한 자료들을 모은 것이다. 『맹자』의 문장을 문법적으로 체계화하고 문장구조를 분석하는 것이 분명 한계가 있지만 문법적으로 표준화하려고 노력하였다. 한문 문법을 학습하면 문장구조에 따라 완전히 다른 해석이 가능함을 알게 될 것이다.

이 책이 나오기까지 많은 분의 도움이 있었다. 우선 보잘것없는 원고를 기꺼이 출판해 준 방송대출판문화원에 감사의 마음을 전한다. 아울러 방송대 중문과 여러 교수들과 대학원 청람고전반과 맹자반 동학들에게도 많은 도움을 받았다. 마지막으로 무한대학에 체류하면서 원고를 탈고하는 동안 따뜻하게 보살펴 준 정재남 원우와 무한대학 어학연수단 동학들, 중어중문학과 31대 학생회 이양섭 회장과 임원들에게도 깊은 감사의 마음을 전한다.

2018년 3월 무한대학에서

일러두기

1. 이 책은 필자가 1998년에 출판한 『古代漢語 語法의 基礎』를 저본으로 하여 이후 15년 이상의 교학과 연구를 통해 기존의 한문 문법과 문장 구조를 종합 정리한 것이다. 다만 이 책에서 인용한 예문은 『孟子』에 나오는 문장으로 한정하였다. 『孟子』가 중국 고대 문장 가운데 가장 표준적인 문법과 문장구조를 보여 주고 있어 한문 학습에 효과적이며 도움이 될 것이라고 판단하였다.

2. 이 책은 四書 가운데 『孟子』를 대상으로 하여 한문 문법을 설명하고 아울러 문장구조를 분석하였다. 그리고 원문의 번역은 原義에 충실하면서도 일부 난해한 문장은 과감하게 意譯을 하였다. 이 책은 『孟子』의 원문을 인용하면서 각 편의 명칭을 편의상 다음과 같이 약칭하고, 각 편에서 나누어진 장은 숫자로 표시한다.

- 梁惠王章句 上 1章 → 梁上 1
- 梁惠王章句 下 1章 → 梁下 1
- 公孫丑章句 上 1章 → 公上 1
- 公孫丑章句 下 1章 → 公下 1
- 滕文公章句 上 1章 → 滕上 1
- 滕文公章句 下 1章 → 滕下 1
- 離婁章句 上 1章 → 離上 1
- 離婁章句 下 1章 → 離下 1
- 萬章章句 上 1章 → 萬上 1
- 萬章章句 下 1章 → 萬下 1
- 告子章句 上 1章 → 告上 1
- 告子章句 下 1章 → 告下 1
- 盡心章句 上 1章 → 盡上 1
- 盡心章句 下 1章 → 盡下 1

3. 이 책은 크게 3부로 구성되어 있다. 제1부에서는 한문의 문장구조에 대해 설명하였고, 제2부에서는 한문 품사 가운데 실사에 대해서, 제3부에서는 허사에 대해 설명하였다. 제1부에서는 주어, 술어, 목적어, 보어, 개사구조에 대해 다루었다. 제2부와 제3부는 품사의 전통 분류

방식에 따라 실사와 허사로 나누어 다루었다.

이 책은 명사, 대사, 수사, 양사, 형용사는 실사에, 동사, 부사, 접속사, 개사, 어기사, 조사는 허사에 포함시켰다. 이 가운데 부사의 虛實 문제는 과거 전통적인 품사 분류 방식 가운데 쟁점이 되어 왔다. 학자에 따라 실사와 허사의 개념, 그 하위 품사 분류의 기준에 대해서도 의견차가 상존하였다. 실사는 실제적인 의미를 지니고 단독으로 문장 성분이 될 수 있는 경우를 말한다. 따라서 부사가 비록 실제적인 의미를 지니고는 있지만 연접부사나 어기부사와 같이 단독으로 문장 성분이 될 수 없는 경우가 있어 여기서는 허사로 편입하였다. 이 책은 또한 중국의 과거 문법서가 조사를 구조조사, 어기조사, 어음조사로 세분한 방식을 따르지 않고 조사의 한 부류에 귀속시켜 다루었다.

이 책에 사용된 문법 용어는 1991년 『중국언어연구』에 소개된 '중국어 문법 용어 통일 시안'을 참고하여 다음과 같이 정리하였다.

문장구조: 句 → 문장, 詞組 → 구, 詞 → 단어, 結構 → 구조,
　　　　　 謂語 → 술어, 賓語 → 목적어, 補語 → 보어,
　　　　　 介詞結構 → 개사구조, 狀語 → 부사어, 定語 → 관형어

품사: 　　名詞 → 명사, 代詞 → 대사, 數詞 → 수사,
　　　　　 量詞 → 양사, 形容詞 → 형용사, 動詞 → 동사,
　　　　　 副詞 → 부사, 連詞 → 접속사, 介詞 → 개사,
　　　　　 語氣詞 → 어기사, 助詞 → 조사

차 례

第 2 部　　**實詞**

第 3 部   虛詞

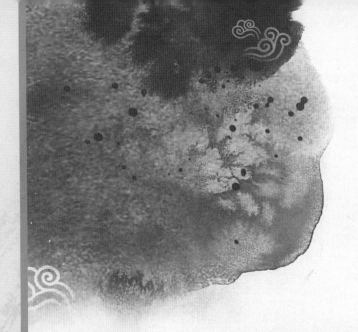

第1部
文章構造

한문에서 최소의 표현단위는 단어(한자)이고, 이 한자가 결합하여 구를 이루며, 다시 한자와 구가 결합하여 문장을 이룬다. 이처럼 한자와 구는 문장의 성분이 되어 일정한 기능을 하여 문장구조를 이루게 된다.

① 主語

문장에서 어떤 동작이나 상태의 주체가 되며 문장구조에서 가장 중요한 성분이다.

1) 명사(명사구)와 대사의 주어 용법

일반적으로 명사(명사구)나 대사가 주어가 되는 경우가 가장 많다.

> 주어(명사, 명사구, 대사) + 술어 + 목적어

詩曰 天生蒸民, 有物有則. 〈告上 6〉

(시경에 이르기를 '하늘이 여러 백성을 내시니, 사물이 있으면 법이 있다' 라고 하였다.)

본문은 '天(주어) + 生(술어) + 蒸民(목적어)'의 구조로서 명사 '天'이 문장의 주어가 된다.

學問之道, 無他, 求其放心而已矣. 〈告上 11〉

(학문하는 길은 다른 것이 없으니, 그 잃어버린 마음을 찾는 것일 뿐이다.)

본문은 '學問之道(주어) + 無(술어) + 他(목적어)'의 구조로서 명사구 '學問之道'가 문장의 주어가 된다.

> **然則子非食志也, 食功也.** 〈滕下 4〉
>
> (그런즉 그대는 사람의 뜻에 따라 먹이는 것이 아니라 공적에 따라 밥을 먹이는 것이다.)

　본문은 '然則(접속사) + 子(주어) + 非 + 食(술어) + 志(목적어) + 也'의 구조로서 대사 '子'가 문장의 주어가 된다.

2) 형용사의 주어 용법

　형용사는 원래 술어가 되어 동작이나 상태를 묘사하지만 경우에 따라서는 주어가 되어 명사의 역할을 한다.

```
주어(형용사) + 술어 + 목적어
```

> **富貴不能淫, 貧賤不能移, 威武不能屈.** 〈滕下 2〉
>
> (부귀가 마음을 방탕하게 하지 못하며, 빈천이 절개를 옮기지 못하며, 위력과 힘이 지조를 굽히지 못한다.)

　본문은 '富貴(주어) + 不 + 能(조동사) + 淫(술어), 貧賤(주어) + 不 + 能(조동사) + 移(술어), 威武(주어) + 不 + 能(조동사) + 屈(술어)'의 구조로서 형용사 '富貴', '貧賤', '威武'가 문장의 주어가 된다.

> **然則小固不可以敵大, 寡固不可以敵衆.** 〈梁上 7〉
>
> (그런즉 작은 나라는 진실로 큰 나라를 대적할 수 없으며, 적은 사람은 진실로 많은 사람을 대적할 수 없다.)

　본문은 '然則(접속사) + 小(주어) + 固(부사어) + 不 + 可以(조동사) + 敵(술어) + 大(목적어), 寡(주어) + 固(부사어) + 不 + 可以(조동사) + 敵(술

어) + 衆(목적어)'의 구조로서 형용사 '小', '寡'이 문장의 주어가 된다.

3) 동사(구)의 주어 용법

　동사나 동사구는 원래 문장구조에서 술어가 되지만 경우에 따라서는 주어가 되어 명사의 역할을 한다.

> 주어(동사, 동사구) + 술어 + 목적어

人悅之, 好色, 富貴無足以解憂.　　　　　〈萬上 1〉

(사람들이 좋아함과 호색과 부귀를 누리는 것이 충분히 근심을 풀 수 없다.)

　본문은 '人悅之, 好色, 富貴(주어) + 無 + 足以(조동사) + 解(술어) + 憂(목적어)'의 구조로서 세 개의 동사구가 문장의 주어가 된다.

位卑而言高, 罪也.　　　　　〈萬下 5〉

(지위가 낮으면서 말을 높게 하는 것이 죄이다.)

　본문은 '位卑而言高(주어) + 罪(술어) + 也'의 구조로서 동사구가 문장의 주어가 된다.

一遊一豫, 爲諸侯度.　　　　　〈梁下 4〉

(한 번 유람하고 한 번 행락을 떠나는 것이 제후들의 법도가 된다.)

　본문은 '一遊一豫(주어) + 爲(술어) + 諸侯度(목적어)'의 구조로서 동사구가 문장의 주어가 된다.

> **行或使之, 止或尼之.** 〈梁下 16〉
>
> (가는 것은 아마 시킨 것이고 멈추는 것도 아마 붙잡는 것이다.)

　본문은 '行(주어) + 或(부사어) + 使(술어) + 之(목적어), 止(주어) + 或(부사어) + 尼(술어) + 之(목적어)'의 구조로서 동사 '行'과 '止'가 문장의 주어가 된다.

> **歸, 潔其身而已矣.** 〈萬上 7〉
>
> (귀결은 그 몸을 깨끗하게 하는 것일 뿐이다.)

　본문은 '歸(주어) + 潔(술어) + 其身(목적어) + 而已矣(구말어기사)'의 구조로서 동사 '歸'가 문장의 주어가 된다.

4) 술목구조의 주어 용법

　주어가 명사(명사구)나 대사가 아니라 술어와 목적어가 연결하여 문장의 주어가 된다.

> 주어(술어 + 목적어) + 술어 + 목적어(개사구조)

> **好善優於天下, 而況魯國乎?** 〈告下 13〉
>
> (선을 좋아함이 천하를 다스리기에 충분한데, 하물며 노나라에 있어서랴?)

　본문은 '好善(주어) + 優(술어) + 於(개사) + 天下(개사목적어)'의 구조로서 술목구조 '好善'이 문장의 주어가 된다.

> 從其大體爲大人, 從其小體爲小人. 　〈告上 15〉
>
> (그 마음을 따르는 사람은 대인이 되고, 그 육체를 따르는 사람은 소인이
> 된다.)

본문은 '從其大體(주어) + 爲(술어) + 大人(목적어), 從其小體(주어) + 爲(술어) + 小人(목적어)'의 구조로서 술목구조 '從其大體'와 '從其小體'가 각각 문장의 주어가 된다.

5) 주술구조의 주어 용법

주어와 술어가 연결하여 문장의 주어가 된다.

> 주어(주어 + 술어) + 술어 + 목적어(개사구조)

> 里仁爲美, 澤不處仁, 焉得智? 　〈公上 7〉
>
> (마을이 인후한 것이 아름다우니, 택할 곳을 가리되 인에 거하지 않는다면
> 어찌 지혜로울 수 있겠는가?)

본문은 '里仁(주어) + 爲(술어) + 美(목적어)'의 구조로서 주술구조 '里仁'이 문장의 주어가 된다.

> 天下溺援之以道, 嫂溺援之以手. 　〈離上 17〉
>
> (천하가 도탄에 빠지는 것은 도로써 구원하고, 형수가 물에 빠지는 것은
> 손으로써 구원한다.)

본문은 '天下溺(주어) + 援(술어) + 之(목적어) + 以(개사) + 道(개사목적어), 嫂溺(주어) + 援(술어) + 之(목적어) + 以(개사) + 手(개사목적어)'의 구조로서 주술구조 '天下溺'과 '嫂溺'이 각각 문장의 주어가 된다.

6) '者' 명사구의 주어 용법

조사 '者'는 단독으로 사용하지 못하고 반드시 다른 단어나 구와 연결하여 명사구가 되어 문장의 주어가 된다.

주어(동사구 + 者) + 술어 + 목적어

且夫枉尺而直尋者, 以利言也. 〈滕下 1〉
(대저 한 자를 굽혀서 한 길을 편다는 것은 이로써 말한 것이다.)

본문은 '且夫(어기사) + 枉尺而直尋者(주어) + 以(개사) + 利(개사목적어) + 言(술어) + 也'의 구조로서 '者'가 두 개의 동사구를 연결하여 문장의 주어가 된다.

壯者散而之四方者, 幾千人矣. 〈公下 4〉
(젊은이들이 흩어져 사방으로 가는 자가 거의 천 명이 된다.)

본문은 '壯者散而之四方者(주어) + 幾千人(술어) + 矣'의 구조로서 '者'가 두 개의 동사구와 연결하여 문장의 주어가 된다.

盡其道而死者, 正命也. 〈盡上 1〉
(그 도를 다하고 죽는 자는 올바른 천명을 받은 것이다.)

본문은 '盡其道而死者(주어) + 正命(술어) + 也'의 구조로서 '者'가 두 개의 동사구와 연결하여 문장의 주어가 된다.

> 莫之爲而爲者, 天也. 莫之致而至者, 命也. 〈萬上 6〉
>
> (그렇게 함이 없는데도 그렇게 되는 것이 하늘이다. 이르게 함이 없는데도 이르는 것이 천명이다.)

본문은 '莫之爲而爲者(주어) + 天(술어) + 也', '莫之致而至者(주어) + 命(술어) + 也'의 구조로서 '者'가 두 개의 동사구와 연결하여 각각 문장의 주어가 된다.

7) 접속사 연결의 주어 용법

두 개 이상의 명사나 대사가 연결하게 되면 접속사 '與'와 '及'을, 동사나 형용사가 연결하게 되면 '而'와 '且'를 써서 문장의 주어를 만들 수 있다.

주어(명사, 대사 + 與(及) + 명사, 대사) + 술어 + 목적어

주어(동사, 형용사 + 而(且) + 동사, 형용사) + 술어 + 목적어

> 下士與庶人在官者, 同祿.　　　　　　　　　　〈萬下 2〉
>
> (하사와 서인으로서 관직에 있는 자는 봉록이 같다.)

본문은 '下士與庶人在官者(주어) + 同(술어) + 祿(목적어)'의 구조이다. 이 경우 주어는 다시 '下士 + 與(접속사) + 庶人在官者'가 되어 문장의 주어가 된다.

> 鄒與魯鬨.　　　　　　　　　　　　　　　　〈梁下 12〉
>
> (추나라와 노나라가 서로 싸웠다.)

본문은 '鄒與魯(주어) + 鬨(술어)'의 구조이다. 이 경우 주어는 다시 '鄒 + 與(접속사) + 魯'가 되어 문장의 주어가 된다.

不爲者與不能者之形, 何以異? 〈梁上 7〉

(하지 않는 자와 불가능한 자의 형상이 어떻게 다릅니까?)

본문은 '不爲者與不能者之形(주어) + 何以(의문부사) + 異(술어)'의 구조이다. 이 경우 주어는 다시 '不爲者 + 與(접속사) + 不能者'가 되어 문장의 주어가 된다.

爲民上而不與民同樂者, 亦非也. 〈梁下 4〉

(백성의 윗자리에 있으면서 백성과 함께 즐기지 않는 사람도 역시 옳지 않다.)

본문은 '爲民上而不與民同樂者(주어) + 亦(부사어) + 非(술어) + 也'의 구조이다. 이 경우 주어는 다시 '爲民上 + 而(접속사) + 不與民同樂'이 되어 문장의 주어가 된다.

8) '之' 연결의 주어 용법

'之'가 주어와 술어 사이에서 주격조사가 되어 주어를 강조하여 다음 구에 소개하는 역할을 한다.

(1) '주어 + 之 + 술어'의 경우

(가) 단문의 경우

且王者之不作, 未有疏於此時者也. 〈公上 1〉

(또한 어진 왕이 나타나지 않음이 지금보다 더 드문 때도 없었다.)

본문은 '王者之不作(주어) + 未 + 有(술어) + 疏於此時者(목적어) + 也'의 구조이다. 이 경우 주어는 다시 '王者 + 之(조사) + 不 + 作'이 되어 '之' 구조가 단문에서 주어가 된다.

百姓之不見保, 爲不用恩焉. 故王之不王, 不爲也, 非不能也. 〈梁上 7〉

(백성들이 보호를 받지 못함은 은혜를 쓰지 않기 때문이다. 그러므로 왕께서 왕 노릇 하지 못함은 하지 않는 것이지 불가능한 것이 아니다.)

본문은 '百姓之不見保(주어) + 爲(접속사) + 不 + 用(술어) + 恩(목적어) + 焉', '故(접속사) + 王之不王(주어) + 不 + 爲(술어) + 也'의 구조이다. 이 경우 주어는 다시 '百姓 + 之(조사) + 不 + 見 + 保'와 '王 + 之(조사) + 不 + 王'이 되어 '之' 구조가 단문에서 주어가 된다.

其子之賢不肖, 皆天也. 〈萬上 6〉

(그 자식이 어질고 불초함은 모두 천운이다.)

본문은 '其子之賢不肖(주어) + 皆(부사어) + 天(술어) + 也'의 구조이다. 이 경우 주어는 다시 '其子 + 之(조사) + 賢不肖'가 되어 '之' 구조가 단문에서 주어가 된다.

天之所廢, 必若桀紂者也. 〈萬上 6〉

(하늘이 폐하는 바는 반드시 걸과 주와 같은 자이다.)

본문은 '天之所廢(주어) + 必(부사어) + 若(술어) + 桀紂者(목적어) + 也'의 구조이다. 이 경우 주어는 다시 '天 + 之(조사) + 所廢'가 되어 '之' 구조가 단문에서 주어가 된다.

> ### 孔子之去齊, 接淅而行. 〈萬下 1〉
> (공자께서 제나라를 떠날 때에 쌀을 건져 가지고 떠났다.)

　본문은 '孔子之去齊(주어) + 接淅而行(술어)'의 구조이다. 이 경우 주어는 다시 '孔子 + 之(조사) + 去齊'가 되어 '之' 구조가 단문에서 주어가 된다.

(나) 복문에서 목적어를 동반한 경우

> ### 前日不知虞之不肖, 使虞敦匠事. 〈公下 7〉
> (일전에 내가 어리석다는 것을 모르고 저더러 목수 일을 감독하게 하였다.)

　본문은 '前日(부사어) + 不 + 知(술어) + 虞之不肖(목적어)'의 구조이다. 이 경우 목적어는 다시 '虞(주어) + 之(조사) + 不 + 肖(술어)'가 되어 복문의 목적어가 된다.

(다) 복문에서 독립된 구를 동반한 경우

> ### 丹朱之不肖, 舜之子亦不肖. 舜之相堯, 禹之相舜也, 歷年多. 〈萬上 6〉
> (단주가 불초함에 순의 아들 역시 불초하였다. 순이 요를 도운 것과 우가 순을 도운 것은 지나온 햇수가 많다.)

　본문은 '丹朱(주어) + 之(조사) + 不 + 肖(술어), 舜之子(주어) + 亦(부사어) + 不 + 肖(술어). 舜(주어) + 之(조사) + 相(술어) + 堯(목적어), 禹(주어) + 之(조사) + 相(술어) + 舜(목적어) + 也'의 구조로서 '之' 구조가 각각 독립된 구에 사용하였다.

(2) '주어 + 之 + 술어 + 목적어'의 경우

(가) 단문에서 주어가 되는 경우

民之悅之, 猶解倒懸也.　　　　　　　　　〈公上 1〉

(백성들이 기뻐하는 것이 거꾸로 매달린 사람을 풀어 주는 것과 같을 것이다.)

　본문은 '民之悅之(주어) + 猶(술어) + 解倒懸(목적어) + 也'의 구조이다. 이 경우 주어는 다시 '民(주어) + 之(조사) + 悅(술어) + 之(목적어)'가 되어 단문에서 주어가 된다.

吾之不遇魯侯, 天也.　　　　　　　　　〈梁下 16〉

(내가 노나라 제후를 만나지 못한 것은 하늘의 뜻이다.)

　본문은 '吾之不遇魯侯(주어) + 天(술어) + 也'의 구조이다. 이 경우 주어는 다시 '吾(주어) + 之(조사) + 不 + 遇(술어) + 魯侯(목적어)'가 되어 단문에서 주어가 된다.

君子之不教子, 何也?　　　　　　　　　〈離上 18〉

(군자가 자식을 가르치지 않음은 어째서입니까?)

　본문은 '君子之不教子(주어) + 何(술어) + 也'의 구조이다. 이 경우 주어는 다시 '君子(주어) + 之(조사) + 不 + 教(술어) + 子(목적어)'가 되어 단문에서 주어가 된다.

周公之不有天下, 猶益之於夏, 伊尹之於殷也.

　　　　　　　　　　　　　　　　　　〈萬上 6〉

(주공이 천하를 소유하지 못함은 익이 하나라에 있어서와 이윤이 은나라에 있어서와 같다.)

본문은 '周公之不有天下(주어) + 猶(술어) + 益之於夏, 伊尹之於殷 (목적어) + 也'의 구조이다. 이 경우 주어는 다시 '周公(주어) + 之(조 사) + 不 + 有(술어) + 天下(목적어)'가 되어 단문에서 주어가 된다.

父母之不我愛, 於我何哉? 〈萬上 1〉
(부모가 나를 사랑하지 않음은 나에게 무엇인가?)

본문은 '父母之不我愛(주어) + 於(개사) + 我(개사목적어) + 何(술어) + 哉'의 구조이다. 이 경우 주어는 다시 '父母(주어) + 之(조사) + 不 + 我(목적어) + 愛(술어)'가 되어 단문에서 주어가 된다.

(나) 단문에서 목적어를 동반하는 경우

民之歸仁也, 猶水之就下, 獸之走壙也. 〈離上 9〉
(백성이 어진 자에게 돌아오는 것은 물이 아래로 흘러가고 짐승이 들판을 달리는 것과 같다.)

본문은 '民之歸仁也(주어) + 猶(술어) + 水之就下, 獸之走壙(목적 어) + 也'의 구조이다. 이 경우 목적어는 다시 '水(주어) + 之(조사) + 就(술어) + 下(목적어), 獸(주어) + 之(조사) + 走(술어) + 壙(목적어)'가 되 어 단문에서 목적어가 된다.

(다) 복문에서 주어가 되는 경우

君之視臣如手足, 則臣視君如腹心. 〈離下 3〉
(군주가 신하 보는 것을 수족과 같이 하면 신하가 군주 보기를 배와 심장 같이 여긴다.)

본문은 '君之視臣(주어) + 如(술어) + 手足(목적어)'의 구조이다. 이 경우 주어는 다시 '君(주어) + 之(조사) + 視(술어) + 臣(목적어)'가 되어 복문에서 주어가 된다.

(3) '주어 + 之 + 술어 + 也'의 경우

주어 다음에 조사 '之'가 구 중의 '也(與)'와 연결하기도 한다. 이 경우 주어를 다음 구에 소개하거나 강조하기 위해 잠시 휴지하거나 정돈하는 역할을 한다.

(가) 단문에서 주어가 되는 경우

人性之善也, 猶水之就下也. 〈告上 2〉

(사람의 본성이 선한 것은 마치 물이 아래로 흘러가는 것과 같다.)

본문은 '人性之善也(주어) + 猶(술어) + 水之就下(목적어) + 也'의 구조이다. 이 경우 주어는 다시 '人性(주어) + 之(조사) + 善(술어) + 也'가 되어 단문에서 주어가 된다.

太公之封於齊也, 亦爲方百里也. 〈告下 8〉

(강태공이 제나라에 봉할 때에도 역시 사방 백 리라고 하였다.)

본문은 '太公之封於齊也(주어) + 亦(부사어) + 爲(술어) + 方百里(목적어) + 也'의 구조이다. 이 경우 주어는 다시 '太公(주어) + 之(조사) + 封(술어) + 於(개사) + 齊(개사목적어) + 也'가 되어 단문에서 주어가 된다.

(나) 단문에서 목적어가 되는 경우

無或乎王之不智也. 〈告上 9〉

(왕이 지혜롭지 못함을 이상하게 여길 것이 없다.)

본문은 '無 + 或(술어) + 乎(개사) + 王之不智(개사목적어) + 也'의 구조이다. 이 경우 개사목적어는 다시 '王(주어) + 之(조사) + 不 + 智(술어) + 也'가 되어 단문에서 목적어가 된다.

(다) 복문에서 독립된 구가 되는 경우

天之高也, 星辰之遠也. 〈離下 26〉

(하늘이 높이 있으며, 별이 멀리 있도다.)

본문은 '天(주어) + 之(조사) + 高(술어) + 也, 星辰(주어) + 之(조사) + 遠(술어) + 也'의 구조로서 '之' 구조가 복문에서 각각 독립된 구가 된다.

子思之不悅也, 豈不曰以位則子君也, 我臣也. 〈萬下 7〉

(자사가 기뻐하지 않음이 어찌 지위로 보면 '그대는 군주이고 나는 신하이다'라고 말함이 아니겠는가?)

본문은 '子思(주어) + 之(조사) + 不 + 悅(술어) + 也'의 구조로서 '之' 구조가 복문에서 독립된 구가 된다.

丈夫之冠也, 父命之. 女子之嫁也, 母命之. 〈滕下 2〉

(장부가 관례할 때에 아버지가 훈계한다. 여자가 시집갈 때에 어머니가 명한다.)

본문은 '丈夫(주어) + 之(조사) + 冠(술어) + 也', '女子(주어) + 之(조사) + 嫁(술어) + 也'의 구조로서 '之' 구조가 복문에서 각각 독립된 구가 된다.

(4) '주어 + 之 + 술어 + 목적어 + 也'의 경우

조사 '之'와 구중어기사 '也' 사이에 술목구조가 동반하는 경우로 문장구조가 더 복잡해진다.

(가) 단문에서 주어가 되는 경우

然則子之失伍也亦多矣. 〈公下 4〉

(그런즉 그대가 대오를 이탈함이 역시 많다.)

본문은 '然則(접속사) + 子之失伍也(주어) + 亦(부사어) + 多(술어) + 矣'의 구조이다. 이 경우 주어는 다시 '子(주어) + 之(조사) + 失(술어) + 伍(목적어) + 也'가 되어 '之' 구조가 단문에서 주어가 된다.

宜乎百姓之謂我愛也. 〈梁上 7〉

(마땅하도다, 백성들이 내가 아낀다고 말하는 것이.)

본문은 '宜(술어) + 乎(어기사) + 百姓之謂我愛(주어) + 也'의 구조이다. 이 경우 주어는 다시 '百姓(주어) + 之(조사) + 謂(술어) + 我愛(목적어) + 也'가 되어 '之' 구조가 단문에서 주어가 된다.

孟子曰 三代之得天下也, 以仁. 〈離上 3〉

(맹자께서 말씀하기를 '삼대가 천하를 얻음은 인을 베풀어서이다'라고 하였다.)

본문은 '三代(주어) + 之(조사) + 得(술어) + 天下(목적어) + 也 + 以(술어) + 仁(목적어)'의 구조로서 '之' 구조가 단문에서 주어가 된다.

(나) 복문에서 독립된 구가 되는 경우

昔者文王之治岐也, 耕者九一, 仕者世祿. 〈梁下 5〉

(옛날에 문왕이 기땅을 다스릴 때에, 경작하는 자는 구분의 일을 받았고, 벼슬하는 자는 대대로 봉록을 주었다.)

본문은 '昔者(부사어) + 文王(주어) + 之(조사) + 治(술어) + 岐(목적어) + 也'의 구조로서 '之' 구조가 복문에서 독립된 구가 된다.

賢者之爲人臣也, 其君不賢則固可放與? 〈盡上 31〉

(어진 사람이 남의 신하가 되어, 그 군주가 어질지 못하면 정말로 추방할 수 있습니까?)

본문은 '賢者(주어) + 之(조사) + 爲(술어) + 人臣(목적어) + 也'의 구조로서 '之' 구조가 복문에서 독립된 구가 된다.

(다) 복문에서 목적어가 되는 경우

王如知此, 則無望民之多於鄰國也. 〈梁上 3〉

(왕께서 만약 이것을 아신다면 백성들이 이웃 나라보다 많아지는 것을 바라지 마십시오.)

본문은 '王(주어) + 如(접속사) + 知(술어) + 此(목적어), 則(접속사) + 無 + 望(술어) + 民之多於鄰國(목적어) + 也'의 구조이다. 이 경우 목적어는 다시 '民(주어) + 之(조사) + 多(술어) + 於(개사) + 鄰國(개사목적어) + 也'가 되어 '之' 구조가 복문에서 목적어가 된다.

於桐處仁遷義三年, 以聽伊尹之訓己也. 〈萬上 6〉

(동땅에서 인에 처하고 의를 실천하기를 삼 년 동안 하여, 이윤이 자기를 훈계한 것을 청종하였다.)

본문은 '以(접속사) + 聽(술어) + 伊尹之訓己(목적어) + 也'의 구조이다. 이 경우 목적어는 다시 '伊尹(주어) + 之(조사) + 訓(술어) + 己(목적어) + 也'가 되어 '之' 구조가 복문에서 목적어가 된다.

(5) '주어 + 之 + 개사구조 + (也)'의 경우

조사 '之'가 개사구조와 직접 연결한다. 이 경우 술어가 없기 때문에 '~을 함에 있어'라고 술어의 의미를 보충하여 해석해야 한다. 일반적으로 해당 구의 끝에 어기사 '也'가 결합하지만 그렇지 않은 경우도 있어 주의가 필요하다.

> **寡人之於國也, 盡心焉耳矣.** 〈梁上 3〉
>
> (과인은 나라를 다스림에 있어 마음을 다하고 있습니다.)

본문은 '寡人(주어) + 之(조사) + 於(개사) + 國(개사목적어) + 也'의 구조로서 조사 '之' 다음에 술어 '治'가 생략된 것으로 본다.

> **聖人之於天道也, 命也, 有性焉.** 〈盡下 24〉
>
> (성인이 천도를 체득함에 있어서 천명이나 본성에 있다.)

본문은 '聖人(주어) + 之(조사) + 於(개사) + 天道(개사목적어) + 也'의 구조로서 조사 '之' 다음에 '體(得)'가 생략된 것으로 본다.

> **故湯之於伊尹, 學焉而後臣之. 桓公之於管仲, 學焉而後臣之.** 〈公下 2〉
>
> (그러므로 탕왕이 이윤에게 배운 뒤에 신하로 삼았다. 환공은 관중에게 배운 뒤에 신하로 삼았다.)

본문은 '湯(주어) + 之(조사) + 於(개사) + 伊尹(개사목적어)'의 구조로서 조사 '之' 다음에 '學'이 생략된 것으로 본다.

9) '有…者'의 주어 용법

조사 '者'가 형용사, 동사, 동사구 뒤에서 명사구를 만들어 사람이나 사물을 나타낼 경우 '有…者'의 구조를 취한다.

(1) '有 + (동사구) + 者'의 경우

> 有官守者不得其職則去, 有言責者不得其言則去.
>
> 〈公下 5〉

> (관직을 맡은 자가 그 직책을 수행할 수 없으면 떠나고, 말로써 질책하는 자가 그 말을 할 수 없으면 떠나야 한다.)

본문은 '有官守者(주어) + 不 + 得(술어) + 其職(목적어) + 則(접속사) + 去(술어)'의 구조로서 '有…者' 구조가 문장의 주어가 된다.

> 有復於王者 曰 吾力足以擧百鈞.
>
> 〈梁上 7〉

> (왕께 아뢰는 사람이 있어 말하기를 '내 힘은 충분히 백 균을 들 수 있다'라고 하였다.)

본문은 '有復於王者(주어) + 曰(술어) + 吾力足以擧百鈞(목적어)'의 구조로서 '有…者' 구조가 문장의 주어가 된다.

> 有欲爲王留行者, 坐而言.
>
> 〈公下 11〉

> (왕을 위하여 발걸음을 만류하고자 하는 자가 앉아서 말하였다.)

본문은 '有欲爲王留行者(주어) + 坐而言(술어)'의 구조로서 '有…者' 구조가 문장의 주어가 된다.

(2) '주어 + 有(술어) + 동사구 + 者(목적어)'의 경우

齊人有一妻一妾而處室者, 其良人出, 則必饜酒肉
而後反.   〈離下 33〉

(제나라 사람 중에 한 아내와 한 첩을 두고 집에 사는 자가 있었는데, 그
남편이 밖으로 나가면 반드시 술과 고기를 배불리 먹은 뒤에 돌아왔다.)

본문은 '齊人(주어) + 有(술어) + 一妻一妾而處室者(목적어)'의 구조
로서 '齊人'이 '有…者' 구조 앞에서 주어가 된다.

諸侯有行文王之政者, 七年之内, 必爲政於天下
矣.   〈離上 13〉

(제후 중에 문왕의 정사를 행하는 자가 있으면 칠 년 이내에 반드시 천하
에 정사를 할 것이다.)

본문은 '諸侯(주어) + 有(술어) + 行文王之政者(목적어)'의 구조로서
'諸侯'가 '有…者' 구조 앞에서 주어가 된다.

(3) '有 + (동사구) + 者 + 주어'의 경우

有爲神農之言者許行, 自楚之滕.   〈滕上 4〉

(신농씨의 말을 하는 사람인 허행이 초나라에서 등나라로 갔다.)

본문은 '有爲神農之言者(관형어) + 許行(주어) + 自(개사) + 楚(개사목
적어) + 之(술어) + 滕(목적어)'의 구조이다. 이 경우 주어 '許行'이 '有
爲神農之言者'의 수식을 받아 문장에서 주어가 된다.

10) '之 + 所以…者'의 주어 용법

　주어 다음에 '所以…者'가 결합한 경우는 '有…者'의 용법과 의미상 큰 차이가 없다. 다만 '所以…者'가 결합하면 주어 다음에 주격조사 '之'를 반드시 사용해야 한다.

> 주어 + 之(조사) + 所以 + 동사구 + 者

人之所以異於禽獸者幾希, 庶民去之, 君子存之.
〈離下 19〉

(사람이 금수와 다른 것이 얼마 안 되니, 서민들은 그것을 버리고 군자는 그것을 보존한다.)

　본문은 '人之所以異於禽獸者(주어) + 幾(부사어) + 希(술어)'의 구조이다. 이 경우 주어는 다시 '人(주어) + 之(조사) + 所以 + 異於禽獸(동사구) + 者'가 되어 조사 '之'를 써서 주어를 강조한다.

其所以異於深山之野人者幾希.
〈盡上 16〉

(그가 깊은 산속의 야인과 다른 것이 거의 드물었다.)

　본문은 '其所以異於深山之野人者(주어) + 幾(부사어) + 希(술어)'의 구조이다. 이 경우 주어는 다시 '其(주어) + 所以 + 異於深山之野人(동사구) + 者'가 되어 주격조사 '之'가 생략된 경우에 해당한다.

此心之所以合於王者, 何也?
〈梁上 7〉

(이런 마음이 왕도에 부합한다는 것은 무엇 때문인가?)

　본문은 '此心之所以合於王者(주어) + 何(술어) + 也'의 구조이다.

이 경우 주어는 다시 '此心(주어) + 之(조사) + 所以 + 合於王(동사구) + 者'가 되어 조사 '之'를 써서 주어를 강조한다.

11) '之 + 所…者'의 주어 용법

조사 '之'와 '所…者'가 결합한 형태로 '之 + 所以…者'의 용법과 의미상 큰 차이는 없다.

> **狄人之所欲者, 吾土地也.** 〈梁下 15〉
>
> (적인이 바라는 것은 우리의 토지이다.)

본문은 '狄人之所欲者(주어) + 吾土地(술어) + 也'의 구조이다. 이 경우 주어는 다시 '狄人(주어) + 之(조사) + 所 + 欲(동사) + 者'가 되어 조사 '之'를 써서 주어를 강조한다.

> **人之所不學而能者, 其良能也. 所不慮而知者, 其良知也.** 〈盡上 15〉
>
> (사람이 배우지 않고 능한 것은 양능이다. 헤아려보지 않고 아는 것은 양지이다.)

본문은 '人之所不學而能者(주어) + 其良能(술어) + 也'의 구조이다. 이 경우 주어는 다시 '人(주어) + 之(조사) + 所 + 不學而能(동사구) + 者'가 되어 조사 '之'를 써서 주어를 강조한다.

12) 주어의 생략

주어는 동작이나 행위의 주체가 되므로 문장 가운데 반드시 있어야 한다. 다만 이전 문장이나 구에 출현하였거나 다음 문장에 사용할 경우에 대비해서 생략할 수 있다.

(1) 주어가 이미 출현한 경우

보통 앞의 주어를 받아서 생략하거나 앞의 목적어를 받아서 생략하는 두 가지 방법이 있다.

> 주어 + 술어 + 목적어(개사구조),
>
>   (주어 생략) + 술어 + 목적어(개사구조)

天不言, 以行與事, 示之而已矣. 〈萬上 5〉

(하늘은 말하지 않고 행실과 일로써 보여 주실 뿐이다.)

본문은 '天(주어) + 不 + 言(술어), 以(개사) + 行與事(개사목적어), 示(술어) + 之(목적어) + 而已矣(어기사)'의 구조이다. 이 경우 上句에서 '天'이 이미 출현하였기 때문에 다음 구에서 '(天)以行與事'와 같이 생략하였다.

滕, 小國也, 間於齊楚. 〈梁下 13〉

(등나라는 소국으로서 제나라와 초나라 사이에 끼여 있다.)

본문은 '滕(주어) + 小國(술어) + 也, 間(술어) + 於(개사) + 齊楚(개사목적어)'의 구조로서 上句에서 '滕'이 이미 출현하였기 때문에 下句에서 '(滕)間於齊楚'와 같이 생략하였다.

吾未能有行焉, 乃所願則學孔子也. 〈公上 2〉

(나는 행함이 있지 못하거니와 다만 원하는 것은 공자를 배우는 것이다.)

본문은 '吾(주어) + 未 + 能(조동사) + 有(술어) + 行(목적어) + 焉, 乃(부사어) + 所願(주어) + 則(조사) + 學(술어) + 孔子(목적어) + 也'의 구조로서 上句에서 주어 '吾'가 이미 출현하였기 때문에 下句에서 '(吾)乃所願'과 같이 생략하였다.

雖有惡人, 齋戒沐浴, 則可以祀上帝. 〈離下 25〉

(비록 추악한 사람이 있더라도 재계하고 목욕하면 상제에게 제사 지낼 수 있다.)

본문은 '雖(접속사) + 有(술어) + 惡人(목적어), (주어 생략) + 齋戒沐浴(술어), 則(접속사) + 可以(조동사) + 祀(술어) + 上帝(목적어)'의 구조로서 上句에서 목적어 '惡人'이 이미 출현하였기 때문에 下句에서 '(惡人) + 齋戒沐浴'과 같이 생략하였다.

(2) 뒤에 출현한 경우

上句에서 주어를 생략하여 중복을 피하고 下句에서 주어를 사용하여 강조하기도 한다.

> (주어 생략) + 술어 + 목적어, 주어 + 술어 + 목적어

今乘輿已駕矣, 有司未知所之. 〈梁下 16〉

(지금 이미 수레에 말의 멍에를 메었지만 유사가 갈 곳을 알지 못한다.)

본문은 '今(부사어) + 乘輿(목적어) + 已(부사어) + 駕(술어) + 矣, 有司(주어) + 未 + 知(술어) + 所之(목적어)'의 구조로서 下句에서 주어 '有司'가 출현하였기 때문에 上句에서 '今 + (有司) + 乘輿已駕矣'와 같이 주어를 생략하였다.

自反而不縮, 雖褐寬博, 吾不惴焉.　　　〈公上 2〉

(스스로 돌아보아 바르지 않으면 비록 천한 사람이라 해도 내가 두려워하
지 않겠는가?)

　본문은 下句에서 주어 '吾'가 출현하였기 때문에 上句에서 '(吾)
自反而不縮'과 같이 주어를 생략하였다.

仁且智, 夫子旣聖矣.　　　〈公上 2〉

(어질고 지혜로우시니 선생님은 이미 성인이시다.)

　본문은 '(夫子) + 仁且智(술어)'의 구조로서 下句에서 주어 '夫子'
가 출현하였기 때문에 上句에서 주어를 생략하였다.

② 述語

술어는 문장에서 동작이나 상태를 나타내며 명사, 대사, 수사, 형용사, 동사 등이 술어가 될 수 있다. 이 경우 타동사가 술어가 되면 목적어나 개사구조를 동반한다.

1) 판단문의 술어 용법

술어가 명사나 명사구인 경우 사물을 판단하는 역할을 하기 때문에 판단문이라고 한다. 이 경우 명사나 명사구가 술어가 되며 우리말로 '~이다' 또는 '~와 같다'로 해석한다.

(1) '술어(명사) + 也'의 경우

명사나 명사구가 술어인 경우 보통 문장 끝에 구말어기사 '也'가 호응하며 이 경우 '~이다, ~와 같다'로 해석한다. 다만 명사가 술어인 경우라고 해서 반드시 '也'가 호응하는 것은 아니므로 주의해야 한다.

聖人, 百世之師也. 百夷柳下惠, 是也.　〈盡下 15〉

(성인은 백세의 스승이다. 백이와 유하혜가 이러하다.)

본문은 '聖人(주어) + 百世之師(술어) + 也, 百夷柳下惠(주어) + 是(술어) + 也'의 구조로서 명사가 술어인 경우에 '也'가 호응한다.

> **夫義, 路也, 禮, 門也.** 〈萬下 7〉
>
> (의는 사람이 (걸어가야 할) 길과 같고, 예는 (사람이 출입하는) 문과 같다.)

본문은 '夫 + 義(주어) + 路(술어) + 也, 禮(주어) + 門(술어) + 也'의 구조로서 명사가 술어인 경우에 '也'는 '~와 같다'로 해석한다.

> **夫仁, 天之尊爵也, 人之安宅也.** 〈公上 7〉
>
> (대저 인은 하늘의 높은 벼슬과 같고 사람의 편안한 집과 같다.)

본문은 '夫 + 仁(주어) + 天之尊爵(술어) + 也, 人之安宅(술어) + 也'의 구조로서 명사가 술어인 경우에 '也'는 '~와 같다'로 해석한다.

(2) '주어 + 者(也者)'의 경우

명사나 명사구가 술어인 경우 주어 다음에 조사 '者(也者)'가 호응하기도 한다. 이 경우 술어 다음에 '也'는 생략하기도 한다.

> **夫明堂者, 王者之堂也.** 〈梁下 5〉
>
> (대저 명당은 왕들이 거처하는 집이다.)

본문은 '夫 + 明堂者(주어) + 王者之堂(술어) + 也'의 구조로서 주어 다음에 '者'가 연결하여 정돈의 역할을 한다.

> **言近而指遠者, 善言也.** 〈盡下 32〉
>
> (말이 친근하면서 뜻이 깊은 것이 선한 말이다.)

본문은 '言近而指遠者(주어) + 善言(술어) + 也'의 구조로서 주어 다음에 '者'가 연결하여 정돈의 역할을 한다.

> 仁也者, 人也. 合而言之, 道也.　〈盡下 16〉
>
> (인은 사람과 같다. 합하여 말하면 도이다.)

본문은 '仁也者(주어) + 人(술어) + 也'의 구조로서 주어 다음에 '也者'가 연결하여 정돈의 역할을 한다.

> 金聲也者, 始條理也. 玉振也者, 終條理也.　〈萬下 1〉
>
> (쇳소리라는 것은 일의 도리를 시작하는 것이다. 옥으로 거두는 것은 일의 도리를 끝내는 것이다.)

본문은 '金聲也者(주어) + 始(술어) + 條理(목적어) + 也'의 구조로서 주어 다음에 '也者'가 연결하여 정돈의 역할을 한다.

> 友也者, 友其德也.　〈萬下 3〉
>
> (벗이란 그 덕을 사귀는 것이다.)

본문은 '友也者(주어) + 友(술어) + 其德(목적어) + 也'의 구조로서 주어 다음에 '也者'가 연결하여 정돈의 역할을 한다.

(3) '주어, 是 + 술어(명사)'의 경우

주어와 명사(구) 술어 사이에 '是'를 사용하기도 한다. 이 경우 '是'는 단순한 조사이거나 上句를 반복적으로 지시하는 지시대사가 될 수 있어 주의가 필요하다.

> 無父無君, 是禽獸也.　〈滕下 9〉
>
> (아버지가 없고 군주가 없으면 이것은 금수이다.)

본문은 '無父無君(주어) + 是 + 禽獸(술어) + 也'의 구조로서 명사술어 앞에서 조사나 上句를 지시하는 대사로 볼 수 있다.

> **王之不王, 是折枝之類也.** 〈梁上 7〉
> (왕이 왕 노릇 하지 못하면 이것은 나뭇가지를 꺾는 것과 같은 종류이다.)

본문은 '王之不王(주어), 是 + 折枝之類(술어) + 也'의 구조로서 명사술어 앞에서 조사나 上句를 지시하는 대사로 볼 수 있다.

(4) '주어 + 非 + 술어(명사) + 也'의 경우

명사(구) 술어를 부정할 경우 부정사 '非'를 사용하며 우리말로 '~이 아니다'로 해석한다.

> **是簒也, 非天與也.** 〈萬上 5〉
> (이것은 찬탈이요, 하늘이 준 것이 아니다.)

본문은 '非 + 天與(술어) + 也'의 구조로서 부정사 '非'가 명사구 전체를 부정한다.

> **王之不王, 非挾太山以超北海之類也.** 〈梁上 7〉
> (왕이 왕 노릇 하지 못함은 태산을 옆에 끼고 북해를 뛰어넘는 것과 같은 종류가 아니다.)

본문은 '王之不王(주어) + 非 + 挾太山以超北海之類(술어) + 也'의 구조로서 부정사 '非'가 명사구 전체를 부정한다.

> **城廓不完, 兵甲不多, 非國之災也.** 〈離上 1〉
> (성곽이 완전하지 못하고 병사가 많지 않은 것이 나라의 재앙이 아니다.)

본문은 '城廓不完, 兵甲不多(주어) + 非 + 國之災(술어) + 也'의 구조로서 부정사 '非'가 명사구 전체를 부정한다.

2) 명사의 술어 용법

한문은 품사가 고정된 것이 아니라 유연성을 지니고 있어 품사의 변화가 자유롭다. 따라서 문장구조상 품사의 변화에 따라 해석이 달라진다.

(1) 일반 명사의 경우

명사는 일반적으로 동작이나 행위의 주체가 되지만 술어가 되어 동사의 동작이나 상태를 나타내기도 한다.

今王與百姓同樂, 則王矣.　　　　　　　　　　　〈梁下 1〉

(지금 왕께서 백성과 더불어 함께 즐거워하신다면 왕 노릇 하실 것이다.)

본문은 '今(부사어) + 王(주어) + 與(개사) + 百姓(개사목적어) + 同(부사어) + 樂(술어), 則(접속사) + 王(술어) + 矣'의 구조로서 명사 '王'이 동사가 되어 '왕 노릇 하다'로 해석한다.

故王之不王, 不爲也, 非不能也.　　　　　　　　〈梁上 7〉

(그러므로 왕께서 왕 노릇 하지 못함은 하지 않는 것이지 불가능한 것이 아니다.)

본문은 '故(접속사) + 王(주어) + 之(조사) + 不 + 王(술어)'의 구조로서 명사 '王'이 동사가 되어 '왕 노릇 하다'로 해석한다.

去邠, 踰梁山, 邑于岐山之下居焉. 〈梁下 15〉

(빈땅을 떠나 양산을 넘어 기산 아래에 도읍을 정하고 거기에 머물렀다.)

본문은 '邑(술어) + 于(개사) + 岐山之下(개사목적어) + 居(술어) + 焉'의 구조로서 명사 '邑'이 동사가 되어 '도읍을 정하다'로 해석한다.

固將朝也, 聞王命而遂不果. 〈公下 2〉

(진실로 장차 조회에 가려다가 왕명을 듣고 마침내 결행하지 않았다.)

본문은 '固(부사어) + 將(부사어) + 朝(술어) + 也'의 구조로서 명사 '朝'가 동사가 되어 '조회에 나가다'로 해석한다.

澤梁無禁, 罪人不孥. 〈梁下 5〉

(못의 어량을 금지하지 않았고 사람을 처벌하되 처자에게 미치지 않았다.)

본문은 '罪人(주어) + 不 + 孥(술어)'의 구조로서 '孥'가 원래 명사로 '처자식'의 뜻이지만 동사가 되어 '처자식까지 처벌하다'로 해석한다.

以齊王, 由反手也. 〈公上 1〉

(제나라를 가지고 왕 노릇 함은 손을 뒤집는 것과 같다.)

본문은 '以(개사) + 齊(개사목적어) + 王(술어), 由(술어) + 反手(목적어) + 也'의 구조로서 명사 '王'이 동사가 되어 '왕 노릇 하다'로 해석한다.

今言王若易然, 則文王不足法與? 〈公上 1〉

(지금 왕 노릇 하는 것이 쉬운 것처럼 말하시는데 문왕은 본받기에 부족한 가요?)

본문은 '文王(주어) + 不 + 足(조동사) + 法(술어) + 與'의 구조로서 명사 '法'이 동사가 되어 '본받다'로 해석한다.

(2) '명사 + 之'의 경우

일반 명사가 술어가 되어 동사로 해석할 경우에는 전후 문맥을 살펴보아야 한다. 그러나 명사가 목적어 '之'와 결합하면 술어가 되어 동사의 동작이나 상태를 나타낸다.

> 주어 + 술어(명사) + 목적어(之)

及陷於罪然後, 從而刑之, 是罔民也. 〈梁上 7〉

(죄에 빠짐에 이른 뒤에 따라서 처벌한다면 이것은 백성들을 그물질하는 것이다.)

본문은 '從(술어) + 而(접속사) + 刑(술어) + 之(목적어)'의 구조로서 명사 '刑'이 목적어 '之'와 연결하면 동사가 되어 '처벌하다'로 해석한다.

塡然鼓之, 兵刃旣接, 棄甲曳兵而走. 〈梁上 3〉

(둥둥 북을 쳐서 병기의 칼날이 이미 맞붙었거든, 갑옷을 버리고 병기를 끌고 도망간다.)

본문은 '塡然(부사어) + 鼓(술어) + 之(목적어)'의 구조로서 명사 '鼓'가 목적어 '之'와 연결하면 동사가 되어 '북을 치다, 전쟁하다'로 해석한다.

湯之於伊尹, 學焉而後臣之, 故不勞而王.　〈公下 2〉

(탕왕은 이윤에게 배운 뒤에 그를 신하로 삼았으니 이 때문에 고생하지 않고 왕 노릇 하였다.)

본문은 '學(술어) + 焉 + 而後(접속사) + 臣(술어) + 之(목적어)'의 구조로서 명사 '臣'이 동사가 되어 '신하로 삼다'로 해석한다.

使其子九男事之, 二女女焉.　〈萬下 6〉

(그 자식 아홉 명의 아들로 하여금 그를 섬기도록 했고 두 딸은 그에게 시집보냈다.)

본문은 '二女(주어) + 女(술어) + 焉'의 구조로서 '焉'이 '之'의 역할을 하여 명사 '女'가 동사가 되어 '시집가다'로 해석한다.

堯舜, 性之也. 湯武, 身之也.　〈盡上 30〉

(요임금과 순임금은 본성으로 한 것이다. 탕왕과 무왕은 몸으로 하였다.)

본문은 '堯舜(주어) + 性(술어) + 之(목적어)', '湯武(주어) + 身(술어) + 之(목적어)'의 구조로서 명사 '性'과 '身'이 동사가 되어 각각 '본성에서 나오다', '몸으로 실천하다'로 해석한다.

(3) '명사 + 명사'의 경우

두 개의 일반 명사가 연속하여 연결되면 보통 앞의 명사는 술어가 되고 뒤의 명사는 그 목적어가 된다.

술어(명사) + 목적어(명사)

君子有三樂而王天下不與存焉. 〈盡上 20〉

(군자는 세 가지 즐거움이 있는데 천하에 왕 노릇 함은 여기에 들어 있지 않다.)

　본문은 '君子(주어) + 有(술어) + 三樂(목적어) + 而(접속사) + 王天下(주어) + 不 + 與存(술어) + 焉'의 구조이다. 이 경우 주어 '王天下'는 '王(명사) + 天下(명사)'가 되어 '王'이 동사가 되어 '왕 노릇 하다'로 해석한다.

文公與之處, 其徒數十人皆衣褐. 〈滕上 4〉

(문공이 그에게 거처할 곳을 주니, 그 무리 수십 명이 모두 갈옷을 입었다.)

　본문은 '其徒數十人(주어) + 皆(부사어) + 衣(술어) + 褐(목적어)'의 구조이다. 이 경우 '衣(명사) + 褐(명사)'가 되어 '衣'가 동사가 되어 '옷을 입다'로 해석한다.

始作俑者, 其無後乎! 爲其象人而用之也. 〈梁上 4〉

(처음으로 허수아비 인형을 만든 자는 후손이 없었을 것이다. 그가 사람을 형상하여 장례에 사용하였기 때문이다.)

　본문은 '爲(접속사) + 其(주어) + 象(술어) + 人(목적어) + 而(접속사) + 用(술어) + 之(목적어) + 也'의 구조이다. 이 경우 '象(명사) + 人(명사)'가 되어 '象'이 동사가 되어 '형상화하다, 본뜨다'로 해석한다.

(4) '조동사 + 명사'의 경우

　일반 명사가 조동사 다음에 위치할 경우 명사는 술어가 되어 동작이나 상태를 나타낸다.

주어 + 조동사 + 술어(명사) + 목적어

有寒疾, 不可以風, 朝將視朝. 〈公下 2〉

(감기가 걸려 바람을 쐴 수 없으니, 아침에 장차 조회를 볼 것이다.)

본문은 '有(술어) + 寒疾(목적어), 不 + 可以(조동사) + 風(술어)'의 구조로서 명사 '風'이 조동사 '可以' 다음에서 동사가 되어 '바람을 쐬다'로 해석한다.

德何如, 則可以王矣? 〈梁上 7〉

(덕이 어떠하면 왕 노릇 할 수 있습니까?)

본문은 '德(주어) + 何如(의문부사), 則(조사) + 可以(조동사) + 王(술어) + 矣'의 구조로서 명사 '王'이 조동사 '可以' 다음에서 동사가 되어 '왕 노릇 하다'로 해석한다.

盛德之士, 君不得而臣, 父不得而子. 〈萬上 4〉

(덕이 성대한 선비는 군주가 신하로 삼을 수 없으며, 아비가 자식으로 삼을 수 없다.)

본문은 '君(주어) + 不 + 得(조동사) + 而(조사) + 臣(술어), 父(주어) + 不 + 得(조동사) + 而(조사) + 子(술어)'의 구조로서 명사 '臣'과 '子'가 조동사 '得' 다음에서 동사가 되어 각각 '신하가 되다', '자식이 되다'로 해석한다.

3) 접속사 연결의 술어 용법

두 개 이상의 동사나 형용사나 동사구가 연결될 경우 접속사

'且'나 '而'를 써서 술어를 만들 수 있다.

```
주어 + 술어(동사, 형용사, 동사구 + 且(而) +
                    동사, 형용사, 동사구) + 목적어
```

待先生, 如此其忠且敬也.　　　　　　　　〈離下 31〉

(선생을 대하는 것이 이와 같이 충성스럽고 공경하였다.)

　본문은 '待先生(주어) + 如此(부사어) + 其(조사) + 忠且敬(술어) +
也'의 구조로서 '且'가 두 개의 형용사를 연결하여 문장의 술어
가 된다.

百工之事, 固不可耕且爲也.　　　　　　　　〈滕上 4〉

(백공의 일은 진실로 밭 갈고 또 할 수는 없는 것이다.)

　본문은 '百工之事(주어) + 固(부사어) + 不 + 可(조동사) + 耕且爲(술
어) + 也'의 구조로서 '且'가 두 개의 동사를 연결하여 문장의 술어
가 된다.

周公知其將畔而使之與?　　　　　　　　　〈公下 9〉

(주공은 그가 장차 배반할 것을 아시고 시켰습니까?)

　본문은 '周公(주어) + 知(술어) + 其將畔(목적어) + 而(접속사) + 使(술
어) + 之(목적어) + 與'의 구조로서 '而'가 두 개의 동사구를 연결하
여 문장의 술어가 된다.

孟子致爲臣而歸.　　　　　　　　　　　　〈公下 10〉

(맹자께서 신하 됨을 그만두고 떠나가려고 하였다.)

본문은 '孟子(주어) + 致(술어) + 爲臣(목적어) + 而(접속사) + 歸(술어)'의 구조로서 '而'가 두 개의 동사구를 연결하여 문장의 술어가 된다.

> ### 孟子曰 禹惡旨酒而好善言.　　　　　〈離下 20〉
> (맹자께서 말씀하기를 '우임금은 맛있는 술을 싫어하고 선한 말을 좋아하셨다'라고 하였다.)

본문은 '禹(주어) + 惡(술어) + 旨酒(목적어) + 而(접속사) + 好(술어) + 善言(목적어)'의 구조로서 '而'가 두 개의 동사구를 연결하여 문장의 술어가 된다.

4) 형용사의 술어 용법

사람과 사물의 성질이나 상태를 나타내는 형용사가 술어가 되어 타동사나 자동사의 역할을 한다.

> ### 親之, 欲其貴也. 愛之, 欲其富也.　　　　〈萬上 3〉
> (그를 친히 한다면 그가 귀해지기를 바랄 것이다. 그를 사랑한다면 그가 부유해지기를 바랄 것이다.)

본문은 '親(술어) + 之(목적어), 欲(술어) + 其貴(목적어) + 也', '愛(술어) + 之(목적어), 欲(술어) + 其富(목적어) + 也'의 구조이다. 이 경우 목적어는 다시 '其(주어) + 貴(술어)'와 '其(주어) + 富(술어)'가 되어 '貴'와 '富'가 자동사가 된다.

親親而仁民, 仁民而愛物. 〈盡上 45〉

(친척을 가까이하고서 백성을 어질게 하고, 백성을 어질게 하고서 물건을 아낀다.)

본문은 '親(술어) + 親(목적어) + 而(접속사) + 仁(술어) + 民(목적어), 仁(술어) + 民(목적어) + 而(접속사) + 愛(술어) + 物(목적어)'의 구조로서 '親'과 '仁'이 타동사가 된다.

人人親其親, 長其長, 而天下平. 〈離上 11〉

(사람마다 그 어버이를 가까이하고 그 어른을 존경하면 천하가 태평하게 된다.)

본문은 '人人(주어) + 親(술어) + 其親(목적어), 長(술어) + 其長(목적어)'의 구조로서 '親'과 '長'이 타동사가 된다.

驅虎豹犀象而遠之, 天下大悅. 〈滕下 9〉

(범과 표범, 코뿔소와 코끼리를 몰아내어 멀리 쫓으시니, 천하가 크게 기뻐하였다.)

본문은 '驅(술어) + 虎豹犀象(목적어) + 而(접속사) + 遠(술어) + 之(목적어)'의 구조로서 '遠'이 타동사가 된다.

若夫潤澤之, 則在君與子矣. 〈滕上 3〉

(대저 그 제도를 윤택하게 한다면 임금과 그대에게 달려 있다.)

본문은 '若夫(발어사) + 潤澤(술어) + 之(목적어), 則(접속사) + 在(술어) + 君與子(목적어) + 矣'의 구조로서 '潤澤'이 타동사가 된다.

5) 술어의 생략

앞에 이미 술어가 출현한 경우 중복을 피하기 위해서 술어를 생략할 수 있다.

> **吾聞其以堯舜之道要湯, 未聞以割烹也.** 〈萬上 7〉
>
> (나는 그가 요순의 도로써 탕왕에게 등용되기를 요구했다는 말은 들었지 음식을 요리함으로써 했다는 말은 들어 보지 못하였다.)

본문은 '未 + 聞(술어) + 以(개사) + 割烹(개사목적어) + 也'의 구조이다. 이 경우 개사구조 '以割烹'은 '以 + 割烹 + (要湯)'이 생략된 것으로 上句의 중복을 피하기 위하여 술어를 생략한다.

6) 술어의 도치

술어의 의미를 강조하거나, 술어의 어기나 감정 색채를 가중시키기 위해 주어 앞으로 도치하는 경우가 있다.

> 술어(질문, 감탄, 애석, 불만) + 哉(矣, 乎) + 주어

(1) 술어가 질문을 나타낼 경우

> **何哉, 君所謂踰者.** 〈梁下 16〉
>
> (무엇입니까, 임금께서 말하시는 바 넘었다는 것이.)

본문은 '何(술어) + 哉(어기사) + 君所謂踰者(주어)'의 구조로서 술어 '何'가 의문사인 경우 주어 앞으로 도치한다.

(2) 술어가 감탄, 애석, 불만을 나타낼 경우

不仁哉, 梁惠王也. 〈盡下 1〉
(어질지 못하구나, 양혜왕이여.)

본문은 '不仁(술어) + 哉(어기사) + 梁惠王(주어) + 也'의 구조로서 술어가 애석함을 나타낼 경우 주어 앞으로 도치한다.

盆成括仕於齊. 孟子曰 死矣, 盆成括. 〈盡下 29〉
(분성괄이 제나라에서 벼슬하였다. 맹자께서 말씀하기를 '죽겠구나, 분성괄이여'라고 하였다.)

본문은 '死(술어) + 矣(어기사) + 盆成括(주어)'의 구조로서 술어가 애석함을 나타낼 경우 주어 앞으로 도치한다.

大哉, 居乎. 夫非盡人之子與? 〈盡上 36〉
(크도다, 거처함이여. 대저 모두 똑같이 사람의 자식이 아니겠는가?)

본문은 '大(술어) + 哉(어기사) + 居(주어) + 乎'의 구조로서 술어가 감탄을 나타낼 경우 주어 앞으로 도치한다.

大哉, 言矣. 寡人有疾, 寡人好勇. 〈梁下 3〉
(훌륭하도다, 말씀이여. 과인에게 병이 있으니, 과인은 용맹을 좋아합니다.)

본문은 '大(술어) + 哉(어기사) + 言(주어) + 矣'의 구조로서 술어가 감탄을 나타낼 경우 주어 앞으로 도치한다.

詩云 哿矣富人, 哀此煢獨.

〈梁下 5〉

(시경에 이르기를 '좋구나, 부유한 사람들이여, 슬프구나, 이 외로운 사람들이여'라고 하였다.)

본문은 '哿(술어) + 矣(어기사) + 富人(주어), 哀(술어) + 此煢獨(주어)'의 구조로서 술어 '哿'와 '哀'가 감탄을 나타낼 경우 주어 앞으로 도치한다.

宜乎百姓之謂我愛也.

〈梁上 7〉

(마땅하도다, 백성들이 내가 아낀다고 말함이.)

본문은 '宜(술어) + 乎(어기사) + 百姓之謂我愛(주어) + 也'의 구조로서 술어 '宜'가 탄식을 나타낼 경우 주어 앞으로 도치한다.

親親, 仁也. 固矣夫, 高叟之爲詩也.

〈告下 3〉

(어버이를 가까이하는 것이 어짐이다. 고루하구나, 고수가 시를 해석함이여.)

본문은 '固(술어) + 矣夫(어기사) + 高叟之爲詩(주어) + 也'의 구조로서 술어 '固'가 탄식을 나타낼 경우 주어 앞으로 도치한다.

目的語

목적어는 문장구조상 동사의 동작이나 상태를 통하여 목적하는 바를 성취하게 한다. 따라서 목적어는 일반적으로 술어 다음에 위치하여 술어의 동작이나 행위를 받게 된다.

1) 명사(명사구)의 목적어 용법

> 주어 + 술어 + 목적어(명사, 명사구)

> **善政得民財, 善敎得民心.** 〈盡上 14〉
> (선한 정치는 백성의 재물을 얻고, 선한 가르침은 백성의 마음을 얻는다.)

본문은 '善政(주어) + 得(술어) + 民財(목적어), 善敎(주어) + 得(술어) + 民心(목적어)'의 구조로서 명사 '民財'와 '民心'이 동사의 목적어가 된다.

> **君子有終身之憂, 無一朝之患也.** 〈離下 28〉
> (군자는 종신토록 하는 근심은 있어도 하루아침의 걱정은 없다.)

본문은 '君子(주어) + 有(술어) + 終身之憂(목적어), 無(술어) + 一朝之患(목적어) + 也'의 구조로서 명사구 '終身之憂'와 '一朝之患'이 동사의 목적어가 된다.

2) 형용사의 목적어 용법

> 주어 + 술어 + 목적어(형용사)

武王不泄邇, 不忘遠. 〈離下 20〉

(무왕은 가까운 자를 친압하지 않으며 먼 자를 잊지 않으셨다.)

본문은 '武王(주어) + 不 + 泄(술어) + 邇(목적어), 不 + 忘(술어) + 遠(목적어)'의 구조로서 형용사 '邇'와 '遠'이 목적어가 되면 명사의 역할을 한다.

權然後知輕重, 度然後知長短. 〈梁上 7〉

(저울질을 하고 나서 가볍고 무거운 것을 알게 되며, 재어 보고 나서 길고 짧은 것을 안다.)

본문은 '權(술어) + 然後(접속사) + 知(술어) + 輕重(목적어), 度(술어) + 然後(접속사) + 知(술어) + 長短(목적어)'의 구조로서 형용사 '輕重'과 '長短'이 목적어가 되면 명사의 역할을 한다.

然則小固不可以敵大, 寡固不可以敵衆. 〈梁上 7〉

(그런즉 작은 나라는 진실로 큰 나라를 대적할 수 없으며, 적은 사람은 진실로 많은 사람을 대적할 수 없다.)

본문은 '然則(접속사) + 小(주어) + 固(부사어) + 不 + 可以(조동사) + 敵(술어) + 大(목적어), 寡(주어) + 固(부사어) + 不 + 可以(조동사) + 敵(술어) + 衆(목적어)'의 구조로서 형용사 '大'와 '衆'이 목적어가 되면 명사의 역할을 한다.

3) 동사의 목적어 용법

> 주어 + 술어 + 목적어(동사)

子好遊乎? 吾語子遊.
〈盡上 9〉

(그대는 유세하는 것을 좋아하는가? 내가 그대에게 유세에 대해 말해 주겠다.)

본문은 '子(주어) + 好(술어) + 遊(목적어) + 乎, 吾(주어) + 語(술어) + 子(목적어) + 遊(목적어)'의 구조로서 동사 '遊'가 목적어가 되면 '유세'로 해석한다.

方命虐民, 飮食若流.
〈梁下 4〉

(천명을 거역하여 백성을 학대하고, 먹고 마시는 것이 물 흐르듯 낭비하였다.)

본문은 '飮食(주어) + 若(술어) + 流(목적어)'의 구조로서 동사 '流'가 목적어가 되면 '물과 같은 낭비'로 해석한다.

4) 주술구조의 목적어 용법

목적어가 설명하고자 하는 대상이 길어지면 목적어 안에 다시 주술구조의 형태를 취한다.

> 주어 + 술어 + 목적어(주어 + 술어)

吾爲之範我馳驅, 終日不獲一. 〈滕下 1〉

(내가 그를 위해 말 모는 것을 법대로 하였더니 종일토록 한 마리도 잡지 못하였다.)

본문은 '吾(주어) + 爲(개사) + 之(개사목적어) + 範(술어) + 我馳驅(목적어)'의 구조이다. 이 경우 목적어는 다시 '我(주어) + 馳驅(술어)'가 되어 주술구조가 목적어가 된다.

夫子何以知其將見殺? 〈盡下 29〉

(선생님은 어떻게 그가 장차 죽임을 당할 것을 아셨습니까?)

본문은 '夫子(주어) + 何以(의문부사) + 知(술어) + 其將見殺(목적어)'의 구조이다. 이 경우 목적어는 다시 '其(주어) + 將(부사어) + 見殺(술어)'가 되어 주술구조가 목적어가 된다.

子欲子之王之善與? 我明告子. 〈滕下 6〉

(그대는 그대의 왕이 선해지기를 바라는가? 내가 분명하게 그대에게 말하겠다.)

본문은 '子(주어) + 欲(술어) + 子之王之善(목적어) + 與'의 구조이다. 이 경우 목적어는 다시 '子之王(주어) + 之(조사) + 善(술어)'가 되어 주술구조가 목적어가 된다.

不誅則疾視其長上之死而不救, 如之何則可也? 〈梁下 12〉

(죽이지 않는다면 그 장상들이 죽는 것을 질시하여 구원하지 않았으니, 어찌하면 좋겠습니까?)

본문은 '不 + 誅(술어) + 則(접속사) + 疾視(술어) + 其長上之死(목적

어) + 而(접속사) + 不 + 救(술어)'의 구조이다. 이 경우 목적어는 다시 '其長上(주어) + 之(조사) + 死(술어)'가 되어 주술구조가 목적어가 된다.

5) 술목구조의 목적어 용법

목적어가 설명하고자 하는 대상이 길어지면 목적어 안에 다시 술목구조의 형태를 취할 수 있다.

> 주어 + 술어 + 목적어(주어 + 술어 + 목적어)

謂其沼曰靈沼, 樂其有麀鹿魚鼈. 〈梁上 2〉

(그 연못을 이르기를 영소라 하고, 그가 고라니와 사슴과 물고기와 자라를 소유함을 좋아하였다.)

본문은 '樂(술어) + 其有麀鹿魚鼈(목적어)'의 구조이다. 이 경우 목적어는 다시 '其(주어) + 有(술어) + 麀鹿魚鼈(목적어)'가 되어 술목구조가 목적어가 된다.

志士不忘在溝壑, 勇士不忘喪其元. 〈滕下 1〉

(지사는 시신이 도랑에 버려짐을 잊지 않고, 용사는 자기 머리 잃을 것을 잊지 않는다.)

본문은 '志士(주어) + 不 + 忘(술어) + 在溝壑(목적어), 勇士(주어) + 不 + 忘(술어) + 喪其元(목적어)'의 구조이다. 이 경우 목적어는 다시 '在(술어) + 溝壑(목적어)', '喪(술어) + 其元(목적어)'가 되어 술목구조가 목적어가 된다.

稷思天下有飢者, 由己飢之也.　　　〈離下 29〉

(후직은 천하에 굶주린 사람이 있으면 마치 자신이 굶주리게 한 것 같다고 생각하였다.)

본문은 '稷(주어) + 思(술어) + 天下有飢者, 由己飢之(목적어) + 也'의 구조이다. 이 경우 목적어는 다시 '天下有飢者(주어) + 由(술어) + 己飢之(목적어)'가 되어 술목구조가 목적어가 된다.

外人皆稱夫子好辯, 敢問何也?　　　〈滕下 9〉

(외인들이 모두 선생님더러 변론을 좋아한다고 말하는데, 이유를 감히 묻겠습니다.)

본문은 '外人(주어) + 皆(부사어) + 稱(술어) + 夫子好辯(목적어)'의 구조이다. 이 경우 목적어는 다시 '夫子(주어) + 好(술어) + 辯(목적어)'가 되어 술목구조가 목적어가 된다.

孔子不悅於魯衛, 遭宋司馬將要而殺之.　　　〈萬上 8〉

(공자께서 노나라와 위나라에 머물기를 좋아하지 않아서, 송나라 사마가 장차 초대하여 죽이려 함을 만났다.)

본문은 '遭(술어) + 宋司馬將要而殺之(목적어)'의 구조이다. 이 경우 목적어는 다시 '宋司馬(주어) + 將(부사어) + 要(술어) + 而(접속사) + 殺(술어) + 之(목적어)'가 되어 술목구조가 목적어가 된다.

思天下之民匹夫匹婦有不與被堯舜之澤者, 若己推而納之溝中.　　　〈萬下 1〉

(천하의 백성 중에 필부와 필부가 요순의 혜택을 입는 데 참여하지 못한 자가 있으면, 마치 자신이 그를 밀어 도랑에 들어가게 한 것이라고 생각하였다.)

본문은 '思(술어) + 天下之民匹夫匹婦有不與被堯舜之澤者, 若己推而納之溝中(목적어)'의 구조이다. 이 경우 목적어는 다시 '天下之民匹夫匹婦有不與被堯舜之澤者(주어) + 若(술어) + 己推而納之溝中(목적어)'가 되어 술목구조가 목적어가 된다.

6) 목적어 안에 '주어 + 之' 연결 용법

술목구조에서 목적어가 길어질 경우 목적어구의 주어와 술어 사이에 조사 '之'를 써서 목적어구 안에 주어와 술어를 연결한다.

> 주어 + 술어 + 목적어(주어 + 之 + 술어 + 목적어, 개사구조)

知虞公之將亡而先去之, 不可謂不智也. 〈萬上 9〉

(우공이 장차 멸망할 줄을 알고 먼저 그곳을 떠났으니, 지혜롭지 않다고 말할 수 없다.)

본문은 '知(술어) + 虞公之將亡(목적어) + 而(접속사) + 先(부사어) + 去(술어) + 之(목적어)'의 구조이다. 이 경우 목적어는 다시 '虞公(주어) + 之(조사) + 將(부사어) + 亡(술어)'가 되어 조사 '之'가 목적어구 안에 주어와 술어를 연결한다.

王如知此, 則無望民之多於隣國也. 〈梁上 3〉

(왕께서 만일 이것을 아신다면 백성들이 이웃 나라보다 많아지기를 바라지 마십시오.)

본문은 '無 + 望(술어) + 民之多於隣國(목적어)'의 구조이다. 이 경우 목적어는 다시 '民(주어) + 之(조사) + 多(술어) + 於(개사) + 隣國(개사목적어)'가 되어 조사 '之'가 목적어구 안에 주어와 술어를 연결한다.

> 王無異於百姓之以王爲愛也.　　　　　　　　　　〈梁上 7〉
>
> (왕께서는 백성들이 왕더러 재물을 아꼈다고 말함을 이상하게 여기지 마십시오.)

본문은 '王(주어) + 無 + 異(술어) + 於(개사) + 百姓之以王爲愛(개사목적어) + 也'의 구조이다. 이 경우 개사목적어는 다시 '百姓(주어) + 之(조사) + 以(개사) + 王(개사목적어) + 爲(술어) + 愛(목적어)'가 되어 조사 '之'가 목적어구 안에 주어와 술어를 연결한다.

> 陽貨矙孔子之亡也, 而饋孔子蒸豚.　　　　　　　　〈滕下 7〉
>
> (양화는 공자가 집에 없는 때를 엿보아 공자에게 삶은 돼지고기를 보냈다.)

본문은 '陽貨(주어) + 矙(술어) + 孔子之亡(목적어) + 也'의 구조이다. 이 경우 목적어는 다시 '孔子(주어) + 之(조사) + 亡(술어)'가 되어 조사 '之'가 목적어구 안에 주어와 술어를 연결한다.

> 今而後, 知君之犬馬畜伋.　　　　　　　　　　　　〈萬下 6〉
>
> (지금에야 군주께서 개나 말과 같이 나를 기름을 알게 되었다.)

본문은 '知(술어) + 君之犬馬畜伋(목적어)'의 구조이다. 이 경우 목적어는 다시 '君(주어) + 之(조사) + 犬馬(부사어) + 畜(술어) + 伋(목적어)'가 되어 조사 '之'가 목적어구 안에 주어와 술어를 연결한다.

7) 목적어 '주어 + 개사구조'의 연결 용법

술목구조에서 목적어가 길어질 경우 개사구조를 포함하는 경우가 있다.

> 주어 + 술어 + 목적어(주어 + 개사구조 + 술어 + 목적어)

吾聞其以堯舜之道要湯, 未聞以割烹也. 〈萬上 7〉

(나는 그가 요순의 도로써 탕왕에게 등용되기를 요구했다는 말은 들었지 음식을 요리함으로써 했다는 말은 들어 보지 못하였다.)

본문은 '吾(주어) + 聞(술어) + 其以堯舜之道要湯(목적어)'의 구조이다. 이 경우 목적어는 다시 '其(주어) + 以(개사) + 堯舜之道(개사목적어) + 要(술어) + 湯(목적어)'가 되어 목적어구 안에 개사구조가 연결한다.

8) 목적어 접속사 연결 용법

명사, 대사, 명사구를 연결하는 접속사 '與'를 써서 목적어나 개사목적어를 구성하기도 한다.

若孔子主癰疽與侍人瘠環, 何以爲孔子? 〈萬上 8〉

(만약 공자께서 옹저와 내시 척환을 주인으로 삼았다면 어떻게 공자라고 할 수 있겠는가?)

본문은 '若(접속사) + 孔子(주어) + 主(술어) + 癰疽與侍人瘠環(목적어)'의 구조이다. 이 경우 목적어는 다시 '癰疽(명사) + 與(접속사) + 侍人瘠環(명사)'가 되어 '與'가 두 개의 명사를 연결하여 목적어가 된다.

晉人以垂棘之璧與屈産之乘, 假道於虞以伐虢.

<萬上 9>

(진나라 사람이 수극에서 나오는 구슬과 굴땅에서 나오는 말을 가지고 우나라에 길을 빌려 괵나라를 정벌하려고 하였다.)

본문은 '晉人(주어) + 以(개사) + 垂棘之璧與屈産之乘(개사목적어)'의 구조이다. 이 경우 개사목적어는 다시 '垂棘之璧(명사) + 與(접속사) + 屈産之乘(명사)'가 되어 '與'가 두 개의 명사를 연결하여 개사목적어가 된다.

然後知生於憂患而死於安樂也.　　　　<告下 15>

(그런 연후에 우환에서 살고 안락에서 죽음을 알게 된다.)

본문은 '然後(접속사) + 知(술어) + 生於憂患而死於安樂(목적어) + 也'의 구조이다. 이 경우 목적어는 다시 '生於憂患(동사구) + 而(접속사) + 死於安樂(동사구)'가 되어 '而'가 두 개의 동사구를 연결하여 목적어가 된다.

9) 목적어의 도치

목적어는 보통 술어 다음에 위치하지만 다음과 같은 경우에는 주어나 술어 앞으로 도치한다.

(1) '주어 + 목적어 + 술어'의 경우

단순히 목적어를 강조하기 위해서 술어 앞으로 도치하는 경우가 가장 많고 다음으로 부정사가 결합한 문장에 목적어가 대사(대체사)인 경우에는 예외 없이 술어 앞으로 도치한다.

(가) 목적어를 강조하기 위한 경우

> ## 北宮黝之養勇也, 不膚撓, 不目逃.　　　　〈公上 2〉
> (북궁유가 용기를 기르는 것은 피부를 움찔하지 않았고 눈을 피하지 않았다.)

본문은 '不 + 膚(목적어) + 撓(술어), 不 + 目(목적어) + 逃(술어)'의 구조로서 목적어를 강조하기 위해 술어 앞으로 도치한다.

> ## 無尺寸之膚不愛焉, 則無尺寸之膚不養也. 〈告上 14〉
> (한 자 한 치의 살갗을 사랑하지 않음이 없다면, 한 자 한 치의 살갗을 기르지 않음이 없을 것이다.)

본문은 '無 + 尺寸之膚(목적어) + 不 + 愛(술어) + 焉', '無 + 尺寸之膚(목적어) + 不 + 養(술어) + 也'의 구조로서 목적어를 강조하기 위해 술어 앞으로 도치한다.

> ## 雖由此霸王不異矣.　　　　〈公上 2〉
> (비록 이것으로 인해 패왕과 다르지 않게 된다.)

본문은 '雖(접속사) + 由(개사) + 此(개사목적어) + 霸王(목적어) + 不 + 異(술어) + 矣'의 구조로서 목적어를 강조하기 위해 술어 앞으로 도치한다.

(나) '주어 + 未(부정사) + 之(목적어) + 술어'의 경우

부정사 '未' 다음에 대사 '之'가 목적어가 되면 술어 앞으로 도치한다. 이 경우 보통 목적어 '之'가 술어 앞으로 도치되어 '未之聞也'와 '未之有也'의 어구를 형성한다.

> **失其身而能事其親者, 吾未之聞也.**　　　〈離上 19〉

> (자기 몸을 잃고서 부모를 섬기는 사람이 있다는 것은 나는 듣지 못하였다.)

　본문은 '吾(주어) + 未 + 之(목적어) + 聞(술어) + 也'의 구조로서 목적어 '之'가 술어 앞으로 도치한다.

> **是以後世無傳焉, 臣未之聞也.**　　　〈梁上 7〉

> (이 때문에 후세에 전해진 것이 없어, 신이 아직 그런 이야기를 듣지 못하였다.)

　본문은 '臣(주어) + 未 + 之(목적어) + 聞(술어) + 也'의 구조로서 목적어 '之'가 술어 앞으로 도치한다.

> **不仁而得天下, 未之有也.**　　　〈盡下 13〉

> (어질지 않으면서 천하를 얻는 것은 아직 있지 않았다.)

　본문은 '未 + 之(목적어) + 有(술어) + 也'의 구조로서 목적어 '之'가 술어 앞으로 도치한다.

> **遵先王之法而過者, 未之有也.**　　　〈離上 1〉

> (선왕의 법을 잘 따르고도 잘못된 사람은 아직 있지 않았다.)

　본문은 '未 + 之(목적어) + 有(술어) + 也'의 구조로서 목적어 '之'가 술어 앞으로 도치한다.

　(다) '莫(부정사) + 之(목적어) + 술어'의 경우

　부정사 '莫'이 있는 문장에 대사 '之'가 목적어가 되면 술어 앞으로 도치한다.

保民而王, 莫之能禦也. 〈梁上 7〉

(백성들을 보호하면서 왕 노릇 하면 그것을 막을 자가 없을 것이다.)

본문은 '莫 + 之(목적어) + 能(조동사) + 禦(술어) + 也'의 구조로서 목적어 '之'를 술어 앞으로 도치한다.

吾有司死者三十三人, 而民莫之死也. 〈梁下 12〉

(내 유사로서 죽은 자가 삼십삼 명이나 되지만, 백성들은 죽은 자가 없었다.)

본문은 '民(주어) + 莫 + 之(목적어) + 死(술어) + 也'의 구조로서 목적어 '之'를 술어 앞으로 도치한다.

莫之爲而爲者, 天也. 莫之致而至者, 命也. 〈萬上 6〉

(그것을 함이 없는데도 되는 것은 천운이다. 이르게 함이 없는데도 이르는 것은 천명이다.)

본문은 '莫之爲而爲者(주어) + 天(술어) + 也', '莫之致而至者(주어) + 命(술어) + 也'의 구조이다. 이 경우 주어는 다시 '莫 + 之(목적어) + 爲(술어)', '莫 + 之(목적어) + 致(술어)'가 되어 목적어 '之'를 술어 앞으로 도치한다.

  (라) '非(부정사) + 是(此)(목적어) + 之(조사) + 술어(謂) + 也'의
     경우

부정사 '非'가 있는 문장에 지시대사 '是(此)'가 목적어가 되면 술어 앞으로 도치하며 그 사이에 조사 '之'가 연결한다.

是詩也, 非是之謂也.　　　　　　　　　　　　　〈萬上 4〉

(이 시는 이것을 말하는 것이 아니다.)

　본문은 '非 + 是(목적어) + 之(조사) + 謂(술어) + 也'의 구조로서 도
치한 목적어와 술어 사이에 조사 '之'를 사용한다.

否, 非此之謂也.　　　　　　　　　　　　　　　〈公下 2〉

(아니다. 이것을 말하는 것이 아니다.)

　본문은 '非 + 此(목적어) + 之(조사) + 謂(술어) + 也'의 구조로서 도
치한 목적어와 술어 사이에 조사 '之'를 사용한다.

　(마) '주어 + 不(莫)(부정사) + 인칭대사(목적어) + 술어'의 경우

　부정사가 있는 문장에 목적어가 인칭대사가 되면 술어 앞으로
도치한다.

今也父兄百官, 不我足也.　　　　　　　　　　　〈滕上 2〉

(지금 부형과 백관들이 나를 만족스럽게 여기지 않는다.)

　본문은 '不 + 我(목적어) + 足(술어) + 也'의 구조로서 인칭대사인
목적어를 술어 앞으로 도치한다.

戎狄是膺, 荊舒是懲, 則莫我敢承.　　　　　　　〈滕下 9〉

(융과 적을 징벌하니 형과 서가 이에 다스려져, 나를 감히 당할 자가 없다.)

　본문은 '莫 + 我(목적어) + 敢(부사어) + 承(술어)'의 구조로서 인칭대
사인 목적어를 술어 앞으로 도치한다.

(바) '주어 + 목적어(의문대사) + 술어'의 경우

의문대사가 목적어가 되면 무조건 술어 앞으로 도치한다.

> 有牽牛而過堂下者. 王見之, 曰 牛何之? 　　　〈梁上 7〉
>
> (소를 끌고 당하로 지나가는 자가 있었다. 왕이 그를 보고 '소가 어디로 가는가'라고 물었다.)

본문은 '牛(주어) + 何(목적어) + 之(술어)'의 구조로서 의문사가 목적어가 되면 술어 앞으로 도치한다.

> 鄕人長於伯兄一歲, 則誰敬? 　　　〈告上 5〉
>
> (마을 사람이 맏형보다 한 살 더 나이가 많으면 누구를 공경해야 하는가?)

본문은 '則(접속사) + 誰(목적어) + 敬(술어)'의 구조로서 의문사가 목적어가 되면 술어 앞으로 도치한다.

> 居惡在, 仁是也. 路惡在, 義是也. 　　　〈盡上 33〉
>
> (거하는 것은 어디에 있어야 하는가, 인이 이것이다. 길은 어디에 있어야 하는가, 의가 이것이다.)

본문은 '居(주어) + 惡(목적어) + 在(술어)', '路(주어) + 惡(목적어) + 在(술어)'의 구조로서 의문사가 목적어가 되면 술어 앞으로 도치한다.

(사) '(주어) + 목적어 + 조사(之) + 술어'의 경우

목적어를 술어 앞으로 도치하면서 그 사이에 조사 '之'를 써서 목적어를 강조하기도 한다.

> 一羽之不擧, 爲不用力焉. 輿薪之不見, 爲不用明焉.　〈梁上 7〉

(한 깃털을 들지 못함은 힘을 쓰지 않기 때문이다. 수레에 실은 나무 섶을 보지 못함은 시력을 쓰지 않기 때문이다.)

본문은 '一羽(목적어) + 之(조사) + 不 + 擧(술어)', '輿薪(목적어) + 之(조사) + 不 + 見(술어)'의 구조로서 목적어를 강조하기 위해 조사 '之'를 써서 술어 앞으로 도치한다.

> 智者無不知也, 當務之爲急.　〈盡上 46〉

(지혜로운 자는 모르는 것이 없지만 마땅히 힘써야 할 일을 급선무로 여긴다.)

본문은 '當務(목적어) + 之(조사) + 爲急(술어)'의 구조로서 목적어를 강조하기 위해 조사 '之'를 써서 술어 앞으로 도치한다.

> 所謂故國者, 非謂有喬木之謂也, 有世臣之謂也.　〈梁下 7〉

(소위 고국이라는 것은 큰 나무가 있음을 말하는 것이 아니라 세신이 있음을 말하는 것이다.)

본문은 '非 + 謂(술어) + 有喬木之謂(목적어) + 也'의 구조로서 목적어가 다시 '有喬木(목적어) + 之(조사) + 謂(술어) + 也'가 된다. 다음 구도 '有世臣(목적어) + 之(조사) + 謂(술어) + 也'가 되어 목적어를 강조하기 위해 조사 '之'를 써서 술어 앞으로 도치한다.

> 豈謂一鉤金與一輿羽之謂哉?　〈告下 1〉

(어찌 허리띠 고리쇠 하나와 한 수레의 깃털을 비교하고 말하겠는가?)

본문은 '豈(의문부사) + 謂(술어) + 一鉤金與一輿羽之謂(목적어) + 哉'의 구조이다. 이 경우 목적어는 다시 '一鉤金與一輿羽(목적어) + 之(조사) + 謂(술어)'가 되어 목적어를 강조하기 위해 조사 '之'를 써서 술어 앞으로 도치한다.

> ### 惟心之謂與. 〈告上 8〉
> (오직 마음을 일컫는 것이다.)

본문은 '惟(부사어) + 心(목적어) + 之(조사) + 謂(술어) + 與'의 구조로서 목적어를 강조하기 위해 조사 '之'를 써서 술어 앞으로 도치한다.

(2) '목적어 + 주어 + 술어'의 경우

주어가 생략된 경우나 목적어구가 길어질 경우에 목적어를 주어 앞으로 도치한다. 한편 주어가 있는 경우에는 주어가 도치된 목적어를 제한하고 한정하는 의미를 나타낸다.

> ### 隘與不恭, 君子不由也. 〈公上 9〉
> (소견이 좁은 것과 공손하지 않은 것을 군자는 따르지 않는다.)

본문은 '隘與不恭(목적어) + 君子(주어) + 不 + 由(술어) + 也'의 구조로서 목적어를 강조하기 위해 주어 앞으로 도치한다.

> ### 齊桓晉文之事, 可得聞乎? 〈梁上 7〉
> (제나라 환공과 진나라 문공의 일을 얻어들을 수 있겠습니까?)

본문은 '齊桓晉文之事(목적어) + (주어 생략) + 可得(조동사) + 聞(술어)'의 구조로서 목적어가 길어지거나 주어가 생략되면 주어 앞으로 도치한다.

由是觀之, 則君子之所養可知已矣. 〈滕下 7〉

(이로 말미암아 본다면 군자가 기르는 바를 가히 알 수 있다.)

본문은 '君子之所養(목적어) + (주어 생략) + 可(조동사) + 知(술어) + 已矣'의 구조로서 목적어가 길어지거나 주어가 생략되면 앞으로 도치한다.

焉有仁人在位, 罔民而可爲也? 〈梁上 7〉

(어진 사람이 지위에 있으면서 백성들을 그물질하는 짓을 어찌 할 수 있겠는가?)

본문은 '罔民(목적어) + 而(조사) + (주어 생략) + 可(조동사) + 爲(술어) + 也'의 구조로서 주어가 생략되거나 목적어를 강조하기 위해 주어 앞으로 도치한다.

非禮之禮, 非義之義, 大人弗爲. 〈離下 6〉

(예가 아닌 예와 의가 아닌 의를 대인은 하지 않는다.)

본문은 '非禮之禮, 非義之義(목적어) + 大人(주어) + 弗 + 爲(술어)'의 구조로서 목적어구가 길어질 경우 주어 앞으로 도치한다.

號泣于旻天, 于父母, 則吾不知也. 〈萬上 1〉

(하늘과 부모에게 부르짖으며 울었다고 하는 말을 나는 알지 못하겠다.)

본문은 '號泣于旻天, 于父母(목적어), 則(조사) + 吾(주어) + 不 + 知(술어) + 也'의 구조로서 목적어구가 길어질 경우 주어 앞으로 도치한다.

君子之所爲, 衆人固不識也. <告下 7>

(군자가 하는 바를 중인은 진실로 알지 못한다.)

본문은 '君子之所爲(목적어) + 衆人(주어) + 固(부사어) + 不 + 識(술어) + 也'의 구조로서 목적어구가 길어질 경우 주어 앞으로 도치한다.

(3) 목적어 '之'를 강조하기 위해 도치한 경우

특수한 목적어 도치 용법에 해당한다. 목적어를 강조하기 위해 주어 앞으로 독립된 구를 만들어 도치하고 다시 다음 구에서 목적어에 해당하는 내용을 지시대사 '之'를 써서 강조한다.

목적어(之), 주어 + 술어 + 목적어(之)

趙孟之所貴, 趙孟能賤之. <告上 17>

(조맹이 귀하게 해 준 것을 조맹이 능히 천하게 할 수 있다.)

본문은 '趙孟之所貴(목적어), 趙孟(주어) + 能(조동사) + 賤(술어) + 之(목적어)'의 구조로서 목적어 '之'의 내용을 강조하기 위해 독립된 구로 도치한다.

用下敬上, 謂之貴貴. 用上敬下, 謂之尊賢. <萬下 3>

(아랫사람으로서 윗사람을 공경하는 것을 귀함을 귀하게 여긴다고 말한다. 윗사람으로서 아랫사람을 공경하는 것을 어진 사람을 존중한다고 말한다.)

본문은 '用下敬上(목적어), 謂(술어) + 之(목적어) + 貴貴(보어), 用上敬下(목적어), 謂(술어) + 之(목적어) + 尊賢(보어)'의 구조로서 목적어 '之'의 내용을 강조하기 위해 독립된 구로 도치한다.

> **不煖不飽, 謂之凍餒.** 〈盡上 22〉
>
> (따뜻하지 못하고 배부르지 못한 것을 동뇌라고 말한다.)

본문은 '不煖不飽(목적어), 謂(술어) + 之(목적어) + 凍餒(보어)'의 구조로서 목적어 '之'의 내용을 강조하기 위해 독립된 구로 도치한다.

10) 목적어의 생략

목적어가 중복되는 것을 피하기 위해 下句에서 목적어를 생략하기도 한다.

> **吾聞其以堯舜之道要湯, 未聞以割烹也.** 〈萬上 7〉
>
> (나는 그가 요순의 도로써 탕왕에게 등용되기를 요구했다는 말은 들었지 음식을 요리함으로써 했다는 말은 들어 보지 못하였다.)

본문은 '未 + 聞(술어) + 以(개사) + 割烹(개사목적어) + (술어 + 목적어 생략) + 也'의 구조로서 上句에 '要湯'이 이미 출현하였기 때문에 下句에서 중복을 피하기 위해 생략한다.

> **思以一毫挫於人, 若撻之於市朝. 不受於褐寬博, 亦不受於萬乘之君.** 〈公上 2〉
>
> (털끝만큼이라도 남에게 좌절을 당하면 저잣거리에서 매질을 당한 것처럼 생각하였다. 누더기를 걸친 사람에게도 모욕을 받지 않았고 또한 만 승의 군주에게도 모욕을 받지 않았다.)

본문은 '不 + 受(술어) + (목적어 생략) + 於(개사) + 褐寬博(개사목적어), 亦(부사어) + 不 + 受(술어) + (목적어 생략) + 於(개사) + 萬乘之君(개사목적어)'의 구조로서 上句에 '挫'가 이미 출현하였기 때문에 下句에서 술어 다음에 모두 '挫'를 생략한다.

> 生亦我所欲, 所欲有甚於生者, 故不爲苟得也.
>
> 〈告上 10〉

(사는 것도 내가 원하는 바이지만 원하는 것이 삶보다 심한 것이 있어서, 그러므로 구차하게 삶을 얻으려고 하지 않는다.)

본문은 '故(접속사) + 不 + 爲(술어) + 苟得(목적어) + 也'의 구조로서 上句에 '生'이 이미 출현하였기 때문에 下句에서 '苟得(生)'을 생략한다.

11) 이중 목적어 용법

술어 다음에 두 개의 목적어가 연결되면 이중 목적어가 된다. 이 경우 술어와 두 개의 목적어 사이에 受事와 施事의 관계를 나타내기도 한다.

(1) 술어가 수여동사인 경우

수여동사가 두 개의 목적어와 결합하면 간접목적어는 수여자가 되고 직접목적어는 수혜자가 된다.

> 陽貨瞰孔子之亡也, 而饋孔子蒸豚.
>
> 〈滕下 7〉

(양화는 공자가 집에 없는 것을 엿보고 공자에게 삶은 돼지고기를 보냈다.)

본문은 '饋(술어) + 孔子(목적어) + 蒸豚(목적어)'의 구조로서 '饋'가 수여동사로서 이중 목적어를 취하게 된다.

> 我欲中國而授孟子室.
>
> 〈公下 10〉

(내가 도성 한가운데에 맹자에게 집을 지어 주겠다.)

본문은 '授(술어) + 孟子(목적어) + 室(목적어)'의 구조로서 '授'가 수여동사로서 이중 목적어를 취하게 된다.

湯使遺之牛羊.　　　　　　　　　　　　　　〈滕下 5〉

(탕왕이 사람을 시켜 그에게 소와 양을 보내게 하였다.)

본문은 '湯(주어) + 使(사역동사) + 遺(술어) + 之(목적어) + 牛羊(목적어)'의 구조로서 '遺'가 수여동사로서 이중 목적어를 취하게 된다.

文公與之處, 其徒數十人皆衣褐.　　　　　　　〈滕上 4〉

(문공이 그에게 거처할 곳을 주니, 그 무리 수십 명이 모두 갈옷을 입었다.)

본문은 '文公(주어) + 與(술어) + 之(목적어) + 處(목적어)'의 구조로서 '與'가 수여동사로서 이중 목적어를 취하게 된다.

不告於王而私與之吾子之祿爵.　　　　　　　〈公下 8〉

(왕에게 아뢰지 않고 사사로이 그에게 당신의 작록을 주었다.)

본문은 '私(부사어) + 與(술어) + 之(목적어) + 吾子之祿爵(목적어)'의 구조로서 '與'가 수여동사로서 이중 목적어를 취하게 된다.

(2) 술어가 교시동사인 경우

교시동사는 상대방을 가르치거나 지시하는 동사로서 '教, 誨, 語, 命' 등이 해당된다.

使弈秋誨二人弈, 其一人專心致志.　　　　　　〈告上 9〉

(혁추로 하여금 두 사람에게 바둑을 가르치도록 하거든, 그중 한 사람은 마음을 온전히 하고 뜻을 다하였다.)

본문은 '使(사역동사) + 弈秋(목적어) + 誨(술어) + 二人(목적어) + 弈(목적어)'의 구조로서 '誨'가 교시동사가 되어 이중 목적어를 취하게 된다.

子好遊乎? 吾語子遊. 〈盡上 9〉

(그대는 유세하는 것을 좋아하는가? 내가 그대에게 유세에 대해 말해 주겠다.)

본문은 '吾(주어) + 語(술어) + 子(목적어) + 遊(목적어)'의 구조로서 '語'가 교시동사가 되어 이중 목적어를 취하게 된다.

他日君出, 則必命有司所之. 〈梁下 16〉

(평소에 군주가 외출하면 반드시 유사에게 갈 곳을 명하였다.)

본문은 '必(부사어) + 命(술어) + 有司(목적어) + 所之(목적어)'의 구조로서 '命'이 교시동사가 되어 이중 목적어를 취한다.

姑舍女所學而從我, 則何以異於敎玉人彫琢玉哉? 〈梁下 9〉

(잠시 네가 배운 바를 버리고 나를 따르라고 한다면, 옥공에게 옥을 조탁하도록 가르치는 것과 어찌 다르겠는가?)

본문은 '何以(의문부사) + 異(술어) + 於(개사) + 敎玉人彫琢玉(개사목적어) + 哉'의 구조이다. 이 경우 개사목적어는 다시 '敎(술어) + 玉人(목적어) + 彫琢玉(목적어)'의 구조로서 '敎'가 교시동사가 되어 이중 목적어를 취하게 된다.

(3) 술어가 장소동사인 경우

장소동사가 사람이나 사물을 나타내는 목적어로 하여금 다음 목적어인 장소에 영향을 준다.

使禹治之, 禹掘地而注之海, 驅蛇龍而放之菹.

〈滕下 9〉

(우로 하여금 홍수를 다스리게 하자 우가 땅을 파서 그것을 바다로 흐르게
하였고, 뱀과 용을 몰아내어 그것을 습지로 추방하였다.)

　본문은 '禹(주어) + 掘(술어) + 地(목적어) + 而(접속사) + 注(술어) + 之
(목적어) + 海(목적어), 驅(술어) + 蛇龍(목적어) + 而(접속사) + 放(술어) +
之(목적어) + 菹(목적어)'의 구조로서 장소동사 '注'와 '放'이 이중 목
적어를 취하게 된다.

象至不仁, 封之有庳.　　　　　　　　　　　〈萬上 3〉

(상이 지극히 어질지 못한데도 그를 유비의 땅에 봉해 주었다.)

　본문은 '封(술어) + 之(목적어) + 有庳(목적어)'의 구조로서 장소동사
'封'이 이중 목적어를 취하게 된다.

子産使校人畜之池.　　　　　　　　　　　　〈萬上 2〉

(자산이 말 기르는 관리로 하여금 그것을 연못에서 기르게 하였다.)

　본문은 '子産(주어) + 使(사역동사) + 校人(목적어) + 畜(술어) + 之(목적
어) + 池(목적어)'의 구조로서 장소동사 '畜'이 이중 목적어를 취하게
된다.

往之女家, 必敬必戒.　　　　　　　　　　　〈滕下 2〉

(그곳 너의 집에 가면 반드시 공경하고 경계해야 한다.)

　본문은 '往(술어) + 之(목적어) + 女家(목적어)'의 구조로서 장소동사
'往'이 이중 목적어를 취하게 된다.

 補語

보어는 술어 다음에 위치하여 술어의 동작이나 행위를 보충하고 도와주는 역할을 한다. 이 경우 보어는 술어 다음에서 개사구조의 형식을 취하거나 목적어 다음에서 술어의 동작이나 상태를 설명한다.

1) 명사(명사구), 형용사, 부사의 보어 용법

일반 명사나 명사구, 형용사, 부사가 목적어 다음에서 보어가 되어 술어의 동작이나 상태를 설명한다.

> 주어 + 술어 + 목적어 + 보어(명사, 명사구, 형용사, 부사)

夫謂非其有而取之者, 盜也. 〈萬下 4〉

(대저 그의 소유물이 아닌데도 취하는 자를 도둑이라고 말한다.)

본문은 '夫 + 謂(술어) + 非其有而取之者(목적어) + 盜(보어) + 也'의 구조로서 명사 '盜'가 목적어 다음에서 보어가 된다.

子謂薛居州善士也, 使之居於王所. 〈滕下 6〉

(그대가 설거주를 선한 선비라고 말하고, 그로 하여금 왕의 거처에 거하게 하였다.)

본문은 '子(주어) + 謂(술어) + 薛居州(목적어) + 善士(보어) + 也'의 구조로서 명사 '善士'가 목적어 다음에서 보어가 된다.

孰謂子産智? 予旣烹而食之. 〈萬上 2〉

(누가 자산을 지혜롭다고 말하는가? 나는 이미 삶아서 먹어 버렸다.)

본문은 '孰(주어) + 謂(술어) + 子産(목적어) + 智(보어)'의 구조로서 형용사 '智'가 목적어 다음에서 보어가 된다.

舜相堯二十有八載, 非人之所能爲也. 〈萬上 5〉

(순이 요임금 돕기를 28년 동안 하였으니, 사람이 할 수 있는 것이 아니다.)

본문은 '舜(주어) + 相(술어) + 堯(목적어) + 二十有八載(보어)'의 구조로서 시간명사 '二十有八載'가 목적어 다음에서 보어가 된다.

是猶或紾其兄之臂, 子謂之姑徐徐云爾. 〈盡上 39〉

(이는 혹자가 그 형의 팔뚝을 비틀거든 그대가 그에게 이르기를 우선 천천히 하라고 말하는 것과 같다.)

본문은 '子(주어) + 謂(술어) + 之(목적어) + 姑徐徐(보어) + 云爾'의 구조로서 부사 '姑徐徐'가 목적어 다음에서 보어가 된다.

子之兄弟事之數十年, 師死而遂倍之. 〈滕上 4〉

(당신의 형제들이 그를 섬기기를 수십 년 동안 하다가, 스승이 죽자 마침내 배반하였다.)

본문은 '子之兄弟(주어) + 事(술어) + 之(목적어) + 數十年(보어)'의 구조로서 시간명사 '數十年'이 목적어 다음에서 보어가 된다.

掘井九軔而不及泉, 猶爲棄井也.　　　〈盡上 29〉

(우물 파기를 아홉 길이나 했는데 샘에 이르지 못하면, 우물을 버리는 것
과 같다.)

본문은 '掘(술어) + 井(목적어) + 九軔(보어)'의 구조로서 수량사 '九
軔(仞)'이 목적어 다음에서 보어가 된다.

2) 개사구조의 보어 용법

개사구조가 술어 다음에 위치하여 보어가 되면 장소, 시간, 행위
의 대상, 행위의 주동자, 비교의 뜻을 나타낸다.

주어 + 술어 + 목적어 + 개사구조(보어)

吾嘗聞大勇於夫子矣.　　　〈公上 2〉

(나는 일찍이 선생님으로부터 큰 용기에 대해서 들었다.)

본문은 '吾(주어) + 嘗(부사어) + 聞(술어) + 大勇(목적어) + 於(개사) +
夫子(개사목적어)'의 구조로서 '於夫子'가 행위의 대상을 나타내는 보
어가 된다.

象不得有爲於其國, 天子使吏治其國而納其貢稅
焉.　　　〈萬上 3〉

(상이 그 나라에서 정사를 할 수 없게 되었고, 천자가 관리로 하여금 그
나라를 다스리고 그 세금을 바치게 하였다.)

본문은 '象(주어) + 不 + 得(조동사) + 有(술어) + 爲(목적어) + 於(개

사) + 其國(개사목적어)'의 구조로서 '於其國'이 장소를 나타내는 보어
가 된다.

> **子噲不得與人燕, 子之不得受燕於子噲.** 〈公下 8〉
>
> (자쾌도 다른 사람에게 연나라를 줄 수 없으며, 자지도 자쾌로부터 연나라
> 를 받을 수 없다.)

본문은 '子之(주어) + 不 + 得(조동사) + 受(술어) + 燕(목적어) + 於(개
사) + 子噲(개사목적어)'의 구조로서 '於子噲'가 행위의 대상을 나타내
는 보어가 된다.

介詞構造

개사와 개사목적어가 결합하여 개사구조가 되며 문장에서 주로 부사어나 보어가 된다.

1) 개사구조의 위치

(1) 부사어가 되는 경우

개사구조가 술어 앞에서 술어를 수식하는 부사어가 된다.

> 주어 + 개사구조(부사어) + 술어 + 목적어

天子不能以天下與人. 〈萬上 5〉

(천자가 천하를 남에게 줄 수 없다.)

본문은 '天子(주어) + 不 + 能(조동사) + 以(개사) + 天下(개사목적어) + 與(술어) + 人(목적어)'의 구조로서 '以天下'가 부사어가 되어 술어를 수식한다.

世子自楚反, 復見孟子. 〈滕上 1〉

(세자가 초나라에서 돌아와 다시 맹자를 만났다.)

본문은 '世子(주어) + 自(개사) + 楚(개사목적어) + 反(술어)'의 구조로서 '自楚'가 부사어가 되어 술어를 수식한다.

(2) 보어가 되는 경우

개사구조가 술어 뒤에 위치하여 보어가 되면 장소, 시간, 행위의 대상, 행위의 주동자, 비교의 뜻을 나타낸다.

주어 + 술어 + (목적어) + 개사구조(보어)

(가) 장소가 되는 경우

개사구조가 술어 다음에 위치하여 '~에서, ~으로'로 해석한다.

禹避舜之子於陽城, 天下之民從之.　　〈萬上 6〉

(우가 양성으로 순의 아들을 피하였는데, 천하의 백성들이 그를 따랐다.)

본문은 '禹(주어) + 避(술어) + 舜之子(목적어) + 於(개사) + 陽城(개사목적어)'의 구조로서 '於陽城'이 장소를 나타내는 보어가 된다.

夫子當路於齊, 管仲晏子之功, 可復許乎?　〈公上 1〉

(선생님이 제나라에서 요직을 맡게 된다면, 관중과 안자의 공적을 다시 세우게 될까요?)

본문은 '夫子(주어) + 當(술어) + 路(목적어) + 於(개사) + 齊(개사목적어)'의 구조로서 '於齊'가 장소를 나타내는 보어가 된다.

天下之士皆悅而願立於其朝矣.　　　　〈公上 5〉

(천하의 선비들이 모두 기뻐하고 그 조정에 서기를 원할 것이다.)

본문은 '天下之士(주어) + 皆(부사어) + 悅(술어) + 而(접속사) + 願(조동사) + 立(술어) + 於(개사) + 其朝(개사목적어) + 矣'의 구조로서 '於其朝'가 장소를 나타내는 보어가 된다.

(나) 시간이 되는 경우

개사구조가 술어 다음에 위치하여 '～할 때에, ～에'로 해석한다.

相秦而顯其君於天下, 可傳於後世. 〈萬上 9〉
(진나라를 도와 천하에 군주를 드러내어 후세에 전할 만하게 하였다.)

본문은 '可(조동사) + 傳(술어) + 於(개사) + 後世(개사목적어)'의 구조로서 '於後世'가 시간을 나타내는 보어가 된다.

(다) 행위의 대상이 되는 경우

개사구조가 술어 다음에 위치하여 '～에게'로 해석한다.

至於禹而德衰, 不傳於賢而傳於子. 〈萬上 6〉
(우왕에 이르러 덕이 쇠하여 현자에게 물려주지 않고 자식에게 물려주었다.)

본문은 '至(술어) + 於(개사) + 禹(개사목적어) + 而(접속사) + 德(주어) + 衰(술어), 不 + 傳(술어) + 於(개사) + 賢(개사목적어) + 而(접속사) + 傳(술어) + 於(개사) + 子(개사목적어)'의 구조로서 '於禹', '於賢', '於子'가 모두 행위의 대상을 나타내는 보어가 된다.

舜往于田, 號泣于旻天. 〈萬上 1〉
(순임금이 밭에 가서 하늘을 향해 소리 내어 울었다.)

본문은 '號泣(술어) + 于(개사) + 旻天(개사목적어)'의 구조로서 '于旻天'이 행위의 대상을 나타내는 보어가 된다.

出於其類, 拔乎其萃. 〈公上 2〉

(그 종류 가운데 빼어나며, 그 무리 가운데 뛰어나다.)

본문은 '出(술어) + 於(개사) + 其類(개사목적어), 拔(술어) + 乎(개사) + 其萃(개사목적어)'의 구조로서 '於其類'와 '乎其萃'가 행위의 대상을 나타내는 보어가 된다.

(라) 행위의 주동자가 되는 경우

개사구조가 술어 다음에 위치하여 '～에 의해서'로 해석한다.

吾聞用夏變夷者, 未聞變於夷者也. 〈滕上 4〉

(나는 중원의 문화로써 오랑캐를 변화시켰다는 말은 들었고, 오랑캐에 의해 변화되었다는 말은 듣지 못하였다.)

본문은 '未 + 聞(술어) + 變於夷者(목적어)'의 구조이다. 이 경우 목적어는 다시 '變(술어) + 於(개사) + 夷者(개사목적어)'가 되어 '於夷者'가 행위의 주동자를 나타내는 보어가 된다.

民之憔悴於虐政, 未有甚於此時者也. 〈公上 1〉

(백성들이 학정에 의해 초췌해진 것이 지금보다 더 심한 적이 없었다.)

본문은 '民(주어) + 之(조사) + 憔悴(술어) + 於(개사) + 虐政(개사목적어)'의 구조로서 '於虐政'이 행위의 주동자를 나타내는 보어가 된다.

勞心者治人, 勞力者治於人. 〈滕上 4〉

(마음을 쓰는 자는 남을 다스리고, 힘을 쓰는 자는 남에게 다스려진다.)

본문은 '勞力者(주어) + 治(술어) + 於(개사) + 人(개사목적어)'의 구조로서 '於人'이 행위의 주동자를 나타내는 보어가 된다.

君不行仁政而富之, 皆棄於孔子者也. <離上 14>

(군주가 인정을 행하지 않는데 부유하게 한다면, 모두 공자에 의해 버림받을 자이다.)

본문은 '皆(부사어) + 棄(술어) + 於(개사) + 孔子(개사목적어) + 者 + 也'의 구조로서 '於孔子'가 행위의 주동자를 나타내는 보어가 된다.

(마) 비교가 되는 경우

개사구조가 형용사술어 다음에 위치하여 '~보다'로 해석한다.

以予觀於夫子, 賢於堯舜遠矣. <公上 2>

(나로서 선생님을 살펴보건대 요순보다 현명함이 크도다.)

본문은 '賢於堯舜(주어) + 遠(술어) + 矣'의 구조이다. 이 경우 주어는 다시 '賢(술어) + 於(개사) + 堯舜(개사목적어)'가 되어 '於堯舜'이 비교를 나타내는 보어가 된다.

存乎人者莫良於眸子, 眸子不能掩其惡. <離上 15>

(사람에게 있는 것 중에 눈동자보다 훌륭한 것이 없으니, 눈동자는 그 악을 은폐하지 못한다.)

본문은 '存乎人者(주어) + 莫 + 良(술어) + 於(개사) + 眸子(개사목적어)'의 구조로서 '於眸子'가 비교를 나타내는 보어가 된다.

德之流行, 速於置郵而傳命.　　　　　　　　　　　　〈公上 1〉

(덕의 유행은 역참을 설치하고 명령을 전달하는 것보다 빠르다.)

본문은 '德之流行(주어) + 速(술어) + 於(개사) + 置郵而傳命(개사목적어)'의 구조로서 '於置郵而傳命'이 비교를 나타내는 보어가 된다.

2) 개사목적어 도치 용법

개사와 결합한 개사목적어가 개사 앞으로 도치하는 경우가 있다.

(1) 개사목적어가 의문사인 경우

의문대사가 개사목적어가 되면 개사 앞으로 도치한다.

> 개사 + 개사목적어(의문대사) → 개사목적어(의문대사) + 개사

(가) 誰與

王誰與爲不善?　　　　　　　　　　　　　　　　　〈滕下 6〉

(왕은 누구와 더불어 선하지 않은 것을 하십니까?)

본문은 '王(주어) + 誰(개사목적어) + 與(개사) + 爲(술어) + 不善(목적어)'의 구조로서 '誰'가 의문사여서 개사 앞으로 도치한다.

(나) 何以

吾王不遊, 吾何以休?　　　　　　　　　　　　　　〈梁下 4〉

(우리 왕이 유람하지 않으면 우리가 어떻게 쉬겠는가?)

본문은 '吾(주어) + 何(개사목적어) + 以(개사) + 休(술어)'의 구조로서 '何'가 의문사여서 개사 앞으로 도치한다.

何以謂之狂也? 〈盡下 37〉
(어째서 그것을 광이라 말합니까?)

본문은 '何(개사목적어) + 以(개사) + 謂(술어) + 之(목적어) + 狂(보어) + 也'의 구조로서 '何'가 의문사여서 개사 앞으로 도치한다.

不爲者與不能者之形, 何以異? 〈梁上 7〉
(하지 않는 자와 불가능한 자의 모습이 어떻게 다릅니까?)

본문은 '不爲者與不能者之形(주어) + 何(개사목적어) + 以(개사) + 異(술어)'의 구조로서 '何'가 의문사여서 개사 앞으로 도치한다.

若孔子主癰疽與侍人瘠環, 何以爲孔子? 〈萬上 8〉
(만약에 공자께서 옹저와 내시 척환을 주인으로 삼았다면 어떻게 공자라고 할 수 있겠는가?)

본문은 '何(개사목적어) + 以(개사) + 爲(술어) + 孔子(목적어)'의 구조로서 '何'가 의문사여서 개사 앞으로 도치한다.

(다) 何爲

何爲不祀? 曰 無以供犧牲也. 〈滕下 5〉
(어찌하여 제사하지 않는가? '희생을 바칠 것이 없다'라고 대답하였다.)

본문은 '何(개사목적어) + 爲(개사) + 不 + 祀(술어)'의 구조로서 '何'가 의문사여서 개사 앞으로 도치한다.

何爲其號泣也? 〈萬上 1〉

(어찌하여 그가 소리 내어 울었는가?)

본문은 '何(개사목적어) + 爲(개사) + 其(주어) + 號泣(술어) + 也'의 구조로서 '何'가 의문사여서 개사 앞으로 도치한다.

王如善之, 則何爲不行? 〈梁下 5〉

(왕께서 만약 그것을 좋게 여기신다면, 어째서 시행하지 않습니까?)

본문은 '何(개사목적어) + 爲(개사) + 不 + 行(술어)'의 구조로서 '何'가 의문사여서 개사 앞으로 도치한다.

(라) 何由

何由知吾可也? 〈梁上 7〉

(무슨 이유로 내가 가하다는 것을 아십니까?)

본문은 '何(개사목적어) + 由(개사) + 知(술어) + 吾可(목적어) + 也'의 구조로서 '何'가 의문사여서 개사 앞으로 도치한다.

(2) 방위(시간)명사가 개사목적어인 경우

방위명사나 시간명사가 개사목적어가 되면 개사 앞으로 도치한다.

주어 + 개사목적어(방위명사, 시간명사) + 개사 + 술어 + 목적어

舜南面而立, 堯帥諸侯北面而朝之. 〈萬上 4〉

(순이 남쪽을 향해 서 있거늘, 요가 제후들을 거느리고 북쪽을 향해 조회하였다.)

본문은 '舜(주어) + 南(개사목적어) + 面(개사) + 而(접속사) + 立(술어)'의 구조로서 '南'이 방위명사가 되어 개사 앞으로 도치한다.

出諸大門之外, 北面稽首再拜而不受. 〈萬下 6〉

(대문 밖으로 내보내고, 북쪽을 향하여 머리를 조아려 재배하고 받지 않았다.)

본문은 '北(개사목적어) + 面(개사) + 稽(술어) + 首(목적어) + 再(부사어) + 拜(술어) + 而(접속사) + 不 + 受(술어)'의 구조로서 '北'이 방위명사가 되어 개사 앞으로 도치한다.

(3) 개사목적어를 강조하기 위한 경우

개사목적어를 강조하기 위해서 또는 개사목적어가 길어질 경우 개사 앞으로 도치한다.

> 주어 + 개사목적어 + 개사(以) + 술어 + 목적어

曾子曰 不可. 江漢以濯之, 秋陽以暴之. 〈滕上 4〉

(증자가 말하기를 '불가하다. 강한으로써 씻으며 가을 볕으로써 쪼이는 것과 같다'고 하였다.)

본문은 '江漢(개사목적어) + 以(개사) + 濯(술어) + 之(목적어), 秋陽(개사목적어) + 以(개사) + 暴(술어) + 之(목적어)'의 구조이다. 이 경우 각각 '以江漢濯之'와 '以秋陽暴之'에서 개사목적어를 강조하기 위해 개사 앞으로 도치한다.

簞食壺漿, 以迎王師. 〈梁下 10〉

(소쿠리의 밥과 호리병의 간장을 가지고 와서 왕의 군대를 맞아들였다.)

본문은 '簞食壺漿(개사목적어) + 以(개사) + 迎(술어) + 王師(목적어)'의 구조로서 '以簞食壺漿'에서 개사목적어를 강조하기 위해 개사 앞으로 도치한다.

非其義也, 非其道也, 一介不以與人, 一介不以取諸人.　　　　　　　　　　　　　　　　　　　　　　〈萬上 7〉

(그 의가 아니고 그 도가 아니면 지푸라기 하나도 남에게 주지 않았으며 지푸라기 하나도 남에게서 취하지 않았다.)

본문은 '一介(개사목적어) + 不 + 以(개사) + 與(술어) + 人(목적어), 一介(개사목적어) + 不 + 以(개사) + 取(술어) + 諸 + 人(개사목적어)'의 구조로서 '以一介'에서 개사목적어를 강조하기 위해 개사 앞으로 도치한다.

夜以繼日, 幸而得之, 坐以待旦.　　　　　　　　　〈離下 20〉

(밤으로써 낮을 이어서 다행히 얻게 되면 앉아서 날이 새기를 기다렸다.)

본문은 '夜(개사목적어) + 以(개사) + 繼(술어) + 日(목적어)'의 구조로서 '以夜繼日'에서 개사목적어를 강조하기 위해 개사 앞으로 도치한다.

經德不回, 非以干祿也. 言語必信, 非以正行也.　　　　　　　　　　　　　　　　　　　　　　〈盡下 33〉

(떳떳한 덕을 구부리지 않은 것은 녹봉을 구하기 위해서가 아니다. 언어를 미덥게 하는 것은 행실이 바르다는 것을 나타내기 위해서가 아니다.)

본문은 '經德不回(개사목적어) + 非 + 以(개사) + 干(술어) + 祿(목적어) + 也'의 구조이다. 이 경우 '非以經德不回干祿'에서 개사목적어를 강조하기 위해 개사 앞으로 도치한다. 下句도 '非以言語必信正

行'에서 개사목적어를 강조하기 위해 개사 앞으로 도치한다.

> **無常職而賜於上者, 以爲不恭也.** 〈萬下 6〉
>
> (일정한 직책이 없으면서 윗사람에게 하사받는 것을 공손함이 아니라고 한다.)

본문은 '無常職而賜於上者(개사목적어) + 以(개사) + 爲(술어) + 不恭(목적어) + 也'의 구조로서 개사목적어가 길어질 경우 개사 앞으로 도치한다.

(4) 개사구조를 목적어 뒤로 도치한 경우

'以 + 개사목적어'의 개사구조가 목적어 '之'와 연결되면 목적어 뒤에 개사구조가 위치한다.

> 주어 + 술어 + 목적어(之) + 개사(以) + 개사목적어

> **五畝之宅樹之以桑, 五十者可以衣帛矣.** 〈梁上 3〉
>
> (오 무의 집 주변에 뽕나무를 심게 한다면 오십 세 된 자가 비단옷을 입을 수 있다.)

본문은 '五畝之宅(주어) + 樹(술어) + 之(목적어) + 以(개사) + 桑(개사목적어)'의 구조로서 '以桑'의 개사구조가 목적어 '之' 뒤에 위치한다.

> **生事之以禮, 死葬之以禮, 祭之以禮, 可謂孝矣.**
>
> 〈滕上 2〉
>
> (살아서는 섬기기를 예로써 하며, 죽어서는 장례하기를 예로써 하며, 제사하기를 예로써 하면 효라고 말할 수 있다.)

본문은 '生(부사어) + 事(술어) + 之(목적어) + 以(개사) + 禮(개사목적어),
死(부사어) + 葬(술어) + 之(목적어) + 以(개사) + 禮(개사목적어), 祭(술어) +
之(목적어) + 以(개사) + 禮(개사목적어)'의 구조로서 '以禮'의 개사구조
가 모두 목적어 '之' 뒤에 위치한다.

君子深造之以道, 欲其自得之也. 〈離下 14〉

(군자가 도로써 깊이 나아가는 것은, 그가 스스로 얻고자 함이 있어서이다.)

본문은 '君子(주어) + 深(부사어) + 造(술어) + 之(목적어) + 以(개사) +
道(개사목적어)'의 구조로서 '以道'의 개사구조가 목적어 '之' 뒤에
위치한다.

繼之以不忍人之政, 而仁覆天下矣. 〈離上 1〉

(차마 남에게 해하지 않는 정사로써 계속하니, 어짐이 천하를 덮게 된 것
이다.)

본문은 '繼(술어) + 之(목적어) + 以(개사) + 不忍人之政(개사목적어)'의
구조로서 '以不忍人之政'의 개사구조가 목적어 '之' 뒤에 위치한다.

3) 개사의 생략

개사와 개사목적어가 결합한 개사구조에서 개사를 생략하는 경
우가 있다.

주어 + 술어 + 목적어 + 개사(以, 於, 自)(생략) + 개사목적어

若是則夫子過孟賁, 遠矣. 〈公上 2〉

(이와 같다면 선생님은 맹분보다 크게 뛰어나십니다.)

본문은 '夫子(주어) + 過(술어) + 孟賁(목적어)'의 구조로서 원래 '夫子過(於)孟賁'에서 비교개사 '於'가 생략된 경우에 해당한다.

天下有道, 小德役大德, 小賢役大賢. 〈離上 7〉

(천하에 도가 있을 때에는 소덕이 대덕에게 사역을 당하고, 소현이 대현에게 사역을 당한다.)

본문은 '小德(주어) + 役(술어) + 大德(목적어)'의 구조로서 원래 '小德役(於)大德'에서 행위의 주동을 나타내는 개사 '於'가 생략된 경우에 해당한다. 下句도 원래 '小賢(주어) + 役(술어) + (於) + 大賢'에서 개사가 생략된 경우에 해당한다.

曾子居武城, 有越寇. 〈離下 31〉

(증자가 무성에 거할 때 월나라의 침략이 있었다.)

본문은 '曾子(주어) + 居(술어) + 武城(목적어)'의 구조로서 원래 '曾子居(於)武城'에서 장소개사 '於'가 생략된 경우에 해당한다.

4) 개사목적어의 생략

개사구조에서 개사목적어가 上句에 이미 출현한 경우 생략할 수 있다.

```
주어 + 개사 + 개사목적어 + 술어 + 목적어,
         주어 + 개사 + 개사목적어(생략) + 술어 + 목적어
```

> 墨之治喪也, 以薄爲其道也. 夷子思以易天下.
>
> 〈滕上 5〉
>
> (묵자가 상을 다스림은 박장으로써 그 도로 삼았다. 이자는 박장으로써 천하의 풍속을 바꿀 것을 생각하였다.)

본문은 '夷子(주어) + 思(술어) + 以易天下(목적어)'의 구조이다. 이 경우 원래 '思以(薄)易天下'에서 上句에 개사목적어가 이미 출현하여 下句에서 개사목적어 '薄'을 생략한 경우에 해당한다.

> 古之爲關也, 將以禦暴. 今之爲關也, 將以爲暴.
>
> 〈盡下 8〉
>
> (옛날에 관문을 만든 것은 장차 포악한 자를 막고자 함이었다. 지금 관문을 만든 것은 장차 포악한 짓을 하려 함이다.)

본문은 '將(부사어) + 以(개사) + 禦(술어) + 暴(목적어)', '將(부사어) + 以(개사) + 爲(술어) + 暴(목적어)'의 구조이다. 이 경우 上句에 개사목적어가 이미 출현하였기 때문에 下句가 '將以(關)御暴', '將以(關)爲暴'이 되어 개사목적어 '關'을 모두 생략한 경우에 해당한다.

> 湯使遺之牛羊, 葛伯食之, 又不以祀.　〈滕下 5〉
>
> (탕왕이 사람을 시켜 그에게 소와 양을 보냈는데, 갈백이 이것을 먹고 또 제사를 지내지 않았다.)

본문은 '又(부사어) + 不 + 以(개사) + 祀(술어)'의 구조이다. 이 경우 上句에 개사목적어가 이미 출현하였기 때문에 下句가 '又不以(之)祀'가 되어 개사목적어 '之'를 생략한 경우에 해당한다.

我非堯舜之道, 不敢以陳於王前. 〈公下 2〉

(나는 요순의 도가 아니면 감히 왕 앞에서 말씀 드리지 않는다.)

본문은 '不 + 敢(부사어) + 以(개사) + 陳(술어) + 於(개사) + 王前(개사목적어)'의 구조이다. 이 경우 上句에 개사목적어가 이미 출현하였기 때문에 下句가 '不敢以(堯舜之道)陳於王前'이 되어 개사목적어 '堯舜之道'를 생략한 경우에 해당한다.

我不意子學古之道而以餔啜也. 〈離上 24〉

(나는 그대가 옛 도를 배우고서 먹고 마시는 데 사용하리라고 생각하지 못하였다.)

본문은 '我(주어) + 不 + 意(술어) + 子學古之道而以餔啜(목적어) + 也'의 구조이다. 이 경우 목적어는 다시 '子(주어) + 學(술어) + 古之道(목적어) + 而(접속사) + 以(古之道) + 餔啜'이 되어 上句에 개사목적어가 이미 출현하였기 때문에 下句에서 개사목적어 '古之道'를 생략한 경우에 해당한다.

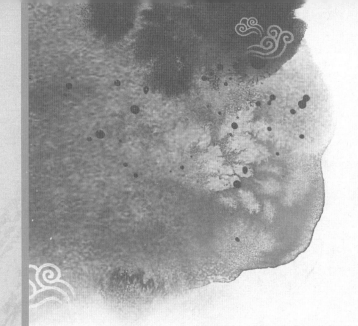

第2部
實詞

실사는 실제적인 의미를 지니고 있는 단어로서 문장에서
단독으로 문장 성분이 될 수 있다. 이러한 실사로는 명사,
대사, 수사, 양사, 형용사, 동사가 있다.

① 名詞

　명사는 사람이나 사물 및 시간, 장소의 명칭을 나타내는 단어로 문장에서 주요 성분이 된다. 이 경우 명사가 고정된 품사를 유지하지 못하고 문장 성분 가운데 술어가 되어 동작이나 상태를 나타내기도 한다. 그러면 우선 명사가 술어가 되는 중요한 어법 조건을 살펴보기로 하겠다.

1) 명사의 연결 용법

　두 개의 명사가 연결된 상태에서 편정구조나 병렬구조를 이루지 않으면 앞의 명사는 술어가 되고 뒤의 명사는 그 목적어가 된다.

> **술어(명사) + 목적어(명사)**

舜之不臣堯, 則吾既得聞命矣. 〈萬上 4〉

(순이 요를 신하로 삼지 않은 것은 내가 이미 가르침을 들었다.)

　본문은 '舜(주어) + 之(조사) + 不 + 臣(술어) + 堯(목적어)'의 구조로서 '臣'이 동사가 되어 '신하로 삼다'로 해석한다.

詩云 雨我公田, 遂及我私. 〈滕上 3〉

(시경에 이르기를 '우리 공전에 비를 내려 마침내 우리 사전에 미친다'라고 하였다.)

본문은 '雨(술어) + 我公田(목적어)'의 구조로서 '雨'가 동사가 되어 '비가 내리다'로 해석한다.

> **好色人之所欲, 妻帝之二女而不足以解憂.** 〈萬上 1〉
>
> (아름다운 여색은 사람들이 원하는 바인데, 요임금의 두 딸을 아내로 삼았으나 근심을 풀기에 부족하였다.)

본문은 '妻(술어) + 帝之二女(목적어)'의 구조로서 '妻'가 동사가 되어 '시집가다'로 해석한다.

> **無畏, 寧爾也. 非敵百姓也.** 〈盡下 4〉
>
> (두려워하지 마라, 너희들을 편안하게 하려는 것이다. 백성들을 대적하려는 것이 아니다.)

본문은 '非 + 敵(술어) + 百姓(목적어)'의 구조로서 '敵'이 동사가 되어 '대적하다'로 해석한다.

2) '조동사 + 명사' 용법

명사가 '能', '可', '可以' 등의 조동사 뒤에 놓일 경우에는 술어가 되어 동작이나 상태를 나타낸다.

> 주어 + 조동사 + 술어(명사) + (구말어기사)

> **有寒疾, 不可以風, 朝將視朝.** 〈公下 2〉
>
> (감기가 걸려 바람을 쐴 수 없으니 아침에 장차 조회를 볼 것이다.)

본문은 '不 + 可以(조동사) + 風(술어)'의 구조로서 '風'이 동사가 되어 '바람을 쐬다'로 해석한다.

3) '명사 + 술어' 용법

명사가 술어 앞에 위치하면 부사어가 되어 술어를 수식한다.

주어 + 부사어(명사) + 술어 + 목적어

食而弗愛, 豕交之也. 愛而不敬, 獸畜之也.

〈盡上 37〉

(먹이기만 하고 사랑하지 않으면 돼지와 같이 사귀는 것이다. 사랑하기만 하고 공경하지 않으면 짐승과 같이 기르는 것이다.)

본문은 '豕(부사어) + 交(술어) + 之(목적어) + 也', '獸(부사어) + 畜(술어) + 之(목적어) + 也'의 구조이다. 이 경우 명사 '豕', '獸'가 술어 앞에서 부사어가 되어 '돼지와 같이', '짐승과 같이'로 해석한다.

今而後, 知君之犬馬畜伋.

〈萬下 6〉

(지금에야 군주께서 개나 말과 같이 나를 기름을 알게 되었다.)

본문은 '知(술어) + 君之犬馬畜伋(목적어)'의 구조이다. 이 경우 목적어는 다시 '君(주어) + 之(조사) + 犬馬(부사어) + 畜(술어) + 伋(목적어)'가 되어 명사 '犬馬'가 술어 앞에서 부사어가 되어 '개나 말과 같이'로 해석한다.

4) '명사 + 之' 용법

명사가 '之'나 '我' 같은 대사(대체사) 앞에 위치하면 술어가 되어 동작이나 상태를 나타낸다.

> 주어 + 술어(명사) + 목적어(之)

無處而餽之, 是貨之也. 〈公下 3〉

(사용처가 없는데 보내면, 이는 뇌물을 주는 것이다.)

본문은 '是(주어) + 貨(술어) + 之(대사)'의 구조로서 명사 '貨'가 대사 '之'와 결합하여 동사가 되어 '뇌물을 주다'로 해석한다.

得百里之地而君之, 皆能以朝諸侯有天下. 〈公上 2〉

(백 리가 되는 땅을 얻어서 임금이 되면, 모두 제후들에게 조회를 받고 천하를 소유할 수 있게 된다.)

본문은 '得(술어) + 百里之地(목적어) + 而(접속사) + 君(술어) + 之(목적어)'의 구조로서 명사 '君'이 대사 '之'와 결합하여 동사가 되어 '임금이 되다'로 해석한다.

相秦而顯其君於天下, 可傳於後世, 不賢而能之乎? 〈萬上 9〉

(진나라를 도와서 천하에 그 군주를 드러내어 후세에 전할 만하게 하였으니 어질지 않고서 할 수 있겠는가?)

본문은 '不 + 賢(술어) + 而(접속사) + 能(술어) + 之(목적어)'의 구조로서 명사 '能'이 대사 '之'와 결합하여 동사가 되어 '할 수 있다'로 해석한다.

> 己垂涕泣而道之, 無他, 戚之也. 〈告下 3〉
>
> (자신이 눈물을 흘리고 울면서 타이르는 것은 다름이 아니라 친하게 여기기 때문이다.)

　본문은 '戚(술어) + 之(목적어) + 也'의 구조로서 명사 '戚'이 대사 '之'와 결합하여 동사가 되어 '친하다'로 해석한다.

5) '명사 + 개사구조' 용법

　명사가 개사구조와 결합하면 술어가 되어 동작이나 상태를 나타낸다.

> 주어 + 술어(명사) + 개사구조(개사 + 개사목적어)

> 是絶物也, 涕出而女於吳. 〈離上 7〉
>
> (이것은 남과 끊는 것이니 눈물을 흘리면서 오나라에 딸을 시집보냈다.)

　본문은 '涕(목적어) + 出(술어) + 而(접속사) + 女(술어) + 於(개사) + 吳(개사목적어)'의 구조로서 명사 '女'가 개사구조와 결합하여 동사가 되어 '시집가다'로 해석한다.

6) '명사 + 而' 용법

　명사가 접속사 '而'와 결합하면 술어가 되어 동작이나 상태를 나타낸다.

> 주어 + 술어(명사) + 而 + 술어(명사)

是天子而友匹夫也. 〈萬下 3〉

(이는 천자가 되어 필부와 벗하는 것이다.)

본문은 '是(주어) + 天子(술어) + 而(접속사) + 友(술어) + 匹夫(목적어)'의 구조로서 명사 '天子'가 접속사 '而'와 결합하여 동사가 되어 '천자가 되다'로 해석한다.

如必自爲而後用之, 是率天下而路也. 〈滕上 4〉

(만일 반드시 자기가 만든 뒤에야 쓴다면, 이는 천하 사람을 거느려 길에 나서는 것이다.)

본문은 '是(주어) + 率(술어) + 天下(목적어) + 而(접속사) + 路(술어) + 也'의 구조로서 명사 '路'가 접속사 '而'와 결합하여 동사가 되어 '길을 나서다'로 해석한다.

焉得人人而濟之? 〈離下 2〉

(사람마다 일일이 싣고서 어찌 건너게 할 수 있겠는가?)

본문은 '焉(의문부사) + 得(조동사) + 人人(술어) + 而(접속사) + 濟(술어) + 之(목적어)'의 구조로서 명사 '人人'이 접속사 '而'와 결합하여 동사가 되어 '사람마다 수레에 싣다'로 해석한다.

千里而見王, 是予所欲也. 〈公下 12〉

(천 리를 와서 왕을 만나는 것은 내가 원하는 바이다.)

본문은 '千里(술어) + 而(접속사) + 見(술어) + 王(목적어)'의 구조로서 명사 '千里'가 접속사 '而'와 결합하여 동사가 되어 '천 리를 오다'로 해석한다.

② 代詞

대사는 사람이나 사물을 대신 지칭하는 것으로 대체사라고도 한다. 대사는 보통 지시대사, 인칭대사, 특수대사, 의문대사로 나눌수 있다.

1) 지시대사

크게 원칭과 근칭의 지시대사로 나눌 수 있다. 근칭대사는 사람과 사물 또는 상황이 화자와 가까이 있는 것을, 원칭대사는 화자와멀리 떨어져 있는 것을 지시한다.

(1) 근칭대사

화자와 가까이에 있는 사물이나 사람을 지시하는 대사로 '此,是, 斯, 玆' 등이 있다.

(가) 此

보통 문장에서 주어, 관형어, 목적어가 된다. 이 외에 동사나 다른대사와 연결하여 '此之謂', '此…彼'의 관용구를 만들기도 한다.

○ 주어가 되는 경우

문장에서 주어가 되면 '此(주어) + 술어(명사) + 也(也已)'의 형식을 취한다.

> ## 此亦妄人也已矣. 〈離下 28〉
> (이것은 역시 미치광이일 뿐이다.)

　본문은 '此(주어) + 亦(부사어) + 妄人(술어) + 也已矣'의 구조로서 '此'가 근칭을 나타낸다.

> ## 此其大略也. 〈滕上 3〉
> (이것이 정전법의 대략이다.)

　본문은 '此(주어) + 其(관형어) + 大略(술어) + 也'의 구조로서 '此'가 근칭을 나타낸다.

　다음으로 '此(주어) + 관형어 + 之 + 명사 + 也'의 형식을 취하기도 한다.

> ## 此匹夫之勇, 敵一人者也. 〈梁下 3〉
> (이것은 필부의 용기로서 한 사람을 적으로 삼는 것이다.)

　본문은 '此(주어) + 匹夫(관형어) + 之(조사) + 勇(명사)'의 구조로서 '此'가 근칭을 나타낸다.

> ## 此非距心之所得爲也. 〈公下 4〉
> (이것은 제가 할 수 있는 바가 아니다.)

　본문은 '此(주어) + 非 + 距心(관형어) + 之(조사) + 所得爲(명사) + 也'의 구조로서 '此'가 근칭을 나타낸다.

　다음으로 '此(주어) + 술목구조 + 而 + 술목구조'의 구조를 이루는 경우가 있다.

此率獸而食人也. 〈梁上 4〉

(이것은 짐승을 몰아서 사람을 잡아먹는 것이다.)

본문은 '此(주어) + 率(술어) + 獸(목적어) + 而(접속사) + 食(술어) + 人(목적어) + 也'의 구조로서 '此'가 근칭을 나타낸다.

此惟救死而恐不贍, 奚暇治禮義哉? 〈梁上 7〉

(이것은 오직 죽음을 구제하기에도 넉넉하지 못할까 두려워하는 것이니, 어느 겨를에 예의를 다스리겠는가?)

본문은 '此(주어) + 惟(부사어) + 救(술어) + 死(목적어) + 而(접속사) + 恐(술어) + 不贍(목적어)'의 구조로서 '此'가 근칭을 나타낸다.

ⓛ 관형어가 되는 경우

天之生此民也, 使先知覺後知. 〈萬上 7〉

(하늘이 이 백성들을 낳으면서 먼저 안 사람으로 하여금 늦게 아는 사람을 깨우치도록 하였다.)

본문은 '天(주어) + 之(조사) + 生(술어) + 此民(목적어) + 也'의 구조로서 '此'가 관형어가 된다.

信能行此五者, 則鄰國之民仰之若父母矣. 〈公上 5〉

(진실로 이 다섯 가지를 능히 행하게 되면 이웃 나라 백성들이 부모와 같이 우러러볼 것이다.)

본문은 '信(부사어) + 能(조동사) + 行(술어) + 此五者(목적어)'의 구조로서 '此'가 관형어가 된다.

ⓒ 목적어가 되는 경우

지시대사 '此'가 술어 다음에서 목적어가 되기도 한다.

王如知此, 則無望民之多於鄰國也. 〈梁上 3〉

(왕께서 만약 이것을 아신다면 백성들이 이웃 나라보다 많기를 바라지 마소서.)

본문은 '王(주어) + 如(접속사) + 知(술어) + 此(목적어)'의 구조로서 '此'가 동사 뒤에서 직접목적어가 된다.

賢者而後樂此. 不賢者雖有此, 不樂也. 〈梁上 2〉

(어진 사람이 된 이후에 이것을 즐기게 된다. 어질지 못한 자는 비록 이것이 있다고 해도 즐기지 못한다.)

본문은 '賢者(주어) + 而後(접속사) + 樂(술어) + 此(목적어), 不賢者(주어) + 雖(접속사) + 有(술어) + 此(목적어)'의 구조로서 '此'가 동사 다음에서 직접목적어가 된다.

ⓐ '於此'의 경우

'此'가 개사목적어가 되어 '於此有人'이나 '有人於此'의 관용구를 만든다.

有人於此, 其待我以橫逆, 則君子必自反也.

〈離下 28〉

(여기 어떤 사람이 있는데, 그가 나를 거슬러 포악하게 대한다면 군자는 반드시 스스로 돌이켜 본다.)

본문은 '有(술어) + 人(목적어) + 於(개사) + 此(개사목적어)'의 구조로서 '於此'의 관용구가 '人'을 다음 구에 소개한다.

於此有人焉, 入則孝, 出則悌.　　　〈滕下 4〉

(여기에 어떤 사람이 있는데, 집에 들어오면 효도하고 나가면 공경한다.)

　본문은 '於(개사) + 此(개사목적어) + 有(술어) + 人(목적어) + 焉'의 구조로서 '於此'의 관용구가 '人'을 다음 구에 소개한다.

有人於此, 毁瓦畫墁, 其志將以求食也.　　〈滕下 4〉

(여기에 사람이 있는데 기왓장을 부수고 담장의 꾸밈을 그어 놓고, 그 뜻이 장차 먹을 것을 구하려고 한다.)

　본문은 '有(술어) + 人(목적어) + 於(개사) + 此(개사목적어)'의 구조로서 '於此'의 관용구가 '人'을 다음 구에 소개한다.

今有璞玉於此. 雖萬鎰, 必使玉人彫琢之.　〈梁下 9〉

(지금 여기에 옥돌이 있다고 하자. 비록 만 일의 가치가 있어도 반드시 옥공으로 하여금 다듬게 해야 한다.)

　본문은 '今(부사어) + 有(술어) + 璞玉(목적어) + 於(개사) + 此(개사목적어)'의 구조로서 '於此'의 관용구가 '璞玉'을 다음 구에 소개한다.

　ⓒ '此之謂'의 경우

　목적어 '此'가 술어 앞으로 도치되어 '此之謂'의 관용구가 된다.

威武不能屈, 此之謂大丈夫.　　　　　〈滕下 2〉

(위력과 힘이 지조를 굽힐 수 없는 것, 이것을 대장부라고 말한다.)

　본문은 '此(목적어) + 之(조사) + 謂(술어) + 大丈夫(목적어)'의 구조로서 '此'가 上句를 지시하면서 도치되어 강조의 뜻을 나타낸다.

瞽瞍底豫而天下之爲父子者定, 此之謂大孝.
<離上 28>

(고수가 기쁨에 이르니 천하에 부자간이 되는 자들이 안정되었으니, 이것을 일러 큰 효도라고 말한다.)

본문은 '此(목적어) + 之(조사) + 謂(술어) + 大孝(목적어)'의 구조로서 上句를 지시하면서 도치되어 강조의 뜻을 나타낸다.

ⓑ '此…彼…'의 경우

'此…彼…'의 어구를 上句와 下句에 연결하여 대비의 의미를 나타낸다. 이 경우 문장 가운데 선행한 것에 대한 명확한 지시 내용이 없이 양자 간의 대비를 강조한다.

所敬在此, 所長在彼. 果在外, 非由內也. <告上 5>

(공경하는 바는 여기에 있고 어른으로 여기는 바는 저기에 있다. 의는 과연 밖에 있는 것이지 내면에서 연유하는 것이 아니다.)

본문은 '所敬(주어) + 在(술어) + 此(목적어), 所長(주어) + 在(술어) + 彼(목적어)'의 구조로서 上句와 下句에 '此'와 '彼'가 호응하여 양자 간의 대비를 강조한다.

春秋無義戰. 彼善於此, 則有之矣. <盡下 2>

(춘추에는 의로운 전쟁이 없다. 저것이 이것보다 낫다면 그런 것은 있다.)

본문은 '彼(주어) + 善(술어) + 於(개사) + 此(개사목적어)'의 구조로서 '此'와 '彼'가 호응하여 양자 간의 대비를 강조한다.

(나) 是

보통 문장에서 주어, 관형어, 목적어가 된다. 이 외에 동사나 개사와 결합하여 '是故', '是以', '是之謂'와 같은 관용구를 만들기도 한다.

㉠ 주어가 되는 경우

'是(주어) + 술어(명사) + 也(也已)'의 형식을 취한다.

聞君行聖人之政, 是亦聖人也, 〈滕上 4〉

(군주께서 성인의 정치를 행한다고 들었으니, 이는 역시 성인이십니다.)

본문은 '是(주어) + 亦(부사어) + 聖人(술어) + 也'의 구조로서 '是'가 주어가 되어 上句를 지시한다.

다음으로 '是(주어) + 관형어 + 之 + 명사 + 也'의 구조를 취하는 경우가 있다.

王之不王, 是折枝之類也. 〈梁上 7〉

(왕께서 왕도를 행하지 못하니, 이것은 가지를 꺾는 것과 같은 종류이다.)

본문은 '是(주어) + 折枝(관형어) + 之(조사) + 類(명사) + 也'의 구조로서 '是'가 주어가 되어 上句를 지시한다.

人皆信之, 是舍簞食豆羹之義也. 〈盡上 34〉

(사람들이 모두 믿고 있으니, 이것은 소쿠리의 밥과 나무그릇의 국을 버리는 정도의 의로움이다.)

본문은 '是(주어) + 舍簞食豆羹(관형어) + 之(조사) + 義(명사) + 也'의 구조로서 '是'가 주어가 되어 上句를 지시한다.

다음으로 '是(주어) + 부사어 + 술어'의 구조를 취하기도 한다.

直不百步耳, 是亦走也. 〈梁上 3〉

(다만 백 보가 아닐 뿐이지 이것 역시 도망한 것이다.)

본문은 '是(주어) + 亦(부사어) + 走(술어) + 也'의 구조로서 '是'가 주어가 되어 上句를 지시한다.

다음으로 '是(주어) + 술어 + 목적어'의 구조를 취하기도 한다.

今惡辱而居不仁, 是猶惡溼而居下也. 〈公上 4〉

(지금 치욕은 싫어하면서도 불인함에 거하고 있으니, 이것은 젖은 것을 싫어하면서 낮은 곳에 머무르는 것과 같다.)

본문은 '是(주어) + 猶(술어) + 惡溼而居下(목적어) + 也'의 구조로서 '是'가 주어가 되어 上句를 지시한다.

旣不能令, 又不受命, 是絕物也. 〈離上 7〉

(이미 명령하지 못하고 또한 명령을 받지 않는다면, 이것은 다른 사람과 끊어지는 것이다.)

본문은 '是(주어) + 絕(술어) + 物(목적어) + 也'의 구조로서 '是'가 주어가 되어 上句를 지시한다.

다음으로 '是(주어) + 술어(형용사)'의 구조를 취하기도 한다.

> 知而使之, 是不仁也. 不知而使之, 是不智也.
>
> <公下 9>

(알고 시켰다면 이것은 어질지 않은 것이다. 알지 못하고 시켰다면 이것은
지혜롭지 않은 것이다.)

본문은 '是(주어) + 不 + 仁(술어) + 也', '是(주어) + 不 + 智(술어) +
也'의 구조로서 '是'가 주어가 되어 上句를 지시한다.

마지막으로 '是(주어) + 술어(주어 + 술어 + 목적어)'의 구조를 취하기
도 한다.

> 是天下之父歸之也.
>
> <離上 13>

(이것은 천하의 아버지가 그에게 돌아간 것이다.)

본문은 '是(주어) + 天下之父歸之(술어) + 也'의 구조로서 '是'가 주
어가 되어 上句를 지시한다.

ⓛ 관형어가 되는 경우

지시대사 '是'가 명사와 결합하여 관형어가 된다.

> 人之有是四端也, 猶其有四體也.
>
> <公上 6>

(사람이 이 사단을 가지고 있음은 마치 그가 사지를 가지고 있는 것과 같다.)

본문은 '人(주어) + 之(조사) + 有(술어) + 是四端(목적어)'의 구조로서
'是'가 관형어가 된다.

> 惟君子能由是路, 出入是門也.
>
> <萬下 7>

(오직 군자만이 이 길을 따라갈 수 있고 이 문을 출입할 수 있다.)

본문은 '惟(부사어) + 君子(주어) + 能(조동사) + 由(술어) + 是路(목적어), 出入(술어) + 是門(목적어)'의 구조로서 '是'가 관형어가 된다.

> **民之秉夷也, 故好是懿德.**　　　　〈告上 6〉
>
> (백성들이 떳떳한 본성을 가지고 있어서 고로 이 아름다운 덕을 좋아한다.)

본문은 '故(접속사) + 好(술어) + 是懿德(목적어)'의 구조로서 '是'가 관형어가 된다.

ⓒ 목적어가 되는 경우

술어 다음에 목적어가 되거나 술어 앞으로 목적어를 도치할 경우에 사용한다.

> **是詩也, 非是之謂也.**　　　　〈萬上 4〉
>
> (이 시는 이것을 말하는 것이 아니다.)

본문은 '非 + 是(목적어) + 之(조사) + 謂(술어) + 也'의 구조로서 '是'를 강조하기 위해 술어 앞으로 도치한다.

> **智之實知斯二者弗去是也.**　　　　〈離上 27〉
>
> (지혜의 결실은 이 두 가지를 알고 이것에서 떠나지 않는 것이다.)

본문은 '弗 + 去(술어) + 是(목적어) + 也'의 구조로서 '是'가 목적어가 된다.

ⓓ '如是(若是)'의 경우

동류나 차이를 나타내는 술어와 결합하여 '如是'나 '若是'의 관용구를 만든다.

其如是, 孰能禦之.　〈梁上 6〉

(그것이 이와 같다면 누가 막을 수 있겠는가?)

본문은 '其(주어) + 如(술어) + 是(목적어)'의 구조로서 대사 '是'가 '如'와 결합하여 관용어구가 된다.

伯夷伊尹於孔子, 若是班乎?　〈公上 2〉

(백이와 이윤이 공자에 대해 이와 같이 대등합니까?)

본문은 '若(술어) + 是(목적어) + 班(술어) + 乎'의 구조로서 대사 '是'가 '若'과 결합하여 관용어구가 된다.

聞者莫不興起也, 非聖人而能若是乎?　〈盡下 15〉

(들은 자가 흥기하지 않은 이가 없으니, 성인이 아니라면 능히 이와 같을 수 있겠는가?)

본문은 '非(술어) + 聖人(목적어) + 而(접속사) + 能(조동사) + 若(술어) + 是(목적어) + 乎'의 구조로서 대사 '是'가 '若'과 결합하여 관용어구가 된다.

　ⓗ '於是'의 경우

개사 뒤에서 '於是 + 술어 + 목적어'나 '술어 + 목적어 + 於是'의 구조를 취하기도 한다.

否. 吾何快於是?　〈梁上 7〉

(아니다. 내가 어찌 이런 일에 즐겁겠는가?)

본문은 '吾(주어) + 何(의문부사) + 快(술어) + 於(개사) + 是(개사목적어)'의 구조로서 대사 '是'가 '於'와 결합하여 관용어구가 된다.

> **奚有於是? 亦爲之而已矣.** 〈告下 2〉
>
> (어찌 여기에 달려 있겠는가? 역시 그것을 할 따름이다.)

본문은 '奚(의문부사) + 有(술어) + 於(개사) + 是(개사목적어)'의 구조로서 대사 '是'가 '於'와 결합하여 관용어구가 된다.

(다) 斯

대표적인 근칭대사로서 단독으로 주어가 되어 앞 문장이나 구의 내용을 반복하여 지시한다. 어떤 경우에는 上句와 下句를 연결하는 조사나 접속사로 간주하기도 한다.

ⓖ 주어가 되는 경우

> **其交也以道, 其接也以禮, 斯孔子受之矣.** 〈萬下 4〉
>
> (그 사귐이 도로써 하고, 그 만남이 예로써 하면 이는 공자도 받으셨다.)

본문은 '斯(주어) + 孔子(주어) + 受(술어) + 之(목적어) + 矣'의 구조로서 '斯'가 上句를 반복하여 지시한다. 이 경우 '斯'는 上句와 下句를 연결하는 접속사로 볼 수도 있다.

ⓒ 관형어가 되는 경우

명사 앞에서 관형어가 되어 사람이나 사물을 지시한다.

> **無已則有一焉. 鑿斯池也, 築斯城也.** 〈梁下 13〉
>
> (그만두지 말아야 한다면 한 가지가 있다. 이 못을 파고 이 성을 쌓는 것이다.)

본문은 '鑿(술어) + 斯池(목적어) + 也, 築(술어) + 斯城(목적어)'의 구조로서 '斯'가 모두 명사를 수식하는 관형어가 된다.

> 智之實知斯二者弗去是也. 禮之實, 節文斯二者是
> 也.
> <離上 27>

(지혜의 결실은 이 두 가지를 알고 이것에서 떠나지 않음이다. 예의 결실은 이 두 가지를 알맞게 꾸미는 것이다.)

본문은 '智之實(주어) + 知(술어) + 斯二者(목적어)'의 구조로서 '斯'가 명사를 수식하는 관형어가 된다.

> 予將以斯道, 覺斯民.
> <萬上 7>

(나는 장차 이 도로써 이 백성들을 깨우칠 것이다.)

본문은 '予(주어) + 將(부사어) + 以(개사) + 斯道(개사목적어) + 覺(술어) + 斯民(목적어)'의 구조로서 '斯'가 모두 명사를 수식하는 관형어가 된다.

(라) 玆

근칭을 나타내는 지시대사로 문장에서 관형어와 목적어가 된다.

㉠ 관형어가 되는 경우

> 舜曰 惟玆臣庶, 汝其于予治.
> <萬上 2>

(순임금이 말하기를 '이 많은 신하들을 너는 나에게 와서 다스리라'라고 하였다.)

본문은 '惟玆臣庶(목적어) + 汝(주어) + 其(조사) + 于(술어) + 予(목적어) + 治(술어)'의 구조이다. 이 경우 목적어는 다시 '惟(조사) + 玆(관형어) + 臣庶(명사)'가 되어 '玆'가 명사를 수식하는 관형어가 된다.

ⓛ 목적어가 되는 경우

是何濡滯也? 士則茲不悅.　　　　　　　　〈公下 12〉

(이 어찌 오랫동안 머무는 것인가? 나는 이것을 기뻐하지 않는다.)

본문은 '士(주어) + 則(조사) + 茲(목적어) + 不 + 悅(술어)'의 구조로서 '茲'가 목적어가 되어 술어 앞으로 도치한다.

(2) 원칭대사

멀리 있는 사물이나 사람을 지시하며 '其, 彼, 夫, 厥' 등이 있다.

(가) 其

일정한 사람이나 사물을 가리키는 지시대사로서 주로 주어와 관형어가 된다. 이때 '其'가 단독으로 주어가 되는 경우는 드물고 보통 다른 구조 안에서 주어가 된다.

ⓗ 주어가 되는 경우

문장에서 단독으로 주어가 될 경우에는 '其 + 술어'의 구조로서 下句에 의미가 종속된다.

其如是, 孰能禦之.　　　　　　　　　　　〈梁上 6〉

(그것이 이와 같다면 누가 그것을 막을 수 있겠는가?)

본문은 '其(주어) + 如(술어) + 是(목적어)'의 구조로 보기도 하지만 '其'는 의미 없는 조사로 볼 수도 있다.

> 其爲氣也, 配義與道. 無是, 餒也. 〈公上 2〉

(기가 행해짐은 의로움과 짝짓고 도와 함께하게 된다. 이것이 없으면 (호연지기가) 굶주리게 된다.)

본문은 '其(주어) + 爲(술어) + 氣(목적어) + 也'의 구조로 보기도 하지만 '其'는 의미 없는 조사로 볼 수도 있다.

지시대사 '其'는 주로 다른 구조 안에서 주어가 된다.

> 諸侯惡其害己也, 而皆去其籍. 〈萬下 2〉

(제후들은 그것이 자신들에게 해가 됨을 싫어하여 그 전적을 모두 없애 버렸다.)

본문은 '諸侯(주어) + 惡(술어) + 其害己(목적어) + 也'의 구조이다. 이 경우 목적어는 다시 '其(주어) + 害(술어) + 己(목적어)'가 되어 '其'가 목적어구 안에서 주어가 된다.

> 惡利口, 恐其亂信也. 惡鄭聲, 恐其亂樂也. 〈盡下 37〉

(말 잘하는 사람을 미워함은 그가 신의를 어지럽힐까 두렵기 때문이다. 정나라 음악을 미워함은 그것이 음악을 어지럽힐까 두렵기 때문이다.)

본문은 '恐(술어) + 其亂信(목적어)'의 구조이다. 이 경우 목적어는 다시 '其(주어) + 亂(술어) + 信(목적어)'가 되어 '其'가 목적어구 안에서 주어가 된다. 下句의 '恐其亂樂'도 '恐(술어) + 其亂樂(목적어)'가 되어 '其'가 목적어구 안에서 다시 주어가 된다.

> 我將言其不利也. 〈告下 4〉

(나는 장차 그것이 이익이 없음을 말하려고 한다.)

본문은 '我(주어) + 將(부사어) + 言(술어) + 其不利(목적어) + 也'의 구조이다. 이 경우 목적어는 다시 '其(주어) + 不 + 利(술어)'가 되어 '其'가 목적어구 안에서 주어가 된다.

ⓒ 관형어가 되는 경우

보통 명사 앞에서 명사를 수식하는 관형어가 된다.

其交也以道, 其接也以禮, 斯孔子受之矣. 〈萬下 4〉
(그 사귐이 도로써 하고, 그 만남이 예로써 하면 이는 공자도 받으셨다.)

본문은 '其交(주어) + 也(어기사) + 以(개사) + 道(개사목적어), 其接(주어) + 也(어기사) + 以(개사) + 禮(개사목적어)'의 구조로서 '其'가 관형어가 된다.

方里而井, 井九百畝, 其中爲公田. 〈滕上 3〉
(사방 일 리로서 정이며, 정은 구백 무이니, 그 가운데가 공전이 된다.)

본문은 '其中(주어) + 爲(술어) + 公田(목적어)'의 구조로서 '其'가 관형어가 된다.

軻也請無問其詳, 願聞其指. 〈告下 4〉
(저는 그 자세한 사정은 묻지 않고 그 취지를 듣고 싶다.)

본문은 '軻(주어) + 也(어기사) + 請(부사어) + 無 + 問(술어) + 其詳(목적어), 願(조동사) + 聞(술어) + 其指(목적어)'의 구조로서 '其'가 모두 관형어가 된다.

(나) 之

삼인칭 지시대사로 주로 사물이나 사람을 가리키며 단독으로 주어가 되지 못한다. 따라서 주로 관형어가 되거나 술어나 개사 뒤에서 목적어가 된다.

㉠ 관형어의 경우

명사 앞에서 관형어가 되어 가까운 사물이나 사람을 지시하며 우리말로 '그, 저'로 해석한다.

> **太誓曰 我武惟揚, 侵于之疆, 則取于殘.** 〈滕下 5〉
>
> (태서에 이르기를 '우리의 위엄을 떨쳐 저 국경을 침략하여 잔학한 자를 취해야 한다'라고 하였다.)

본문은 '侵(술어) + 于(개사) + 之疆(개사목적어)'의 구조로서 '之'가 관형어가 된다.

㉡ 목적어의 경우

문장에서 주로 목적어가 되며, 주어가 되는 경우는 아주 드물다.

> **何可廢也? 以羊易之.** 〈梁上 7〉
>
> (어찌 가히 폐지할 수 있겠는가? 양으로써 그것을 바꾸어라.)

본문은 '以(개사) + 羊(개사목적어) + 易(술어) + 之(목적어)'의 구조로서 '之'가 목적어가 된다.

> **滅國者五十, 驅虎豹犀象而遠之.** 〈滕下 9〉
>
> (나라를 멸망시킨 것이 오십 개의 제후국이며 호랑이, 표범, 물소, 코끼리를 쫓아내어 멀리 보냈다.)

본문은 '驅(술어) + 虎豹犀象(목적어) + 而(접속사) + 遠(술어) + 之(목적어)'의 구조로서 '之'가 목적어가 된다.

> ## 奚有於是? 亦爲之而已矣. 〈告下 2〉
> (어찌 여기에 달려 있겠는가? 역시 그것을 할 따름이다.)

본문은 '亦(부사어) + 爲(술어) + 之(목적어) + 而已矣(구말어기사)'의 구조로서 '之'가 목적어가 된다.

ⓒ 후치하는 경우

'之'는 보통 선행한 사물이나 사건을 다시 지시하는 역할을 한다. 다만 다음과 같이 특수한 경우에는 下句의 사물이나 사건을 지시하기도 한다.

> ## 吾聞之也, 君子不以其所以養人者害人. 〈梁下 15〉
> (내가 듣기로 군자는 사람을 기르는 토지를 가지고서 사람을 해치지 않는다고 하였다.)

본문은 '吾(주어) + 聞(술어) + 之(목적어) + 也'의 구조로서 대사 '之'가 下句의 '君子不以其所以養人者害人'을 가리킨다.

> ## 子聞之也, 舍館定, 然後求見長者乎? 〈離上 24〉
> (그대는 들었는가, 숙소가 정해진 연후에 윗사람을 찾아와 만나 뵌다고.)

본문은 '子(주어) + 聞(술어) + 之(목적어) + 也'의 구조로서 대사 '之'가 下句의 '舍館定, 然後求見長者乎'를 가리킨다.

ⓔ 도치하는 경우

목적어 '之'가 부정부사와 결합하면 술어 앞으로 도치한다.

不仁而得天下, 未之有也. 〈盡下 13〉

(어질지 않으면서 천하를 얻는 것은 아직 그런 일이 있지 않다.)

본문은 '未 + 之(목적어) + 有(술어) + 也'의 구조로서 대사 '之'가 술어 앞으로 도치한다.

吾宗國魯先君莫之行, 吾先君亦莫之行也. 〈滕上 2〉

(우리 종주국인 노나라의 선군들도 그것을 하지 않았으며, 우리 선군들도 역시 그것을 하지 않았다.)

본문은 '吾宗國魯先君(주어) + 莫 + 之(목적어) + 行(술어)'의 구조로서 대사 '之'가 술어 앞으로 도치한다.

(다) 夫

명사 앞에서 명사를 수식하는 관형어가 되어 우리말로 '저, 그러한'으로 해석한다.

夫時子惡知其不可也? 〈公下 10〉

(저 시자가 어찌 그 불가함을 알겠는가?)

본문은 '夫時子(주어) + 惡(의문부사) + 知(술어) + 其不可(목적어) + 也'의 구조로서 '夫'가 관형어가 된다.

夫二子之勇, 未知其孰賢. 〈公上 2〉

(저 두 사람의 용맹은 누가 더 현명한지 알지 못하겠다.)

본문은 '夫二子之勇(주어) + 未 + 知(술어) + 其孰賢(목적어)'의 구조로서 '夫'가 관형어가 된다.

宜與夫禮, 若不相似然. 〈公下 2〉

(마땅히 저 예기의 예법과 서로 비슷하지 않은 듯하다.)

본문은 '宜(부사어) + 與(개사) + 夫禮(개사목적어) + 若(술어) + 不相似然(목적어)'의 구조로서 '夫'가 관형어가 된다.

'夫'가 지시성이 매우 약하여 해석할 필요가 없는 경우도 있다.

王知夫苗乎? 〈梁上 6〉

(왕은 벼싹을 아십니까?)

본문은 '王(주어) + 知(술어) + 夫苗(목적어) + 乎'의 구조로서 '夫'를 해석하지 않아도 무방하다.

夫志氣之帥也, 氣體之充也. 夫志至焉, 氣次焉. 〈公上 2〉

(대저 의지는 기의 장수요, 기는 몸에 꽉 차 있는 것이다. 대저 의지가 최고이고 기가 다음이다.)

본문은 '夫 + 志(주어) + 氣之帥(술어) + 也', '夫 + 志(주어) + 至(술어) + 焉'의 구조로서 '夫'가 문두에서 발어사가 된다.

夫尹士惡知予哉? 〈公下 12〉

(대저 윤사라는 자가 어찌 나를 알겠는가?)

본문은 '夫 + 尹士(주어) + 惡(의문부사) + 知(술어) + 予(목적어) + 哉'의 구조로서 '夫'가 문두에서 발어사가 된다.

> ### 夫滕壤地褊小, 將爲君子焉. 〈滕上 3〉
> (대체로 등나라는 땅이 좁고 작으나 장차 군자가 될 사람이 있다.)

　본문은 '夫 + 滕壤地(주어) + 褊小(술어)'의 구조로서 '夫'가 문두에서 발어사가 된다.

(라) 厥

원칭을 나타내는 지시대사로서 문장에서 주로 관형어가 된다.

> ### 若藥不瞑眩, 厥疾不瘳. 〈滕上 1〉
> (만약 약이 어지러움이 없다면 그 병은 낫지 않는다.)

　본문은 '厥疾(주어) + 不 + 瘳(술어)'의 구조로서 '厥'이 관형어가 된다.

> ### 天下曷敢有越厥志? 〈梁下 3〉
> (천하에 어찌 감히 그 뜻을 어기는 자가 있겠는가?)

　본문은 '天下(주어) + 曷(의문부사) + 敢(부사어) + 有(술어) + 越厥志(목적어)'의 구조이다. 이 경우 목적어는 다시 '越(술어) + 厥志(목적어)'가 되어 '厥'이 관형어가 된다.

> ### 肆不殄厥慍, 亦不隕厥問. 〈盡下 19〉
> (마침내 그 성냄을 없애지는 못했지만 역시 그 평판을 손상하지는 않았다.)

　본문은 '肆(부사어) + 不 + 殄(술어) + 厥慍(목적어), 亦(부사어) + 不 + 隕(술어) + 厥問(목적어)'의 구조로서 '厥'이 관형어가 된다.

2) 인칭대사

사람을 지칭하는 대사로 크게 일인칭대사, 이인칭대사, 삼인칭대
사로 나눌 수 있다.

(1) 일인칭대사

말하는 사람인 화자 자신을 지칭하는 대사로 '我, 吾, 予(余), 朕'
등이 있다.

(가) 我

화자 자신을 지칭하며 문장 가운데 주어, 관형어, 목적어가 된다.

㉠ 주어가 되는 경우

我非愛其財, 而易之以羊也. 〈梁上 7〉
(내가 그 재물을 아낀 것이 아니지만 양으로써 그것을 바꾸었다.)

본문은 '我(주어) + 非 + 愛(술어) + 其財(목적어)'의 구조로서 '我'가
주어가 된다.

楚王不悅, 我將見秦王說而罷之. 〈告下 4〉
(초왕이 기뻐하지 않는다면 내가 장차 진나라 왕을 만나 유세하여 전쟁을 그만두게 하겠다.)

본문은 '我(주어) + 將(부사어) + 見(술어) + 秦王(목적어) + 說(술어) +
而(접속사) + 罷(술어) + 之(목적어)'의 구조로서 '我'가 주어가 된다.

> 我知言, 我善養吾浩然之氣. 〈公上 2〉
>
> (나는 다른 사람의 말을 잘 이해하고, 나는 나의 호연지기를 잘 기른다.)

본문은 '我(주어) + 知(술어) + 言(목적어), 我(주어) + 善(부사어) + 養(술어) + 吾浩然之氣(목적어)'의 구조로서 '我'가 모두 주어가 된다.

ⓛ 관형어가 되는 경우

> 書曰 徯我后, 后來其蘇. 〈梁下 11〉
>
> (서경에서 이르기를 '우리 군주를 기다리노니, 군주가 오면 소생하게 되겠지'라고 하였다.)

본문은 '徯(술어) + 我后(목적어)'의 구조로서 '我'가 관형어가 된다.

> 久於齊, 非我志也. 〈公下 14〉
>
> (제나라에 오래 머무르는 것은 나의 생각이 아니다.)

본문은 '久於齊(주어) + 非 + 我志(술어) + 也'의 구조로서 '我'가 관형어가 된다.

ⓒ 목적어가 되는 경우

> 奚爲後我? 〈盡下 4〉
>
> (어찌하여 우리를 뒤로 여기시는가?)

본문은 '奚爲(의문부사) + 後(술어) + 我(목적어)'의 구조로서 '我'가 목적어가 된다.

> 孟子曰 子亦來見我乎? 〈離上 24〉
>
> (맹자께서 말씀하기를 '당신도 역시 나를 찾아와 알현하는가'라고 하였다.)

본문은 '子(주어) + 亦(부사어) + 來見(술어) + 我(목적어) + 乎'의 구조로서 '我'가 목적어가 된다.

㉣ 목적어 도치의 경우

부정사와 결합하면 목적어 '我'가 술어 앞으로 도치한다.

戎狄是膺, 荊舒是懲, 則莫我敢承. 〈滕下 9〉

(융과 적을 정벌하니 형과 서가 이에 징계되어 나를 감히 당할 수가 없다.)

본문은 '莫 + 我(목적어) + 敢(부사어) + 承(술어)'의 구조로서 '我'가 술어 앞으로 도치한다.

今也父兄百官不我足也. 〈滕上 2〉

(지금 부형과 백관들이 나를 만족하지 않는다.)

본문은 '今(부사어) + 也(어기사) + 父兄百官(주어) + 不 + 我(목적어) + 足(술어) + 也'의 구조로서 '我'가 술어 앞으로 도치한다.

(나) 吾

일인칭대사로서 문장에서 주로 주어나 관형어가 된다.

㉠ 주어가 되는 경우

聖則吾不能, 我學不厭而教不倦也. 〈公上 2〉

(성인은 내가 능하지 못하지만, 나는 배우는 것을 싫어하지 않고 가르치는 것을 게을리하지 않는다.)

본문은 '聖(목적어) + 則(조사) + 吾(주어) + 不 + 能(술어)'의 구조로서 '吾'가 주어가 된다.

吾固願見, 今吾尚病. 〈滕上 5〉

(나는 진실로 만나 보고 싶지만 지금 내가 아직 병환 중에 있다.)

본문은 '吾(주어) + 固(부사어) + 願(조동사) + 見(술어), 今(부사어) + 吾(주어) + 尙(부사어) + 病(술어)'의 구조로서 '吾'가 모두 주어가 된다.

吾嘗聞大勇於夫子矣. 〈公上 2〉

(나는 일찍이 선생님에게서 큰 용기에 대해 들었다.)

본문은 '吾(주어) + 嘗(부사어) + 聞(술어) + 大勇(목적어) + 於(개사) + 夫子(개사목적어) + 矣'의 구조로서 '吾'가 주어가 된다.

ⓛ 관형어가 되는 경우

叟不遠千里而來, 亦將有以利吾國乎? 〈梁上 1〉

(영감께서 천 리를 멀다고 하지 않고 오셨으니, 역시 장차 우리나라를 이롭게 함이 있겠습니까?)

본문은 '亦將(부사어) + 有(술어) + 以利吾國(목적어) + 乎'의 구조로서 '吾'가 관형어가 되어 복수를 지칭한다.

吾宗國魯先君莫之行, 吾先君亦莫之行也. 〈滕上 2〉

(우리 종주국인 노나라 선군들도 그것을 하지 않았고, 우리 선군들도 역시 그것을 하지 않았다.)

본문은 '吾宗國魯先君(주어) + 莫 + 之(목적어) + 行(술어), 吾先君(주어) + 亦(부사어) + 莫 + 之(목적어) + 行(술어)'의 구조로서 '吾'가 모두 관형어가 되어 복수를 지칭한다.

我以吾義, 吾何慊乎哉? 〈公下 2〉

(나는 내 의를 가지고 대할 것이니, 내가 어찌 부족할 것이 있겠는가?)

본문은 '我(주어) + 以(개사) + 吾義(개사목적어), 吾(주어) + 何(의문부사) + 慊(술어) + 乎哉'의 구조로서 '吾'가 관형어가 되어 단수를 지칭한다.

我知言, 我善養吾浩然之氣. 〈公上 2〉

(나는 다른 사람의 말을 잘 이해하고, 나는 나의 호연지기를 잘 기른다.)

본문은 我(주어) + 善(부사어) + 養(술어) + 吾浩然之氣(목적어)'의 구조로서 '吾'가 관형어가 되어 단수를 지칭한다.

吾王不遊, 吾何以休? 〈梁下 4〉

(우리 왕이 유람하지 않으면 우리가 어떻게 쉬겠는가?)

본문은 '吾王(주어) + 不 + 遊(술어)'의 구조로서 '吾'가 관형어가 되어 복수를 지칭한다.

彼以其富, 我以吾仁. 〈公下 2〉

(저들이 그 부를 가지고 대하면 나는 내 인을 가지고 대할 것이다.)

본문은 '我(주어) + 以(개사) + 吾仁(개사목적어)'의 구조로서 '吾'가 관형어가 되어 단수를 지칭한다.

(다) 予

일인칭대사로서 문장에서 주로 주어, 관형어, 목적어가 된다.

ⓐ 주어가 되는 경우

顔淵曰 舜何人也? 予何人也? 〈滕上 1〉

(안연이 말하기를 '순임금은 어떤 사람인가? 나는 어떤 사람인가'라고 하였다.)

본문은 '予(주어) + 何人(술어) + 也'의 구조로서 '予'가 주어가 된다.

餽贐, 予何爲不受? 〈公下 3〉

(노자를 드린다고 하는데 내가 어떻게 받지 않을 수 있겠는가?)

본문은 '予(주어) + 何爲(의문부사) + 不 + 受(술어)'의 구조로서 '予'가 주어가 된다.

予將以斯道覺斯民, 非予覺之, 而誰也? 〈萬上 7〉

(나는 장차 이 도로써 이 백성들을 깨우칠 것이니, 내가 이들을 깨우치지 않으면 누가 하겠는가?)

본문은 '予(주어) + 將(부사어) + 以(개사) + 斯道(개사목적어) + 覺(술어) + 斯民(목적어), 非 + 予(주어) + 覺(술어) + 之(목적어)'의 구조로서 '予'가 모두 주어가 된다.

ⓑ 관형어가 되는 경우

予三宿而出晝, 於予心猶以爲速. 〈公下 12〉

(내가 사흘을 머물고 주땅을 나갔으니, 내 마음에 있어 오히려 빠르다고 생각하였다.)

본문은 '於(개사) + 予心(개사목적어) + 猶(부사어) + 以爲(술어) + 速(목적어)'의 구조로서 '予'가 관형어가 된다.

ⓒ 목적어가 되는 경우

王如用予, 則豈徒齊民安, 天下之民擧安.　〈公下 12〉

(왕이 만약 나를 들어 쓴다면 어찌 단지 제나라 백성만 편하게 했겠는가?
천하의 백성들이 모두 편안하게 될 것이다.)

　본문은 '王(주어) + 如(접속사) + 用(술어) + 予(목적어)'의 구조로서
'予'가 목적어가 된다.

爾何曾比予於管仲?　〈公上 1〉

(네가 어찌 나를 관중에 비교한단 말인가?)

　본문은 '爾(주어) + 何(의문부사) + 曾(부사어) + 比(술어) + 予(목적
어) + 於(개사) + 管仲(개사목적어)'의 구조로서 '予'가 목적어가 된다.

以予觀於夫子, 賢於堯舜遠矣.　〈公上 2〉

(나로써 선생님을 관찰해 보건대 요순보다 현명함이 앞선다.)

　본문은 '以(개사) + 予(개사목적어) + 觀(술어) + 於(개사) + 夫子(개사목
적어)'의 구조로서 '予'가 개사목적어가 된다.

ⓔ 목적어 도치의 경우

부정사와 결합하면 목적어 '予'가 술어 앞으로 도치한다.

夫出晝而王不予追也.　〈公下 12〉

(대저 주땅을 나가는데도 왕이 나를 쫓아오지 않았다.)

　본문은 '夫 + 出(술어) + 晝(목적어) + 而(접속사) + 王(주어) + 不 + 予
(목적어) + 追(술어) + 也'의 구조로서 '予'가 술어 앞으로 도치한다.

(라) 余

『書經』의 원문 가운데 단 한 차례 보이는 바 주로 춘추시기 이전
에 일인칭대사로 사용한 듯하다.

> ## 書曰 洚水警余. 〈滕下 9〉
> (서경에서 이르기를 '큰 비가 나를 경계하는구나'라고 하였다.)

본문은 '洚水(주어) + 警(술어) + 余(목적어)'의 구조로서 '余'가 일인
칭대사가 된다.

(마) 朕

『書經』의 원문 가운데 보이며 맹자가 자신을 지칭하거나 제후들
이 자신을 지칭한 경우는 없다. 따라서 전국시기에 이르러 이미 일
인칭대사로 사용하지 않았음을 알 수 있다.

> ## 干戈朕, 琴朕, 弤朕, 二嫂使治朕棲. 〈萬上 2〉
> (방패와 창은 나의 것이고, 거문고도 나의 것이요, 활도 나의 것이고, 두
> 형수는 나의 잠자리를 보살피도록 하였다.)

본문은 '干戈(주어) + 朕(술어), 琴(주어) + 朕(술어), 弤(주어) + 朕(술
어), 二嫂(주어) + 使(사역동사) + 治(술어) + 朕棲(목적어)'의 구조로서
'朕'이 모두 일인칭대사가 된다.

> ## 伊訓曰 天誅造攻自牧宮, 朕載自亳. 〈萬上 7〉
> (이훈에서 이르기를 '하늘의 토벌이 공격을 시작하기를 목궁에서 개시되었
> 는데, 내가 박읍에서부터 시작하였다'라고 하였다.)

본문은 '朕(주어) + 載(술어) + 自(개사) + 亳(개사목적어)'의 구조로서 '朕'이 주어가 된다.

(2) 이인칭대사

화자가 상대방을 지칭하는 대사로 '女, 汝, 爾, 而, 子, 吾子' 등이 있다. 이 가운데 '女'와 '汝', '爾'와 '而'는 고대에 발음이 서로 같거나 비슷하여 대체해서 사용하였다.

(가) 女(汝)

이인칭대사로서 문장 가운데 주어, 관형어, 목적어가 된다.

㉠ 주어가 되는 경우

舜曰 惟茲臣庶, 汝其于予治.	〈萬上 2〉

(순임금이 말하기를 '이 많은 신하들을 너는 나에게 와서 다스리라'라고 하였다.)

본문은 '汝(주어) + 其(조사) + 于(술어) + 予(목적어) + 治(술어)'의 구조로서 '汝'가 주어가 된다.

㉡ 관형어가 되는 경우

沈猶行曰 是非汝所知也.	〈離下 31〉

(심유행이 말하기를 '이것은 너희들의 알 바가 아니다'라고 하였다.)

본문은 '是(주어) + 非 + 汝所知(술어) + 也'의 구조로서 '汝'가 관형어가 된다.

姑舍女所學而從我, 則何如?　　　　　　　　　　　　　　〈梁下 9〉

(우선 네가 배운 것을 버리고 나를 따르라 한다면 어떻겠는가?)

본문은 '姑(부사어) + 舍(술어) + 女所學(목적어) + 而(접속사) + 從(술어) + 我(목적어)'의 구조로서 '女'가 관형어가 된다.

往之女家, 必敬必戒.　　　　　　　　　　　　　　　　　〈滕下 2〉

(그곳 네 집에 가면 반드시 공경하고 경계하라.)

본문은 '往(술어) + 之(목적어) + 女家(목적어)'의 구조로서 '女'가 관형어가 된다.

ⓒ 목적어가 되는 경우

단독으로 목적어가 되지 못하고 문장구조 안에서 개사나 술어의 목적어가 된다.

簡子曰 我使掌與女乘.　　　　　　　　　　　　　　　　　〈滕下 1〉

(간자가 말하기를 '내가 너와 함께 수레에 타는 것을 관장하도록 하겠다'라고 하였다.)

본문은 '我(주어) + 使(사역동사) + 掌(술어) + 與女乘(목적어)'의 구조로서 '女'가 개사목적어가 된다.

人能充無受爾汝之實, 無所往而不爲義也.　〈盡下 31〉

(사람이 너와 너의 칭호를 받지 않으려는 실질을 채워 간다면 가는 곳마다 의를 행하지 않음이 없을 것이다.)

본문은 '人(주어) + 能(조동사) + 充(술어) + 無受爾汝之實(목적어)'의 구조로서 '汝'가 목적어가 된다.

(나) 爾

이인칭대사로서 문장 가운데 주로 주어, 관형어, 목적어가 된다.

㉠ 주어가 되는 경우

> **爾何曾比予於管仲?** 〈公上 1〉
>
> (너는 어찌 나를 관중에 비교한단 말인가?)

본문은 '爾(주어) + 何(의문부사) + 曾(부사어) + 比(술어) + 予(목적어) + 於(개사) + 管仲(개사목적어)'의 구조로서 '爾'가 주어가 된다.

> **爾爲爾, 我爲我, 雖袒裼裸裎於我側, 爾焉能浼我哉?** 〈公上 9〉
>
> (너는 너이고 나는 나인데, 비록 내 곁에서 옷을 벗고 윗몸을 드러내도 네가 어찌 나를 더럽힐 수 있겠는가?)

본문은 '爾(주어) + 爲(술어) + 爾(목적어)'의 구조로서 '爾'가 각각 주어와 목적어가 된다.

㉡ 관형어가 되는 경우

> **其至爾力也, 其中非爾力也.** 〈萬下 1〉
>
> (과녁에 이르는 것은 너의 힘이지만, 과녁에 맞는 것은 너의 힘이 아니다.)

본문은 '其至(주어) + 爾力(술어) + 也, 其中(주어) + 非 + 爾力(술어) + 也'의 구조로서 '爾'가 관형어가 된다.

ⓒ 목적어가 되는 경우

曾子曰 戒之戒之. 出乎爾者, 反乎爾者也. 〈梁下 12〉

(증자가 말하기를 '경계하고 경계하라. 너에게서 나온 것이 너에게로 돌아간다'라고 하였다.)

본문은 '出(술어) + 乎(개사) + 爾(개사목적어) + 者(조사), 反(술어) + 乎(개사) + 爾(개사목적어) + 者(조사)'의 구조로서 '爾'가 개사목적어가 된다.

寧爾也, 非敵百姓也. 〈盡下 4〉

(너희를 편안하게 하려는 것이지, 백성들을 적으로 삼지는 않는다.)

본문은 '寧(술어) + 爾(목적어) + 也'의 구조로서 '爾'가 목적어가 된다.

(다) 子

상대방에 대한 존칭을 나타내며 문장 가운데 주로 주어, 목적어, 관형어가 된다.

㉠ 주어가 되는 경우

子聞之也, 舍館定, 然後求見長者乎? 〈離上 24〉

(당신은 들었는가, 숙소가 정해진 연후에 윗사람을 찾아와 뵙는다고?)

본문은 '子(주어) + 聞(술어) + 之(목적어) + 也'의 구조로서 '子'가 주어가 된다.

子未學禮乎? 〈滕下 2〉

(당신은 아직 예법을 공부하지 않았는가?)

본문은 '子(주어) + 未 + 學(술어) + 禮(목적어) + 乎'의 구조로서 '子'가 주어가 된다.

ⓛ 목적어가 되는 경우

若夫潤澤之, 則在君與子矣. 〈滕上 3〉

(만약 제도를 윤택하게 한다면 임금과 그대에게 달려 있다.)

본문은 '若(접속사) + 夫 + 潤澤(술어) + 之(목적어), 則(접속사) + 在(술어) + 君與子(목적어) + 矣'의 구조로서 '子'가 목적어가 된다.

丑見王之敬子也, 未見所以敬王也. 〈公下 2〉

(저는 왕이 당신을 공경하는 것을 보았는데, 왕을 공경하는 바를 아직 보지 못하였다.)

본문은 '丑(주어) + 見(술어) + 王之敬子(목적어) + 也'의 구조이다. 이 경우 목적어는 다시 '王(주어) + 之(조사) + 敬(술어) + 子(목적어)'가 되어 '子'가 목적어가 된다.

ⓒ 관형어가 되는 경우

率天下之人而禍仁義者, 必子之言夫! 〈告上 1〉

(천하의 사람들을 잘못 이끌어 인의를 해치는 것이 반드시 그대의 말이 도다.)

본문은 '率天下之人而禍仁義者(주어) + 必(부사어) + 子之言(술어) + 夫'의 구조로서 '子'가 관형어가 된다.

今茅塞子之心矣.   〈盡下 21〉

(지금 잡풀들이 그대의 마음을 막고 있다.)

본문은 '今(부사어) + 茅(주어) + 塞(술어) + 子之心(목적어) + 矣'의 구조로서 '子'가 관형어가 된다.

(라) 吾子

이인칭대사로서 상대방에 대한 겸칭을 나타낸다.

而子悅之, 不告於王而私與之吾子之祿爵. 〈公下 8〉

(당신이 그를 좋아하여 왕에게 아뢰지 않고 사사로이 그에게 당신의 작록을 주었다.)

본문은 '私(부사어) + 與(술어) + 之(목적어) + 吾子之祿爵(목적어)'의 구조로서 '吾子'가 관형어가 된다.

或問乎曾西曰 吾子與子路孰賢?   〈公上 1〉

(혹자가 증서에게 묻기를 '당신이 자로와 더불어 누가 더 현명한가요'라고 하였다.)

본문은 '吾子與子路(목적어) + 孰(주어) + 賢(술어)'의 구조로서 '吾子'가 주어가 된다.

(3) 삼인칭대사

말하는 사람과 듣는 사람 이외의 제삼자를 지칭하는 것으로 '其, 彼, 夫, 之' 등이 있다.

(가) 其

　주로 관형어가 되어 제삼자를 지칭하며, 단독으로 주어나 목적어가 되는 경우는 아주 드물다.

　㉠ 주어가 되는 경우

孔子亦瞰其亡也, 而往拜之.　　　　　　　　　　〈滕下 7〉

(공자께서 또한 그가 집에 없을 때를 엿보아 찾아가서 그에게 절하였다.)

　본문은 '孔子(주어) + 亦(부사어) + 瞰(술어) + 其亡(목적어) + 也'의 구조이다. 이 경우 목적어는 다시 '其(주어) + 亡(술어)'가 되어 '其'가 목적어구 안에서 주어가 된다.

有人於此, 其待我以橫逆, 則君子必自反也.

　　　　　　　　　　　　　　　　　　　　　　〈離下 28〉

(여기 어떤 사람이 있는데 그가 나를 거슬러 포악하게 대한다면, 군자는 반드시 스스로 돌이켜 본다.)

　본문은 '其(주어) + 待(술어) + 我(목적어) + 以(개사) + 橫逆(개사목적어)'의 구조이다. 이 경우 '其'가 독립된 주어인 것처럼 보이지만 '有人於此'의 조건에 제한된 주어가 된다.

舜往于田, 號泣于旻天, 何爲其號泣也?　　〈萬上 1〉

(순임금이 밭에 가서 하늘을 우러러 소리 내어 울었는데, 어찌하여 그는 소리치며 울었나요?)

　본문은 '何爲(의문부사) + 其(주어) + 號泣(술어) + 也'의 구조이다. 이 경우 '其'가 단독으로 주어가 되지 못하므로 의미 없는 조사로 보기도 한다.

ⓛ 관형어가 되는 경우

명사 앞에서 명사를 수식하는 관형어가 되며 우리말로 '그 사람'
으로 해석한다.

其子趨而往視之, 苗則槁矣. 〈公上 2〉

(그의 아들이 밭으로 달려가서 보았더니, 싹은 말라 있었다.)

본문은 '其子(주어) + 趨(술어) + 而(접속사) + 往視(술어) + 之(목적어)'
의 구조로서 '其'가 관형어가 된다.

持其志, 無暴其氣, 何也? 〈公上 2〉

(그 의지를 붙잡고 그 기운을 사납게 하지 말라고 하는 것은 무엇 때문
인가?)

본문은 '持(술어) + 其志(목적어), 無 + 暴(술어) + 其氣(목적어)'의 구
조로서 '其'가 관형어가 된다.

(나) 彼

문장에서 주로 주어나 목적어가 된다.

㉠ 주어가 되는 경우

彼長而我長之, 非有長於我也. 〈告上 4〉

(그가 어른이어서 내가 그를 어른으로 대접하는 것이지, 나에게 어른으로
여김이 있는 것이 아니다.)

본문은 '彼(주어) + 長(술어) + 而(접속사) + 我(주어) + 長(술어) + 之(목
적어)'의 구조로서 '彼'가 주어가 된다.

彼丈夫也, 我丈夫也. 〈滕上 2〉

(그도 장부이고, 나도 장부이다.)

본문은 '彼(주어) + 丈夫(술어) + 也'의 구조로서 '彼'가 주어가 된다.

彼以其富, 我以吾仁. 〈公下 2〉

(저들이 그 부를 가지고 나를 대하면, 나는 내 인을 가지고 대할 것이다.)

본문은 '彼(주어) + 以(개사) + 其富(개사목적어)'의 구조로서 '彼'가
주어가 된다.

ⓛ 목적어가 되는 경우

在彼者, 皆我所不爲也. 〈盡下 34〉

(그에게 있는 것은 모두 내가 하지 않는 바이다.)

본문은 '在彼者(주어) + 皆(부사어) + 我所不爲(술어) + 也'의 구조이
다. 이 경우 주어는 다시 '在(술어) + 彼(목적어) + 者'가 되어 '彼'가
목적어가 된다.

在我者皆古之制也, 吾何畏彼哉? 〈盡下 34〉

(나에게 있는 것은 모두 옛날의 제도이니, 내가 어찌 그들을 두려워하겠
는가?)

본문은 '吾(주어) + 何(의문부사) + 畏(술어) + 彼(목적어) + 哉'의 구조
로서 '彼'가 목적어가 된다.

(다) 之

문장 가운데 단독으로 주어가 되지 못하며 주로 목적어가 된다.

○ 목적어가 되는 경우

> 三過其門而不入, 孔子賢之.   〈離下 29〉
>
> (세 번 집 문 앞을 지나면서 들어가지 않아서, 공자께서 그를 어질다고 여
> 겼다.)

본문은 '孔子(주어) + 賢(술어) + 之(목적어)'의 구조로서 '之'가 목적
어가 된다.

> 知虞公之將亡而先去之, 不可謂不智也.   〈萬下 9〉
>
> (우공이 장차 망하리라는 것을 알고서 먼저 그에게서 떠났으니 지혜롭지
> 않다고 말할 수 없다.)

본문은 '知(술어) + 虞公之將亡(목적어) + 而(접속사) + 先(부사어) + 去
(술어) + 之(목적어)'의 구조로서 '之'가 목적어가 된다.

> 君不鄕道, 不志於仁, 而求富之, 是富桀也. 〈告下 9〉
>
> (군주가 도에 향하지 않고 인에 뜻을 두지 않는데도 그를 부유하게 하려고
> 한다면, 이는 걸왕을 부유하게 하는 것이다.)

본문은 '而(접속사) + 求(술어) + 富之(목적어)'의 구조이다. 이 경우
목적어는 다시 '富(술어) + 之(목적어)'가 되어 '之'가 목적어가 된다.

○ 목적어 도치의 경우

부정사와 결합할 경우 목적어 '之'가 술어 앞으로 도치한다.

> 保民而王, 莫之能禦也.   〈梁上 7〉
>
> (백성을 보호하면서 왕 노릇 하면 그를 막을 사람이 없다.)

본문은 '莫 + 之(목적어) + 能(조동사) + 禦(술어) + 也'의 구조로서
'之'가 술어 앞으로 도치한다.

北方之學者, 未能或之先也. 〈滕上 4〉

(북쪽의 학자들이 혹시라도 그를 앞선 자가 없었다.)

본문은 '未 + 能(조동사) + 或(부사어) + 之(목적어) + 先(술어) + 也'의
구조로서 '之'가 술어 앞으로 도치한다.

ⓒ 쌍목적어가 되는 경우

'之'가 문장에서 쌍목적어 가운데 선행목적어가 되어 간접목적
어 역할을 한다.

文公與之處, 其徒數十人皆衣褐. 〈滕上 4〉

(등문공이 그에게 거처를 마련해 주니 무리 수십 명이 모두 갈옷을 입
었다.)

본문은 '文公(주어) + 與(술어) + 之(목적어) + 處(목적어)'의 구조로서
'之'가 선행목적어가 된다.

天子能薦人於天, 不能使天與之天下. 〈萬上 5〉

(천자는 하늘에 사람을 천거할 수 있지만 하늘로 하여금 그에게 천하를
주게 할 수는 없다.)

본문은 '不 + 能(조동사) + 使(사역동사) + 天(목적어) + 與(술어) + 之(목
적어) + 天下(목적어)'의 구조로서 '之'가 선행목적어가 된다.

(4) 인칭대사의 복수

上句와 下句의 전후 문맥을 보고 인칭대사가 복수인지 여부를 판단한다.

晉楚之富, 不可及也. 彼以其富, 我以吾仁. 〈公下 2〉

(진나라와 초나라의 부유함은 따라갈 수 없다. 저들이 부를 가지고 대하면 나는 내 인을 가지고 대할 것이다.)

본문은 '彼(주어) + 以(개사) + 其富(개사목적어)'의 구조로서 '彼'가 삼인칭 복수대사가 된다.

無畏, 寧爾也. 非敵百姓也. 〈盡下 4〉

(두려워하지 마라, 너희들을 편안하게 하려는 것이다. 백성들을 대적하려는 것이 아니다.)

본문은 '寧(술어) + 爾(목적어) + 也'의 구조로서 '爾'가 이인칭 복수대사가 된다.

吾王不遊, 吾何以休? 〈梁下 4〉

(우리 왕이 유람하지 않으면, 우리가 어떻게 쉬겠는가?)

본문은 '吾(주어) + 何以(의문부사) + 休(술어)'의 구조로서 '吾'가 일인칭 복수대사가 된다.

(5) 인칭대사의 겸칭과 존칭

문장 가운데 겸칭을 사용하면 일인칭대사가 되고 존칭을 사용하면 이인칭대사를 겸하게 된다. 이 경우 겸칭과 존칭을 나타내는 명사는 품사 분류상 대사에 속하지 않지만 의미상 일인칭과 이인칭 대사의 역할을 한다.

(가) 겸칭

겸칭을 나타내는 일인칭대사로 '臣, 小人, 弟子'가 있다.

> ### 百姓皆以王爲愛也, 臣固知王之不忍也.　　　〈梁上 7〉
> (백성들은 모두 왕더러 재물을 아꼈다고 하거니와, 신은 진실로 왕이 차마 못하심을 알고 있다.)

본문은 '臣(주어) + 固(부사어) + 知(술어) + 王之不忍(목적어) + 也'의 구조로서 '臣'이 일인칭대사가 되어 겸칭을 나타낸다.

> ### 小人學射於尹公之他, 尹公之他, 學射於夫子.
> 　　　　　　　　　　　　　　　　　　　　　〈離下 24〉
> (소인은 윤공 타에게서 활쏘기를 배웠고, 윤공 타는 선생님에게서 활쏘기를 배웠다.)

본문은 '小人(주어) + 學(술어) + 射(목적어) + 於(개사) + 尹公之他(개사목적어)'의 구조로서 '小人'이 일인칭대사가 되어 겸칭을 나타낸다.

> ### 弟子齊宿而後敢言, 夫子臥而不聽.　　　〈公下 11〉
> (제가 재계하고 하루를 지나 감히 말씀 드렸는데 선생님이 누워서 듣지 않으셨다.)

본문은 '弟子(주어) + 齊宿(술어) + 而後(접속사) + 敢(부사어) + 言(술어)'의 구조로서 '弟子'가 일인칭대사가 되어 겸칭을 나타낸다.

이 외에도 문장 가운데 자신의 이름을 직접 지칭하면 상대방에게 자신을 낮추는 겸칭이 된다.

樂正子見孟子曰 克告於君, 君爲來見也. 〈梁下 16〉

(악정자가 맹자를 뵙고 말하기를 '제가 군주께 아뢰니 군주께서 와서 뵈려고 합니다'라고 하였다.)

　본문은 '克(주어) + 告(술어) + 於(개사) + 君(개사목적어)'의 구조로서 '克'이 악정자의 성명으로 겸칭이 된다.

子思曰 如伋去, 君誰與守? 〈離下 31〉

(자사가 말하기를 '만약 내가 떠나가면 군주가 누구와 함께 지키겠는가'라고 하였다.)

　본문은 '如(접속사) + 伋(주어) + 去(술어)'의 구조로서 '伋'이 자사의 성명으로 겸칭이 된다.

貉稽曰 稽大不理於口. 〈盡下 19〉

(맥계가 말하기를 '저는 사람들의 비방에 대해 크게 신경쓰지 않는다'라고 하였다.)

　본문은 '稽(주어) + 大(부사어) + 不 + 理(술어) + 於(개사) + 口(개사목적어)'의 구조로서 '稽'가 맥계의 성명으로 겸칭이 된다.

丑見王之敬子也, 未見所以敬王也. 〈公下 2〉

(저는 왕이 당신을 공경하는 것을 보았는데, 당신이 왕을 공경하는 바를 아직 보지 못하였다.)

　본문은 '丑(주어) + 見(술어) + 王之敬子(목적어) + 也'의 구조로서 '丑'가 경추의 성명으로 겸칭이 된다.

尹士聞之, 曰 士誠小人也.　　<公下 12>

(윤사가 이 말을 듣고서 말하기를 '저는 진실로 소인입니다'라고 하였다.)

본문은 '士(주어) + 誠(부사어) + 小人(술어) + 也'의 구조로서 '士'가 윤사의 성명으로 겸칭이 된다.

(나) 존칭

존칭을 나타내는 이인칭대사로 '君子, 叟, 先生, 夫子' 등이 있다.

孟子曰 君子之戹於陳蔡之間, 無上下之交也.
　　　　　　　　　　　　　　　　　　　　　　　<盡下 18>

(맹자께서 말씀하기를 '공자께서 진과 채 사이에서 재난을 당하신 것은 상하의 교류가 없었기 때문이다'라고 하였다.)

본문은 '君子(주어) + 之(조사) + 戹(술어) + 於(개사) + 陳蔡之間(개사 목적어)'의 구조로서 '君子'가 이인칭대사가 되어 존칭을 나타낸다.

叟不遠千里而來, 亦將有以利吾國乎?　　<梁上 1>

(영감께서 천 리를 멀다고 여기지 않고 오셨으니, 또한 장차 우리 나라를 이롭게 함이 있겠습니까?)

본문은 '叟(주어) + 不 + 遠(술어) + 千里(목적어) + 而(접속사) + 來(술어)'의 구조로서 '叟'가 이인칭대사가 되어 존칭을 나타낸다.

夫子當路於齊, 管仲晏子之功, 可復許乎?　<公上 1>

(선생님이 제나라에서 요직을 담당하신다면, 관중과 안자의 공적을 다시 기대할 수 있겠습니까?)

본문은 '夫子(주어) + 當(술어) + 路(목적어) + 於(개사) + 齊(개사목적어)'의 구조로서 '夫子'가 이인칭대사가 되어 존칭을 나타낸다.

> ## 孟子曰 子亦來見我乎? 曰 先生何爲出此言也?
> <離上 24>
>
> (맹자께서 말씀하기를 '자네도 나를 찾아보는가'라고 하자 악정자가 말하기를 '선생님이 어찌하여 이런 말씀을 하십니까'라고 하였다.)

본문은 '先生(주어) + 何爲(의문부사) + 出(술어) + 此言(목적어) + 也'의 구조로서 '先生'이 이인칭대사가 되어 존칭을 나타낸다.

다음으로 상대방의 字를 부르면 존칭이 된다.

> ## 孟子曰 仲尼不爲已甚者.
> <離下 10>
>
> (맹자께서 말씀하기를 '중니께서는 너무 심한 것을 하지 않으셨다'라고 하였다.)

본문은 '仲尼(주어) + 不 + 爲(술어) + 已甚者(목적어)'의 구조로서 '仲尼'가 공자의 字가 되어 존칭을 나타낸다.

3) 특수대사

특수대사는 지시대사나 인칭대사와 다른 역할을 한다. 이 경우 문장 중간이나 끝에서 지시대사와 어기사 또는 개사가 결합된 합음사가 되거나 술어나 관형어가 되어 특수한 대상을 지시한다.

(1) 焉

문장 끝에서 지시대사와 어기사의 성질을 겸하는 특수대사이다. 이 경우 '焉'이 지시하는 대상이나 범위는 上句에 제시된 인물이나 장소와 관계 있으며 주로 자동사와 결합한다.

(가) '於之'의 경우

문장 끝에서 上句에 제시된 장소를 지시하는 지시대사의 역할을 하며 개사 '於'는 장소를 나타낸다.

> 狄人侵之, 去之岐山之下, 居焉. 〈梁下 14〉
>
> (적인이 침략하자 떠나서 기산의 아래로 가서 그곳에 거주하였다.)

본문은 '去(술어) + 之(술어) + 岐山之下(목적어), 居(술어) + 焉'의 구조로서 '焉'이 上句의 '岐山之下'를 가리킨다.

> 及寡人之身, 東敗於齊, 長子死焉. 〈梁上 5〉
>
> (과인의 때에 이르러 동으로 제나라에게 패하고 장자가 그곳에서 죽었다.)

본문은 '東(부사어) + 敗(술어) + 於(개사) + 齊(개사목적어), 長子(주어) + 死(술어) + 焉'의 구조로서 '焉'이 上句의 '齊'를 가리킨다.

다음으로 형용사술어 뒤에서 부정사 '莫'과 결합하여 비교의 뜻을 나타낸다.

> 주어 + 莫 + 술어(형용사) + 焉(於之)

反身而誠, 樂莫大焉. 〈盡上 4〉

(몸을 돌이켜서 성실하면 즐거움이 이보다 클 수 없다.)

본문은 '樂(주어) + 莫 + 大(술어) + 焉'의 구조로서 '焉'이 비교의 뜻을 나타내는 특수대사가 된다.

强恕而行, 求仁莫近焉. 〈盡上 4〉

(서를 힘써서 행하면 인을 구함이 이보다 가까울 수 없다.)

본문은 '求仁(주어) + 莫 + 近(술어) + 焉'의 구조로서 '焉'이 비교의 뜻을 나타내는 특수대사가 된다.

大舜有大焉, 善與人同. 〈公上 8〉

(순임금은 이것보다 더 위대함이 있으니, 선을 남과 함께하였다.)

본문은 '大舜(주어) + 有(술어) + 大(목적어) + 焉'의 구조로서 '焉'이 비교의 뜻을 나타내는 특수대사가 된다.

(나) '之'의 경우

'焉'이 자동사와 결합하여 사람을 지시할 경우 삼인칭대사 '之'의 역할을 한다.

孟子之後喪踰前喪, 君無見焉. 〈梁下 16〉

(맹자의 모친 장례가 이전 부친 장례의 예법을 넘어섰다고 하니, 군주께서는 그를 만나지 마소서.)

본문은 '君(주어) + 無 + 見(술어) + 焉'의 구조로서 '焉'이 上句의 맹자를 가리킨다.

陳相見許行而大悅, 盡棄其學而學焉. 〈滕上 4〉

(진상이 허행을 보고 크게 기뻐하여 자신이 배운 것을 다 버리고 그에게 배웠다.)

본문은 '盡(부사어) + 棄(술어) + 其學(목적어) + 而(접속사) + 學(술어) + 焉'의 구조로서 '焉'이 上句의 '許行'을 가리킨다.

桓公之於管仲, 學焉而後臣之. 〈公下 2〉

(환공은 관중에게 배운 뒤에 그를 신하로 삼았다.)

본문은 '學(술어) + 焉 + 而後(접속사) + 臣(술어) + 之(목적어)'의 구조로서 '焉'이 上句의 '管仲'을 가리킨다.

使其子九男事之, 二女女焉. 〈萬下 6〉

(그의 자식 아홉 명의 아들로 하여금 그를 섬기게 했고, 두 딸은 그에게 시집보냈다.)

본문은 '二女(주어) + 女(술어) + 焉'의 구조로서 '焉'이 上句의 '舜'을 가리킨다.

欲有謀焉, 則就之. 〈公下 2〉

(상의할 일이 있으면 그에게 찾아갔다.)

본문은 '欲(조동사) + 有(술어) + 謀(목적어) + 焉'의 구조로서 '焉'이 上句의 '臣'을 가리킨다.

孟子曰 封之也, 或曰 放焉. 〈萬上 3〉

(맹자께서 말씀하기를 '그를 봉해 주었다'라고 했는데, 혹자가 말하기를 '그를 추방했다'라고 하였다.)

본문은 '放(술어) + 焉'의 구조로서 '焉'이 上句의 '之'를 가리킨다.

孟子曰 廣土衆民, 君子欲之, 所樂不存焉. 〈盡上 21〉

(맹자께서 말씀하기를 '토지를 넓히고 백성을 많게 하는 것을 군자가 원하는 것이지만, 즐거움은 이것에 있지 않다'라고 하였다.)

본문은 '所樂(주어) + 不 + 存(술어) + 焉'의 구조로서 '焉'이 上句의 '廣土衆民'을 가리킨다.

(2) 諸

'諸'는 대사 '之'와 개사 '於'의 합음사로서 '之於'를 합음하면 '저'가 된다.

(가) '之'의 경우

王庶幾改之. 王如改諸, 則必反予. 〈公下 12〉

(왕이 행여 고치시기를 바란다. 왕이 만일 그것을 고치신다면 반드시 나를 돌리게 하셨을 것이다.)

본문은 '王(주어) + 如(접속사) + 改(술어) + 諸(목적어)'의 구조로서 '諸'가 지시대사 '之'의 역할을 한다.

或曰 寇至, 盍去諸? 〈離下 31〉

(혹자가 말하기를 '도적들이 이르는데 어찌하여 이곳을 떠나지 않습니까'라고 하였다.)

본문은 '盍(의문부사) + 去(술어) + 諸(목적어)'의 구조로서 '諸'가 지시대사 '之'의 역할을 한다.

(나) '之於'의 경우

대사 '之'와 개사 '於'가 결합된 형태로 주로 행위의 대상이나 장소를 나타낸다.

> **取諸人以爲善, 是與人爲善者也.** 〈公上 8〉
>
> (그것을 남에게서 취하여 선을 행함은 남이 선을 하도록 도와주는 것이다.)

본문은 '取(술어) + 諸(목적어) + 人(개사목적어) + 以(접속사) + 爲(술어) + 善(목적어)'의 구조로서 '諸'가 '之於'의 합음사로서 행위의 대상을 나타낸다.

> **禹疏九河, 瀹濟漯而注諸海.** 〈滕上 4〉
>
> (우왕이 구하를 소통하고 제수와 탑수를 터서 그것을 바다로 주입하였다.)

본문은 '注(술어) + 諸(목적어) + 海(개사목적어)'의 구조로서 '諸'가 '之於'의 합음사로서 장소를 나타낸다.

> **求牧與芻而不得, 則反諸其人乎?** 〈公下 4〉
>
> (목장과 꼴을 구하여 얻지 못하거든, 그것을 그 사람에게 돌려주어야 하는가?)

본문은 '反(술어) + 諸(목적어) + 其人(개사목적어) + 乎'의 구조로서 '諸'가 '之於'의 합음사로서 행위의 대상을 나타낸다.

> **決諸東方則東流, 決諸西方則西流.** 〈告上 2〉
>
> (그것을 동방으로 터놓으면 동쪽으로 흐르고, 그것을 서방으로 터놓으면 서쪽으로 흐른다.)

본문은 '決(술어) + 諸(목적어) + 東方(개사목적어) + 則(조사) + 東(부사어) + 流(술어)'의 구조로서 '諸'가 '之於'가 합음사로서 장소를 나타낸다.

道在邇而求諸遠, 事在易而求諸難. 〈離上 11〉

(도가 가까운 곳에 있는데 그것을 먼 곳에서 구하며, 일이 쉬운 데 있는데 그것을 어려운 곳에서 찾는다.)

본문은 '道(주어) + 在(술어) + 邇(목적어) + 而(접속사) + 求(술어) + 諸(목적어) + 遠(개사목적어)'의 구조로서 '諸'가 '之於'의 합음사로서 장소를 나타낸다.

(다) '之乎'의 경우

'諸'가 문장 끝에서 '之乎'의 합음사가 되어 의문의 어기를 나타낸다.

文王之囿方七十里, 有諸? 〈梁下 2〉

(문왕이 동산이 사방 칠십 리라고 하는데, 그러한 일이 있습니까?)

본문은 '有(술어) + 諸(목적어)'의 구조로서 '諸'가 '之乎'의 합음사로서 '文王之囿方七十里'를 가리킨다.

湯放桀, 武王伐紂, 有諸? 〈梁下 8〉

(탕왕이 걸왕을 추방하고, 무왕이 주왕을 정벌하였다 하니, 그러한 일이 있었습니까?)

본문은 '有(술어) + 諸(목적어)'의 구조로서 '諸'가 '之乎'의 합음사로서 '湯放桀, 武王伐紂'를 가리킨다.

使管叔監殷, 管叔以殷畔也, 有諸? 〈公下 9〉

(관숙으로 하여금 은나라를 감독하게 하였는데, 관숙이 은나라 사람들과 반란을 일으켰으니 그러한 일이 있었습니까?)

본문은 '有(술어) + 諸(목적어)'의 구조로서 '諸'가 '之乎'의 합음사로서 '管叔以殷畔也'를 가리킨다.

或問曰 勸齊伐燕, 有諸? 〈公下 8〉

(혹자가 묻기를 '제나라를 권하여 연나라를 치게 하셨다'라고 하니, 그런 일이 있었습니까?)

본문은 '有(술어) + 諸(목적어)'의 구조로서 '諸'가 '之乎'의 합음사로서 '勸齊伐燕'을 가리킨다.

人皆謂我毀明堂. 毀諸, 已乎? 〈梁下 5〉

(사람들이 모두 나더러 명당을 헐라고 말합니다. 그것을 헐까요, 말까요?)

본문은 '毀(술어) + 諸(목적어)'의 구조로서 '諸'가 '之乎'의 합음사로서 '明堂'을 가리킨다.

(3) 若

'若'이 특수대사가 되면 주로 명사 앞에서 관형어가 되어 명사를 수식하며 우리말로 '이와 같은'으로 해석한다.

以若所爲求若所欲, 猶緣木而求魚也. 〈梁上 7〉

(이와 같은 행동으로써 이와 같은 욕심을 바란다면 나무에 올라가서 물고기를 구하는 것과 같다.)

본문은 '以(개사) + 若所爲(개사목적어), 求(술어) + 若所欲(목적어)'의
구조로서 '若'이 특수대사로 관형어가 된다.

> ### 以若所爲求若所欲, 盡心力而爲之, 後必有災.
> <梁上 7>
>
> (이와 같은 행동으로써 이와 같은 욕심을 바란다면 마음과 힘을 다한다고
> 해도 뒤에 반드시 재앙이 따를 것이다.)

본문은 '以(개사) + 若所爲(개사목적어), 求(술어) + 若所欲(목적어)'의
구조로서 '若'이 특수대사로 관형어가 된다.

(4) 然

上句의 내용을 받아 우리말로 '그러하다, 그와 같다'로 해석하며
문장에서 주로 술어가 된다.

> ### 是豈水之性哉? 其勢則然也.
> <告上 2>
>
> (이것이 어찌 물의 본성이라 하겠는가? 그 세력이 그러하다.)

본문은 '其勢(주어) + 則(조사) + 然(술어) + 也'의 구조로서 '然'이
上句의 '激而行之, 可使在山'을 가리키는 특수대사로서 술어가
된다.

> ### 彼然而伐之也.
> <公下 8>
>
> (저 사람이 그러하다고 여겨 정벌하였다.)

본문은 '彼(주어) + 然(술어) + 而(접속사) + 伐(술어) + 之(목적어) + 也'
의 구조이다. 이 경우 '然'이 上句의 '吾應之'를 가리키는 특수대사
로서 술어가 된다.

다음으로 술어 '然'이 부사 '亦', '皆', '不', '誠' 등의 수식을 받기도 한다.

> **移其粟於河内, 河東凶, 亦然.** 〈梁上 3〉
>
> (곡식을 하내 지방으로 옮겨 가며, 하동 지방에 흉년이 들거든 역시 그렇게 하였다.)

본문은 '河東(주어) + 凶(술어) + 亦(부사어) + 然(술어)'의 구조로서 '然'이 부사의 수식을 받아 술어가 된다.

> **古之賢王好善而忘勢, 古之賢士何獨不然?** 〈盡上 8〉
>
> (옛날의 어진 왕은 선을 좋아하고 세력을 잊었으니, 옛날의 어진 선비만 어찌 홀로 그렇게 하지 않았겠는가?)

본문은 '古之賢士(주어) + 何(의문부사) + 獨(부사어) + 不 + 然(술어)'의 구조로서 '然'이 부사의 수식을 받아 술어가 된다.

> **國之所以廢興存亡者亦然.** 〈離上 3〉
>
> (나라가 폐하고 흥하고 존재하고 망하는 까닭은 역시 그러하다.)

본문은 '國之所以廢興存亡者(주어) + 亦(부사어) + 然(술어)'의 구조로서 '然'이 부사의 수식을 받아 술어가 된다.

다음으로 동사 '爲'가 '然'과 결합하여 목적어가 되어 上句의 내용을 지시하며 우리말로 '그러하다'로 해석한다.

> **非惟小國之君爲然也, 雖大國之君亦有之.** 〈萬下 3〉
>
> (오직 소국의 군주만이 그러한 것이 아니라, 비록 대국의 군주라도 역시 그렇게 하였다.)

본문은 '非 + 惟(부사어) + 小國之君(주어) + 爲(술어) + 然(목적어) + 也'의 구조로서 '然'이 목적어가 되어 上句의 내용을 가리킨다.

視天下悅而歸己猶草芥也, 惟舜爲然.　　　〈離上 28〉

(천하가 기뻐하며 자기에게 귀의함을 오히려 풀과 티끌처럼 보았으니, 오직 순임금이 그러하였다.)

본문은 '惟(부사어) + 舜(주어) + 爲(술어) + 然(목적어)'의 구조로서 '然'이 上句인 '視天下悅而歸己, 猶草芥也'를 가리킨다.

故事半古之人, 功必倍之, 惟此時爲然.　　　〈公上 1〉

(그러므로 일은 옛사람의 절반만 하고, 공은 반드시 배가 될 것이니 오직 이 시대만이 그러할 것이다.)

본문은 '惟(부사어) + 此時(주어) + 爲(술어) + 然(목적어)'의 구조로서 '然'이 上句인 '事半古之人, 功必倍之'를 가리킨다.

다음으로 '然'이 동사 '若'과 호응하여 '若…然'의 어구가 되어 우리말로 '~와 같다'로 해석한다.

今言王若易然, 則文王不足法與?　　　〈公上 1〉

(지금 왕 노릇 하는 것이 쉬운 것처럼 말씀하시니, 문왕은 본받기에 부족한가요?)

본문은 '今(부사어) + 言(술어) + 王若易然(목적어)'의 구조로서 '若…然'이 관용어구가 된다.

> ## 宜與夫禮, 若不相似然. 〈公下 2〉
> (마땅히 예기의 예법과 서로 비슷하지 않은 듯하다.)

본문은 '若(술어) + 不相似然(목적어)'의 구조로서 '若…然'이 관용어구가 된다.

4) 의문대사

사람이나 사물에 대해 의문이 있어 물어보는 형식을 취할 때 사용하며 문장에서 주어, 술어, 관형어, 목적어가 된다.

(1) 誰

사람을 질문하는 의문대사로서 문장에서 주어, 술어, 목적어, 관형어가 된다.

(가) 주어가 되는 경우

> ## 詩云 誰能執熱, 逝不以濯? 〈離上 7〉
> (시경에서 이르기를 '누가 뜨거운 것을 쥐고서 찬물에 담그러 가지 않겠는가'라고 하였다.)

본문은 '誰(주어) + 能(조동사) + 執(술어) + 熱(목적어)'의 구조로서 '誰'가 문장에서 주어가 된다.

> ## 王往而征之, 夫誰與王敵? 〈梁上 5〉
> (왕께서 출정해 그들을 징벌하면, 대저 누가 왕에게 대적하겠습니까?)

본문은 '夫 + 誰(주어) + 與(개사) + 王(개사목적어) + 敵(술어)'의 구조로서 '誰'가 문장에서 주어가 된다.

非予覺之, 而誰也? <萬上 7>

(내가 그들을 깨우치게 하지 않는다면 누가 하겠는가?)

본문은 '非 + 予(주어) + 覺(술어) + 之(목적어) + 而(접속사) + 誰(주어) + (술어 생략) + 也'의 구조로서 '誰'가 주어가 된다.

(나) 술어가 되는 경우

問其僕曰 追我者誰也? <離下 24>

(그 마부에게 묻기를 '나를 추격해 오는 자가 누구인가'라고 하였다.)

본문은 '追我者(주어) + 誰(술어) + 也'의 구조로서 '誰'가 술어가 된다.

(다) 목적어가 되는 경우

鄕人長於伯兄一歲, 則誰敬? <告上 5>

(마을 사람이 맏형보다 한 살 더 많으면 누구를 공경해야 하는가?)

본문은 '誰(목적어) + 敬(술어)'의 구조로서 '誰'가 술어 앞으로 도치되어 목적어가 된다.

王誰與爲善? <滕下 6>

(왕은 누구와 함께 선을 행하겠습니까?)

본문은 '王(주어) + 誰(개사목적어) + 與(개사) + 爲(술어) + 善(목적어)'의 구조로서 '誰'가 개사 앞으로 도치되어 개사목적어가 된다.

(2) 孰

'孰'은 '誰'와 달리 문장에서 사물과 사람을 모두 질문할 때 사용한다. 이 경우 주로 문장에서 주어가 되며 특히 선택을 요구할 때에는 반드시 '孰'을 사용해야 한다.

> **孰(사람, 사물) 주어 선택의문문**

(가) 주어가 되는 경우

> **孰能一之? 對曰 不嗜殺人者能一之.** 〈梁上 6〉
>
> (누가 그것을 하나로 할 수 있겠는가? 대답하기를 '사람을 죽이는 것을 좋아하지 않는 자가 하나로 할 것이다'라고 하였다.)

본문은 '孰(주어) + 能(조동사) + 一(술어) + 之(목적어)'의 구조로서 '孰'이 문장에서 주어가 된다.

> **夫二子之勇, 未知其孰賢.** 〈公上 2〉
>
> (저 두 사람의 용맹은 누가 더 나은지 알지 못하겠다.)

본문은 '未 + 知(술어) + 其孰賢(목적어)'의 구조이다. 이 경우 목적어는 다시 '其孰(주어) + 賢(술어)'가 되어 '孰'이 목적어구 안에서 주어가 된다.

> **其如是, 孰能禦之.** 〈梁上 6〉
>
> (만약 이와 같다면 누가 그것을 막을 수 있겠는가?)

본문은 '孰(주어) + 能(조동사) + 禦(술어) + 之(목적어)'의 구조로서 '孰'이 주어가 된다.

> 孰謂子產智, 予既烹而食之.　　　　　　　　　　〈萬上 2〉
>
> (누가 자산을 지혜롭다고 하였는가, 내가 이미 물고기를 삶아 먹었다.)

　본문은 '孰(주어) + 謂(술어) + 子産(목적어) + 智(보어)'의 구조로서 '孰'이 주어가 된다.

　(나) 목적어가 되는 경우

　일반적으로 주어가 되지만 일정한 구조 안에서 목적어가 되기도 한다.

> 守孰爲大, 守身爲大.　　　　　　　　　　　　　　〈離上 19〉
>
> (무엇을 지키는 것이 크다고 하는가, 몸을 지키는 것이 큰 것이 된다.)

　본문은 '守孰(주어) + 爲(술어) + 大(목적어)'의 구조이다. 이 경우 주어는 다시 '守(술어) + 孰(목적어)'가 되어 '孰'이 주어구 안에서 목적어가 된다.

　(다) 선택 용법의 경우

　사람과 사물 가운데 선택을 요구할 때 사용한다. 반면에 의문대사 '誰'는 선택을 요구하는 문장에 절대로 사용할 수 없다.

> 公孫丑問曰 膾炙與羊棗孰美?　　　　　　　　　　〈盡下 36〉
>
> (공손추가 묻기를 '저민 고기와 양대추 중에서 어느 것이 더 맛있는가'라고 하였다.)

　본문은 '膾炙與羊棗(목적어) + 孰(주어) + 美(술어)'의 구조로서 '孰'이 선택을 유도한다.

王自以爲與周公孰仁且智？ 〈公下 9〉

(왕께서는 스스로 주공과 더불어 누가 더 어질고 지혜롭다고 생각하십
니까?)

본문은 '王(주어) + 自(부사어) + 以爲(술어) + 與周公孰仁且智(목적
어)'의 구조이다. 이 경우 목적어는 다시 '與(개사) + 周公(개사목적
어) + 孰(주어) + 仁且智(동사구)'가 되어 '孰'이 선택을 유도한다.

鄒人與楚人戰, 則王以爲孰勝？ 〈梁上 7〉

(추나라 사람이 초나라 사람과 싸운다면, 왕께서는 누가 이기리라고 생각
하십니까?)

본문은 '王(주어) + 以爲(술어) + 孰勝(목적어)'의 구조로서 '孰'이 선
택을 유도한다.

夫二子之勇, 未知其孰賢？ 〈公上 2〉

(저 두 사람의 용기는 누가 더 현명한지 알지 못하겠다.)

본문은 '未 + 知(술어) + 其孰賢(목적어)'의 구조로서 '孰'이 선택을
유도한다.

(3) 何

사물이나 장소를 질문하는 의문대사로 우리말로 '어디, 무엇'으
로 해석한다. 이 경우 목적어가 의문대사이기 때문에 술어 앞으로
도치한다.

주어 + 何(목적어) + 술어?

有牽牛而過堂下者. 王見之, 曰 牛何之? 〈梁上 7〉

(소를 끌고 당하로 지나가는 자가 있었다. 왕이 그것을 보고 말하기를 '소가 어디로 가는가'라고 하였다.)

본문은 '牛(주어) + 何(목적어) + 之(술어)'의 구조로서 '何'가 술어 앞으로 도치하며 장소를 나타낸다.

夫旣或治之, 予何言哉? 〈公下 6〉

(대저 이미 혹자가 그것을 처리했는데, 내가 무엇을 말하겠는가?)

본문은 '予(주어) + 何(목적어) + 言(술어) + 哉'의 구조로서 '何'가 술어 앞으로 도치하며 대상을 나타낸다.

於禽獸, 又何難焉? 〈離下 28〉

(금수에게 또 무엇을 꾸짖겠는가?)

본문은 '又(부사어) + 何(목적어) + 難(술어) + 焉'의 구조로서 '何'가 술어 앞으로 도치하며 대상을 나타낸다.

(4) 惡

장소나 대상을 질문하는 의문대사로서 우리말로 '어디, 무엇'으로 해석한다. 이 경우 목적어가 의문대사이기 때문에 술어 앞으로 도치한다.

주어 + 惡(목적어) + 술어?

居惡在, 仁是也. 路惡在, 義是也.　〈盡上 33〉

(거하는 것이 어디에 있어야 하는가, 인이 이것이다. 길이 어디에 있어야
하는가, 의가 이것이다.)

본문은 '居(주어) + 惡(목적어) + 在(술어)', '路(주어) + 惡(목적어) + 在
(술어)'의 구조로서 '惡'가 술어 앞으로 도치하며 장소를 나타낸다.

敢問夫子惡乎長?　〈公上 2〉

(감히 묻겠습니다, 선생님은 무엇을 잘하십니까?)

본문은 '敢(부사어) + 問(술어) + 夫子惡乎長(목적어)'의 구조이다. 이
경우 목적어는 다시 '夫子(주어) + 惡乎(목적어) + 長(술어)'가 되어 '惡
乎'가 술어 앞으로 도치하며 대상을 나타낸다.

天下惡乎定? 吾對曰 定于一.　〈梁上 6〉

(천하가 어디로 정해질까요? 내가 대답하기를 '한 곳으로 정해질 것이다'라
고 하였다.)

본문은 '天下(주어) + 惡乎(목적어) + 定(술어)'의 구조로서 '惡乎'가
술어 앞으로 도치하며 장소를 나타낸다.

惡在其敬叔父也?　〈告上 5〉

(그 숙부를 공경하는 것이 어디에 있는가?)

본문은 '惡(목적어) + 在(술어) + 其敬叔父(주어) + 也'의 구조로서
'惡'가 술어 앞으로 도치하며 장소를 나타낸다.

(5) 焉

장소나 대상을 질문하는 의문대사로서 우리말로 '어디, 무엇'으로 해석한다. 이 경우 목적어가 의문대사이기 때문에 술어 앞으로 도치한다.

> 주어 + 焉(목적어) + 술어?

天下之父歸之, 其子焉往? 〈離上 13〉

(천하의 아버지가 그에게 돌아갔으니, 그 자제들이 어디로 가겠는가?)

본문은 '其子(주어) + 焉(목적어) + 往(술어)'의 구조로서 '焉'이 술어 앞으로 도치하며 장소를 나타낸다.

聽其言也, 觀其眸子, 人焉廋哉? 〈離上 15〉

(그의 말을 듣고 그의 눈동자를 관찰해 본다면, 사람이 무엇을 숨길 수 있겠는가?)

본문은 '人(주어) + 焉(목적어) + 廋(술어) + 哉'의 구조로서 '焉'이 술어 앞으로 도치하며 대상을 나타낸다.

3 數詞

수사는 문장 가운데 숫자를 나타내는 단어로서 크게 기수, 서수, 분수, 배수, 약수, 허수 등으로 나눌 수 있다.

1) 기수

기수는 기본 숫자를 나타내며 '一, 二, 三, 四, 五, 六, 七, 八, 九, 十, 百, 千, 萬, 億' 등이 이에 해당한다.

(1) 一(壹)

'一'은 기수 가운데 첫 번째 단어로 문장에서 술어, 관형어, 부사어, 목적어가 된다.

(가) 술어가 되는 경우

'一'이 문장에서 술어가 되면 '전일하다, 일치하다, 같다'로 해석한다.

貴貴尊賢, 其義一也.	〈萬下 3〉
(귀한 이를 귀하게 여기고 현자를 존중하는 것은, 그 의미가 일치한다.)	

본문은 '其義(주어) + 一(술어) + 也'의 구조로서 '一'이 술어가 된다.

志壹則動氣, 氣壹則動志也. 〈公上 2〉

(의지가 한결같으면 기운을 움직이게 하고, 기운이 한결같으면 의지를 움직이게 한다.)

본문은 '志(주어) + 壹(술어) + 則(접속사) + 動(술어) + 氣(목적어)'의 구조로서 '壹'이 술어가 된다.

不嗜殺人者能一之. 〈梁上 6〉

(사람을 죽이는 것을 좋아하지 않는 사람이 그것을 하나로 할 것이다.)

본문은 '不嗜殺人者(주어) + 能(조동사) + 一(술어) + 之(목적어)'의 구조로서 '一'이 술어가 된다.

三子者不同道, 其趨一也. 〈告下 6〉

(세 사람이 도가 같지 않지만, 그 추세는 동일하다.)

본문은 '其趨(주어) + 一(술어) + 也'의 구조로서 '一'이 술어가 된다.

다음으로 '一'은 같은 종류 가운데 다른 사물을 반복해서 열거할 경우에도 사용한다.

天下有達尊三. 爵一, 齒一, 德一. 〈公下 2〉

(천하에 통하는 존중이 세 가지가 있다. 관작이 하나요, 나이가 하나요, 덕이 하나이다.)

본문은 '爵(주어) + 一(술어), 齒(주어) + 一(술어), 德(주어) + 一(술어)'의 구조로서 '一'이 반복하여 열거하는 뜻을 나타낸다.

> 天子一位, 公一位, 侯一位, 伯一位, 子男同一位,
> 凡五等也. 〈萬下 11〉
>
> (천자가 한 등급이고, 공작이 한 등급이요, 후작이 한 등급이고, 백작이
> 한등급이요, 자작과 남작이 같은 한 등급으로 모두 다섯 등급이다.)

본문은 '天子(주어) + 一位(술어), 公(주어) + 一位(술어)…'의 구조로서 '一'이 반복하여 열거하는 뜻을 나타낸다.

(나) 관형어가 되는 경우

'一'이 관형어가 되면 '전체' 또는 '전부'로 해석한다.

> 一心以爲有鴻鵠將至, 思援弓繳而射之. 〈告上 9〉
>
> (한마음으로 기러기와 고니가 장차 올 것이라고 여기고 활과 주살을 당겨
> 쏠 것을 생각한다.)

본문은 '一心(주어) + 以爲(술어) + 有鴻鵠將至(목적어)'의 구조로서 '一'이 관형어가 된다.

(다) 부사어가 되는 경우

'한 번…, 두 번…, 세 번…'의 연속성을 가진 사건을 설명한다.

> 一不朝, 則貶其爵. 再不朝, 則削其地. 三不朝,
> 則六師移之. 〈告下 7〉
>
> (한 번 조회하지 않으면 제후의 작위를 떨어뜨린다. 두 번 조회하지 않으면
> 그 땅을 감한다. 세 번 조회하지 않으면 군대를 그곳에 이동시킨다.)

본문은 '一(부사어) + 不 + 朝(술어)', '再(부사어) + 不 + 朝(술어)',

‘三(부사어) + 不 + 朝(술어)’의 구조로서 ‘一’이 ‘再’, ‘三’과 결합하여 연속하는 사건을 나열한다.

또 두 개의 ‘一’이 호응하여 교체해서 출현하는 현상을 설명한다.

> **天下之生久矣, 一治一亂.** 〈滕下 9〉
>
> (천하에 사람이 생겨난 것이 오래되었는데, 한 번 다스려지고 한 번 혼란하였다.)

본문은 ‘一(부사어) + 治(술어) + 一(부사어) + 亂(술어)’의 구조로서 ‘一’이 교체해서 출현하는 현상을 나타낸다.

(라) 목적어가 되는 경우

‘一’이 개사목적어나 술어의 목적어가 되면 우리말로 ‘한 사람, 한 나라, 한 가지 일’로 해석한다.

> **天下惡乎定? 吾對曰 定于一.** 〈梁上 6〉
>
> (천하가 어디로 정해질까요? 내가 대답하기를 ‘한 나라로 정해질 것이다’라고 하였다.)

본문은 ‘定(술어) + 于(개사) + 一(개사목적어)’의 구조로서 ‘一’이 개사목적어가 된다.

> **所惡執一者, 爲其賊道也. 擧一而廢百也.** 〈盡上 26〉
>
> (한쪽을 잡는 사람을 미워하는 까닭은 그것이 성인의 도를 해치기 때문이다. 하나를 높이고는 백 가지를 폐하는 것이다.)

본문은 ‘擧(술어) + 一(목적어) + 而(접속사) + 廢(술어) + 百(목적어) + 也’의 구조로서 ‘一’이 목적어가 된다.

> 吾爲之範我馳驅, 終日不獲一.　　　　　　　　　　　　〈滕下 1〉
>
> (내가 그를 위해 내가 말 모는 것을 법대로 하였더니 종일토록 한 마리도
> 잡지 못하였다.)

　본문은 '終日(부사어) + 不 + 獲(술어) + 一(목적어)'의 구조로서 '一'
이 목적어가 된다.

(2) 二(再)

　'一'보다 하나 더 큰 수로서 두 사람이나 두 개의 사물을 의미한다.

> 二老者, 天下之大老也, 而歸之.　　　　　　　　　　　　〈離上 13〉
>
> (두 노인은 천하의 큰 노인인데 문왕에게 돌아갔다.)

　본문은 '二老者(주어) + 天下之大老(술어) + 也'의 구조로서 '二'가
관형어가 된다.

　어떤 행동이나 사건이 재차 발생했을 때에는 '二' 대신 부사 '再'
를 사용한다.

> 再不朝, 則削其地.　　　　　　　　　　　　　　　　　　〈告下 7〉
>
> (다시 조회하지 않으면 그 땅을 삭감한다.)

　본문은 '再(부사어) + 不 + 朝(술어)'의 구조로서 '再'가 반복의 뜻을
나타낸다.

(3) 三(參)

　'二'보다 하나 더 큰 수로서 간혹 '參'을 쓰기도 한다. 이 경우

'三'은 주로 부사어나 관형어, 목적어가 되며 우리말로 '세 가지', '세 차례'로 해석한다.

君子用其一, 緩其二. 用其二而民有殍, 用其三而 父子離.　　　　　　　　　　　　　　　　　　　　〈盡下 27〉

(군자는 하나를 징수하면 나머지 둘을 늦추어 준다. 두 가지를 징수하게 되면 백성들은 굶주려 죽게 되고, 세 가지를 모두 징수하게 되면 부자가 서로 헤어지게 된다.)

본문은 '用(술어) + 其三(목적어) + 而(접속사) + 父子(주어) + 離(술어)'의 구조로서 '三'이 목적어가 된다.

三過其門而不入, 雖欲耕, 得乎?　　　　　　　　〈滕上 4〉

(세 번이나 집 앞을 지나면서도 들어가지 않았는데, 비록 밭을 갈고자 해도 가능했겠는가?)

본문은 '三(부사어) + 過(술어) + 其門(목적어) + 而(접속사) + 不 + 入(술어)'의 구조로서 '三'이 부사어가 된다.

一日而三失伍, 則去之否乎? 曰 不待三.　　　　〈公下 4〉

(하루에 세 차례 대오를 이탈한다면 그를 죽일까요, 말까요? 말하기를 '세 번을 기다리지 않겠다'라고 하였다.)

본문은 '一日(부사어) + 而(조사) + 三(부사어) + 失(술어) + 伍(목적어)', '不 + 待(술어) + 三(목적어)'의 구조로서 '三'이 각각 부사어와 목적어가 된다.

湯三使往聘之.　　　　　　　　　　　　　　　　〈萬上 7〉

(탕왕이 세 번이나 사신을 가도록 하여 그를 초빙하였다.)

본문은 '湯(주어) + 三(부사어) + 使(목적어) + 往(술어) + 聘(술어) + 之(목적어)'의 구조로서 '三'이 부사어가 된다.

'三'과 '參'은 동일한 의미를 지닌 기수이지만 일정한 규칙이 있다. 먼저 '三'이 문장 가운데 술어가 되면 '參'을 사용하지 못한다.

諸侯之寶三. 土地, 人民, 政事. 〈盡下 28〉

(제후의 보물에는 세 가지가 있다. 토지, 백성, 정치가 그것이다.)

본문은 '諸侯之寶(주어) + 三(술어)'의 구조로서 '三'이 술어가 되면 '參'을 사용하지 못한다.

둘째로 다른 수사와 결합하면 '參'을 사용하지 못한다.

吾有司死者三十三人, 而民莫之死也. 〈梁下 12〉

(내 유사 가운데 죽은 자가 삼십삼 명이나 되지만, 백성들은 죽은 자가 없었다.)

본문은 '吾有司死者(주어) + 三十三人(술어)'의 구조로서 '三'이 다른 수사와 결합하면 '參'을 사용하지 못한다.

(4) 四(乘)

'三'보다 하나 더 큰 수로서 사물의 단위를 셀 때는 '乘'을 사용하기도 한다. 이 경우 '乘'은 보통 관형어가 되며 '馬', '箭', '皮革', '壺' 등의 수량을 세는 양사가 된다.

四罪而天下咸服, 誅不仁也. 〈萬上 3〉

(네 사람을 처벌하자 천하가 다 복종했고 어질지 않은 자를 주벌하였다.)

본문은 '四(목적어) + 罪(술어) + 而(접속사) + 天下(주어) + 咸(부사어) + 服(술어)'의 구조로서 '四'가 목적어가 된다.

抽矢扣輪, 去其金, 發乘矢而後反. 〈離下 24〉

(화살을 뽑아 바퀴를 두드려 그 쇠를 제거하고 네 개의 화살을 쏘고 나서 돌아갔다.)

본문은 '發(술어) + 乘矢(목적어) + 而後(접속사) + 反(술어)'의 구조로서 '乘'이 네 개의 화살을 세는 양사가 된다.

以萬乘之國伐萬乘之國, 五旬而擧之. 〈梁下 10〉

(만 승의 나라가 만 승의 나라를 정벌하여 오십 일 만에 점령하였다.)

본문은 '以(개사) + 萬乘之國(개사목적어) + 伐(술어) + 萬乘之國(목적어)'의 구조로서 '乘'이 바퀴가 네 개인 수레를 세는 양사가 된다.

2) 분수

자모의 분배 비례를 나타내는 수로 수학의 분수와 같다. 이 경우 큰 숫자는 분모가 되고 작은 숫자는 분자가 되며 십분의 몇으로 표시한다.

請野九一而助, 國中什一使自賦. 〈滕上 3〉

(청컨대 들에는 구분의 일로 조법을 시행하였고, 수도에서는 십분의 일로 스스로 세금을 바치게 하였다.)

본문은 '請(부사어) + 野(주어) + 九一(부사어) + 而(조사) + 助(술어), 國中(주어) + 什一(술어)'의 구조로서 '九一'과 '什一'이 각각 분수가 된다.

> ### 耕者九一, 仕者世祿, 關市譏而不征. 〈梁下 5〉
>
> (밭 가는 사람은 아홉에 하나를 세금으로 받았고, 벼슬하는 사람은 대대로 녹봉을 주었고, 관문과 시장은 기찰하고 세금을 받지 않았다.)

본문은 '耕者(주어) + 九一(술어)'의 구조로서 '九一'이 분수가 된다.

> ### 周人百畝而徹, 其實皆什一也. 〈滕上 3〉
>
> (주나라 사람은 백 무를 주고 철법을 시행했는데, 사실은 모두 십분의 일을 징수한다.)

본문은 '其實(주어) + 皆(부사어) + 什一(술어) + 也'의 구조로서 '什一'이 분수가 된다.

다음으로 분모와 분자 사이에 '분모 + 而 + 술어 + 분자'의 형태로 분수를 나타내기도 한다.

> ### 白圭曰 吾欲二十而取一, 何如? 〈告下 10〉
>
> (백규가 말하기를 '나는 조세로 이십 가운데 하나를 취하고자 하는데 어떠한가요'라고 하였다.)

본문은 '吾(주어) + 欲(술어) + 二十而取一(목적어)'의 구조로서 '二十而取一'이 분수가 된다.

3) 배수

배수는 동등하게 증가하는 것을 나타내는 숫자로 주로 '倍'를 사용한다. 이 경우 '一倍'는 '倍'로 대신하며 보통 목적어를 동반한다.

故事半古之人, 功必倍之. <公上 1>

(그러므로 옛날 사람의 반만 일하면 공은 반드시 배가 된다.)

본문은 '功(주어) + 必(부사어) + 倍(술어) + 之(목적어)'의 구조로서 '倍'가 배수가 된다.

求也爲季氏宰, 無能改於其德, 而賦粟倍他日. <離上 14>

(염구가 계씨의 가신이 되어서 그의 덕을 고쳐 주지 못하고 곡물을 부과하는 것이 이전보다 배로 하였다.)

본문은 '賦粟(주어) + 倍(술어) + 他日(목적어)'의 구조로서 '倍'가 배수가 된다.

今又倍地而不行仁政, 是動天下之兵也. <梁下 11>

(지금 또 땅을 배로 넓히고 어진 정치를 시행하지 않고 있으니, 이것이 천하의 병사를 움직이게 한다.)

본문은 '今又(부사어) + 倍(술어) + 地(목적어) + 而(접속사) + 不 + 行(술어) + 仁政(목적어)'의 구조로서 '倍'가 배수가 된다.

夫物之不齊, 物之情也, 或相倍蓰. <滕上 4>

(대저 물건이 가지런하지 않은 것은 사물의 본성으로서, 혹은 (값의 차이가) 서로 배가 되고 다섯 배가 된다.)

본문은 '或(부사어) + 相(부사어) + 倍蓰(술어)'의 구조로서 '倍'는 한 배가 되고, '蓰'는 다섯 배가 된다.

> 大國地方百里, 君十卿祿, 卿祿四大夫, 大夫倍上
> 士, 上士倍中士, 中士倍下士.　　　　　　　〈萬下 11〉

(대국은 땅이 사방 백 리이고, 군주는 경의 봉록의 열 배요, 경은 대부 봉
록의 네 배요, 대부는 상급 선비의 한 배요, 상급 선비는 중급 선비의 한
배요, 중급 선비는 하급 선비의 한 배를 받는다.)

　본문은 '君(주어) + 十(술어) + 卿祿(목적어)'의 구조로서 '十'은 '열
배'로 해석한다. 이처럼 '一倍' 이상일 경우에는 숫자만 써서 배수
를 나타내며 下句의 '卿祿四大夫'에서 '四'도 '네 배'로 해석한다.

4) 약수

　약수는 대략의 수량을 의미하며 다음과 같이 두 가지 표현 방법
이 있다. 첫째는 인접한 수사를 연용하여 대략의 수를 나타낸다.

> 吾於武成, 取二三策而已矣.　　　　　　　　〈盡下 3〉

(나는 무성편에서 두서너 쪽을 취할 뿐이다.)

　본문은 '取(술어) + 二三策(목적어) + 而已矣'의 구조로서 '二三'이
약수가 된다.

> 二三子何患乎無君? 我將去之.　　　　　　　〈梁下 15〉

(여러분은 군주가 없음을 어찌 근심하는가? 나는 장차 이곳을 떠나겠다.)

　본문은 '二三子(주어) + 何(의문부사) + 患(술어) + 乎(개사) + 無君(개사
목적어)'의 구조로서 '二三子'가 약수가 된다.

> ### 由湯至於武丁, 賢聖之君六七作.　　　　〈公上 1〉
> (탕왕에서 무정에 이르기까지 어질고 성스러운 군주가 육칠 명이 나왔다.)

본문은 '賢聖之君(주어) + 六七(부사어) + 作(술어)'의 구조로서 '六七'이 약수가 된다.

'百'은 일반적으로 많음을 의미하는 약수이고, '千'과 '萬'은 매우 많은 대략의 수를 의미하는 약수가 된다.

> ### 自反而縮, 雖千萬人, 吾往矣.　　　　〈公上 2〉
> (스스로 반성해서 정직하다면 비록 천만 사람 앞이라도 나는 갈 것이다.)

본문은 '雖(접속사) + 千萬人(목적어) + 吾(주어) + 往(술어) + 矣'의 구조로서 '千萬'이 매우 많은 사람을 의미하는 약수가 된다.

> ### 或相什伯, 或相千萬.　　　　〈滕上 4〉
> (혹은 서로 열 배가 되고 백 배가 되며, 혹은 서로 천 배가 되고 만 배가 된다.)

본문은 '或(주어) + 相(부사어) + 什伯(술어), 或(주어) + 相(부사어) + 千萬(술어)'의 구조이다. 이 경우 '什伯'는 대략 많은 차이가 있음을 나타내고, '千萬'은 매우 많은 차이가 있음을 강조하는 약수가 된다.

둘째로 부사 '數'나 '餘' 등을 사용하여 대략의 수를 나타낸다. 이 경우 '數'는 단독으로 사용하거나 수사 또는 양사와 결합한다.

> ### 堂高數仞, 榱題數尺, 我得志弗爲也.　　　　〈盡下 34〉
> (집의 높이가 몇 길이 되는 것과 서까래 머리가 몇 자 되는 것을, 나는 뜻을 얻더라도 하지 않는다.)

본문은 '堂高(주어) + 數仞(술어), 榱題(주어) + 數尺(술어)'의 구조로서 '數'가 대략의 수를 나타낸다.

子之兄弟事之數十年, 師死而遂倍之. 〈滕上 4〉

(당신의 형제들이 그를 섬기기를 수십 년 하다가, 스승이 죽자 마침내 배반하였다.)

본문은 '子之兄弟(주어) + 事(술어) + 之(목적어) + 數十年(보어)'의 구조로서 '數'가 대략의 수를 나타낸다.

다음으로 '餘'를 기수 뒤에 사용하거나 기수와 '餘' 사이에 부사 '有'를 더하기도 한다.

由堯舜至於湯, 五百有餘歲. 〈盡下 38〉

(요순에서 탕왕에 이르기까지 오백여 년이 되었다.)

본문은 '五百 + 有 + 餘歲'의 구조로서 '餘'가 대략의 수를 나타낸다.

地之相去也, 千有餘里. 世之相後也, 千有餘歲. 〈離下 1〉

(땅이 서로 떨어짐이 천여 리가 되었다. 세대가 서로 이어짐이 천여 년이 되었다.)

본문은 '千 + 有 + 餘里', '千 + 有 + 餘歲'의 구조로서 '餘'가 대략의 수를 나타낸다.

5) 서수

서수는 순서를 나타내는 숫자이지만 기수가 서수의 의미로 해석해야 할 경우가 많기 때문에 주의해야 한다.

> 父母俱存, 兄弟無故, 一樂也. 仰不愧於天, 俯不怍於人, 二樂也. 得天下英才而敎育之, 三樂也.
>
> 〈盡上 2〉
>
> (부모가 모두 살아 계시고 형제가 무고한 것이 첫 번째 즐거움이다. 우러러 하늘에 부끄러움이 없고 굽어보아 사람들에게 부끄러움이 없는 것이 두 번째 즐거움이다. 천하의 영재를 얻어 교육하는 것이 세 번째 즐거움이다.)

본문은 '一(수사) + 樂(명사)'는 '첫 번째 즐거움', '二(수사) + 樂(명사)'는 '두 번째 즐거움', '三(수사) + 樂(명사)'는 '세 번째 즐거움'으로 해석한다.

> 世俗所謂不孝者五. 惰其四支, 不顧父母之養, 一不孝也. 博弈好飮酒, 不顧父母之養, 二不孝也.
>
> 〈離下 30〉
>
> (세상에는 소위 불효라는 것이 다섯 가지가 있다. 사지를 게을리하여 부모의 봉양을 돌아보지 않음이 첫 번째 불효이다. 장기와 바둑과 음주를 좋아하여 부모의 봉양을 돌아보지 않음이 두 번째 불효이다.)

본문은 '一(부사어) + 不 + 孝(술어) + 也', '二(부사어) + 不 + 孝(술어) + 也'의 구조로서 기수 '一'과 '二'가 본문에서 각각 서수가 된다.

量詞

양사는 명사 앞에서 사물이나 개체의 수량을 설명하는 단어이다. 이 경우 양사는 사물과 관계된 어떤 수량을 의미할 뿐만 아니라 행위나 특성을 설명하기도 한다. 양사는 수량을 의미하는 사물의 성격에 따라 다시 개체양사, 기물양사, 면적양사, 길이양사, 무게양사, 시간양사, 집합양사, 용적양사로 나눌 수 있다.

1) 개체양사

낱개의 개체나 집합된 사물이나 사람의 개체가 양사가 된다.

(1) 匹

'匹'은 낱개의 짐승을 세는 양사로서 수량을 설명할 때 명사 뒤에 위치하기도 한다.

> 有人於此, 力不能勝一匹雛, 則爲無力人矣.
>
> 〈告下 2〉

> (여기 어떤 사람이 있는데, 힘이 한 마리의 오리 새끼를 이길 수 없다면 힘이 없는 사람이 된다.)

본문은 '力(주어) + 不 + 能(조동사) + 勝(술어) + 一匹雛(목적어)'의 구조이다. 이 경우 목적어는 다시 '一(수사) + 匹(양사) + 雛(명사)'가 되어 '匹'이 조류를 세는 양사가 된다.

(2) 駟(乘)

'駟(乘)'은 네 필의 말이 끄는 수레를 세는 양사이다.

> ### 繫馬千駟, 弗視也.　　　〈萬上 7〉
> (천 대의 수레에 말을 매어 놓아도 돌아보지 않았다.)

본문은 '馬(명사) + 千(수사) + 駟(양사)'의 구조로서 '駟'가 수레를 세는 양사가 된다.

> ### 以萬乘之國伐萬乘之國, 五旬而擧之.　　〈梁下 10〉
> (만 승의 나라가 만 승의 나라를 정벌하여 오십 일 만에 점령하였다.)

본문은 '萬(수사) + 乘(양사) + 之(조사) + 國(명사)'의 구조로서 '乘'이 수레를 세는 양사가 된다.

(3) 兩(輛)

'兩(輛)'은 본래 바퀴가 두 개 달린 수레만을 지칭했으나 후에 수레바퀴 수와 상관없이 수레를 세는 양사가 되었다.

> ### 武王之伐殷也, 革車三百兩(輛), 虎賁三千人.
> 　　　　　　　　　　　　　　　　　　　　　〈盡下 4〉
> (무왕이 은나라를 정벌할 때에 가죽 수레가 삼백 량이었고, 호위 군사가 삼천 명이었다.)

본문은 '革車(명사) + 三百(수사) + 兩(양사)'의 구조로서 '兩'이 수레를 세는 양사가 된다.

(4) 車(輿)

수사와 결합하여 수레를 세는 양사가 된다.

今之爲仁者, 猶以一杯之水救一車薪之火也.

〈告上 18〉

(지금에 인을 행하는 자들은 한 잔의 물로 한 수레에 가득 실은 섶의 불을 끄는 것과 같다.)

본문은 '救(술어) + 一車薪之火(목적어) + 也'의 구조이다. 이 경우 목적어는 다시 '一(수사) + 車(양사) + 薪之火(명사)'가 되어 '車'가 수레를 세는 양사가 된다.

金重於羽者, 豈謂一鈞金與一輿羽之謂哉? 〈告下 1〉

(쇠가 깃털보다 무겁다는 것은 어찌 한 갈고리의 쇠와 한 수레의 깃털을 말함이겠는가?)

본문은 '一(수사) + 鈞(양사) + 金(명사) + 與(접속사) + 一(수사) + 輿(양사) + 羽(명사)'가 되어 '輿'가 수레를 세는 양사가 된다.

(5) 人(夫)

수사와 결합하여 남자나 장정을 세는 양사가 된다.

武王之伐殷也, 革車三百兩, 虎賁三千人. 〈盡下 4〉

(무왕이 은나라를 정벌할 때에 가죽 수레가 삼백 량이었고, 호위 군사가 삼천 명이었다.)

본문은 '虎賁(명사) + 三千(수사) + 人(양사)'의 구조로서 '人'이 사람을 세는 양사가 된다.

> **侍妾數百人, 我得志弗爲也.** 〈盡下 34〉
>
> (시첩이 수백 명이 되는 것을 나는 뜻을 얻더라도 하지 않을 것이다.)

본문은 '侍妾(명사) + 數百(수사) + 人(양사)'의 구조로서 '人'이 사람을 세는 양사가 된다.

> **聞誅一夫紂矣, 未聞弑君也.** 〈梁下 8〉
>
> (한 사내인 주왕을 베었다는 말은 들었고 군주를 시해했다는 말을 듣지 못하였다.)

본문은 '聞(술어) + 誅一夫紂(목적어) + 矣'의 구조이다. 이 경우 목적어는 다시 '一(수사) + 夫(양사) + 紂(명사)'가 되어 '夫'가 사람을 세는 양사가 된다.

(6) 口

수사와 결합하여 호구나 가족 단위의 수량을 나타내는 양사가 된다.

> **百畝之田, 匹夫耕之, 八口之家足以無飢矣.**
> 〈盡上 22〉
>
> (백 무의 밭을 필부가 경작하면 여덟 식구의 집이 충분히 굶주리지 않을 수 있다.)

본문은 '八口之家(주어) + 足以(조동사) + 無(술어) + 飢(목적어) + 矣'의 구조이다. 이 경우 주어는 다시 '八(수사) + 口(양사) + 之(조사) + 家(명사)'가 되어 '口'가 가족을 세는 양사가 된다.

(7) 母

수사와 결합하여 짐승의 암컷을 세는 양사가 된다.

> 五母雞二母彘, 無失其時, 老者足以無失肉矣.
>
> 〈盡上 22〉

(다섯 마리의 어미 닭과 두 마리의 어미 돼지를 치면서 번식의 시기를 놓치지 않으면, 노인이 고기를 빠뜨리지 않고 충분히 먹을 수 있게 될 것이다.)

본문은 '五(수사) + 母(양사) + 雞(명사) + 二(수사) + 母(양사) + 彘(명사)'의 구조로서 '母'가 동물의 암컷을 세는 양사가 된다.

2) 기물양사

일상생활에서 사용하는 도구나 그릇을 세는 양사이다.

(1) 簞, 壺, 瓢

'簞'은 대나무로 만든 소쿠리를 세는 양사이고, '壺'는 액체가 들어 있는 볼록한 도자기(병)을 세는 양사이며, '瓢'는 표주박으로 만든 물그릇을 세는 양사이다.

> 簞食壺漿, 以迎王師.
>
> 〈梁下 10〉

(한 소쿠리의 밥과 한 호리병의 간장을 가지고 와서 왕의 군대를 맞아들였다.)

본문은 '(一) + 簞(양사) + 食(명사) + (一) + 壺(양사) + 漿(명사)'의 구조로서 '簞'과 '壺'가 양사가 된다.

顔子當亂世, 居於陋巷, 一簞食一瓢飮. 〈離下 29〉

(안자는 난세를 당해 누추한 골목에 거처하면서 한 소쿠리의 밥을 먹고 한 표주박의 물을 마셨다.)

본문은 '一(수사) + 簞(양사) + 食(명사) + 一(수사) + 瓢(양사) + 飮(명사)'의 구조로서 '簞'과 '瓢'가 각각 양사가 된다.

(2) 豆

'豆'는 나무를 깎아 하부를 오목하게 만든 국그릇을 세는 양사이다.

一簞食一豆羹, 得之則生, 弗得則死. 〈告上 10〉

(한 소쿠리의 밥과 한 그릇의 국을 얻으면 살고 얻지 못하면 죽는다.)

본문은 '一(수사) + 簞(양사) + 食(명사) + 一(수사) + 豆(양사) + 羹(명사)'의 구조로서 '簞'과 '豆'가 각각 양사가 된다.

(3) 杯

'杯'는 액체를 담는 잔을 세는 양사이다.

今之爲仁者, 猶以一杯之水救一車薪之火也. 〈告上 19〉

(지금에 인을 행하는 자들은 한 잔의 물로 한 수레에 가득 실은 섶의 불을 끄는 것과 같다.)

본문은 '一(수사) + 杯(양사) + 之(조사) + 水(명사)'의 구조로서 '杯'가 양사가 된다.

3) 면적양사

토지나 주택의 면적이나 크기를 세는 양사이다.

(1) 畝

'畝'는 이랑(본래는 밭고랑 사이의 두둑을 말하나 두둑과 한 고랑을 포함한 단위로 씀)을 의미한다. 주나라 기록에 의하면 6척을 1步, 100보를 1무라고 했으니 고대의 계산법에 따르면 대략 80평 정도가 된다.

> 五畝之宅, 樹牆下以桑, 匹婦蠶之.　　　　〈盡上 22〉
>
> (다섯 무의 택지에 뽕나무를 담벼락에 심어 두면 부녀자들이 누에를 친다.)

본문은 '五(수사) + 畝(양사) + 之(조사) + 宅(명사)'의 구조로서 '五畝'는 대략 400평 정도가 된다.

> 百畝之田, 匹夫耕之, 八口之家足以無飢矣.　　　〈盡上 22〉
>
> (백 무의 밭을 필부가 경작하면 여덟 식구의 집이 충분히 굶주리지 않을 수 있다.)

본문은 '百(수사) + 畝(양사) + 之(조사) + 田(명사)'의 구조로서 '百畝'는 대략 8,000평 정도가 된다.

> 耕者之所獲, 一夫百畝. 百畝之糞, 上農夫食九人, 上次食八人.　　　　〈萬下 2〉
>
> (경작자의 소득은 한 가장이 백 무를 받는다. 백 무에 거름을 주면 상급 농부는 아홉 명을 먹일 수 있고, 차상급 농부는 여덟 명을 먹일 수 있다.)

본문은 '一夫(명사) + 百(수사) + 畝(양사)'의 구조로서 '百畝'는 대략 8,000평 정도가 된다.

(2) 里

'一里'는 900무에 해당하는 면적으로서 1무를 80평으로 하여 계산하면 대략 72,000평 정도가 된다.

> 天子之制, 地方千里, 公侯皆方百里, 伯七十里,
> 子男五十里, 凡四等. 〈萬下 2〉
>
> (천자의 제도는 땅이 사방 천 리이고, 공작과 후작은 사방 백 리이며, 백작은 칠십 리, 자작과 남작은 오십 리의 땅을 직할지로 해 모두 네 등급이 있다.)

본문은 천자는 사방 일천 리, 공작과 후작은 일백 리, 백작은 칠십 리, 자작과 남작은 사방 오십 리에 해당하는 면적의 영토를 보유할 수 있다는 뜻이 된다.

> 湯以七十里, 文王以百里. 〈公上 3〉
>
> (탕은 칠십 리의 땅으로 왕도를 행했고, 문왕은 백 리의 땅으로 왕도를 행하였다.)

본문은 '湯(주어) + 以(개사) + 七十里(개사목적어), 文王(주어) + 以(개사) + 百里(개사목적어)'의 구조로서 '里'가 양사가 된다.

> 三里之城, 七里之郭, 環而攻之而不勝. 〈公下 1〉
>
> (삼 리가 되는 성과 칠 리가 되는 외성을 포위하고 공격해도 이기지 못한다.)

본문은 '三(수사) + 里(양사) + 之(조사) + 城(명사), 七(수사) + 里(양사) + 之(조사) + 郭(명사)'의 구조로서 '里'가 양사가 된다.

> ### 方里而井, 井九百畝, 其中爲公田. 〈滕上 3〉
> (사방 일 리가 정이며 정은 구백 무로 그 가운데가 공전이 된다.)

본문은 '方里(주어) + 而(조사) + 井(술어)'의 구조로서 '里'가 양사가 된다.

> ### 西喪地於秦七百里, 南辱於楚. 〈梁上 5〉
> (서쪽으로 진나라에게 칠백 리의 땅을 잃었고, 남쪽으로 초나라에게 모욕을 당하였다.)

본문은 '秦(명사) + 七百(수사) + 里(양사)'의 구조로서 '里'가 양사가 된다.

면적양사는 동사 '過'의 목적어가 될 수 있다.

> ### 夏后殷周之盛, 地未有過千里者. 〈公上 1〉
> (하후와 은, 주의 전성기에도 땅이 천 리를 넘은 자가 있지 않았다.)

본문은 '地(주어) + 未 + 有(술어) + 過千里者(목적어)'의 구조이다. 이 경우 목적어는 다시 '過(술어) + 千里(목적어) + 者'가 되어 동사 '過'가 면적양사를 목적어로 받고 있다.

면적양사는 수량사 앞에 '方'을 더하면 십진법에서 백진법으로 변하게 된다.

天子之地方千里. 不千里, 不足以待諸侯. <告下 8>

(천자의 땅은 사방 천 리이다. 천 리가 되지 않으면 제후를 대하기에 충분하지 않다.)

본문은 '天子之地(주어) + 方千里(술어)'의 구조로서 '方千里'는 1,000×1,000의 면적이 된다.

太公之封於齊也, 亦爲方百里也. <告下 8>

(강태공이 제나라에 봉해졌을 때에도 역시 사방 백 리가 된다고 하였다.)

본문은 '亦(부사어) + 爲(술어) + 方百里(목적어) + 也'의 구조로서 '方百里'는 100×100의 면적이 된다.

今魯方百里者五. <告下 8>

(지금 노나라는 사방 백 리의 땅이 다섯이나 된다.)

본문은 '今(부사어) + 魯方百里者(주어) + 五(술어)'의 구조로서 '方百里者五'는 100×100 면적의 다섯 배가 된다.

4) 길이양사

길이를 세는 양사로 '寸', '尺', '尋', '丈', '步', '仞' 등이 있다.

(1) 寸, 尺, 尋

'寸'은 '尺'의 십분의 일로서 당시 사용하던 周尺이 23cm 정도였으므로 한 치(1寸)는 2.3cm가 된다. 참고로 漢代에는 한 자가 21cm, 唐代에는 30cm, 이후에는 30cm로 산정하였다.

交聞文王十尺湯九尺, 今交九尺四寸以長, 食粟
而已, 如何則可?　　　　　　　　　　　　〈告下 2〉

(제가 듣기에 문왕은 키가 십 척이고 탕왕은 구 척인데, 지금 저는 키가
구 척 사 촌으로 곡식만 먹고 있으니, 어찌하면 좋을까요?)

본문은 '交(주어) + 聞(술어) + 文王十尺湯九尺(목적어)'이고, 다음
구는 '今(부사어) + 交(주어) + 九尺四寸(개사목적어) + 以(개사) + 長(술
어)'의 구조이다. 당시 일 척을 약 23cm로 하여 계산해 보면 문왕
의 신장은 2m 30cm, 탕왕은 2m 7cm, 조교는 2m가 된다.

則賢不肖之相去, 其間不能以寸.　　　　　　　〈離下 7〉

(현명한 자와 불초한 자의 거리는 그 사이가 한 치도 안 된다.)

본문은 '其間(주어) + 不 + 能(조동사) + 以(개사) + (개사목적어 생
략) + 寸(술어)'의 구조로서 이 경우 '寸'은 얼마 안 되는 간격을 강
조한다.

古者棺槨無度. 中古棺七寸, 槨稱之.　　　　　〈公下 7〉

(옛날에는 관곽이 일정한 한도가 없었다. 중고에는 관은 두께가 일곱 자이
고, 곽은 그것에 맞추었다.)

본문은 '棺(명사) + 七(수사) + 寸(양사)'의 구조로서 '七寸'은 대략
14cm 정도가 된다.

無尺寸之膚不愛焉, 則無尺寸之膚不養也. 〈告上 14〉

(한 자 한 치의 살갗을 사랑하지 않음이 없다면 한 자 한 치의 살갗을 기
르지 않음도 없다.)

본문은 '無 + 尺寸之膚(목적어) + 不 + 愛(술어) + 焉', '無 + 尺寸之

膚(목적어) + 不 + 養(술어) + 也'의 구조로서 '尺寸'은 얼마 안 되는 길이를 의미한다.

> 且夫枉尺而直尋者, 以利言也. 如以利, 則枉尋直
> 尺而利, 亦可爲與? 〈滕下 1〉
>
> (대저 한 자를 굽혀 여덟 자를 곧게 한다는 말은 이익으로서 말한 것이다. 만약 이익을 위해서라면 여덟 자를 굽혀서 한 자를 곧게 하는 것이 이익이라면 역시 하겠는가?)

본문은 '且夫 + 枉(술어) + 尺(목적어) + 而(접속사) + 直(술어) + 尋(목적어) + 者'의 구조이다. 이 경우 '一尋'은 8尺에 해당하므로 대략 2m 4cm가 된다.

(2) 仞(軔)

'仞'은 높이를 세는 양사로서 '1仞'이 8尺에 해당하므로 대략 2m 4cm의 높이나 길이가 된다.

> 堂高數仞, 榱題數尺, 我得志弗爲也. 〈盡下 34〉
>
> (집의 높이가 수 길이고 서까래의 머리가 몇 자가 되는 것을 내가 뜻을 얻더라도 하지 않을 것이다.)

본문은 '堂高(명사) + 數(수사) + 仞(양사)'의 구조로서 '數仞'은 대략 6~7m 정도의 높고 호사스러운 집을 의미한다.

> 有爲者辟若掘井. 掘井九軔而不及泉, 猶爲棄井
> 也. 〈盡上 29〉
>
> (행함이 있는 자는 비유하면 우물을 파는 것과 같다. 우물을 아홉 길이나 팠더라도 샘에 이르지 못하면 오히려 우물을 버리는 것이 된다.)

본문은 '井(명사) + 九(수사) + 軔(양사)'의 구조로서 '九軔'은 우물의 깊이가 수십 미터가 됨을 의미한다.

(3) 丈

'丈'은 어른 키 정도의 길이를 나타내는데 대략 10尺(2.3m)에 해당한다.

> 食前方丈, 侍妾數百人, 我得志弗爲也.　〈盡下 34〉
>
> (밥상 앞에 음식이 사방 한 길이 펼쳐지고 시첩이 수백 명이 되는 것을 나는 뜻을 얻더라도 하지 않을 것이다.)

본문은 '食前(명사) + (一) + 方丈(양사)'의 구조로서 '方丈'은 2m 정도의 식탁에 차려진 진수성찬을 의미한다.

5) 무게양사

무게를 세는 양사로 '鎰'과 '鈞'이 있다.

(1) 鎰

'一鎰'은 대략 24兩 정도의 무게가 된다. 이 경우 一兩이 37.5g 이니 900g 정도의 무게가 된다.

> 前日於齊, 王餽兼金一百而不受. 於宋, 餽七十鎰而受. 於薛, 餽五十鎰而受.　〈公下 3〉
>
> (전날 제나라에서 왕이 좋은 금 백 일을 보냈는데 받지 않았다. 송나라에서 칠십 일을 보냈는데 받았다. 설나라에서 오십 일을 보냈는데 받았다.)

본문은 '王(주어) + 餽(술어) + 兼金一百(鎰)(목적어) + 而(접속사) + 不 + 受(술어)'의 구조이다. 이 경우 '一百鎰'은 90kg, '七十鎰'은 63kg, '五十鎰'은 45kg의 무게가 나가는 금덩어리를 가리킨다.

今有璞玉於此. 雖萬鎰, 必使玉人彫琢之. 〈梁下 9〉

(지금 여기에 옥돌이 있다 하자. 비록 만 일의 가치가 있어도 반드시 옥공으로 하여금 다듬게 해야 한다.)

본문은 '雖(접속사) + 萬(수사) + 鎰(양사) + (璞玉)'의 구조로서 수천 kg의 무게가 나가는 귀한 옥돌을 의미한다.

(2) 鈞

'一鈞'은 대략 30斤(1근은 600g) 정도의 무게로서 18kg 정도가 된다.

今日擧百鈞, 則爲有力人矣. 〈告下 2〉

(이제 백 균을 든다고 한다면 힘이 있는 사람이 될 것이다.)

본문은 '今(부사어) + 日(술어) + 擧百鈞(목적어)'의 구조로서 '百鈞'은 3,000근(1,800kg) 정도가 된다.

吾力足以擧百鈞, 而不足以擧一羽. 〈梁上 7〉

(내 힘이 백 균을 들기에 충분하지만 깃털 하나를 들기에 충분하지 않다.)

본문은 '吾力(주어) + 足以(조동사) + 擧(술어) + 百鈞(목적어)'의 구조로서 '百鈞'은 아주 무거운 무게를 의미한다.

6) 시간양사

시간을 나타내는 명사가 수사와 결합하여 양사의 역할을 한다. 이 경우 보통 술어 앞에서 부사어가 되어 어떤 일을 지속적으로 하는 것을 나타낸다.

> 以萬乘之國伐萬乘之國, 五旬而擧之.　　〈梁下 10〉
>
> (만 승의 나라가 만 승의 나라를 정벌하여 오십 일 만에 점령하였다.)

본문은 '五旬(부사어) + 而(조사) + 擧(술어) + 之(목적어)'의 구조로서 '旬'이 양사가 된다.

> 去三年不反, 然後收其田里.　　〈離下 3〉
>
> (떠나고 삼 년이 지나도록 돌아오지 않은 후에야 그의 토지와 집을 거두어 들인다.)

본문은 '去(술어) + 三年(목적어) + 不 + 反(술어)'의 구조로서 '年'이 양사가 된다.

> 君子之澤五世而斬, 小人之澤五世而斬.　　〈離下 22〉
>
> (군자의 은택은 오 대가 지나면 끊어지고, 소인의 은택도 오 대가 지나면 끊어진다.)

본문은 '君子之澤(주어) + 五世(부사어) + 而(조사) + 斬(술어)'의 구조로서 '世'가 양사가 된다.

> 予三宿而出晝, 於予心猶以爲速.　　〈公下 12〉
>
> (내가 사흘을 머물고 주땅을 떠났지만, 내 마음에 오히려 빨리 떠났다고 생각한다.)

본문은 '子(주어) + 三宿(부사어) + 而(접속사) + 出(술어) + 晝(목적어)'의 구조로서 '宿'이 양사가 된다.

7) 집합양사

고대에는 제후국 간에 전쟁이 빈번하여 '軍, 師, 旅'등과 같은 단어들이 양사의 역할을 하였다. 이 경우 '軍'은 12,500명, '師'는 2,500명, '旅'는 500명 정도의 군대를 의미하는 양사가 된다.

是三軍之士, 樂罷而悅於利也.　　　　　　　〈告下 4〉

(이 삼 군의 병사들은 중단함을 즐거워하되 이익을 좋아한다.)

본문은 '三(수사) + 軍(양사) + 之(조사) + 士(명사)'의 구조로서 '軍'이 양사가 된다.

師行而糧食, 飢者弗食, 勞者弗息.　　　　　　〈梁下 4〉

(군대를 데리고 다니면서 양식을 먹어서, 굶주린 자가 먹지 못하고 피로한 사람이 쉬지 못한다.)

본문은 '師(목적어) + 行(술어) + 而(접속사) + 糧(목적어) + 食(술어)'의 구조로서 '師'가 양사가 된다.

詩云 王赫斯怒, 爰整其旅.　　　　　　　　　〈梁下 3〉

(시경에서 이르기를 '문왕이 크게 노하여 이에 군대를 정돈하였다'라고 하였다.)

본문은 '爰(부사어) + 整(술어) + 其旅(목적어)'의 구조로서 '旅'가 양사가 된다.

8) 용적양사

고대에는 곡물로 녹봉을 지급하였으므로 곡물의 단위가 관직의
계급을 의미하게 되었다. 이처럼 관직의 녹봉으로 지급한 곡물은
'石'(10말)과 '鍾'(6.4말)이 지급하는 용적 단위의 양사가 되었다.

我欲中國而授孟子室, 養弟子以萬鍾.　　〈公下 10〉

(내가 수도 한가운데에 맹자에게 집을 지어 주고 제자들을 만 종의 녹봉
으로 기르고자 한다.)

본문은 '萬(수사) + 鍾(양사) + 명사(생략)'의 구조로서 '鍾'이 양사
가 된다.

萬鍾則不辨禮義而受之, 萬鍾於我何加焉?

〈告上 10〉

(만 종의 녹봉은 예의를 따지지 않고 받으니, 만종의 녹봉이 나에게 무슨
보탬이 되겠는가?)

본문은 '萬鍾(주어) + 則(조사) + 不 + 辨(술어) + 禮義(목적어) + 而(접
속사) + 受(술어) + 之(목적어)'의 구조로서 '鍾'이 양사가 된다.

仲子齊之世家也, 兄戴蓋祿萬鍾.　　〈滕下 10〉

(진중자는 제나라의 세력 있는 가문으로 형 진대가 합땅에서 거두는 녹봉
이 만 종이었다.)

본문은 '兄戴蓋祿(주어) + 萬鍾(술어)'의 구조로서 '鍾'이 양사가
된다.

5 形容詞

형용사는 사람과 사물의 성질이나 상태를 나타낸다. 이 경우 보통 문장에서 술어가 되지만 어떤 경우에는 관형어, 부사어, 보어가 되며 심지어 주어나 목적어가 되기도 한다.

1) 형용사의 주어 용법

형용사가 문장에서 주어가 되면 명사가 되어 사람이나 사물을 나타낸다.

然則小固不可以敵大, 寡固不可以敵衆. 〈梁上 7〉

(그런즉 작은 나라는 진실로 큰 나라를 대적할 수 없으며, 적은 사람은 진실로 많은 사람을 대적할 수 없다.)

본문은 '然則(접속사) + 小(주어) + 固(부사어) + 不 + 可以(조동사) + 敵(술어) + 大(목적어)'의 구조로서 형용사 '小'와 '寡'가 주어가 되면 명사의 뜻을 나타낸다.

2) 형용사의 술어 용법

형용사가 술어가 되면 어떤 상태나 동작을 나타내게 된다. 따라서 형용사가 어떤 동작이나 행위를 한다는 점에서 다시 일반동사, 사동동사, 의동동사로 나눌 수 있다.

(1) 일반동사가 되는 경우

형용사가 자동사나 타동사가 되면 목적어와 결합하여 동작이나
상태를 나타낸다.

> 易其田疇, 薄其稅斂, 民可使富也.　　〈盡上 23〉
>
> (농지를 잘 다스리고 세금을 적게 거둔다면 백성들을 부유하게 할 수 있다.)

본문은 '易(술어) + 其田疇(목적어), 薄(술어) + 其稅斂(목적어)'의 구조
로서 형용사 '易'와 '薄'이 타동사가 된다.

> 滅國者五十, 驅虎豹犀象而遠之.　　〈滕下 9〉
>
> (나라를 멸망시킨 것이 오십 개의 제후국이었고, 범과 표범과 코뿔소와 코
> 끼리를 몰아서 멀리 쫓아내었다.)

본문은 '驅(술어) + 虎豹犀象(목적어) + 而(접속사) + 遠(술어) + 之(목적
어)'의 구조로서 형용사 '遠'이 타동사가 된다.

> 仕則慕君, 不得於君則熱中.　　〈萬上 1〉
>
> (벼슬을 하면 군주를 사모하고, 군주에게 신임을 얻지 못하면 가슴속에 열
> 병이 난다.)

본문은 '不 + 得(술어) + 於(개사) + 君(개사목적어) + 則(접속사) + 熱(술
어) + 中(목적어)'의 구조로서 형용사 '熱'이 타동사가 된다.

> 君子之於物也, 愛之而弗仁. 於民也, 仁之而弗
> 親.　　〈盡上 45〉
>
> (군자가 사물에 대해서 그것을 사랑하기는 하나 인을 베풀지 않는다. 백성
> 에 대해서 인을 베풀기는 하나 모두 친하게 대하지는 않는다.)

본문은 '愛(술어) + 之(목적어) + 而(접속사) + 弗 + 仁(술어)', '仁(술어) + 之(목적어) + 而(접속사) + 弗 + 親(술어)'의 구조로서 형용사 '愛'와 '仁'이 타동사가 된다.

다음으로 형용사가 목적어를 취하지 않고 자동사의 역할을 하는 경우가 있다.

道則高矣, 美矣, 宜若登天然. 〈盡上 41〉

(도는 높고 아름다우니 마땅히 하늘에 오르는 것 같다.)

본문은 '道(주어) + 則(조사) + 高(술어) + 矣(어기사), 美(술어) + 矣(어기사)'의 구조로서 형용사 '高'와 '美'가 자동사가 된다.

七十者衣帛食肉, 黎民不飢不寒. 〈梁上 3〉

(칠십 세 된 자가 비단옷을 입고 고기를 먹으며, 백성들이 굶주리지 않고 추위에 떨지 않는다.)

본문은 '黎民(주어) + 不 + 飢(술어) + 不 + 寒(술어)'의 구조로서 형용사 '飢'와 '寒'이 자동사가 된다.

如水益深, 如火益熱, 亦運而已矣. 〈梁下 10〉

(만약 물이 더욱 깊어지고 불이 더욱 뜨거워진다면 역시 먼 곳으로 옮겨 갈 뿐이다.)

본문은 '如(접속사) + 水(주어) + 益(부사어) + 深(술어), 如(접속사) + 火(주어) + 益(부사어) + 熱(술어)'의 구조로서 형용사 '深'과 '熱'이 자동사가 된다.

(2) 사동동사가 되는 경우

  형용사가 사동동사가 되면 '주어 + 형용사(사동동사) + 목적어'
의 구조를 이룬다. 이 경우 사동동사는 목적어로 하여금 형용사가
지니는 성질이나 상태를 나타내도록 한다.

> ### 君不行仁政而富之, 皆棄於孔子者也. 〈離上 14〉
> (군주가 어진 정치를 행하지 않는데 그를 부유하게 하면 모두 공자에게 버림을 받을 자이다.)

  본문은 '君(주어) + 不 + 行(술어) + 仁政(목적어) + 而(접속사) + 富(술어) + 之'의 구조로서 형용사 '富'가 사동동사가 되어 '부유하게 하다'로 해석한다.

> ### 匠人斲而小之, 則王怒, 以爲不勝其任矣. 〈梁下 9〉
> (장인이 깎아서 작게 만들면 왕은 노하여 그 임무를 감당할 수 없다고 생각한다.)

  본문은 '匠人(주어) + 斲(술어) + 而(접속사) + 小(술어) + 之'의 구조로서 형용사 '小'가 사동동사가 되어 '작게 하다'로 해석한다.

> ### 君不鄕道, 不志於仁, 而求富之, 是富桀也. 〈告下 9〉
> (군주가 도를 향하지 않고 인에 뜻을 두지 않는데도 그를 부유하게 하려고 한다면, 이는 걸을 부유하게 하는 것이다.)

  본문은 '求(술어) + 富之(목적어)'의 구조이다. 이 경우 목적어는 다시 '富(술어) + 之(목적어)'가 되어 형용사 '富'가 사동동사가 되어 '부유하게 하다'로 해석한다. 下句도 '是(주어) + 富(술어) + 桀(목적어) + 也'가 되어 형용사 '富'가 사동동사가 된다.

比其反也, 則凍餒其妻子, 則如之何?　〈梁下 6〉

(그가 돌아왔을 때 그 처자를 떨고 굶주리게 하였다면 어찌하겠습니까?)

본문은 '凍餒(술어) + 其妻子(목적어)'의 구조로서 형용사 '凍餒'가 사동동사가 되어 '떨고 굶주리게 하다'로 해석한다.

文王一怒而安天下之民.　〈梁下 3〉

(문왕이 한 번 노하시어 천하의 백성들을 편안하게 하였다.)

본문은 '文王(주어) + 一(부사어) + 怒(술어) + 而(접속사) + 安(술어) + 天下之民(목적어)'의 구조로서 형용사 '安'이 사동동사가 되어 '편안하게 하다'로 해석한다.

趙孟之所貴, 趙孟能賤之.　〈告上 17〉

(조맹이 귀하게 해 준 것을 조맹이 천하게 할 수 있다.)

본문은 '趙孟(주어) + 能(조동사) + 賤(술어) + 之(목적어)'의 구조로서 형용사 '賤'이 사동동사가 되어 '천하게 하다'로 해석한다.

吾退而寒之者至矣.　〈告上 9〉

(내가 물러나면 차갑게 하는 자가 이르게 될 것이다.)

본문은 '吾(주어) + 退(술어) + 而(접속사) + 寒之者(주어) + 至(술어) + 矣'의 구조이다. 이 경우 주어가 '寒(술어) + 之(목적어) + 者'가 되어 형용사 '寒'이 사동동사가 되어 '차갑게 하다'로 해석한다.

(3) 의동동사가 되는 경우

형용사가 의동동사가 되면 '주어 + 형용사(의동동사) + 목적어'의 구조가 된다. 이 경우 의동동사가 나타내는 성질이나 상태를 목적어가 갖고 있다고 주어가 인정함을 나타낸다.

孔子登東山而小魯, 登太山而小天下.　　　〈盡上 24〉

(공자께서 동산에 올라가 노나라를 작게 여기셨고, 태산에 올라가 천하를 작게 여기셨다.)

본문은 '孔子(주어) + 登(술어) + 東山(목적어) + 而(접속사) + 小(술어) + 魯'의 구조이다. 이 경우 형용사 '小'가 의동동사가 되어 '작다고 여기다'로 해석한다.

飮食之人, 則人賤之矣, 爲其養小以失大也.

〈告上 14〉

(음식을 밝히는 사람을 사람들이 천하게 여기나니, 그가 작은 것을 기르고 큰 것을 잃기 때문이다.)

본문은 '人(주어) + 賤(술어) + 之(목적어) + 矣'의 구조로서 형용사 '賤'이 의동동사가 되어 '천하게 여기다'로 해석한다.

泄柳申詳無人乎穆公之側, 則不能安其身.

〈公下 11〉

(설류와 신상은 목공의 곁에 사람이 없으면 그 몸을 편안하게 여기지 못하였다.)

본문은 '不 + 能(조동사) + 安(술어) + 其身(목적어)'의 구조로서 형용사 '安'이 의동동사가 되어 '편안하게 여기다'로 해석한다.

王如善之, 則何爲不行? 〈梁下 5〉

(왕께서 그것을 좋게 여기신다면, 어째서 시행하지 않습니까?)

본문은 '王(주어) + 如(접속사) + 善(술어) + 之(목적어)'의 구조로서 형용사 '善'이 의동동사가 되어 '선하게 여기다'로 해석한다.

如有能信之者, 則不遠秦楚之路. 〈告上 12〉

(만약 그것을 능히 펴 주는 자가 있으면 진나라와 초나라 사이의 길을 멀다고 여기지 않을 것이다.)

본문은 '則(접속사) + 不 + 遠(술어) + 秦楚之路(목적어)'의 구조로서 형용사 '遠'이 의동동사가 되어 '멀다고 여기다'로 해석한다.

夫苟好善, 則四海之内皆將輕千里而來. 〈告下 13〉

(대저 만약 선을 좋아하면 사해 안에서 모두 장차 천 리를 가볍게 여기고 찾아올 것이다.)

본문은 '四海之內(주어) + 皆(부사어) + 將(부사어) + 輕(술어) + 千里(목적어) + 而(접속사) + 來(술어)'의 구조로서 형용사 '輕'이 의동동사가 되어 '가볍게 여기다'로 해석한다.

이상에서 보듯이 형용사가 사동동사가 되는지 아니면 의동동사가 되는지는 上句와 下句의 내용에 따라 결정된다.

工師得大木, 則王喜. 匠人斲而小之, 則王怒. 〈梁下 9〉

(도목수가 큰 나무를 얻으면 왕이 기뻐한다. 장인이 깎아서 그것을 작게 만들면 왕이 노한다.)

> 孔子登東山而小魯.　　　　　　　　　　　　　　〈盡上 24〉
> (공자께서 동산에 올라가 노나라를 작게 여기셨다.)

형용사 '小'가 첫 번째 예문에서는 사동동사로, 두 번째 예문에서는 의동동사로 사용되었다. 이 경우 사동동사는 목적어로 하여금 어떤 동작을 하게 한다. 반면에 의동동사는 주어가 목적어가 지니는 성질이나 상태를 가지고 있다고 인정하는 뜻을 나타낸다.

3) 형용사의 목적어 용법

형용사가 문장에서 목적어가 되면 명사가 되어 사람이나 사물을 나타낸다.

> 隘與不恭, 君子不由也.　　　　　　　　　　　　〈公上 9〉
> (소견이 좁은 것과 공손하지 않은 것을 군자가 따르지 않는다.)

본문은 '隘與不恭(목적어) + 君子(주어) + 不 + 由(술어) + 也'의 구조이다. 이 경우 형용사 '隘'와 '恭'이 목적어가 되어 '마음이 좁은 사람', '공손하지 않은 사람'으로 해석한다.

> 進不隱賢, 必以其道.　　　　　　　　　　　　　〈公上 9〉
> (나아가서 현명함을 숨기지 않고 반드시 도리로써 하였다.)

본문은 '進(술어) + 不 + 隱(술어) + 賢(목적어)'의 구조로서 형용사 '賢'이 목적어가 되어 '현명함'으로 해석한다.

責難於君, 爲之恭. 陳善閉邪, 謂之敬. 〈離上 1〉

(군주에게 어려운 일을 책하는 것을 공손이라 한다. 선을 말하여 사심을 막는 것을 공경이라 말한다.)

본문은 '責(술어) + 難(목적어) + 於(개사) + 君(개사목적어)'의 구조로서 형용사 '難'이 목적어가 되어 '어려운 일'로 해석한다. 下句도 '陳(술어) + 善(목적어) + 閉(술어) + 邪(목적어)'의 구조로서 형용사 '善'과 '邪'가 목적어가 되어 '선한 일'과 '사심'으로 해석한다.

陽虎曰 爲富不仁矣, 爲仁不富矣. 〈滕上 3〉

(양호가 말하기를 '부를 취하려는 사람은 어질지 않게 되고, 어짊을 실천하는 사람은 부유하지 못하게 된다'라고 하였다.)

본문은 '爲富(주어) + 不 + 仁(술어) + 矣'의 구조이다. 이 경우 '爲富'가 다시 '爲(술어) + 富(목적어)'가 되어 형용사 '富'가 목적어가 되어 '부유함'으로 해석한다.

6 動詞

동사는 동작이나 행위의 상태를 나타내며 크게 일반동사, 특수동사, 능원동사로 나눌 수 있다. 일반동사는 문장에서 술어가 되어 주로 행위, 활동, 변화, 관계 등을 나타낸다. 그리고 일반동사는 사람이나 사물의 동작이나 상태를 나타내기 때문에 목적어를 동반한다.

특수동사는 이미 언급한 바 있는 사동동사, 의동동사 외에도 겸어동사, 연동동사 등이 있다. 이러한 동사는 문장구조가 복잡하고 용법이 까다로워 잘 익혀 두어야 한다.

능원동사는 주로 가능성이나 바람을 표시하며, 어떤 행위나 동작을 예상하기 때문에 술어 앞에 위치한다.

1) 일반동사의 용법

일반동사는 동사의 동작이나 상태에 따라 다시 동작동사, 상태동사, 지각동사, 심리동사, 존재동사, 사역동사, 피동사로 나눌 수 있다.

(1) 일반동사의 문장 성분

일반동사는 문장구조 가운데 주로 술어가 되지만 간혹 관형어나 부사어, 주어, 목적어가 되기도 한다.

(가) 술어가 되는 경우

> **庖有肥肉, 廐有肥馬, 民有飢色, 野有餓莩.** 〈梁上 4〉
>
> (푸줏간에는 살진 고기가 있고, 마굿간에는 살찐 말이 있으면서, 백성들은 굶주린 기색이 있고, 들에는 굶어 죽은 시체가 있다.)

　본문은 '庖(주어) + 有(술어) + 肥肉(목적어), 廐(주어) + 有(술어) + 肥馬(목적어)'의 구조로서 동사 '有'가 술어가 된다.

> **滕文公爲世子, 將之楚, 過宋而見孟子.** 〈滕上 1〉
>
> (등문공이 세자로 있을 때 장차 초나라로 가다가 송나라에 잠시 들러 맹자를 찾아 뵈었다.)

　본문은 '滕文公(주어) + 爲(술어) + 世子(목적어), 將(부사어) + 之(술어) + 楚(목적어), 過(술어) + 宋(목적어) + 而(접속사) + 見(술어) + 孟子(목적어)'의 구조로서 동사 '爲', '之', '過', '見'이 모두 술어가 된다.

> **一人衡行於天下, 武王恥之.** 〈梁下 3〉
>
> (한 사람이 천하에 횡행하자, 무왕이 그것을 부끄럽게 여겼다.)

　본문은 '一人(주어) + 衡行(술어) + 於(개사) + 天下(목적어)'의 구조로서 동사 '衡行'이 술어가 된다.

> **及其聞一善言, 見一善行, 若決江河.** 〈盡上 16〉
>
> (그가 한 선한 말을 듣고 한 선한 행동을 봄에 이르러는 마치 장강과 황하가 터지는 것 같다.)

　본문은 '及(접속사) + 其(주어) + 聞(술어) + 一善言(목적어), 見(술어) + 一善行(목적어)'의 구조로서 동사 '聞'과 '見'이 술어가 된다.

(나) 관형어가 되는 경우

동사가 관형어가 되면 조사 '之'를 써서 명사를 수식한다.

先王無流連之樂, 荒亡之行. 〈梁下 4〉

(선왕은 돌아감을 잊고 노는 연락과 사냥하고 술에 빠지는 행실이 없었다.)

본문은 '先王(주어) + 無(술어) + 流連之樂(목적어) + 荒亡之行(목적어)'의 구조이다. 이 경우 목적어는 다시 '流連(동사) + 之(조사) + 樂(명사)', '荒亡(동사) + 之(조사) + 行(명사)'가 되어 동사 '流連'과 '荒亡'이 관형어가 된다.

爲我作君臣相說之樂. 〈梁下 4〉

(나를 위하여 군신이 모두 좋아하는 음악을 지었다.)

본문은 '爲(개사) + 我(개사목적어) + 作(술어) + 君臣相說之樂(목적어)'의 구조이다. 이 경우 목적어는 다시 '君臣(주어) + 相(부사어) + 說(동사) + 之(조사) + 樂(명사)'가 되어 동사 '說'이 관형어가 된다.

人能充無穿踰之心, 而義不可勝用也. 〈盡下 31〉

(사람이 담을 뚫거나 넘어가서 훔치지 않겠다는 마음을 채울 수만 있어도 의로움은 이루 다 쓸 수 없게 된다.)

본문은 '人(주어) + 能(조동사) + 充(술어) + 無穿踰之心(목적어)'의 구조이다. 이 경우 목적어는 다시 '無 + 穿踰(동사) + 之(조사) + 心(명사)'가 되어 동사 '穿踰'가 관형어가 된다.

飮食之人, 則人賤之矣. 〈告上 14〉

(마시고 먹는 일에 치중하는 사람을 사람들이 천하게 여긴다.)

본문은 '飮食之人(목적어), 則(접속사) + 人(주어) + 賤(술어) + 之(목적어) + 矣'의 구조로서 동사 '飮食'이 관형어가 된다.

(다) 부사어가 되는 경우

술어 앞에서 동작이나 행위의 방식과 상태를 나타낸다.

井上有李, 匍匐往將食之. 〈滕下 10〉

(우물가에 오얏이 있거늘 기어가서 장차 가져다가 먹으려고 하였다.)

본문은 '匍匐(부사어) + 往(술어) + 將(부사어) + 食(술어) + 之(목적어)'의 구조로서 동사 '匍匐'이 부사어가 되어 '기어가서'로 해석한다.

(라) 주어나 목적어가 되는 경우

동사가 주어나 목적어가 되면 명사가 된다.

子好遊乎? 吾語子遊. 〈盡上 9〉

(자네는 유세하기를 좋아하는가? 내가 그대에게 유세하는 것에 대해 말해 주겠다.)

본문은 '子(주어) + 好(술어) + 遊(목적어) + 乎'의 구조로서 동사 '遊'가 목적어가 되어 '유세'로 해석한다.

視不勝猶勝也. 〈公上 2〉

(승리하지 못함을 보되 승리하는 것과 같이 여긴다.)

본문은 '視(술어) + 不勝(목적어) + 猶(술어) + 勝(목적어) + 也'의 구조이다. 이 경우 동사 '不勝'과 '勝'은 목적어가 되어 '승리하지 못함'과 '승리'로 해석한다.

飮食若流, 流連荒亡, 爲諸侯憂. 〈梁下 4〉

(마시고 먹는 것이 물 흐르듯 낭비하고, 방탕하게 놀고 술과 사냥에 빠져 제후들의 걱정거리가 되었다.)

본문은 '飮食(주어) + 若(술어) + 流(목적어), 流連荒亡(주어) + 爲(술어) + 諸侯憂(목적어)'의 구조이다. 이 경우 동사 '飮食'과 '流連荒亡'은 주어가 되어 '음식'과 '사치와 낭비, 방종'으로 해석한다.

飢者易爲食, 渴者易爲飮. 〈公上 1〉

(굶주린 자에게는 음식을 먹이는 것이 쉽고, 목마른 자에게는 물 마시게 하는 것이 쉬운 법이다.)

본문은 '飢者(주어) + 易(술어) + 爲食(목적어), 渴者(주어) + 易(술어) + 爲飮(목적어)'의 구조이다. 이 경우 목적어는 다시 '爲(술어) + 食(목적어)', '爲(술어) + 飮(목적어)'가 되어 동사 '食'과 '飮'이 목적어가 되어 '음식'과 '음료'로 해석한다.

두 번째로 동사가 주어나 목적어가 되면 동작과 관계 있는 사람이나 사물을 지칭한다.

掊克在位, 則有讓. 〈告下 7〉

(부극하는 자들이 지위에 있으면 꾸짖음이 있다.)

본문은 '掊克(주어) + 在(술어) + 位(목적어)'의 구조로서 동사 '掊克'이 주어가 되어 '착취하는 사람'으로 해석한다.

其饋也以禮, 斯可受禦與? 〈萬下 4〉

(보내 준 것이 예로써 한다면 강도질한 물건을 받을 수 있습니까?)

본문은 '斯(조사) + 可(조동사) + 受(술어) + 禦(목적어) + 與'의 구조로서 동사 '禦'가 목적어가 되어 '강도질한 물건'으로 해석한다.

仁者如射, 射者正己而後發. 〈公上 7〉

(인이란 활 쏘는 사람과 같으니, 활 쏘는 자가 자기를 바르게 하고 난 후에 쏜다.)

본문은 '仁者(주어) + 如(술어) + 射(목적어)'의 구조로서 동사 '射'가 목적어가 되어 '활 쏘는 사람'으로 해석한다.

狗彘食人食而不知檢, 途有餓莩而不知發. 〈梁上 3〉

(개와 돼지가 사람의 양식을 먹되 단속할 줄 모르며, 길에는 굶어 죽은 시체가 있어도 창고를 열 줄 모른다.)

본문은 '不 + 知(술어) + 檢(목적어)', '不 + 知(술어) + 發(목적어)'의 구조로서 동사 '檢'과 '發'이 목적어가 되어 '단속', '창고'로 해석한다.

故將大有爲之君, 必有所不召之臣. 〈公下 2〉

(그러므로 장차 크게 훌륭한 일을 하는 군주는 반드시 부르지 못하는 신하가 있다.)

본문은 '故(접속사) + 將(부사어) + 大(부사어) + 有爲之君(주어), 必(부사어) + 有(술어) + 所不召之臣(목적어)'의 구조로서 동사 '爲'가 목적어가 되어 '훌륭한 일'로 해석한다.

(2) 동작동사

주어가 어떤 행위나 동작을 하도록 도와주는 동사로서 보통 타동사가 되어 목적어를 동반한다. 다만 어떤 경우에는 목적어를 취하지 않는 자동사가 되기도 한다.

(가) 자동사가 되는 경우

자동사가 술어가 되면 주어가 직접 동작이나 행위를 하며 목적어를 동반하지 않는다.

> 桓公之於管仲, 學焉而後臣之, 故不勞而霸.　　　　〈公下 2〉
>
> (환공은 관중에게 배운 뒤에 신하로 삼았다. 그러므로 수고하지 않고 패자가 되었다.)

본문은 '故(접속사) + 不 + 勞(술어) + 而(접속사) + 霸(술어)'의 구조로서 동작동사 '勞'와 '霸'가 자동사가 된다.

> 禹聞善言, 則拜.　　　　〈公上 8〉
>
> (우임금은 선한 말을 들으면 절하였다.)

본문은 '禹(주어) + 聞(술어) + 善言(목적어), 則(접속사) + 拜(술어)'의 구조로서 동작동사 '拜'가 자동사가 된다.

동작동사 가운데 완전자동사의 경우 독립적인 역할을 하지 못하고 다른 동작동사와 결합한다.

> 及至葬, 四方來觀之.　　　　〈滕上 2〉
>
> (장례 때에 이르러 사방에서 구경하러 왔다.)

본문은 '四方(부사어) + 來(술어) + 觀(술어) + 之(목적어)'의 구조로서

'來'가 '觀'과 결합하여 동작의 의미를 나타낸다.

(나) 타동사가 되는 경우

타동사는 목적어를 동반하여 동작이나 행위를 나타내며 보통 사람을 의미하는 명사나 명사구가 주어가 된다.

暴其民甚, 則身弒國亡. 〈離上 2〉

(자기 백성에게 포악한 것이 심하면 몸은 시해되고 나라는 망한다.)

본문은 '暴(술어) + 其民(목적어) + 甚(보어)'의 구조로서 동작동사 '暴'이 타동사가 된다.

禹掘地而注之海, 驅蛇龍而放之菹. 〈滕下 9〉

(우임금이 땅을 파서 그것을 바다로 주입하고, 뱀과 용을 몰아서 그것을 늪으로 쫓아내었다.)

본문은 '禹(주어) + 掘(술어) + 地(목적어) + 而(접속사) + 注(술어) + 之(목적어) + 海(목적어), 驅(술어) + 蛇龍(목적어) + 而(접속사) + 放(술어) + 之(목적어) + 菹(목적어)'의 구조로서 동작동사 '掘', '注', '驅', '放'이 모두 타동사가 된다.

今王發政施仁, 使天下仕者皆欲立於王之朝. 〈梁上 7〉

(지금 왕께서 정치를 펴고 인을 베풀어 천하의 벼슬하는 자들로 하여금 모두 왕의 조정에서 벼슬하기를 원한다.)

본문은 '今(부사어) + 王(주어) + 發(술어) + 政(목적어) + 施(술어) + 仁(목적어)'의 구조로서 동작동사 '發'과 '施'가 모두 타동사가 된다.

舜避堯之子於南河之南.　　　　　　　　　　　〈萬上 5〉

(순이 남하의 남쪽으로 요의 아들을 피하여 갔다.)

본문은 '舜(주어) + 避(술어) + 堯之子(목적어) + 於(개사) + 南河之南
(개사목적어)'의 구조로서 동작동사 '避'가 타동사가 된다.

(3) 상태동사

사람이나 사물의 상태나 변화를 나타내며 목적어를 동반하지 않
으므로 자동사가 된다. 이 경우 주어는 상태동사가 서술하는 상태
나 변화의 대상이 된다.

暴其民甚, 則身弒國亡.　　　　　　　　　　　〈離上 2〉

(자기 백성에게 포악한 것이 심하면 몸은 시해되고 나라는 망한다.)

본문은 '身(주어) + 弒(술어) + 國(주어) + 亡(술어)'의 구조로서 '弒'
와 '亡'이 상태동사가 된다.

聖人復起, 必從吾言矣.　　　　　　　　　　　〈公上 2〉

(성인이 다시 태어난다 해도 반드시 나의 말을 따를 것이다.)

본문은 '聖人(주어) + 復(부사어) + 起(술어)'의 구조로서 '起'가 상태
동사가 된다.

河內凶, 則移其民於河東.　　　　　　　　　　〈梁上 3〉

(하내가 흉년이면 하동으로 그 백성을 옮겼다.)

본문은 '河內(주어) + 凶(술어)'의 구조로서 '凶'이 상태동사가
된다.

楊墨之道不息, 孔子之道不著.　　　　　　　〈滕下 9〉

(양주와 묵적의 도가 그치지 않으면, 공자의 도가 드러나지 못할 것이다.)

　본문은 '楊墨之道(주어) + 不 + 息(술어), 孔子之道(주어) + 不 + 著(술어)'의 구조로서 '息'과 '著'가 상태동사가 된다.

(4) 지각동사

　인간의 사유, 감지, 언어와 관련된 행동을 나타내는 동사로서 명사나 동사, 주술구조나 술목구조가 목적어가 된다.

明足以察秋毫之末, 而不見輿薪, 則王許之乎?　　　　　　　　　　　　　　　　　　　　　　〈梁上 7〉

(눈의 시력이 가을 털끝을 살필 수 있으나 수레에 실은 나무 섶을 볼 수 없다고 한다면 왕은 이것을 인정하겠습니까?)

　본문은 '明(주어) + 足以(조동사) + 察(술어) + 秋毫之末(목적어), 而(접속사) + 不 + 見(술어) + 輿薪(목적어)'의 구조로서 '察'과 '見'이 지각동사가 된다.

從流下而忘反, 謂之流.　　　　　　　　　　〈梁下 4〉

(아래로 흘러내려 돌아옴을 잊은 것을 유(流)라고 한다.)

　본문은 '從(개사) + 流(개사목적어) + 下(술어) + 而(접속사) + 忘(술어) + 反(목적어)'의 구조로서 '忘'이 지각동사가 된다.

量敵而後進, 慮勝而後會.　　　　　　　　　〈公上 2〉

(적을 헤아려 본 후 진군하고 승리를 염려한 이후에 교전한다.)

본문은 '量(술어) + 敵(목적어) + 而後(접속사) + 進(술어), 慮(술어) + 勝(목적어) + 而後(접속사) + 會(술어)'의 구조로서 '量'과 '慮'가 지각동사가 된다.

外人皆稱夫子好辯, 敢問何也?　　　　〈滕下 9〉

(외인들이 모두 선생님더러 변론을 좋아한다고 말하는데, 이유를 감히 묻겠습니다.)

본문은 '外人(주어) + 皆(부사어) + 稱(술어) + 夫子好辯(목적어)'의 구조로서 '稱'이 지각동사가 된다.

不誅, 則疾視其長上之死而不救.　　　　〈梁下 12〉

(베지 않으려 한즉 그 윗사람이 죽는 것을 질시하여 구하지 않았다.)

본문은 '疾視(술어) + 其長上之死(목적어) + 而(접속사) + 不 + 救(술어)'의 구조로서 '疾視'가 지각동사가 된다.

사유를 나타내는 지각동사는 술목구조를 목적어로 취하는 경우가 많다.

逢蒙思天下惟羿爲愈己.　　　　〈離下 24〉

(방몽은 천하에 오직 예만이 자기보다 낫다고 생각하였다.)

본문은 '逢蒙(주어) + 思(술어) + 天下惟羿爲愈己(목적어)'의 구조이다. 이 경우 목적어는 다시 '天下(부사어) + 惟(부사어) + 羿(주어) + 爲(술어) + 愈己(목적어)'가 되어 '思'가 술목구조를 목적어로 취하고 있다.

我不意子學古之道而以餔啜也.　〈離上 24〉

(나는 그대가 옛 도를 배우고서 먹고 마시는 데에 사용하리라고 생각하지 못하였다.)

본문은 '我(주어) + 不 + 意(술어) + 子學古之道而以餔啜(목적어) + 也'의 구조이다. 이 경우 목적어는 다시 '子(주어) + 學(술어) + 古之道(목적어) + 而(접속사) + 以(개사) + 餔啜(술어)'가 되어 '意'가 술목구조를 목적어로 취하고 있다.

이상에서 보듯이 사유를 나타내는 지각동사는 생각 가운데 존재하는 사건이나 상황을 자세히 서술하는 관계로 조사 '之'를 동반하는 경우가 많다.

不識王之可以爲湯武, 則是不明也.　〈公下 12〉

(왕이 탕이나 무와 같은 성군이 될 수 있음을 모른다면, 이것은 지혜가 밝지 못한 것이다.)

본문은 '不 + 識(술어) + 王之可以爲湯武(목적어)'의 구조이다. 이 경우 목적어는 다시 '王(주어) + 之(조사) + 可以(조동사) + 爲(술어) + 湯武(목적어)'가 되어 목적어구 안에 조사 '之'를 써서 상황을 보충 설명한다.

(5) 심리동사

정서, 태도, 사려 등과 관계된 상태나 동작을 나타내는 동사로서 보통 '之'를 목적어로 취한다. 이 경우 특정한 사건이나 대상이 목적어가 된다.

> 眾皆悅之, 其爲士者笑之.   〈盡下 23〉
>
> (백성들이 모두 기뻐했으나, 선비들은 비웃었다.)

　본문은 '眾(주어) + 皆(부사어) + 悅(술어) + 之(목적어), 其爲士者(주어) + 笑(술어) + 之(목적어)'의 구조로서 '悅'과 '笑'가 심리동사가 된다.

> 南辱於楚, 寡人恥之.   〈梁上 5〉
>
> (남으로 초나라에게 모욕을 당하였는데, 과인은 그것을 부끄럽게 생각한다.)

　본문은 '寡人(주어) + 恥(술어) + 之(목적어)'의 구조로서 '恥'가 심리동사가 된다.

　심리동사는 사람이나 사건에 대한 주관적인 태도를 나타내는 관계로 조사 '之'가 결합된 목적어를 취할 수 있다. 이 경우 조사 '之'가 결합된 목적어는 이런 태도가 지시하는 사건을 나타낸다.

> 宋人有閔其苗之不長而揠之者.   〈公上 2〉
>
> (송나라 사람 중에 벼 싹이 자라지 못함을 안타깝게 여겨 뽑아 놓는 자가 있었다.)

　본문은 '宋人(주어) + 有(술어) + 閔其苗之不長而揠之者(목적어)'의 구조이다. 이 경우 목적어는 다시 '閔(술어) + 其苗之不長(목적어) + 而(접속사) + 揠(술어) + 之(목적어) + 者'가 되어 심리동사 '閔'이 '之' 구조를 목적어로 취한다.

> 天下固畏齊之彊也.   〈梁下 11〉
>
> (천하는 정말로 제나라가 강해지는 것을 두려워한다.)

본문은 '天下(주어) + 固(부사어) + 畏(술어) + 齊之彊(목적어) + 也'의
구조이다. 이 경우 심리동사 '畏'가 '齊(주어) + 之(조사) + 彊(술어)'를
목적어로 취한다.

(6) 사역동사

상대방으로 하여금 어떤 행위나 동작을 강제로 하게 하는 동사
이다. 이 경우 선행 목적어는 행위의 주체가 되고 후행 목적어는
명령하는 내용이나 고지의 사실을 나타낸다.

(가) '使(命, 令)'의 경우

湯使亳衆往爲之耕.　〈滕下 5〉

(탕왕이 박읍의 백성들로 하여금 가서 그들을 위해 밭을 갈게 하였다.)

본문은 '湯(주어) + 使(사역동사) + 亳衆(목적어) + 往(술어) + 爲(개
사) + 之(개사목적어) + 耕(술어)'의 구조로서 '使'가 사역동사가 된다.

是使民養生喪死, 無憾也.　〈梁上 3〉

(이것이 백성들로 하여금 산 자를 봉양하고 죽은 자를 장사함에 유감이
없게 하는 것이다.)

본문은 '是(주어) + 使(사역동사) + 民(목적어) + 養(술어) + 生(목적
어) + 喪(술어) + 死(목적어)'의 구조로서 '使'가 사역동사가 된다.

他日君出, 則必命有司所之.　〈梁下 16〉

(예전에 군주가 외출할 때에 반드시 유사에게 갈 곳을 명령하였다.)

본문은 '必(부사어) + 命(술어) + 有司(목적어) + 所之(목적어)'의 구조
로서 '命'이 사역동사의 역할을 하는 일반동사가 된다.

旣不能令, 又不受命, 是絶物也.　　　〈離上 7〉

(이미 명령하지도 못하고 또한 명을 받지 못한다면 이것은 사람과 관계가 끊어진다.)

본문은 '旣(부사어) + 不 + 能(조동사) + 令(술어)'의 구조로서 '令'이 사역동사의 역할을 하는 일반동사가 된다.

(나) '勸'의 경우

강제성이 없이 상대방에게 명령이나 권고하는 동사로서 사역동사의 역할을 한다.

或問曰 勸齊伐燕, 有諸?　　　〈公下 8〉

(혹자가 묻기를 제나라를 권하여 연나라를 치게 했다고 하니, 그런 일이 있었습니까?)

본문은 '勸(술어) + 齊(목적어) + 伐(술어) + 燕(목적어)'의 구조로서 '勸'이 사역동사의 역할을 한다.

(다) 일반동사의 경우

일반동사가 사역동사의 기능을 하는 경우에는 전후 문맥을 감안하여 파악해야 한다.

管仲以其君霸, 晏子以其君顯.　　　〈公上 1〉

(관중은 그 군주를 패자가 되게 하였고, 안자는 그 군주를 연락하게 하였다.)

본문은 '管仲(주어) + 以(개사) + 其君(개사목적어) + 霸(술어), 晏子(주

어) + 以(개사) + 其君(개사목적어) + 顯(술어)'의 구조로서 '覇'와 '顯'이
사역동사의 역할을 한다.

(7) 존재동사

사물이나 상태의 존재 유무를 나타내는 동사로 '有'와 '無'가 있
다. '有'는 주로 존재, 분류, 점유, 소개하는 역할을 하며, '無'는
'有'에 대한 부정의 의미를 나타낸다.

(가) 존재의 경우

'有'가 존재를 나타낼 때 '有'의 목적어는 존재하는 사물이 되고
시간이나 장소, 방위를 나타내는 명사가 주어가 된다.

庖有肥肉, 廐有肥馬, 民有飢色, 野有餓莩. 〈梁上 4〉

(푸줏간에는 살진 고기가 있고, 마굿간에는 살찐 말이 있는데, 백성은 굶
주린 기색이 있고, 들판에는 굶어 죽은 시체가 있다.)

본문은 '庖(주어) + 有(술어) + 肥肉(목적어), 廐(주어) + 有(술어) + 肥馬
(목적어)'의 구조로서 '有'가 존재동사가 된다.

當是時也, 內無怨女, 外無曠夫. 〈梁下 5〉

(이때를 당하여 안에는 원망하는 여자가 없고, 밖에는 홀아비가 없다.)

본문은 '內(주어) + 無(술어) + 怨女(목적어), 外(주어) + 無(술어) + 曠
夫(목적어)'의 구조로서 '無'가 존재동사가 된다.

만약 '有'나 '無' 앞에 주어가 없으면 전후 문맥에 따라 존재의
상황을 판단한다.

有業屨於牖上, 館人求之弗得. 〈盡下 30〉

(들창 위에 작업하는 신발이 있었는데, 여관 주인이 찾았지만 발견하지 못하였다.)

본문은 '有(술어) + 業屨(목적어) + 於(개사) + 牖上(개사목적어)'의 구조로서 上句에 주어가 출현하여 존재동사 '有' 앞에 주어가 생략된다.

孟獻子百乘之家也, 有友五人焉. 〈萬下 3〉

(맹헌자는 백 승의 가문인데 친구 다섯 사람이 있었다.)

본문은 '有(술어) + 友五人(목적어) + 焉'의 구조로서 上句에 주어가 출현하여 존재동사 '有' 앞에 주어가 생략된다.

君子之戹於陳蔡之間, 無上下之交也. 〈盡下 18〉

(공자께서 진나라와 채나라 사이에서 재난을 당한 것은 상하의 사귐이 없었기 때문이다.)

본문은 '無(술어) + 上下之交(목적어) + 也'의 구조로서 上句에 주어가 출현하여 존재동사 '無' 앞에 주어가 생략된다.

'有'와 '無'는 일반적으로 명사를 목적어로 취하는데 가끔 동사가 목적어가 되기도 한다.

蓋自是臺無餽也. 〈萬下 6〉

(대체로 이로부터 하인들이 음식을 보냄이 없었다.)

본문은 '蓋(부사어) + 自(개사) + 是(개사목적어) + 臺(주어) + 無(술어) + 餽(목적어) + 也'의 구조로서 '無'가 동사 '餽'를 목적어로 취하고 있다.

> **舜見瞽瞍, 其容有蹙.** 〈萬上 4〉
>
> (순이 고수를 보고 그 얼굴에 위축됨이 있었다.)

본문은 '其容(주어) + 有(술어) + 蹙(목적어)'의 구조로서 '有'가 동사 '蹙'을 목적어로 취하고 있다.

(나) 분류의 경우

존재동사 '有'가 '有…者'의 형태를 취하여 분류 상황을 나타낸다.

> **有如時雨化之者. 有成德者, 有達財者, 有答問者, 有私淑艾者. 此五者, 君子之所以教也.** 〈盡上 40〉
>
> (시기에 맞는 비가 화하게 하는 것 같음이 있다. 덕을 이루게 하는 것이 있고, 재물에 통달하게 하는 것이 있고, 질문에 대답하게 하는 것이 있고, 홀로 맑고 다스리게 하는 것이 있다. 이 다섯 가지는 군자가 가르치는 방법이다.)

본문은 '有…者, 有…者, 有…者'를 반복하여 분류 상황을 나타낸다.

> **有天爵者, 有人爵者.** 〈告上 16〉
>
> (하늘이 내린 벼슬이 있고, 사람이 주는 벼슬이 있다.)

본문은 '有 + 명사 + 者'의 구조를 반복하여 분류 상황을 나타낸다.

(다) 점유의 경우

점유, 발생, 획득, 산출 등의 뜻을 나타내며 보통 일반명사가 주어가 된다.

> **夫出晝而王不予追也, 予然後浩然有歸志.** 〈公下 12〉
>
> (대저 주땅을 나가는데도 왕이 나를 쫓아오지 않으시기에, 내가 그런 뒤에야 호연히 돌아갈 뜻이 생겨났다.)

본문은 '予(주어) + 然後(접속사) + 浩然(부사어) + 有(술어) + 歸志(목적어)'의 구조로서 '有'는 '발생하다'로 해석한다.

> **以力假仁者霸, 霸必有大國.** 〈公上 3〉
>
> (힘으로써 인을 빌리는 자는 패자인데, 패자는 반드시 대국을 소유한다.)

본문은 '霸(주어) + 必(부사어) + 有(술어) + 大國(목적어)'의 구조로서 '有'는 '소유하다'로 해석한다.

'有'와 '無'가 동사를 목적어로 취할 경우에는 행위나 변화의 필요성을 나타낸다.

> **故君子有不戰, 戰必勝矣.** 〈公下 1〉
>
> (그러므로 군자는 싸우지 않으나, 싸우면 반드시 승리한다.)

본문은 '故(접속사) + 君子(주어) + 有(술어) + 不戰(목적어)'의 구조로서 '有'가 동사를 목적어로 취한다.

(라) 소개의 경우

'有'가 上句에 출현하지 않은 사람이나 사물을 소개할 때 조사 '者'와 결합하기도 한다.

> **有童子以黍肉餉, 殺而奪之.** 〈滕下 5〉
>
> (동자가 기장과 고기로써 밥을 먹이자 죽이고 그것을 빼앗았다.)

본문은 '有(술어) + 童子(목적어) + 以(개사) + 黍肉(개사목적어) + 餉(술어)'의 구조로서 '有'가 다음 동사에 목적어를 소개한다.

有爲神農之言者許行, 自楚之滕.　　　　　〈滕上 4〉

(신농씨의 말을 하는 허행이 초나라에서 등나라로 갔다.)

본문은 '有爲神農之言者(관형어) + 許行(주어)'의 구조로서 '有'가 '者'와 결합하여 주어를 다음 구에 소개한다.

有復於王者 曰 吾力足以擧百鈞.　　　　　〈梁上 7〉

(왕께 아뢰는 자가 있어 말하기를 '내 힘이 백 균을 들기에 충분하다'라고 하였다.)

본문은 '有(술어) + 復於王者(목적어)'의 구조로서 '有'가 '者'와 결합하여 주어를 다음 구에 소개한다.

존재동사 '有' 앞에 소개하는 대상을 한정하는 주어가 올 수 있다.

齊人有一妻一妾而處室者. 其良人出, 則饜酒肉而後反.　　　　　〈離下 33〉

(제나라 사람 중에 한 아내와 한 첩을 두고 집에 사는 자가 있었다. 그 남편이 밖으로 나가면 반드시 술과 고기를 배불리 먹은 뒤에 돌아오곤 하였다.)

본문은 '齊人(주어) + 有(술어) + 一妻一妾而處室者(목적어)'의 구조이다. 이 경우 '齊人'이 '有…者' 구조 앞에서 주어가 되어 下句에 대상을 소개한다.

(8) 피동사

주어가 어떤 대상에 의해 동작과 행위를 당하게 되는 동사로서
'爲'와 '見'이 있다.

(가) 爲

목적어 다음에 반드시 술어를 동반하여 피동의 상태나 동작을
나타낸다. 이 경우 술어 앞에 '所'가 생략된 것으로 간주한다.

> 주어 + 피동사(爲) + 목적어 + (所) + 술어

> ## 人能無以飢渴之害, 爲心害, 則不及人不爲憂矣.
> 〈盡上 27〉
>
> (사람이 능히 배고픔과 목마름의 해로써 마음이 해로움을 받지 않는다면,
> 다른 사람보다 못함이 걱정거리가 되지 않는다.)

본문은 '人(주어) + 能(조동사) + 無 + 以(개사) + 飢渴之害(개사목적어),
爲(피동사) + 心(목적어) + 害(술어)'의 구조로서 '爲'가 피동사가 된다.

> ## 人役而恥爲役, 由弓人而恥爲弓.
> 〈公上 7〉
>
> (사람의 노예가 되어서 사역당하는 것을 부끄러워하는 것은, 마치 활 만드
> 는 사람이 활 만드는 것을 부끄러워하는 것과 같다.)

본문은 '人役(술어) + 而(접속사) + 恥(술어) + 爲役(목적어)'의 구조로
서 '爲'가 피동사가 된다. 이 경우 '爲'를 下句와 연계하여 일반동
사로 볼 수도 있다.

(나) 見

술어 앞에서 어떤 행위나 동작을 받게 되며 우리말로 '~을 당하다'로 해석한다.

주어 + 피동사(見) + 술어 + 목적어

死矣, 盆成括. 盆成括見殺, 門人問曰 夫子何以知其將見殺?　　　　　　　　〈盡下 29〉

(죽겠구나, 분성괄이여. 분성괄이 죽임을 당하자 문인이 묻기를 '선생님은 그가 장차 죽임을 당할 것을 아셨습니까'라고 하였다.)

본문은 '盆成括(주어) + 見(피동사) + 殺(술어)', '夫子(주어) + 何以(의문부사) + 知(술어) + 其將見殺(목적어)'의 구조이다. 이 경우 목적어는 다시 '其(주어) + 將(부사어) + 見(피동사) + 殺(술어)'가 되어 '見'이 피동사가 된다.

百姓之不見保, 爲不用恩焉.　　　　　　　　〈梁上 7〉

(백성들이 보호를 받지 못하는 것은 은혜를 사용하지 않기 때문이다.)

본문은 '百姓(주어) + 之(조사) + 不 + 見(피동사) + 保(술어)'의 구조로서 '見'이 피동사가 된다.

(다) 일반동사

일반동사가 피동문의 형식을 갖추지 않고 전후 문맥에 따라 피동으로 해석해야 하는 경우가 있다.

> ## 仁則榮, 不仁則辱. 　　　　　　　　　　　　　　〈公上 4〉
>
> (어질면 영화롭고 어질지 않으면 치욕을 받게 된다.)

본문은 '不 + 仁(술어) + 則(접속사) + 辱(술어)'의 구조로서 '辱'이 피동사의 역할을 한다.

> ## 今也爲臣, 諫則不行, 言則不聽, 膏澤不下於民. 　　〈離下 3〉
>
> (지금은 신하가 되어 간언해도 행해지지 않으며 말해도 받아들여지지 않으며, 은택이 백성들에게 내려지지 못한다.)

본문은 '諫(술어) + 則(접속사) + 不 + 行(술어), 言(술어) + 則(접속사) + 不 + 聽(술어), 膏澤(주어) + 不 + 下(술어) + 於(개사) + 民(개사목적어)'의 구조로서 일반동사 '行', '聽', '下'가 각각 피동사의 역할을 한다.

2) 특수동사의 용법

문장에서 특수한 역할을 하는 일반동사로서 크게 사동동사, 의동동사, 연동동사, 겸어동사로 나눌 수 있다.

(1) 사동동사

목적어로 하여금 상태나 동작이 발생하도록 하는 동사이다. 이경우 자동사가 사동동사가 되면 목적어를 동반하며, 일반적인 타동사와 달리 목적어의 동작이나 상태를 자동사가 발생하게 한다.

王如改諸, 則必反予. <公下 12>

(왕께서 만일 그것을 고치신다면 반드시 나를 돌아오게 할 것이다.)

본문은 '王(주어) + 如(접속사) + 改(술어) + 諸(목적어), 則(접속사) + 必(부사어) + 反(술어) + 予(목적어)'의 구조로서 자동사 '反'이 사동동사가 되어 '돌아오게 하다'로 해석한다.

士師不能治士, 則如之何? 王曰 已之. <梁下 6>

(사사가 선비를 다스릴 수 없다면 어떻게 하겠습니까? 왕이 말하기를 '그만두게 하겠다'라고 하였다.)

본문은 '王(주어) + 曰(술어) + 已之(목적어)'의 구조이다. 이 경우 목적어는 다시 '已(술어) + 之(목적어)'가 되어 자동사 '已'가 사동동사가 되어 '그만두게 하다'로 해석한다.

治於人者, 食人. 治人者, 食於人, 天下之通義也. <滕上 4>

(남에게 다스려지는 자는 남을 먹인다. 남을 다스리는 자는 남에게 얻어먹는 것이 천하의 공통된 도리이다.)

본문은 '治於人者(주어) + 食(술어) + 人(목적어)'의 구조로서 자동사 '食'가 사동동사가 되어 '먹이다'로 해석한다.

其有功於子, 可食而食之矣. <滕下 4>

(당신에게 공이 있어 밥을 먹일 만하여 먹이는 것이다.)

본문은 '可(조동사) + 食(술어) + 而(접속사) + 食(술어) + 之(목적어)'의 구조로서 자동사 '食'가 사동동사가 되어 '먹이다'로 해석한다.

> **且子食志乎? 食功乎? 曰 食志.** 〈滕下 4〉
>
> (또한 그대는 뜻을 위하여 밥을 먹이는가? 공을 위하여 밥을 먹이는가?
> 말하기를 '뜻을 위하여 먹인다'라고 하였다.)

본문은 '且(부사어) + 子(주어) + 食(술어) + 志(목적어) + 乎'의 구조로
서 자동사 '食'가 사동동사가 되어 '먹이다'로 해석한다.

(2) 의동동사

의동동사가 나타내는 상태를 목적어가 갖고 있다고 주어가 인정
함을 나타낸다. 이 경우 목적어가 어떠하다고 주어가 주관적으로
인정하는 것이지 객관적으로 반드시 그렇다는 것은 아니다.

> **告子未嘗知義, 以其外之也.** 〈公上 2〉
>
> (고자는 일찍이 의를 알지 못하니, 그가 의를 마음 밖에 있는 것이라고 여
> 기기 때문이다.)

본문은 '以(접속사) + 其(주어) + 外(술어) + 之(목적어) + 也'의 구조로
서 '外'가 의동동사가 되어 '밖으로 여기다'로 해석한다.

(3) 연동동사

연동동사는 하나의 주어에 두 개의 동사가 연결되어 있는 것을
말한다. 이 경우 주어의 동작이 연속적으로 일어나거나 선후 관계
가 있는 것을 나타낸다.

(가) '술어 + 而 + 술어'의 경우

접속사를 중심으로 동사를 연속적으로 연결하여 동작의 선후 관
계를 나타낸다.

舜不告而娶, 爲無後也. <離上 26>

(순임금이 부모에게 알리지 않고 장가들었는데 후손이 없을까 염려해서 이다.)

본문은 '舜(주어) + 不 + 告(술어) + 而(접속사) + 娶(술어)'의 구조로서 두 개의 동사가 동작의 선후 관계를 나타낸다.

(나) '술어 + 목적어 + 而 + 술어 + 목적어'의 경우

以若所爲求若所欲, 猶緣木而求魚也. <梁上 7>

(이와 같이 행동함으로써 이와 같은 욕망을 추구하는 것은 마치 나무에 올라가서 물고기를 잡고자 하는 것과 같다.)

본문은 '緣(술어) + 木(목적어) + 而(접속사) + 求(술어) + 魚(목적어) + 也'의 구조로서 두 개의 동사구가 동작이 연속적으로 발생함을 나타낸다.

如有不嗜殺人者, 則天下之民皆引領而望之矣. <梁上 6>

(만일 사람 죽이기를 좋아하지 않는 자가 있다면 천하의 백성들이 모두 목을 길게 늘여서 그를 바라볼 것이다.)

본문은 '天下之民(주어) + 皆(부사어) + 引(술어) + 領(목적어) + 而(접속사) + 望(술어) + 之(목적어)'의 구조로서 두 개의 동사구가 동작이 연속적으로 발생함을 나타낸다.

是何異於刺人而殺之, 曰 非我也, 兵也. <梁上 3>

(이것이 사람을 찔러 죽이고 나서 '내가 아니라 칼이 죽인 것이다'라고 말하는 것과 어찌 다르겠는가?)

본문은 '是(주어) + 何(의문부사) + 異(술어) + 於(개사) + 刺人而殺之 (개사목적어)'의 구조이다. 이 경우 개사목적어는 다시 '刺(술어) + 人(목적어) + 而(접속사) + 殺(술어) + 之(목적어)'가 되어 두 개의 동사구가 동작이 연속적으로 발생함을 나타낸다.

(다) '술어 + 而 + 술어 + 목적어'의 경우

彼陷溺其民, 王往而征之, 夫誰與王敵? 〈梁上 5〉

(저들이 그 백성을 도탄에 빠뜨렸을 때 왕께서 가서 정벌하신다면 누가 왕과 대적하겠습니까?)

본문은 '王(주어) + 往(술어) + 而(접속사) + 征(술어) + 之(목적어)'의 구조로서 두 개의 동사가 동일한 목적어를 취하여 동작이 연속적으로 발생함을 나타낸다.

及陷於罪然後, 從而刑之, 是罔民也. 〈梁上 7〉

(죄에 빠지게 된 연후에 따라서 벌하게 된다면, 이것은 백성을 그물질하는 것이다.)

본문은 '從(술어) + 而(접속사) + 刑(술어) + 之(목적어)'의 구조로서 두 개의 동사가 동일한 목적어를 취하여 동작이 연속적으로 발생함을 나타낸다.

(라) '술어 + 목적어 + 而 + 술어'의 경우

塡然鼓之, 兵刃旣接, 棄甲曳兵而走. 〈梁上 3〉

(둥둥 북을 쳐서 무기의 칼날이 이미 부딪치고 나서 갑옷을 버리고 무기를 끌면서 도망간다.)

본문은 '棄(술어) + 甲(목적어) + 曳(술어) + 兵(목적어) + 而(접속사) +

走(술어)'의 구조로서 두 개의 동사가 동작이 연속적으로 발생함을 나타낸다.

盡其道而死者, 正命也.　　　〈盡上 2〉

(그 도리를 다하고 죽는 것이 올바른 천명이다.)

본문은 '盡(술어) + 其道(목적어) + 而(접속사) + 死(술어) + 者(조사)'의 구조로서 두 개의 동사구가 동작의 선후 관계를 나타낸다.

(마) '而'를 동반하지 않는 연동동사의 경우

동사나 동사구 사이에 접속사 '而'를 사용하지 않고 동사를 직접 연결하는 경우로 후행 동사가 '曰'이 된다.

㉠ '술어 + 목적어 + 曰(술어)'式

孟子見梁惠王, 出語人曰.　　　〈梁上 6〉

(맹자께서 양혜왕을 만나 보시고 나와서 사람들에게 말씀하셨다.)

본문은 '出(술어) + 語(술어) + 人(목적어) + 曰(술어)'의 구조로서 세 개의 동사가 연동동사가 된다.

莊暴見孟子曰.　　　〈梁下 1〉

(장포가 맹자를 찾아 뵙고 말하였다.)

본문은 '莊暴(주어) + 見(술어) + 孟子(목적어) + 曰(술어)'의 구조로서 두 개의 동사가 연동동사가 된다.

㉡ '술어 + 曰'式

두 개의 동사가 직접 연결되는 경우로서 이러한 후행 동사로 '曰', '問', '語' 등이 있다.

> ## 孟子對曰 王何必曰利?　〈梁上 1〉
> (맹자께서 대답하기를 왕께서는 하필 이익에 대해 말씀하십니까?)

　본문은 '孟子(주어) + 對(술어) + 曰(술어)'의 구조로서 두 개의 동사가 연동동사가 된다.

> ## 卒然問曰 天下惡乎定?　〈梁上 6〉
> (갑자기 물어 말하기를 천하는 어디로 정해질까요?)

　본문은 '卒然(부사어) + 問(술어) + 曰(술어)'의 구조로서 두 개의 동사가 연동동사가 된다.

(4) 겸어동사(구조)

　선행 동사의 목적어인 동시에 후행 동사의 주어가 되는 경우를 말하며 겸어구조 가운데 사역식과 '有字式'이 대표적이다.

　(가) 사역식의 경우

　겸어의 선행 동사가 통상적으로 사역의 의미를 나타낸다. 이 경우는 사역동사의 구문을 참고하기 바란다.

　(나) '使(사역동사) + 술어'式의 경우

　이 경우 '使'의 목적어를 생략하며 술어 앞에 부사어를 동반하기도 한다.

> ## 易其田疇, 薄其稅斂, 民可使富也.　〈盡上 23〉
> (농지를 잘 다스리고 세금을 적게 거둔다면 백성들은 부유하게 할 수 있다.)

본문은 '民(주어) + 可(조동사) + 使(사역동사) + 富(술어) + 也'의 구조로서 '使'가 겸어동사가 된다.

敎之樹畜, 導其妻子, 使養其老. 〈盡上 22〉

(그들에게 나무 심고 가축 기르는 것을 가르쳐서 처자를 인도하여 노인을 봉양하게 한다.)

본문은 '導(술어) + 其妻子(목적어) + 使(사역동사) + 養(술어) + 其老(목적어)'의 구조로서 '使'가 겸어동사가 된다.

(다) '使(命) + 목적어(주어) + 술어'式의 경우

魯欲使樂正子爲政. 〈告下 13〉

(노나라가 악정자로 하여금 정사를 맡기게 하였다.)

본문은 '魯(주어) + 欲(조동사) + 使(사역동사) + 樂正子(목적어) + 爲(술어) + 政(목적어)'의 구조로서 '樂正子'가 사역동사의 목적어인 동시에 동사 '爲'의 주어가 된다.

梓匠輪輿能與人規矩, 不能使人巧. 〈盡下 5〉

(목수와 수레 장인이 사람들에게 법도를 가르쳐 줄 수 있지만 사람을 공교하게 할 수는 없다.)

본문은 '不 + 能(조동사) + 使(사역동사) + 人(목적어) + 巧(술어)'의 구조로서 '人'이 사역동사의 목적어인 동시에 동사 '巧'의 주어가 된다.

(라) '有+주어+술어'式의 경우

焉有仁人在位, 罔民而可爲也? 〈梁上 7〉

(어진 사람이 임금의 지위에 있으면서 백성을 그물질하는 짓을 어찌 할 수 있겠는가?)

본문은 '焉(의문부사)+有(술어)+仁人(목적어)+在(술어)+位(목적어)'의 구조로서 '仁人'이 주어인 동시에 동사 '有'의 목적어가 된다.

則之野, 有衆逐虎. 〈盡下 23〉

(들판에 갔을 때 군중이 호랑이를 몰고 있었다.)

본문은 '有(술어)+衆(주어)+逐(술어)+虎(목적어)'의 구조로서 '衆'이 동사 '有'의 목적어인 동시에 다음 동사의 주어가 된다.

(마) '以…爲…'式의 경우

이 경우 '以'는 '~을 가지다'는 뜻의 동사가 되고, '爲'도 '~을 만들다'는 뜻의 동사가 된다.

文王以民力爲臺爲沼, 而民歡樂之. 〈梁上 2〉

(문왕이 백성의 힘을 가지고 대를 짓고 연못을 만들었으나, 백성들이 그것을 기뻐하고 즐거워하였다.)

본문은 '文王(주어)+以(술어)+民力(목적어)+爲(술어)+臺(목적어)+爲(술어)+沼(목적어)'의 구조로서 '民力'이 동사 '以'의 목적어인 동시에 다음 동사의 주어가 된다.

> 以人性爲仁義, 猶以杞柳爲桮棬.　　　〈告上 1〉

> (사람의 본성을 가지고 인의를 행함은 버들가지를 가지고서 그릇을 만드는
> 것과 같다.)

본문은 '以(술어) + 人性(목적어) + 爲(술어) + 仁義(목적어)'의 구조
로서 '人性'이 동사 '以'의 목적어인 동시에 다음 동사의 주어가
된다.

> 墨之治喪也, 以薄爲其道也.　　　〈滕上 5〉

> (묵자가 상을 다스리는 것은 박장을 가지고서 그 도로 삼았다.)

본문은 '以(술어) + 薄(목적어) + 爲(술어) + 其道(목적어) + 也'의 구
조로서 '薄'이 동사 '以'의 목적어인 동시에 다음 동사의 주어가
된다.

이 경우 주관적인 견해를 나타내는 '以…爲…' 용법과 구분할 필
요가 있다.

> 百姓皆以王爲愛也, 臣固知王之不忍也.　　　〈梁上 7〉

> (백성들은 모두 왕께서 재물을 아끼신다고 여기지만, 저는 왕께서 차마 그
> 렇게 하지 못함을 알고 있습니다.)

본문은 '百姓(주어) + 皆(부사어) + 以(개사) + 王(개사목적어) + 爲(술
어) + 愛(목적어)'의 구조로서 우리말로 '…을 ~으로 여기다'로 해석
한다.

> 國人皆以夫子將復爲發棠.　　　〈盡下 23〉

> (백성들이 모두 선생님더러 장차 다시 당의 창고를 열 것이라고 생각합
> 니다.)

본문은 '國人(주어) + 皆(부사어) + 以(개사) + 夫子(개사목적어) + 將(부사어) + 復(부사어) + 爲(술어) + 發棠(목적어)'의 구조로서 우리말로 '…을 ~으로 여기다'로 해석한다.

於齊國之士, 吾必以仲子爲巨擘焉. 〈滕下 10〉

(제나라의 선비 중에 나는 반드시 진중자를 최고로 여깁니다.)

본문은 '吾(주어) + 必(부사어) + 以(개사) + 仲子(개사목적어) + 爲(술어) + 巨擘(목적어) + 焉'의 구조로서 우리말로 '…을 ~으로 여기다'로 해석한다.

夫公明高, 以孝子之心爲不若是怼. 〈萬上 1〉

(대저 공명고는 효자의 마음이란 이처럼 근심이 없는 것이라고 하였다.)

본문은 '以(개사) + 孝子之心(개사목적어) + 爲(술어) + 不若是怼(목적어)'의 구조로서 우리말로 '…을 ~으로 여기다'로 해석한다.

(바) '以爲…'式의 경우

'以…爲…'식에서 上句의 겸어가 생략하여 결합한 것이어서 겸어 성분을 감안하여 해석하는 것이 필요하다.

夫人蠶繰, 以爲衣服. 〈滕下 3〉

(부인은 누에를 치고 실을 뽑아서 (그것을 가지고) 의복을 만든다.)

본문은 '以(술어) + (蠶繰) + 爲(술어) + 衣服(목적어)'의 구조로서 上句의 겸어를 넣어 해석하는 것이 필요하다.

四海之內皆擧首而望之, 欲以爲君. 〈滕下 5〉

(천하의 사람들이 모두 머리를 들고서 바라볼 것이며, (그를 모시어) 임금
으로 삼고자 할 것이다.)

본문은 '欲(조동사) + 以(술어) + (之) + 爲(술어) + 君(목적어)'의 구조
로서 上句의 겸어를 넣어 해석하는 것이 필요하다.

'以爲'식 가운데 같은 형식이지만 자기의 주관적인 견해를 나타
낼 경우 겸어식으로 보지 않는다.

鄒人與楚人戰, 則王以爲孰勝? 〈梁上 7〉

(추나라 군대가 초나라 군대와 싸우면 왕께서는 누가 이긴다고 생각하십
니까?)

본문은 '王(주어) + 以爲(술어) + 孰勝(목적어)'의 구조로서 '以爲'가
동사로서 우리말로 '~라고 생각하다'로 해석한다.

工師得大木, 則王喜, 以爲能勝其任也. 〈梁下 9〉

(도목수가 큰 나무를 얻으면 왕은 기뻐하며 그 임무를 잘 감당할 수 있을
것이라고 생각한다.)

본문은 '以爲(술어) + 能勝其任(목적어) + 也'의 구조로서 '以爲'가
동사로서 우리말로 '~라고 생각하다'로 해석한다.

如其道, 則舜受堯之天下, 不以爲泰, 子以爲泰
乎? 〈滕下 4〉

(도에 합당하면 순임금이 요임금으로부터 천하를 받으시되 지나치다고 여
기지 않았으니, 그대는 지나치다고 생각하는가?)

본문은 '子(주어) + 以爲(술어) + 泰(목적어) + 乎'의 구조로서 '以爲'가 동사로서 우리말로 '~라고 생각하다'로 해석한다.

> **人見其禽獸也, 而以爲未嘗有才焉者, 是豈人之情也哉?** 〈告上 8〉

(사람들이 그 금수를 보고 일찍이 훌륭한 재질이 있다고 생각하지 않으니, 이것이 어찌 사람의 실정이겠는가?)

본문은 '而(접속사) + 以爲(술어) + 未嘗有才焉者(목적어)'의 구조로서 '以爲'가 동사로서 우리말로 '~라고 생각하다'로 해석한다.

> **子思以爲鼎肉使己僕僕爾亟拜也, 非養君子之道也.** 〈萬下 6〉

(자사는 삶은 고기가 자기로 하여금 번거롭게 자주 절하게 하니, 군자를 봉양하는 도가 아니라고 생각하였다.)

본문은 '子思(주어) + 以爲(술어) + 鼎肉使己僕僕爾亟拜也, 非養君子之道(목적어) + 也'의 구조로서 '以爲'가 동사로서 우리말로 '~라고 생각하다'로 해석한다.

3) 조동사의 용법

단독으로 술어가 되거나 목적어를 취하지 못하고 보통 술어 앞에서 동사의 동작이나 상태를 돕는 역할을 한다.

> 주어 + 조동사 + 술어 + 목적어

조동사가 개사구조를 동반한 경우 보통 개사구조 앞에 위치한다.

주어 + 부사어 + 조동사 + 개사 + 개사목적어 + 술어 + 목적어

天子不能以天下與人. 〈萬上 5〉

(천자가 천하를 남에게 줄 수 없다.)

본문은 '天子(주어) + 不 + 能(조동사) + 以(개사) + 天下(개사목적어) + 與 (술어) + 人(목적어)'의 구조로서 조동사 '能'이 개사 '以' 앞에 위치한다.

(1) 得

동사 앞에서 객관적인 가능성을 나타낸다.

象不得有爲於其國, 天子使吏治其國. 〈萬上 3〉

(상이 그 나라에서 정사를 할 수 없게 되었고, 천자가 관리로 하여금 그 나라를 다스리게 하였다.)

본문은 '象(주어) + 不 + 得(조동사) + 有(술어) + 爲(목적어) + 於(개사) + 其國(개사목적어)'의 구조로서 '不得'이 객관적으로 불가능함을 나타낸다.

子噲不得與人燕, 子之不得受燕於子噲. 〈公下 8〉

(자쾌도 다른 사람에게 연나라를 줄 수 없으며, 자지도 자쾌에게서 연나라를 받을 수 없다.)

본문은 '子噲(주어) + 不 + 得(조동사) + 與(술어) + 人(목적어) + 燕(목적어)'의 구조로서 '不得'이 객관적으로 불가능함을 나타낸다.

'得'이 정서적으로 가능한지 혹은 마땅한지 여부를 문의할 때에도 사용한다.

是焉得爲大丈夫乎? 子未學禮乎?　　　〈滕下 2〉

(이 어찌 대장부라고 할 수 있겠는가? 그대는 아직 예를 배우지 않았는가?)

　본문은 '是(주어) + 焉(의문부사) + 得(조동사) + 爲(술어) + 大丈夫(목적어) + 乎'의 구조로서 '得'이 정서적으로 가능한지 여부를 나타낸다.

(2) 能

　동사 앞에서 주관적인 능력이나 객관적인 가능성을 나타낸다.

公都子不能答, 以告孟子.　　　〈告上 5〉

(공도자가 답변할 수 없어서 (그 사실을) 맹자에게 아뢰었다.)

　본문은 '公都子(주어) + 不 + 能(조동사) + 答(술어)'의 구조로서 '不能'이 주관적으로 불가능함을 나타낸다.

士師不能治士, 則如之何?　　　〈梁下 6〉

(사사가 관리들을 다스리지 못하면 어떻게 하시겠습니까?)

　본문은 '士師(주어) + 不 + 能(조동사) + 治(술어) + 士(목적어)'의 구조로서 '不能'이 주관적으로 불가능함을 나타낸다.

得百里之地而君之, 皆能以朝諸侯有天下.　〈公上 2〉

(백 리가 되는 땅을 얻어서 다스리게 되면 모두 제후에게 조회를 받고 천하를 소유할 수 있다.)

　본문은 '皆(부사어) + 能(조동사) + 以(개사) + 朝(술어) + 諸侯(목적

어) + 有(술어) + 天下(목적어)'의 구조로서 '能'이 객관적으로 가능함
을 나타낸다.

古之人與民偕樂, 故能樂也.　　　　　　　　　　〈梁上 2〉

(옛사람은 백성들과 함께 즐겼기 때문에 능히 즐길 수 있었다.)

본문은 '古之人(주어) + 與(개사) + 民(개사목적어) + 偕(부사어) + 樂(술
어), 故(접속사) + 能(조동사) + 樂(술어) + 也'의 구조로서 '能'이 객관적
으로 가능함을 나타낸다.

(3) 欲

'欲'은 원래 동사로서 우리말로 '원하다, 바라다'로 해석한다.

孔子豈不欲中道哉?　　　　　　　　　　　　　　〈盡下 37〉

(공자께서 어찌 도에 적중한 사람을 원하지 않겠는가?)

본문은 '孔子(주어) + 豈(의문부사) + 不 + 欲(술어) + 中道(목적어) +
哉'의 구조로서 '欲'이 동사가 된다.

吾欲二十而取一, 何如?　　　　　　　　　　　　〈告下 10〉

(나는 이십에서 하나를 취하고자 하는데, 어떻습니까?)

본문은 '吾(주어) + 欲(술어) + 二十而取一(목적어)'의 구조로서 '欲'
이 동사가 된다.

'欲'이 동사 앞에서 조동사가 되면 주관적인 바람을 나타낸다.

> 欲知舜與蹠之分, 無他, 利與善之間也. 　〈盡上 25〉

> (순임금과 도척의 차이를 알고자 한다면 다른 것이 없으니, 이익과 선의 사이인 것이다.)

　본문은 '欲(조동사) + 知(술어) + 舜與蹠之分(목적어)'의 구조로서 '欲'이 동사 앞에서 주관적인 바람을 나타낸다.

> 陽貨欲見孔子而惡無禮. 　〈滕下 7〉

> (양화가 공자를 만나고 싶었으나 무례함을 싫어하였다.)

　본문은 '陽貨(주어) + 欲(조동사) + 見(술어) + 孔子(목적어) + 而(접속사) + 惡(술어) + 無禮(목적어)'의 구조로서 '欲'이 동사 앞에서 주관적인 바람을 나타낸다.

> 今也欲無敵於天下而不以仁. 　〈離上 7〉

> (지금 천하에 대적할 자가 없기를 바라면서 인정을 행하지 않는다.)

　본문은 '今(부사어) + 也 + 欲(조동사) + 無(술어) + 敵(목적어) + 於(개사) + 天下(개사목적어) + 而(접속사) + 不 + 以(개사) + 仁(개사목적어)'의 구조로서 '欲'이 동사 앞에서 주관적인 바람을 나타낸다.

　'欲'이 조동사 '得'이나 부정사 '不'과 호응하여 어떤 목적에 도달하고 싶지만 객관적으로 불가능함을 나타낸다.

> 禹八年於外, 三過其門而不入, 雖欲耕, 得乎? 　〈滕上 4〉

> (우왕이 팔 년 동안 밖에 있으면서 세 차례 문 앞을 지나면서도 들어가지 않았으니, 비록 밭을 갈고자 하나 될 수 있었겠는가?)

본문은 '雖(접속사) + 欲(조동사) + 耕(술어), 得(조동사) + 乎'의 구조로서 '欲'이 조동사 '得'과 호응하여 객관적으로 불가능함을 나타낸다.

是欲終之而不可得也. 〈盡上 39〉

(이는 상기를 마치고자 해도 될 수 없는 경우이다.)

본문은 '是(주어) + 欲(조동사) + 終(술어) + 之(목적어) + 而(접속사) + 不 + 可(조동사) + 得(조동사) + 也'의 구조로서 '欲'이 조동사 '得'과 호응하여 객관적으로 불가능함을 나타낸다.

於崇, 吾得見王, 退而有去志. 不欲變, 故不受也. 〈公下 14〉

(숭땅에서 내가 왕을 만나 뵙고 물러나와 떠날 마음을 가졌다. (이 마음을) 변하고 싶지 않아서 고로 녹봉을 받지 않았다.)

본문은 '不 + 欲(조동사) + 變(술어), 故(접속사) + 不 + 受(술어) + 也'의 구조로서 '欲'이 부정사 '不'과 호응하여 객관적으로 불가능함을 나타낸다.

與讒諂面諛之人居, 國欲治, 可得乎? 〈告下 13〉

(참소하고 아첨하고 면전에서 비위 맞추는 사람들과 더불어 거처한다면 나라를 다스리고자 해도 가능하겠는가?)

본문은 '國(목적어) + 欲(조동사) + 治(술어), 可(조동사) + 得(조동사) + 乎'의 구조로서 '欲'이 조동사 '得'과 호응하여 객관적으로 불가능함을 나타낸다.

(4) 願

'願'은 '欲'과 같이 원래 동사로서 우리말로 '원하다, 바라다'로 해석한다. 이 경우 '願'이 술목구조나 '之'를 목적어로 취할 때에는 상대방이 무엇을 해 주기를 희망하거나 어떤 상황이 출현하기를 기대하는 뜻을 나타낸다.

> ### 願夫子輔吾志, 明以敎我. 〈梁上 7〉
> (선생님이 나의 뜻을 도와서 밝게 나를 가르쳐 주기를 원합니다.)

본문은 '願(술어) + 夫子輔吾志, 明以敎我(목적어)'의 구조이다. 이 경우 목적어는 다시 '夫子(주어) + 輔(술어) + 吾志(목적어) + 明(부사어) + 以(개사) + 敎(술어) + 我(목적어)'가 되어 '願'이 술목구조를 목적어로 취하는 동사가 된다.

동사 '願'이 부정사 '不'과 결합하면 우리말로 '~을 원하지 않는다'로 해석한다.

> ### 令聞廣譽施於身, 所以不願人之文繡也. 〈告上 17〉
> (좋은 명성과 넓은 명예가 몸에 베풀어지니, 사람의 화려한 비단옷을 원하지 않게 된다.)

본문은 '所以(접속사) + 不 + 願(술어) + 人之文繡(목적어) + 也'의 구조로서 '不願'이 동사가 된다.

'願'이 조동사가 되면 동사 앞에서 주관적인 바람이나 희망을 나타낸다.

丈夫生而願爲之有室, 女子生而願爲之有家.

〈滕下 3〉

(장부가 태어나면 그를 위하여 아내가 있기를 원하며, 여자가 태어나면 그를 위하여 시가가 있기를 원한다.)

본문은 '丈夫(주어) + 生(술어) + 而(접속사) + 願(조동사) + 爲(개사) + 之(개사목적어) + 有(술어) + 室(목적어)'의 구조로서 '願'이 조동사가 되어 주관적인 바람을 나타낸다.

天下之士皆悅而願立於其朝矣.　　　　　〈公上 5〉

(천하의 선비들이 모두 기뻐하고 그 조정에 서기를 원한다.)

본문은 '天下之士(주어) + 皆(부사어) + 悅(술어) + 而(접속사) + 願(조동사) + 立(술어) + 於(개사) + 其朝(개사목적어) + 矣'의 구조로서 '願'이 조동사가 되어 주관적인 바람을 나타낸다.

(5) 可(可以)

'可'가 가능성에 대한 허가를 나타낼 경우 주어는 행위나 동작의 대상이 된다. 이 경우 주어가 동작의 대상이 되기 때문에 조동사 '可' 다음의 술어는 목적어를 취하지 않는다.

주어(受事) + 可(不可) + 술어 + (어기사)

沈同以其私問曰 燕可伐與?　　　　　　〈公下 8〉

(심동이 사적으로 묻기를 '연나라는 정벌할 수 있습니까'라고 하였다.)

본문은 '燕(주어) + 可(조동사) + 伐(술어) + 與'의 구조로서 조동사 '可'가 가능성에 대한 허가를 나타낸다.

> ## 不違農時, 穀不可勝食也.　　　　　　　　〈梁上 3〉
> (농사철을 피해서 하게 되면 곡식은 이루 다 먹을 수 없을 정도가 된다.)

본문은 '穀(주어) + 不 + 可(조동사) + 勝(부사어) + 食(술어) + 也'의 구조로서 조동사 '可'가 가능성에 대한 허가를 나타낸다.

'可'가 조동사 '得'과 결합하여 가능성의 여부를 나타낼 때 목적어를 술어 앞으로 도치한다.

> ## 二者不可得兼, 舍魚而取熊掌者也.　　　　　〈告上 10〉
> (두 가지를 겸하여 얻을 수 없다면 어물을 버리고 곰 발바닥을 취하겠다.)

본문은 '二者(목적어) + 不 + 可(조동사) + 得(조동사) + 兼(술어)'의 구조로서 '可'가 조동사 '得'과 결합하여 목적어를 술어 앞으로 도치한다.

> ## 孟子曰 其詳不可得聞也.　　　　　　　　　〈萬下 2〉
> (맹자께서 말씀하기를 '그 상세한 내용을 얻어듣지 못하였다'라고 하였다.)

본문은 '其詳(목적어) + 不 + 可(조동사) + 得(조동사) + 聞(술어) + 也'의 구조로서 '可'가 조동사 '得'과 결합하여 목적어를 술어 앞으로 도치한다.

조동사 '可'가 의문부사 '何'와 결합하여 가능성의 여부를 확인할 때 목적어를 술어 앞으로 도치한다.

> ## 文王何可當也?　　　　　　　　　　　　　〈公上 1〉
> (문왕을 어찌 가히 당할 수 있겠는가?)

본문은 '文王(목적어) + 何(의문부사) + 可(조동사) + 當(술어) + 也'의 구조로서 조동사 '可'가 '何'와 결합하여 목적어를 술어 앞으로 도치한다.

조동사 '可'가 가능성의 여부를 확인할 때 술목구조나 형용사를 목적어로 취할 수 있다.

> ### 不可諫而不諫, 可謂不智乎? 〈萬上 9〉
> (간할 수 없는 인물이기에 간하지 않았으니 지혜롭지 않다고 말할 수 있겠는가?)

본문은 '可(조동사) + 謂(술어) + 不智(목적어) + 乎'의 구조로서 '可'가 형용사를 목적어로 취한다.

한편 조동사 '可以'는 주어가 능동적으로 충분히 할 수 있다는 뜻을 나타낸다.

> ### 可以速而速, 可以久而久, 可以處而處, 可以仕而仕, 孔子也. 〈萬下 1〉
> (속히 떠날 만하면 속히 떠나고 오래 머무를 만하면 오래 머물며, 은둔할 만하면 은둔하고 벼슬할 만하면 벼슬한 것이 공자이시다.)

본문은 '可以(조동사) + 速(술어) + 而(접속사) + 速(술어), 可以(조동사) + 久(술어) + 而(접속사) + 久(술어)…'의 구조로서 '可以'는 '충분히 할 수 있다'로 해석한다.

> ### 爲天吏, 則可以伐之. 〈公下 8〉
> (하늘의 관리라면 충분히 정벌할 수 있다.)

본문은 '爲(술어) + 天吏(목적어), 則(접속사) + 可以(조동사) + 伐(술어) + 之(목적어)'의 구조로서 '可以'는 '충분히 할 수 있다'로 해석한다.

好色富貴, 無足以解憂者. 惟順於父母, 可以解憂.

〈萬上 1〉

(아름다운 여색과 부귀가 충분히 근심을 풀 수 없었다. 오직 부모에게 순종해야 충분히 근심을 풀 수 있었다.)

본문은 '惟(부사어) + 順(술어) + 於(개사) + 父母(개사목적어), 可以(조동사) + 解(술어) + 憂(목적어)'의 구조로서 '可以'는 '충분히 할 수 있다'로 해석한다.

(6) 足(足以)

동사 앞에서 동사의 동작이 충분하다는 뜻을 나타낸다. 이때 '可'와 같이 가능성에 대한 허가를 나타낼 경우 주어가 행위나 동작의 대상이 되어 목적어를 취하지 않는다.

不可, 器不足用也.

〈告下 10〉

(불가하니, 그릇이 사용하기에 충분하지 않다.)

본문은 '器(주어) + 不 + 足(조동사) + 用(술어) + 也'의 구조로서 주어가 동작의 대상이 되어 목적어를 동반하지 않는다.

조동사 '足'이 개사구조 앞에서 동작의 가능성을 나타낸다.

其心曰 是何足與言仁義也云爾, 則不敬莫大乎是.
<公下 2>

(그 마음에 이르기를 '이 어찌 족히 더불어 인의를 말할 수 있겠는가'라고
여겨서일 것이니, 그렇다면 불경함이 이것보다 더 큰 것이 없을 것이다.)

본문은 '是(주어) + 何(의문부사) + 足(조동사) + 與(개사) + 言(술어) +
仁義(목적어) + 也云爾'의 구조로서 '足'이 개사구조 앞에서 동작의
가능성을 나타낸다.

'足以'는 동사 앞에서 조동사가 되어 우리말로 '완전히 가능하
다'나 '충분히 할 수 있다'로 해석한다.

吾力足以擧百鈞, 而不足以擧一羽.
<梁上 7>

(내 힘이 충분히 백 균을 들 수 있으나 깃털 하나를 들기에는 충분하지
않다.)

본문은 '吾力(주어) + 足以(조동사) + 擧(술어) + 百鈞(목적어)'의 구조
로서 '足以'는 '충분히 할 수 있다'로 해석한다.

今恩足以及禽獸, 而功不至於百姓者, 獨何與?
<梁上 7>

(지금 은혜가 충분히 금수에게 미치되, 공로가 백성에게 이르지 않음은 오
직 어째서입니까?)

본문은 '今(부사어) + 恩(주어) + 足以(조동사) + 及(술어) + 禽獸(목적
어)'의 구조로서 '足以'는 '충분히 할 수 있다'로 해석한다.

苟能充之, 足以保四海. 苟不充之, 不足以事父
母.　　　　　　　　　　　　　　　　　　　　　　〈公上 6〉

(만일 확충할 수 있다면 충분히 천하를 보호할 수 있다. 만일 확충할 수
없다면 부모를 섬기기에도 충분하지 않다.)

　본문은 '苟(가정사) + 能(조동사) + 充(술어) + 之(목적어), 足以(조동
사) + 保(술어) + 四海(목적어)'의 구조로서 '足以'는 '충분히 할 수 있
다'로 해석한다.

王之諸臣皆足以供之, 王豈爲是哉?　　　　　〈梁上 7〉

(왕의 여러 신하들이 모두 충분히 공급하니, 왕이 어찌 이것을 하고자 함
이겠습니까?)

　본문은 '王之諸臣(주어) + 皆(부사어) + 足以(조동사) + 供(술어) + 之(목
적어)'의 구조로서 '足以'는 '충분히 할 수 있다'로 해석한다.

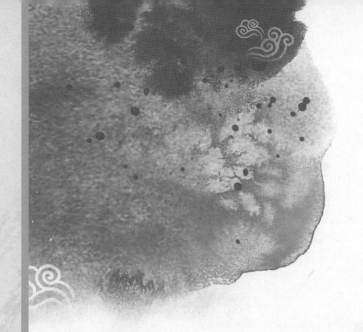

第**3**部
虛詞

허사는 실제적인 의미가 없으며 문장에서 반드시 실사와
결합하여 문법적인 기능을 한다. 이러한 허사로는 부사, 개
사, 접속사, 어기사, 조사가 있다.

① 副詞

부사는 문장에서 행위나 동작, 성질이나 상태의 정도를 나타내거나 범위, 시간, 가능성, 情態와 부정의 작용을 한다. 이 경우 부사는 독립된 문장 성분을 이루지 못하고 술어 앞에서 동작이나 행위를 돕는 부사어가 된다. 다만 주어를 강조하거나 한정할 때에는 문두에 위치할 수 있다.

> 주어 + 부사어 + 술어 + 목적어
> 부사어 + 주어 + 술어 + 목적어

부사가 있는 문장에 조동사와 개사구조가 결합하게 되면 일반적으로 조동사와 개사구조 앞에 위치한다.

> 주어 + 부사어 + 조동사 + 개사구조 + 술어 + 목적어

象日以殺舜爲事. 〈萬上 3〉

(상이 날마다 순을 죽이는 것으로 일을 삼았다.)

본문은 '象(주어) + 日(부사어) + 以(개사) + 殺舜(개사목적어) + 爲(술어) + 事(목적어)'의 구조로서 부사 '日'이 개사구조 앞에 위치한다.

다만 부사가 술어를 한정하여 강조할 경우에는 개사구조 뒤에서 술어를 수식하기도 한다.

주어 + 조동사 + 개사구조 + 부사어 + 술어 + 목적어

이러한 부사는 문장의 성격에 따라 부정부사, 의문부사, 한정부사, 시간부사, 총괄부사, 누가부사, 어기부사로 나눌 수 있다.

1) 부정부사

일반적으로 술어 앞에서 술어의 동작이나 행위를 부정하지만 개사구조가 동반할 경우에는 개사구조 앞에 위치하기도 한다. 이 경우 부정부사는 문장구조에서 부사어가 되어 술어를 수식하며, 서술의 부정과 명령의 부정으로 나눌 수 있다.

(1) 不

동사, 대사, 수사, 명사, 형용사 앞에 위치하여 일반적인 부정을 나타낸다. 이 경우 다른 부사나 조동사와 결합하여 관용어구를 만들기도 한다.

不仁不智, 無禮無義, 人役也. 〈公上 7〉
(어질지 못하고 지혜롭지 못하며, 예의가 없고 의가 없으면 사람의 노예이다.)

본문은 '不 + 仁(술어) + 不 + 智(술어)'의 구조로서 '不'이 형용사를 부정한다.

舜之不臣堯, 則吾旣得聞命矣. 〈萬上 4〉
(순이 요를 신하로 삼지 않았다는 것은 내가 이미 가르침을 들었다.)

본문은 '舜(주어) + 之(조사) + 不 + 臣(술어) + 堯(목적어)'의 구조로서 '不'이 명사를 부정한다.

> **直不百步耳, 是亦走也.** 〈梁上 4〉
>
> (다만 백 보가 아닐 뿐이지 이 역시 도망간 것이다.)

본문은 '直(부사어) + 不 + 百步(술어) + 耳'의 구조로서 '不'이 명사를 부정한다.

다음으로 '不'이 다른 부사와 결합하여 특정한 의미를 나타낸다. 이 가운데 '不必'은 우리말로 '반드시 ~할 필요는 없다'로 해석한다.

> **大人者, 言不必信, 行不必果.** 〈離下 11〉
>
> (군자는 말을 반드시 믿게 하려고 하지 않으며, 행실을 반드시 과단성 있게 하려고 하지 않는다.)

본문은 '言(목적어) + 不 + 必(부사어) + 信(술어), 行(목적어) + 不 + 必(부사어) + 果(술어)'의 구조로서 '不必'은 '반드시 ~할 필요는 없다'로 해석한다.

(2) 弗

문장에서 주로 자동사를 부정한다.

> **非其義也, 非其道也, 祿之以天下, 弗顧也.** 〈萬上 7〉
>
> (그 의가 아니고 그 도가 아니면 천하로써 녹봉을 주더라도 돌아보지 않는다.)

본문은 '祿(술어) + 之(목적어) + 以(개사) + 天下(개사목적어), 弗 + 顧(술어) + 也'의 구조로서 '弗'이 자동사를 부정한다.

'弗'이 형용사를 부정하기도 한다.

> **君子之於物也, 愛之而弗仁. 於民也, 仁之而弗親.** 〈盡上 45〉
>
> (군자가 사물에 대해서 그것을 사랑하기는 하나 인을 베풀지 않는다. 백성에 대해서 인을 베풀기는 하나 모두 친하게 대하지는 않는다.)

본문은 '愛(술어) + 之(목적어) + 而(접속사) + 弗 + 仁(술어)', '仁(술어) + 之(목적어) + 而(접속사) + 弗 + 親(술어)'의 구조로서 '弗'이 형용사를 부정한다.

> **事親弗悅, 弗信於友矣.** 〈離上 12〉
>
> (어버이를 섬기는 것이 기쁘지 않으면 벗에게 미덥지 못하게 된다.)

본문은 '事親(주어) + 弗 + 悅(술어)'의 구조로서 '弗'이 형용사를 부정한다.

'弗'이 드물게 타동사나 개사구조를 부정하기도 한다.

> **事親弗悅, 弗信於友矣.** 〈離上 12〉
>
> (어버이를 섬기는 것이 기쁘지 않으면 벗에게 미덥지 못하게 된다.)

본문은 '弗 + 信(술어) + 於(개사) + 友(개사목적어) + 矣'의 구조로서 '弗'이 개사구조를 부정한다.

> 弗與共天位也, 弗與治天職也, 弗與食天祿也.
>
> <萬下 3>

(그와 더불어 하늘이 내린 지위를 함께하지 않았고 더불어 하늘이 내린 직분을 다스리지 않았으며 더불어 하늘이 내린 녹봉을 먹지 않았다.)

본문은 '弗 + 與(개사) + (개사목적어 생략) + 共(술어) + 天位(목적어) + 也'의 구조로서 '弗'이 개사구조 앞에서 타동사를 부정한다.

> 雖與之俱學, 弗若之矣.
>
> <告上 9>

(비록 그와 함께 배우지만 그와 같지 않을 것이다.)

본문은 '弗 + 若(술어) + 之(목적어) + 矣'의 구조로서 '弗'이 타동사를 부정한다.

> 智之實知斯二者, 弗去是也.
>
> <離上 27>

(지혜의 결실은 이 두 가지를 알고 여기에서 떠나지 않는 것이다.)

본문은 '智之實(주어) + 知(술어) + 斯二者(목적어) + 弗 + 去(술어) + 是(목적어) + 也'의 구조로서 '弗'이 타동사를 부정한다.

上句에서 사건을 설명하고 下句에서 관련 사실을 부정할 경우 부정사 '不'과 같은 역할을 한다.

> 師行而糧食, 飢者弗食, 勞者弗息.
>
> <梁下 4>

(군대를 동원하고 양식을 먹기 때문에 굶주린 자가 먹지 못하고, 피로한 자가 쉬지 못한다.)

본문은 '飢者(주어) + 弗 + 食(술어), 勞者(주어) + 弗 + 息(술어)'의 구조로서 '弗'이 '不'과 같은 역할을 한다.

> **非禮之禮, 非義之義, 大人弗爲.** 〈離下 6〉
>
> (예가 아닌 예의와 의로움이 아닌 의로운 행위를 군자는 하지 않는다.)

본문은 '非禮之禮, 非義之義(목적어) + 大人(주어) + 弗 + 爲(술어)'의 구조로서 '弗'이 '不'과 같은 역할을 한다.

(3) 未

'不'과 같은 역할을 하는 일반 부정사이다. 다만 미래 사실을 부정할 경우에는 반드시 '未'를 사용한다.

> **名實未加於上下而去之, 仁者固如此乎?** 〈告下 6〉
>
> (명분과 실제가 상하에 가해지지 못하고 떠났으니, 인자도 진실로 이와 같습니까?)

본문은 '名實(주어) + 未 + 加(술어) + 於(개사) + 上下(개사목적어) + 而(접속사) + 去(술어) + 之(목적어)'의 구조로서 '未'가 '不'과 같은 역할을 한다.

> **夫二子之勇, 未知其孰賢?** 〈公上 2〉
>
> (저 두 사람의 용기는 누가 더 현명한지를 알지 못하겠다.)

본문은 '未 + 知(술어) + 其孰賢(목적어)'의 구조로서 '未'가 '不'과 같은 역할을 한다.

> **聞誅一夫紂矣, 未聞弑君也.** 〈梁下 8〉
>
> (한 사내인 주왕을 베었다는 말은 들었고 군주를 시해했다는 말을 아직 듣지 못하였다.)

본문은 '未 + 聞(술어) + 弑君(목적어) + 也'의 구조로서 '未'가 미래 사실을 부정한다.

是焉得爲大丈夫乎? 子未學禮乎? 〈滕下 2〉

(이 어찌 대장부라고 할 수 있겠는가? 그대는 아직 예를 배우지 않았는가?)

본문은 '子(주어) + 未 + 學(술어) + 禮(목적어) + 乎'의 구조로서 '未'가 미래 사실을 부정한다.

見牛, 未見羊也. 〈梁上 7〉

(소를 보았고 양을 아직 보지 못하였다.)

본문은 '未 + 見(술어) + 羊(목적어) + 也'의 구조로서 '未'가 미래 사실을 부정한다.

다음으로 부정사 '未'가 동사 '有'와 결합하여 '未有'의 어구가 되어 '아직 ～한 적이 없다'로 해석한다. 이 경우 '未有'는 일반적으로 문장 전체를 부정한다.

未有仁而遺其親者也, 未有義而後其君者也. 〈梁上 2〉

(어질면서 그 어버이를 버리는 자는 아직 있지 않으며, 의롭고서 그 군주를 뒤로 하는 자는 아직 있지 않다.)

본문은 '未 + 有(술어) + 仁而遺其親者(목적어) + 也, 未 + 有(술어) + 義而後其君者(목적어) + 也'의 구조로서 '未有'가 문장 전체를 부정한다.

> ## 枉己者, 未有能直人者也. 〈滕下 1〉
> (자기를 굽힌 자가 남을 곧게 펴는 경우는 아직 있지 않다.)

　본문은 '未 + 有(술어) + 能直人者(목적어) + 也'의 구조로서 '未有'가 문장 전체를 부정한다.

　다음으로 '未'가 부사 '嘗'과 결합하여 '未嘗'의 어구가 되어 '일찍이 ~한 적이 없다'로 해석한다. 이 경우 '未嘗'은 일반적으로 문장 전체를 부정한다.

> ## 告子未嘗知義, 以其外之也. 〈公上 2〉
> (고자는 일찍이 의를 알지 못한다고 했으니, 그가 의를 밖에 있는 것이라고 여기기 때문이다.)

　본문은 '告子(주어) + 未 + 嘗(부사어) + 知(술어) + 義(목적어)'의 구조로서 '未嘗'이 문장 전체를 부정한다.

> ## 是以未嘗有所終三年淹也. 〈萬下 4〉
> (이로 인해 일찍이 삼 년을 마치도록 지체하신 곳이 있지 않았다.)

　본문은 '是以(접속사) + 未 + 嘗(부사어) + 有(술어) + 所終三年淹(목적어) + 也'의 구조로서 '未嘗'이 문장 전체를 부정한다.

(4) 非

특수한 부정부사로서 주로 명사술어를 부정한다.

> ## 不可以請, 久於齊, 非我志也. 〈公下 14〉
> (요청할 수 없지만 제나라에 오래 머무는 것은 나의 뜻이 아니다.)

본문은 '非 + 我志(술어) + 也'의 구조로서 '非'가 명사를 부정한다.

此非君子之言, 齊東野人之語也.　　　　〈萬上 4〉

(이것은 군자의 말이 아니라 제나라 동쪽 야인의 말이다.)

본문은 '此(주어) + 非 + 君子之言(술어)'의 구조로서 '非'가 명사구를 부정한다.

부정사 '非'가 드물게 동사구를 부정하기도 하는데 이 경우 '不'과 용법이 같다.

無畏, 寧爾也. 非敵百姓也.　　　　〈盡下 4〉

(두려워하지 마라, 너희들을 편안하게 하려는 것이다. 백성들을 대적하려는 것이 아니다.)

본문은 '非 + 敵(술어) + 百姓(목적어) + 也'의 구조로서 '非'가 동사구를 부정한다.

부정사 '非'가 드물게 형용사를 부정하기도 하며 이 경우 '不'과 용법이 같다.

非富天下也, 爲匹夫匹婦復讎也.　　　　〈滕下 5〉

(천하를 탐해서가 아니라, 한 남자 한 여자를 위해 복수한 것이다.)

본문은 '非 + 富(술어) + 天下(목적어) + 也'의 구조로서 '非'가 형용사를 부정한다.

> 寡人非能好先王之樂也, 直好世俗之樂耳. 〈梁下 1〉
>
> (과인이 선왕의 음악을 좋아하는 것이 아니라 다만 세속의 음악을 좋아할 뿐이다.)

본문은 '寡人(주어) + 非 + 能(조동사) + 好(술어) + 先王之樂(목적어) + 也'의 구조로서 '非'가 형용사를 부정한다.

(5) 無

'無'가 술어 앞에서 부사어가 되면 금지 명령을 나타낸다.

> 無畏, 寧爾也. 非敵百姓也.   〈盡下 4〉
>
> (두려워하지 마라, 너희들을 편안하게 하려는 것이다. 백성들을 대적하려는 것이 아니다.)

본문은 '無 + 畏(술어)'의 구조로서 '無'가 형용사 앞에서 금지 명령을 나타낸다.

> 無傷也, 是乃仁術也.   〈梁上 7〉
>
> (상심하지 마라, 이것이 바로 어짊의 방법이다.)

본문은 '無 + 傷(술어) + 也'의 구조로서 '無'가 형용사 앞에서 금지 명령을 나타낸다.

> 無爲其所不爲, 無欲其所不欲.   〈盡上 17〉
>
> (하지 않아야 할 것을 하지 않으며, 욕심내지 말아야 할 것을 욕심내지 않아야 한다.)

본문은 '無 + 爲(술어) + 其所不爲(목적어), 無 + 欲(술어) + 其所不欲(목적어)'의 구조로서 '無'가 동사 앞에서 금지 명령을 나타낸다.

無或(惑)乎王之不智也.　　　　　　　　　　　　　〈告上 9〉

(왕이 지혜롭지 못함을 이상하게 여기지 마라.)

　본문은 '無 + 或(술어) + 乎(개사) + 王之不智(개사목적어) + 也'의 구조로서 '無'가 형용사 앞에서 금지 명령을 나타낸다.

請無以辭卻之, 以心卻之曰.　　　　　　　　　　　　〈萬下 4〉

(청컨대 말로써 물리치지 말고 마음속으로 물리치면서 말하였다.)

　본문은 '請(부사어) + 無 + 以(개사) + 辭(개사목적어) + 卻(술어) + 之(목적어)'의 구조로서 '無'가 동사 앞에서 금지 명령을 나타낸다.

(6) 勿

　자동사 앞에서 부정부사가 되어 금지 명령을 나타낸다.

仁者無敵, 王請勿疑.　　　　　　　　　　　　　　〈梁上 5〉

(어진 자는 적이 없으니, 왕은 청컨대 의심하지 마십시오.)

　본문은 '王(주어) + 請(부사어) + 勿 + 疑(술어)'의 구조로서 '勿'이 자동사 앞에서 금지 명령을 나타낸다.

夫子臥而不聽, 請勿復敢見矣.　　　　　　　　　　〈公下 11〉

(선생님이 누워서 듣지 않으시니 다시는 감히 뵙지 말아야 하겠습니다.)

　본문은 '請(부사어) + 勿 + 復(부사어) + 敢(부사어) + 見(술어) + 矣'의 구조로서 자동사 앞에서 금지 명령을 나타낸다.

　'勿'이 드물게 타동사 앞에서 금지 명령을 나타내기도 한다.

王欲行王政, 則勿毀之矣. 〈梁下 5〉

(왕께서 왕도정치를 행하고자 하신다면 그것을 헐지 마십시오.)

본문은 '勿 + 毀(술어) + 之(목적어) + 矣'의 구조로서 타동사 앞에서 금지 명령을 나타낸다.

所欲與之聚之, 所惡勿施爾也. 〈離上 9〉

(백성이 원하는 것을 위하여 모아 주고 싫어하는 바를 베풀지 말아야 한다.)

본문은 '所惡(목적어) + 勿 + 施(술어) + 爾也'의 구조로서 타동사 앞에서 금지 명령을 나타낸다.

(7) 莫

부정을 나타내는 대사가 될 경우 '아무도 ~하는 사람이 없다' 혹은 '아무도 ~한 것이 없다'로 해석한다.

保民而王, 莫之能禦也. 〈梁上 7〉

(백성을 보호하고 왕 노릇 하면 그것을 막을 자가 아무도 없을 것이다.)

본문은 '莫 + 之(목적어) + 能(조동사) + 禦(술어) + 也'의 구조로서 '莫'이 부정대사가 된다.

百世之下, 聞者莫不興起也. 〈盡下 15〉

(백 세대 후에 풍도를 들은 자가 분발해 일어나지 않는 이가 아무도 없을 것이다.)

본문은 '聞者(주어) + 莫 + 不 + 興起(술어) + 也'의 구조로서 '莫'이 부정대사가 된다.

'莫'이 일반 부정사가 되어 '不'과 같은 역할을 하기도 한다.

吾宗國魯先君莫之行. 吾先君亦莫之行也. 〈滕上 2〉

(우리의 종주국인 노나라 선군도 그것을 행하지 않았다. 우리 선군도 또한 그것을 행하지 않았다.)

본문은 '莫 + 之(목적어) + 行(술어)'의 구조로서 '莫'이 일반 부정사가 된다.

吾有司死者三十三人, 而民莫之死也. 〈梁下 12〉

(나의 유사 중에 죽은 사람이 삼십삼 명이나 되는데, 백성들은 죽지 않았다.)

본문은 '民(주어) + 莫 + 之(목적어) + 死(술어) + 也'의 구조로서 '莫'이 일반 부정사가 된다.

無君子, 莫治野人. 無野人, 莫養君子. 〈滕上 3〉

(군자가 없으면 야인을 다스리지 못한다. 야인이 없으면 군자를 봉양할 수 없다.)

본문은 '莫 + 治(술어) + 野人(목적어)', '莫 + 養(술어) + 君子(목적어)'의 구조로서 '莫'이 일반 부정사가 된다.

出入無時, 莫知其鄕, 惟心之謂與. 〈告上 8〉

(나가고 들어옴에 때가 없고 그 방향을 알 수 없는 것이 오직 사람의 마음을 말하는 것이다.)

본문은 '莫 + 知(술어) + 其鄕(목적어)'의 구조로서 '莫'이 일반 부정사가 된다.

今天下地醜德齊, 莫能相尙.　　　　　　　　　　　　〈公下 2〉

(지금 천하가 땅이 비슷하고 덕이 고르니, 서로 높다고 할 수 없다.)

　본문은 '莫 + 能(조동사) + 相(부사어) + 尙(술어)'의 구조로서 '莫'이
일반 부정사가 된다.

(8) 否

특수한 부정사로서 문장에서 술어가 된다.

一日而三失伍則去之, 否乎?　　　　　　　　　　　　〈公下 4〉

(하루에 세 차례 대오를 이탈한다면 그를 죽일까요, 말까요?)

　이 경우 '否'는 술어가 되며 '去之'와 반대 의미가 되어 '不去之'
의 뜻을 나타낸다.

如此則動心, 否乎? 孟子曰 否.　　　　　　　　　　　〈公上 2〉

(이와 같다면 마음에 동요가 있을까요, 없을까요? 맹자께서 말씀하기를
'아니다'라고 하였다.)

　이 경우 '否'는 술어가 되며 '動心'과 반대 의미가 되어 '不動心'
의 뜻을 나타낸다.

我不識, 能至否乎?　　　　　　　　　　　　　　　　〈公下 2〉

(제가 알지 못하겠습니다. 도착했는지요, 안 했는지요?)

　본문은 '能(조동사) + 至(술어) + 否 + 乎'의 구조로서 '否'가 술어로
'不至'의 뜻을 나타낸다.

2) 의문부사

주어의 동작이나 행위에 대해 의문을 표시하는 부사로 보통 술어 앞에서 부사어가 되어 술어를 수식한다. 이러한 의문부사로 '何', '何爲', '何以', '焉', '惡', '奚(奚爲)', '曷', '豈(豈爲)' 등이 있다.

(1) 何

술어 앞에서 동작이나 행위의 방법을 물으며 우리말로 '어찌, 어떻게'로 해석한다.

> 주어 + 의문부사(何) + 술어 + 목적어(개사구조)?

> ### 齊國雖褊小, 吾何愛一牛?　　　　　　　　　　〈梁上 7〉
> (제나라가 비록 좁고 작으나, 내가 어찌 소 한 마리를 아끼겠는가?)

본문은 '吾(주어) + 何(의문부사) + 愛(술어) + 一牛(목적어)'의 구조로서 '何'는 '어찌'로 해석한다.

> ### 是何異於刺人而殺之曰 非我也, 兵也.　　　〈梁上 3〉
> (이것이 사람을 찔러 죽이고 나서 '내가 아니라 무기가 한 것이다'라고 말하는 것과 어찌 다르겠는가?)

본문은 '是(주어) + 何(의문부사) + 異(술어) + 於(개사) + 刺人而殺之曰非我也, 兵也(개사목적어)'의 구조로서 '何'는 '어찌'로 해석한다.

且許子何不爲陶冶, 舍皆取諸其宮中而用之?

〈滕上 4〉

(또한 허자는 어찌하여 옹기장이와 대장장이를 하지 않고 다만 모두 집 안에서 그것을 취하여 사용하는 것인가?)

본문은 '且(부사어) + 許子(주어) + 何(의문부사) + 不 + 爲(술어) + 陶冶(목적어)'의 구조로서 '何'는 '어찌'로 해석한다.

의문부사 '何'가 구말어기사(哉, 耶, 邪)와 호응하여 반어의 어기를 나타낸다.

> 주어 + 의문부사(何) + 술어 + (목적어) +
>
> 반어형 구말어기사(哉, 耶, 邪)?

彼丈夫也, 我丈夫也, 吾何畏彼哉?

〈滕上 1〉

(그도 장부이고 나도 장부이니, 내가 어찌 그를 두려워하겠는가?)

본문은 '吾(주어) + 何(의문부사) + 畏(술어) + 彼(목적어) + 哉'의 구조로서 '何'가 구말어기사 '哉'와 호응하여 반어의 어기를 나타낸다.

我以吾義, 吾何慊乎哉?

〈公下 2〉

(나는 내 의로써 하리니, 내가 어찌 부족할 것이 있겠는가?)

본문은 '吾(주어) + 何(의문부사) + 慊(술어) + 乎哉'의 구조로서 '何'가 구말어기사 '乎哉'와 호응하여 반어의 어기를 나타낸다.

(2) 何爲

의문사 '何'가 개사 '爲'와 결합하면 의문부사가 되어 술어를 수식하며 간단한 의문을 나타낸다.

何爲紛紛然與百工交易, 何許子之不憚煩? 〈滕上 4〉

(어찌하여 바쁘게 백공들과 교역하는가, 어찌하여 허자는 번거로움을 꺼리지 않는가?)

본문은 '何爲(의문부사) + 紛紛然(부사어) + 與(개사) + 百工(개사목적어) + 交易(술어)'의 구조로서 '何爲'가 의문부사가 된다.

의문부사 '何爲'가 부정사 '不'과 결합하면 관용어구를 만들어 '어찌하여 ～하지 않는가'로 해석한다.

> 의문부사(何爲) + 不 + 술어 + 목적어(개사구조)?

舍我其誰也? 吾何爲不豫哉? 〈公下 13〉

(나를 버리고 누가 하겠는가? 내가 어찌 기뻐하지 않겠는가?)

본문은 '吾(주어) + 何爲(의문부사) + 不 + 豫(술어) + 哉'의 구조로서 '何爲'가 부정사 '不'과 결합하여 반어의 어기를 나타낸다.

(3) 何以

의문사 '何'가 개사 '以'와 결합하면 의문부사가 되어 술어를 수식하며 우리말로 '어찌, 어떻게'로 해석한다.

> 주어 + 의문부사(何以) + 술어 + 목적어(개사구조)?

夫子何以知其將見殺? 〈盡下 29〉

(선생님은 어떻게 그가 장차 죽게 될 줄 아셨습니까?)

본문은 '夫子(주어) + 何以(의문부사) + 知(술어) + 其將見殺(목적어)'의 구조로서 '何以'가 의문부사가 된다.

吾何以識其不才而舍之? 〈梁下 7〉

(내가 어찌 그가 재주 없음을 알고 버리겠는가?)

본문은 '吾(주어) + 何以(의문부사) + 識(술어) + 其不才(목적어) + 而(접속사) + 舍(술어) + 之(목적어)'의 구조로서 '何以'가 의문부사가 된다.

의문부사 '何以'가 구말어기사와 결합하여 반어의 어기를 나타낸다.

```
주어 + 의문부사(何以) + 술어 + 목적어 +
                      반어형 구말어기사(哉, 耶, 邪)?
```

何以異於人哉? 堯舜與人同耳. 〈離下 32〉

(어찌 사람과 다르겠는가? 요순도 다른 사람들과 같을 뿐이다.)

본문은 '何以(의문부사) + 異(술어) + 於(개사) + 人(개사목적어) + 哉'의 구조로서 의문부사 '何以'가 '哉'와 호응하여 반어의 어기를 나타낸다.

何以異於敎玉人彫琢玉哉? 〈梁下 9〉

(옥공으로 하여금 옥을 조탁하게 가르치는 것과 어찌 다름이 있겠는가?)

본문은 '何以(의문부사) + 異(술어) + 於(개사) + 敎玉人彫琢玉(개사목적어) + 哉'의 구조로서 의문부사 '何以'가 '哉'와 호응하여 반어의 어기를 나타낸다.

의문부사 '何以'가 구말어기사 '爲哉'와 호응하여 반어의 어기를 나타낸다. 이 경우 '爲'를 도치된 목적어의 술어로 간주하기도 한다.

> 주어 + 의문부사(何以) + 목적어 + 爲哉?
> 주어 + 의문부사(何以) + 목적어 + 爲(술어) + 哉?

我何以湯之聘爲哉? 〈萬上 7〉

(내가 어찌 탕왕의 초빙하는 폐백을 쓰겠는가?)

본문은 '我(주어) + 何以(의문부사) + 湯之聘(목적어) + 爲(술어) + 哉'의 구조로서 '何以'가 '哉'와 호응하여 반어의 어기를 나타낸다.

子何以其志爲哉? 〈滕下 4〉

(당신이 어찌하여 그 뜻을 따지는가?)

본문은 '子(주어) + 何以(의문부사) + 其志(목적어) + 爲(술어) + 哉'의 구조로서 '何以'가 '哉'와 호응하여 반어의 어기를 나타낸다.

(4) 如何(何如)

의문사 '何'가 동사 '如'와 결합하여 '如何', '何如'의 형태로 의문부사가 된다. 먼저 '如何'의 경우 목적어를 동반하게 되면 의문부사 사이에 목적어 '之'가 위치한다.

如之何其使斯民飢而死也? 〈梁上 4〉

(어찌하여 이 백성을 굶주려 죽게 하는 것인가?)

본문은 '如之何(의문부사) + 其(조사) + 使(사역동사) + 斯民(목적어) +

飢而死(술어) + 也'의 구조로서 '如之何'가 의문부사가 되어 동사를
수식한다.

去人倫無君子, 如之何其可也?　　　　　〈告下 10〉

(인륜을 버리고 군자가 없다면 어떻게 그것이 가능하겠는가?)

본문은 '如之何(의문부사) + 其(주어) + 可(술어) + 也'의 구조로서
'如之何'가 의문부사가 되어 동사를 수식한다.

다음으로 '何如'는 의문부사가 되어 술어를 수식하거나 독립된
구가 된다. 다만 이 경우 모두 '如何'와 달리 의문부사 사이에 목적
어가 위치하지 못한다.

吾欲二十而取一, 何如?　　　　　　　〈告下 10〉

(나는 이십에서 하나를 취하고자 하는데, 어떠한가요?)

본문은 '吾(주어) + 欲(술어) + 二十而取一(목적어), 何如'의 구조로
서 '何如'가 상대방에게 의견을 구하는 의미를 나타낸다.

以五十步笑百步, 則何如?　　　　　　　〈梁上 3〉

(오십 보로써 백 보를 비웃는다면 어떤가요?)

본문은 '以(개사) + 五十步(개사목적어) + 笑(술어) + 百步(목적어), 則
(접속사) + 何如'의 구조로서 '何如'가 상대방에게 의견을 구하는 의
미를 나타낸다.

何如斯可以囂囂矣?　　　　　　　　　〈盡上 9〉

(어떠하면 욕심 없이 만족해 한다고 할 수 있습니까?)

본문은 '何如(의문부사) + 斯(조사) + 可以(조동사) + 囂囂(술어) + 矣'
의 구조로서 '何如'가 의문부사가 되어 동사를 수식한다.

何如斯可謂狂矣?
〈盡下 37〉

(어떠하면 미친 듯 기세가 높다 말할 수 있습니까?)

본문은 '何如(의문부사) + 斯(조사) + 可(조동사) + 謂(술어) + 狂(목적
어) + 矣'의 구조로서 '何如'가 의문부사가 되어 동사를 수식한다.

(5) 焉

주로 술어 앞에서 의문부사가 되어 '어찌, 어떻게'로 해석한다.
이 경우 구말어기사 '哉'와 호응하여 반어의 어기를 나타낸다.

> 주어 + 의문부사(焉) + 술어 + (목적어) + 구말어기사(哉)?

臧氏之子焉能使予不遇哉?
〈梁下 16〉

(장씨의 아들이 어찌 나로 하여금 만나지 못하게 할 수 있겠는가?)

본문은 '臧氏之子(주어) + 焉(의문부사) + 能(조동사) + 使(사역동사) +
予(목적어) + 不 + 遇(술어) + 哉'의 구조로서 의문부사 '焉'이 '哉'와
호응하여 반어의 어기를 나타낸다.

다음으로 의문부사 '焉'이 동사 '有'와 결합하여 '焉有'가 되면
'어찌 ~이 있겠는가'로 해석한다.

焉有君子而可以貨取乎?
〈公下 3〉

(군자가 되어 재물에 농락당할 자가 어찌 있겠는가?)

본문은 '焉(의문부사) + 有(술어) + 君子而可以貨取(목적어) + 乎'의 구조가 된다.

焉有仁人在位, 罔民而可爲也? <滕上 3>

(어진 사람이 자리에 있으면서 백성을 그물질하는 짓을 할 사람이 어찌 있겠는가?)

본문은 '焉(의문부사) + 有(술어) + 仁人在位, 罔民而可爲(목적어) + 也'의 구조가 된다.

'焉'이 조동사 '得'과 결합하면 우리말로 '어찌 ~할 수 있겠는가'로 해석하며 반어의 어기를 나타낸다.

里仁爲美, 擇不處仁, 焉得智? <公上 7>

(마을이 인후한 것이 아름다우니, 가려서 인에 처하지 않는다면 어찌 지혜롭다고 할 수 있겠는가?)

본문은 '焉(의문부사) + 得(조동사) + 智(술어)'의 구조로서 '焉得'이 반어의 어기를 나타낸다.

是焉得爲大丈夫乎? 子未學禮乎? <滕下 2>

(그런 사람이 어찌 대장부가 될 수 있겠는가? 그대는 아직 예를 배우지 않았는가?)

본문은 '是(주어) + 焉(의문부사) + 得(조동사) + 爲(술어) + 大丈夫(목적어) + 乎'의 구조로서 '焉得'이 반어의 어기를 나타낸다.

焉得人人而濟之? <離下 2>

(어찌 사람마다 모두 수레에 싣고 건너게 해 줄 수 있겠는가?)

본문은 '焉(의문부사) + 得(조동사) + 人人(부사어) + 而(조사) + 濟(술어) + 之(목적어)'의 구조로서 '焉得'이 반어의 어기를 나타낸다.

(6) 惡

술어 앞에서 의문부사가 되며 의문부사 '焉'과 용법이 같다.

> 주어 + 의문부사(惡) + 술어 + (목적어)?

雖然, 仲子惡能廉? 〈滕下 10〉

(그렇다고 해도 중자가 어찌 청렴할 수 있겠는가?)

본문은 '仲子(주어) + 惡(의문부사) + 能(조동사) + 廉(술어)'의 구조로서 '惡'가 의문부사가 되어 동사를 수식한다.

相率而爲僞者也, 惡能治國家? 〈滕上 4〉

(서로 이끌어서 거짓을 할 것인데 어떻게 나라를 다스릴 수 있겠는가?)

본문은 '惡(의문부사) + 能(조동사) + 治(술어) + 國家(목적어)'의 구조로서 '惡'가 의문부사가 되어 동사를 수식한다.

다음으로 의문부사 '惡'가 조사 '乎'와 결합하여 술어 앞에서 '어찌'로 해석한다. 이 경우 '惡乎'가 목적어 앞으로 도치된 의문사로 보고 '무엇, 어디'로 해석할 수 있다.

君子不亮, 惡乎執? 〈告下 12〉

(군자가 성실하지 않으면 어찌 잡을 수 있겠는가?)

본문은 '惡乎(의문부사) + 執(술어)'의 구조로서 '惡乎'가 동사를 수식한다. 이 경우 의문사가 술어 앞으로 도치한 것으로 보아 '무엇을 잡을 수 있겠는가'로 해석할 수 있다.

辭尊居卑, 辭富居貧, 惡乎宜乎? 〈萬下 5〉

(높은 자리를 사양하고 낮은 자리에 처하며 부유함을 사양하고 가난함에 처한다면 어찌해야 마땅한 것인가?)

본문은 '惡乎(의문부사) + 宜(술어) + 乎'의 구조로서 '惡乎'가 동사를 수식한다. 이 경우도 의문사가 술어 앞으로 도치한 것으로 보아 '무엇이 마땅할까'라고 해석할 수 있다.

'惡'가 구말어기사 '哉'와 호응하여 반어의 어기를 나타낸다.

주어 + 의문부사(惡) + 술어 + 목적어 + 구말어기사(哉)?

高子以告. 曰 夫尹士惡知予哉? 〈公下 12〉

(고자가 이 말을 전하였다. 맹자께서 말씀하기를 '대저 윤사라는 자가 어찌 나를 알겠는가'라고 하였다.)

본문은 '夫 + 尹士(주어) + 惡(의문부사) + 知(술어) + 予(목적어) + 哉'의 구조로서 의문부사 '惡'가 '哉'와 호응하여 반어의 어기를 나타낸다.

夫撫劍疾視曰 彼惡敢當我哉? 〈梁下 3〉

(대저 칼을 어루만지고 노려보면서 말하기를 '그가 어찌 감히 나를 당할 수 있겠는가'라고 하였다.)

본문은 '彼(주어) + 惡(의문부사) + 敢(부사어) + 當(술어) + 我(목적어) + 哉'의 구조로서 의문부사 '惡'가 '哉'와 호응하여 반어의 어기를 나타낸다.

'惡'가 조동사 '得'과 결합하면 '어찌 ~할 수 있겠는가'라고 해석하며 반어의 어기를 나타낸다.

惡得有其一, 以慢其二哉? 〈公下 2〉

(어찌 한 가지만을 가지고 나머지 두 덕목을 소홀히 할 수 있겠는가?)

본문은 '惡(의문부사) + 得(조동사) + 有(술어) + 其一(목적어), 以(접속사) + 慢(술어) + 其二(목적어) + 哉'의 구조로서 '惡得'이 반어의 어기를 나타낸다.

薄乎云爾, 惡得無罪? 〈離下 24〉

(박하다고 말할지언정 어찌 죄가 없다고 할 수 있겠는가?)

본문은 '惡(의문부사) + 得(조동사) + 無(술어) + 罪(목적어)'의 구조로서 '惡得'이 반어의 어기를 나타낸다.

夫舜惡得而禁之? 夫有所受之也. 〈盡上 35〉

(대저 순임금이 어찌 그것을 금지할 수 있겠는가? 대저 그것을 받아들여야 할 도리가 있다.)

본문은 '夫 + 舜(주어) + 惡(의문부사) + 得(조동사) + 而(조사) + 禁(술어) + 之(목적어)'의 구조로서 '惡得'이 반어의 어기를 나타낸다.

'惡'가 구말어기사 '爲哉'와 결합하여 반어의 어기를 나타낸다. 이 경우 '爲'를 도치한 목적어의 술어로 간주하기도 한다.

> 주어 + 의문부사(惡) + 목적어 + 爲哉?
>
> 주어 + 의문부사(惡) + 목적어 + 爲(술어) + 哉?

己頻顣曰 惡用是鶃鶃者爲哉?　　　〈滕下 10〉

(그는 이마를 찌푸리며 말하기를 '어찌 이 꽥꽥거리는 것을 사용하겠는가' 라고 하였다.)

본문은 '惡(의문부사) + 用(술어) + 是鶃鶃者(목적어) + 爲哉'의 구조로서 의문부사 '惡'가 '爲哉'와 호응하여 반어의 어기를 나타낸다.

(7) 奚(奚爲)

의문부사 '何'에 비하여 사용 범위가 좁아 주로 술어 앞에서 의문부사가 되며 우리말로 '어찌, 어떻게'로 해석한다.

> 주어 + 의문부사(奚) + 술어 + 목적어?

以德則子事我者也, 奚可以與我友?　　　〈萬下 7〉

(덕으로 보면 그대는 나를 섬기는 자이니 어찌 나와 더불어 벗할 수 있겠는가?)

본문은 '奚(의문부사) + 可以(조동사) + 與(개사) + 我(개사목적어) + 友(술어)'의 구조로서 의문부사 '奚'가 동사를 수식한다.

孔子奚取焉? 取非其招不往也.　　　〈萬下 7〉

(공자께서 어찌하여 그를 취하셨는가? 그 합당한 부름이 아니면 가지 않음을 취하신 것이다.)

본문은 '孔子(주어) + 奚(의문부사) + 取(술어) + 焉'의 구조로서 의문부사 '奚'가 동사를 수식한다.

舜不知象之將殺己與? 曰 奚而不知也? 〈萬上 2〉

(순은 상이 장차 자신을 죽이려 한 것을 모르셨습니까? 맹자께서 말씀하기를 '어찌 알지 못하셨겠는가'라고 하였다.)

본문은 '奚(의문부사) + 而(조사) + 不 + 知(술어) + 也'의 구조로서 의문부사 '奚'가 동사를 수식한다.

다음으로 의문부사 '奚'가 구말어기사 '哉'와 호응하여 반문의 어기를 나타낸다.

주어 + 의문부사(奚) + 술어 + (목적어) + 구말어기사(哉)?

此惟救死而恐不贍, 奚暇治禮義哉? 〈梁上 7〉

(이것은 오직 죽음을 구하는데도 시간이 부족할까 두려운데, 어찌 예의를 다스릴 겨를이 있겠는가?)

본문은 '奚(의문부사) + 暇(술어) + 治禮義(목적어) + 哉'의 구조로서 의문부사 '奚'가 구말어기사 '哉'와 호응하여 반어의 어기를 나타낸다.

是奚足哉? 城門之軌, 兩馬之力與? 〈盡下 22〉

(이것이 어찌 충분하다고 할 수 있겠는가? 성문의 수레바퀴 자국이 두 마리 말의 힘이겠는가?)

본문은 '是(주어) + 奚(의문부사) + 足(술어) + 哉'의 구조로서 의문부사 '奚'가 구말어기사 '哉'와 호응하여 반어의 어기를 나타낸다.

如此則與禽獸奚擇哉? 〈離下 28〉

(이와 같으면 금수와 어찌 구별이 되겠는가?)

본문은 '則(접속사) + 與(개사) + 禽獸(개사목적어) + 奚(의문부사) + 擇(술어) + 哉'의 구조로서 의문부사 '奚'가 구말어기사 '哉'와 호응하여 반어의 어기를 나타낸다.

此物奚宜至哉? 〈離下 28〉

(이러한 일이 어떻게 이를 수 있겠는가?)

본문은 '此物(주어) + 奚(의문부사) + 宜(부사어) + 至(술어) + 哉'의 구조로서 의문부사 '奚'가 구말어기사 '哉'와 호응하여 반어의 어기를 나타낸다.

다음으로 의문부사 '奚'가 개사 '爲'와 결합하면 우리말로 '어찌, 어떻게'로 해석한다.

奚爲後我? 〈滕下 5〉

(어찌하여 우리를 뒤로 여기시는가?)

본문은 '奚爲(의문부사) + 後(술어) + 我(목적어)'의 구조로서 의문부사 '奚爲'가 동사를 수식한다.

다음으로 의문부사 '奚爲'가 부정사 '不'과 결합하면 우리말로 '어찌하여 ～하지 않는가'로 해석한다.

> 의문부사(奚爲) + 不 + 술어 + 목적어(개사구조)?

君奚爲不見孟柯也? 〈梁下 16〉

(군주께서는 어찌하여 맹자를 만나 보지 않는가?)

본문은 '君(주어) + 奚爲(의문부사) + 不 + 見(술어) + 孟柯(목적어) + 也'의 구조로서 의문부사 '奚爲'가 부정사와 결합하여 반어의 어기를 나타낸다.

許子奚爲不自織? 〈滕上 4〉

(허자는 어찌하여 스스로 의복을 짜지 않는가?)

본문은 '許子(주어) + 奚爲(의문부사) + 不 + 自(부사어) + 織(술어)'의 구조로서 의문부사 '奚爲'가 부정사와 결합하여 반어의 어기를 나타낸다.

(8) 曷

'奚'와 마찬가지로 주로 의문부사가 되어 술어를 수식하며 우리말로 '어찌, 어떻게'로 해석한다.

四方有罪無罪惟我在, 天下曷敢有越厥志? 〈梁下 3〉

(천하에 죄가 있는 자와 죄가 없는 자가 오직 내가 살펴서 알고 있거니와, 천하가 어찌 감히 그 뜻을 넘을 수 있겠는가?)

본문은 '天下(주어) + 曷(의문부사) + 敢(부사어) + 有(술어) + 越厥志(목적어)'의 구조로서 의문부사 '曷'이 동사를 수식한다.

時日曷喪? 予及女偕亡. 〈梁上 2〉

(이 해는 어찌하여 없어지지 않는가? 내가 너와 함께 망하겠다.)

본문은 '時日(주어) + 曷(의문부사 = 害) + 喪(술어)'의 구조로서 의문부사 '曷'이 동사를 수식한다.

(9) 豈

주로 의문부사가 되어 술어를 수식하며 우리말로 '어찌, 어떻게'로 해석한다. 이 경우 구말어기사 '哉'와 호응하여 반어의 어기를 나타낸다.

> 주어 + 의문부사(豈) + 술어 + 목적어 + 구말어기사(哉)?

夫人豈以不勝爲患哉? 弗爲耳.　　　〈告下 2〉

(대저 사람이 어찌 요순보다 뛰어나지 못함을 근심으로 여기는가? 다만 요순처럼 하지 않을 뿐이다.)

본문은 '夫 + 人(주어) + 豈(의문부사) + 以(개사) + 不勝(개사목적어) + 爲(술어) + 患(목적어) + 哉'의 구조로서 '豈'가 구말어기사 '哉'와 호응하여 반어의 어기를 나타낸다.

恭儉豈可以聲音笑貌爲哉?　　　〈離上 16〉

(공손함과 검소함이 어찌 좋은 목소리와 웃는 얼굴만 가지고 이루어질 수 있겠는가?)

본문은 '恭儉(주어) + 豈(의문부사) + 可(조동사) + 以(개사) + 聲音笑貌(개사목적어) + 爲(술어) + 哉'의 구조로서 '豈'가 구말어기사 '哉'와 호응하여 반어의 어기를 나타낸다.

> ## 王之諸臣皆足以供之, 王豈爲是哉?
> 〈梁上 7〉
>
> (왕의 여러 신하들이 모두 충분히 공급하니, 왕이 어찌 이것을 하고자 함이겠습니까?)

본문은 '王(주어) + 豈(의문부사) + 爲(술어) + 是(목적어) + 哉'의 구조로서 '豈'가 구말어기사 '哉'와 호응하여 반어의 어기를 나타낸다.

> ## 農夫豈爲出疆舍其耒耜哉?
> 〈滕下 3〉
>
> (농부가 어찌 국경을 나가면서 쟁기와 보습을 버리고 가겠는가?)

본문은 '農夫(주어) + 豈(의문부사) + 爲(술어) + 出疆舍其耒耜(목적어) + 哉'의 구조로서 '豈'가 구말어기사 '哉'와 호응하여 반어의 어기를 나타낸다.

(10) 盍

의문사와 부정부사가 결합한 의문부사로서 우리말로 '어찌 ~ 아니하다'로 해석한다.

> ## 或曰寇至, 盍去諸?
> 〈離下 31〉
>
> (혹자가 말하기를 '도적들이 이르는데 어찌하여 이곳을 떠나지 않습니까' 라고 하였다.)

본문은 '盍(의문부사) + 去(술어) + 諸(목적어)'의 구조로서 '盍'이 의문부사가 된다.

> ## 孔子在陳曰 盍歸乎來?
> 〈盡下 37〉
>
> (공자께서 진나라에 있으면서 말씀하기를 '어찌하여 돌아가지 않으리오'라고 하였다.)

본문은 '盍(의문부사) + 歸(술어) + 乎來(구말어기사)'의 구조로서 '盍'이 의문부사가 된다.

> **子盍爲我言之?** 〈公下 10〉
>
> (자네는 어찌하여 나를 위하여 말하지 않는가?)

본문은 '子(주어) + 盍(의문부사) + 爲(개사) + 我(개사목적어) + 言(술어) + 之(목적어)'의 구조로서 '盍'이 의문부사가 된다.

3) 한정부사

술어 앞에서 술어의 동작이나 행위를 제한하거나 한정하는 역할을 한다. 다만 주어를 한정하거나 제한할 경우에는 주어 앞에 위치한다.

(1) 直

동작이 어떤 범위에 한정됨을 나타내며 우리말로 '다만, 단지'로 해석한다.

> **非直爲觀美也, 然後盡於人心.** 〈公下 7〉
>
> (단지 미관을 위해서 하는 것뿐만 아니라 그런 연후에야 자식의 마음을 다한 것이 된다.)

본문은 '非 + 直(부사어) + 爲(술어) + 觀美(목적어) + 也'의 구조로서 '直'이 동사를 수식하는 한정부사가 된다.

> 寡人非能好先王之樂也, 直好世俗之樂耳. ⟨梁下 1⟩

(과인은 선왕의 음악을 좋아하는 것이 아니라 단지 세속의 음악을 좋아할 뿐이다.)

본문은 '直(부사어) + 好(술어) + 世俗之樂(목적어) + 耳'의 구조로서 '直'이 형용사를 수식하는 한정부사가 된다.

(2) 徒

동작이 어떤 범위에 한정됨을 나타내며 우리말로 '다만, 단지'로 해석한다.

> 子之從於子敖來, 徒餔啜也. ⟨離上 25⟩

(그대가 자오를 따라와서는 다만 먹고 마실 뿐이다.)

본문은 '子之從於子敖來(주어) + 徒(부사어) + 餔啜(술어) + 也'의 구조로서 '徒'가 동사를 수식하는 한정부사가 된다.

> 助之長者, 揠苗者也. 非徒無益, 而又害之. ⟨公上 2⟩

(그것을 도와서 자라게 하는 자는 싹을 뽑는 자이다. 단지 유익함이 없을 뿐만 아니라 또한 해치는 것이 된다.)

본문은 '非 + 徒(부사어) + 無(술어) + 益(목적어), 而(접속사) + 又(부사어) + 害(술어) + 之(목적어)'의 구조로서 '徒'가 동사를 수식하는 한정부사가 된다.

> 徒取諸彼以與此, 然且仁者不爲, 況於殺人以求之乎? ⟨告下 8⟩

(다만 저들에게서 취해 이들에게 주는 것은 오히려 어진 사람도 하지 않는데 하물며 사람을 죽여서 그것을 구하는가?)

본문은 '徒(부사어) + 取(술어) + 諸(목적어) + 彼(개사목적어) + 以(접속사) + 與(술어) + 此(목적어)'의 구조로서 '徒'가 동사를 수식하는 한정부사가 된다.

今之君子豈徒順之? 又從而爲之辭. 〈公下 9〉

(지금의 군자들은 어찌 다만 따를 뿐이겠는가? 또한 따라서 그것에 대해 변명을 한다.)

본문은 '今之君子(주어) + 豈(의문부사) + 徒(부사어) + 順(술어) + 之(목적어)'의 구조로서 '徒'가 동사를 수식하는 한정부사가 된다.

(3) 惟

보통 술어 앞에서 술어의 동작을 제한하지만 다른 한정부사와 달리 주어 앞에서 주어를 제한할 때에도 자주 사용한다.

> 惟 + 주어 + 술어 + 목적어
> 주어 + 惟 + 술어 + 목적어

惟助爲有公田. 由此觀之, 雖周亦助也. 〈滕上 3〉

(오직 조법에만 공전이 있도록 하였다. 이로 말미암아 보건대 비록 주나라도 역시 조법을 시행하였다.)

본문은 '惟(부사어) + 助(주어) + 爲(술어) + 有公田(목적어)'의 구조로서 '惟'가 주어를 제한하는 한정부사가 된다.

惟大人爲能格君心之非. 〈離上 20〉

(오직 대인만이 군주 마음속의 잘못을 능히 바로잡을 수 있다.)

본문은 '惟(부사어) + 大人(주어) + 爲(술어) + 能格君心之非(목적어)'
의 구조로서 '惟'가 주어를 제한하는 한정부사가 된다.

惟君子能由是路, 出入是門也. 〈萬下 7〉

(오직 군자만이 이 길을 따라갈 수 있고 이 문을 출입할 수 있다.)

본문은 '惟(부사어) + 君子(주어) + 能(조동사) + 由(술어) + 是路(목적어)'의 구조로서 '惟'가 주어를 제한하는 한정부사가 된다.

有罪無罪, 惟我在. 〈梁下 3〉

(죄가 있는 것과 없는 것이 오직 나에게 달려 있다.)

본문은 '惟(부사어) + 我(주어) + 在(술어)'의 구조로서 '惟'가 주어를
제한하는 한정부사가 된다.

다음으로 '惟'가 술어 앞에서 부사어가 되어 술어의 동작이나 행
위를 한정한다.

侮奪人之君, 惟恐不順焉. 〈離上 16〉

(사람을 모욕하고 빼앗는 군주는 자신에게 순종하지 않을까 오직 두려워
한다.)

본문은 '惟(부사어) + 恐(술어) + 不順(목적어) + 焉'의 구조로서 '惟'
가 형용사를 제한하는 한정부사가 된다.

惟順於父母, 可以解憂. 〈萬上 1〉

(부모에게 오직 순종할 수 있을 때 근심을 풀 수 있었다.)

본문은 '惟(부사어) + 順(술어) + 於(개사) + 父母(개사목적어)'의 구조로서 '惟'가 동사를 제한하는 한정부사가 된다.

民惟恐王之不好勇也. 〈梁下 3〉

(백성들은 왕이 용맹을 좋아하지 않을까 단지 두려워한다.)

본문은 '民(주어) + 惟(부사어) + 恐(술어) + 王之不好勇(목적어) + 也'의 구조로서 '惟'가 형용사를 제한하는 한정부사가 된다.

(4) 乃

어기부사 '乃'가 드물게 주어나 술어 앞에서 동작이나 행동을 제한하는 한정부사가 된다.

乃若所憂則有之. 〈離下 28〉

(다만 근심하는 것과 같은 것은 이런 것들이 있다.)

본문은 '乃(부사어) + 若(술어) + 所憂(목적어) + 則(접속사) + 有(술어) + 之(목적어)'의 구조로서 '乃'가 형용사를 제한하는 한정부사가 된다.

吾未能有行焉, 乃所願則學孔子也. 〈公上 2〉

(내가 행함이 있지는 못하지만, 다만 원하는 것은 공자를 배우는 것이다.)

본문은 '乃(부사어) + 所願(주어) + 則(조사) + 學(술어) + 孔子(목적어) + 也'의 구조로서 '乃'가 주어를 제한하는 한정부사가 된다.

(5) 獨

주어나 술어 앞에서 동작이나 상태를 제한하는 한정부사가 된다. 이 경우 한정부사 '惟'와 마찬가지로 주어 앞에서 주어를 제한할 때가 많다.

> ### 獨孤臣孼子, 其操心也危. 〈盡上 18〉
> (오직 소외받은 신하와 첩의 자식들이 마음을 잡음이 위태롭다.)

본문은 '獨(부사어) + 孤臣孼子(주어) + 其操心也危(술어)'의 구조로서 '獨'이 주어를 제한하는 한정부사가 된다.

> ### 非獨賢者有是心也, 人皆有之. 〈告上 10〉
> (단지 현자만이 이런 마음을 가지고 있는 것이 아니라 사람이면 모두 가지고 있다.)

본문은 '非 + 獨(부사어) + 賢者(주어) + 有(술어) + 是心(목적어) + 也'의 구조로서 '獨'이 주어를 제한하는 한정부사가 된다.

다음으로 '獨'이 술어 앞에서 동사의 동작이나 상태를 제한한다.

> ### 然則治天下, 獨可耕且爲與? 〈滕上 4〉
> (그런즉 천하를 다스리는 것이 단지 밭을 갈면서 또 할 수 있겠는가?)

본문은 '然則(접속사) + 治天下(주어) + 獨(부사어) + 可(조동사) + 耕且爲(술어) + 與'의 구조로서 '獨'이 동사를 제한하는 한정부사가 된다.

> ### 孟子獨不與驩言, 是簡驩也. 〈離下 27〉
> (맹자께서 단지 나와 더불어 말씀하지 않으니, 이는 나를 업신여기는 것이다.)

본문은 '孟子(주어) + 獨(부사어) + 不 + 與(개사) + 驩(개사목적어) + 言(술어)'의 구조로서 '獨'이 동사를 제한하는 한정부사가 된다.

(6) 翅

주어나 술어 앞에서 한정부사가 되어 우리말로 '다만'으로 해석한다.

取食之重者與禮之輕者而比之, 奚翅食重? 〈告下 1〉

(밥의 무거운 것과 예의 가벼운 것을 취하여 비교한다면 어찌 다만 밥이 무겁기만 하겠는가?)

본문은 '奚(의문부사) + 翅(부사어) + 食(주어) + 重(술어)'의 구조로서 '翅'가 주어를 제한하는 한정부사가 된다.

4) 시간부사

술어 앞에서 부사어가 되어 동사의 시간 상태나 경과를 나타내는 역할을 한다.

(1) 과거부사

동작의 행위나 상태가 과거에 출현한 적이 있음을 나타낸다.

(가) 嘗

대표적인 과거부사로 보통 술어나 개사구조 앞에서 술어를 수식하며 우리말로 '일찍이'로 해석한다.

주어 + 부사어(嘗) + 개사 + 개사목적어 + 술어 + 목적어

昔者, 孟子嘗與我言於宋, 於心終不忘. 〈滕上 2〉

(지난번에 맹자께서 일찍이 나와 더불어 송나라에서 말씀하셨는바 내 마음에 끝내 잊지 못하였다.)

본문은 '孟子(주어) + 嘗(부사어) + 與(개사) + 我(개사목적어) + 言(술어) + 於(개사) + 宋(개사목적어)'의 구조로서 '嘗'이 과거부사로서 동사를 수식한다.

牛山之木嘗美矣, 以其郊於大國也. 〈告上 8〉

(우산의 나무가 일찍이 아름다웠는데, 그것이 대국의 교외에 있었기 때문이다.)

본문은 '牛山之木(주어) + 嘗(부사어) + 美(술어) + 矣'의 구조로서 '嘗'이 과거부사로서 형용사를 수식한다.

然而軻也嘗聞其略也. 〈萬下 2〉

(그러나 내가 일찍이 그 대략을 들었다.)

본문은 '然而(접속사) + 軻(주어) + 也(어기사) + 嘗(부사어) + 聞(술어) + 其略(목적어) + 也'의 구조로서 '嘗'이 과거부사로서 동사를 수식한다.

孔子嘗爲委吏矣, 曰 會計當而已矣. 〈萬下 5〉

(공자께서 일찍이 곡식의 출납을 맡아보는 관리가 되시고 말씀하기를 '회계를 마땅히 할 뿐이다'라고 하였다.)

본문은 '孔子(주어) + 嘗(부사어) + 爲(술어) + 委吏(목적어) + 矣'의 구조로서 '嘗'이 과거부사로서 동사를 수식한다.

'嘗'이 다른 의문사나 부정사와 결합하여 '未嘗'이나 '何嘗'의 관용어구를 만들기도 한다. 이 경우 '未嘗'은 우리말로 '일찍이 ～한 적이 없다'로 해석하고 '何嘗'은 '어찌 ～한 적이 있겠는가'로 해석한다.

雖疏食菜羹未嘗不飽, 蓋不敢不飽也.　　〈萬下 3〉

(비록 거친 밥과 나물국이라도 일찍이 배불리 먹지 않은 적이 없었으니, 감히 배불리 먹지 않을 수가 없었다.)

본문은 '雖(접속사) + 疏食菜羹(주어) + 未 + 嘗(부사어) + 不 + 飽(술어)'의 구조로서 '未嘗'은 '일찍이 ～한 적이 없다'로 해석한다.

盡富貴也, 而未嘗有顯者來.　　〈離下 33〉

(모두 부귀한 사람들이었는데, 일찍이 현달한 자가 찾아오는 일이 없었다.)

본문은 '而(접속사) + 未 + 嘗(부사어) + 有(술어) + 顯者來(목적어)'의 구조로서 '未嘗'은 '일찍이 ～한 적이 없다'로 해석한다.

爲其事而無其功者, 髡未嘗覩之也.　　〈告下 6〉

(그러한 일을 하고서 그러한 공효가 없는 자를 내가 일찍이 보지 못하였다.)

본문은 '髡(주어) + 未 + 嘗(부사어) + 覩(술어) + 之(목적어) + 也'의 구조로서 '未嘗'은 '일찍이 ～한 적이 없다'로 해석한다.

反齊滕之路, 未嘗與之言行事也.　　〈公下 6〉

(제나라와 등나라의 길을 돌아오도록 일찍이 그와 더불어 사행의 업무를 말하지 않았다.)

본문은 '未 + 嘗(부사어) + 與(개사) + 之(개사목적어) + 言(술어) + 行事

(목적어) + 也'의 구조로서 '未嘗'은 '일찍이 ～한 적이 없다'로 해석한다.

(나) 旣

동작이나 상태가 이미 발생했거나 경과했음을 나타내며 우리말로 '이미'로 해석한다.

> 주어 + 부사어(旣) + 술어 + 목적어(개사구조)

填然鼓之, 兵刃旣接, 棄甲曳兵而走. 〈梁上 3〉

(둥둥 북을 치며 병기의 칼날이 이미 접전했는데, 갑옷을 버리고 병기를 끌면서 도망하였다.)

본문은 '兵刃(주어) + 旣(부사어) + 接(술어)'의 구조로서 '旣'가 과거부사로서 동사를 수식한다.

孰謂子産智? 予旣烹而食之. 〈萬上 2〉

(누가 자산을 지혜롭다고 말하는가? 내가 이미 삶아서 먹어 버렸다.)

본문은 '子(주어) + 旣(부사어) + 烹(술어) + 而(접속사) + 食(술어) + 之(목적어)'의 구조로서 '旣'가 과거부사로서 동사를 수식한다.

經界旣正, 分田制祿可坐而定也. 〈滕上 3〉

(경계가 이미 바르면 밭을 나누고 녹봉을 제정함은 가히 앉아서 정할 수 있다.)

본문은 '經界(주어) + 旣(부사어) + 正(술어)'의 구조로서 '旣'가 과거부사로서 형용사를 수식한다.

詩云 旣醉以酒, 旣飽以德. <告上 17>

(시경에서 이르기를 '이미 술로써 취하고 이미 덕으로써 배불렀다'라고
하였다.)

　본문은 '旣(부사어) + 醉(술어) + 以(개사) + 酒(개사목적어), 旣(부사
어) + 飽(술어) + 以(개사) + 德(개사목적어)'의 구조로서 '旣'가 모두 과
거부사로서 동사를 수식한다.

今旣數月矣, 未可以言與? <公下 5>

(지금 이미 수개월이 지났지만 아직 말할 수 없는 것인가?)

　본문은 '今(부사어) + 旣(부사어) + 數月(술어) + 矣'의 구조로서 '旣'
가 과거부사로서 명사를 수식한다.

旣不能令, 又不受命, 是絶物也. <離上 7>

(이미 명령도 하지 못하고 또한 명령을 받지 못하면 이는 사람과 끊어진
것이다.)

　본문은 '旣(부사어) + 不 + 能(조동사) + 令(술어)'의 구조로서 '旣'가
과거부사로서 동사를 수식한다.

(다) 已

　행위나 상태가 이미 발생했거나 완료된 것을 나타내며 우리말로
'이미'로 해석한다.

주어 + 부사어(已) + 술어 + 목적어(개사구조)

今乘輿已駕矣, 有司未知所之. 〈梁下 16〉

(지금 수레에 멍에를 이미 메었는데, 유사가 가는 곳을 아직 알지 못합니다.)

본문은 '今(부사어) + 乘輿(주어) + 已(부사어) + 駕(술어)'의 구조로서 '已'가 과거부사로서 동사를 수식한다.

知虞公之不可諫而去之秦, 年已七十矣. 〈萬上 9〉

(우공이 간할 수 없음을 알고서 떠나 진나라로 갔는데, 나이는 이미 칠십 세였다.)

본문은 '年(주어) + 已(부사어) + 七十(술어)'의 구조로서 '已'가 과거 부사로서 수사를 수식한다.

(라) 鄕

행위나 상태가 이미 발생했거나 완료된 것을 나타내며 우리말로 '지난번에, 예전에'로 해석한다.

鄕爲身死而不受, 今爲宮室之美爲之. 〈告上 10〉

(예전에 자신을 위해서는 죽어도 받지 않다가 이제 궁실의 아름다움을 위하여 받는다.)

본문은 '鄕(부사어) + 爲(개사) + 身(개사목적어) + 死(술어) + 而(접속사) + 不 + 受(술어)'의 구조로서 '鄕'이 과거부사가 되어 동사를 수식한다.

(2) 미래부사

다른 부사와 마찬가지로 술어 앞에서 부사어가 되어 술어의 동작이나 행위가 미래에 발생할 것을 나타낸다.

(가) 且

동작의 행위나 상태가 장차 진행하거나 출현할 것을 나타내며 우리말로 '장차'로 해석한다.

> 주어 + 부사어(且) + 술어 + 목적어(개사구조)

今吾尙病, 病愈, 我且往見. 〈滕上 5〉

(지금은 내가 아직 병중에 있으니, 병이 낫거든 내가 장차 가서 만나 볼 것이다.)

본문은 '我(주어) + 且(부사어) + 往見(술어)'의 구조로서 '且'가 미래부사로서 동사를 수식한다.

不直則道不見, 我且直之. 〈滕上 5〉

(의견을 펴지 않으면 도가 드러나지 않을 것이니, 내가 장차 의견을 펴서 말하겠다.)

본문은 '我(주어) + 且(부사어) + 直(술어) + 之(목적어)'의 구조로서 '且'가 미래부사로서 동사를 수식한다.

識其不可, 然且至, 則是干澤也. 〈公下 12〉

(그가 성왕이 될 수 없음을 알면서도 장차 온다면 이는 부와 명성을 구하고자 함이다.)

본문은 '然(접속사) + 且(부사어) + 至(술어), 則(접속사) + 是(주어) + 干(술어) + 澤(목적어)'의 구조로서 '且'가 미래부사로서 동사를 수식한다.

(나) 將

동작의 행위나 정황이 장차 진행하거나 일정한 수량이나 시기에
도달할 것을 나타내며 우리말로 '장차'로 해석한다.

> 주어 + 부사어(將) + 술어 + 목적어(개사구조)

赤子匍匐將入井, 非赤子之罪也. 〈滕上 5〉

(어린아이가 엉금엉금 기어서 장차 우물로 빠져 들어가는 것이 어린아이의
죄가 아니다.)

본문은 '赤子(주어) + 匍匐(부사어) + 將(부사어) + 入(술어) + 井(목적
어)'의 구조로서 '將'이 미래부사로서 동사를 수식한다.

子之君將行仁政, 選擇而使子, 子必勉之. 〈滕上 3〉

(그대의 군주가 장차 인정을 행하고자 하여 선택하여 그대를 시켰으니 그
대는 반드시 힘을 다해야 한다.)

본문은 '子之君(주어) + 將(부사어) + 行(술어) + 仁政(목적어)'의 구조
로서 '將'이 미래부사로서 동사를 수식한다.

叟不遠千里而來, 亦將有以利吾國乎? 〈梁上 1〉

(영감께서 천 리를 멀다고 하지 않고 오셨으니 역시 장차 우리나라를 이롭
게 함이 있겠지요?)

본문은 '亦(부사어) + 將(부사어) + 有(술어) + 以利吾國(목적어) + 乎'
의 구조로서 '將'이 미래부사로서 동사를 수식한다.

'將'이 주로 동사 앞에 위치하지만 드물게 명사를 수식하기도
한다.

> **今滕絶長補短, 將五十里也.** 〈滕上 1〉

> (지금 등나라는 토지의 긴 곳을 짤라 짧은 곳으로 보충하면 장차 오십 리가 된다.)

본문은 '將(부사어) + 五十里(술어) + 也'의 구조로서 '將'이 미래부사로서 명사를 수식한다.

> **固將朝也, 聞王命而遂不果.** 〈公下 2〉

> (진실로 장차 조회에 가려고 했는데, 왕명을 듣고 마침내 가지 않았다.)

본문은 '固(부사어) + 將(부사어) + 朝(술어) + 也'의 구조로서 '將'이 미래부사로서 명사를 수식한다.

5) 총괄부사

동사의 동작이나 행위를 모두 포함하며 다른 부사와 마찬가지로 술어 앞에서 부사어가 되어 동작이나 행위를 총괄한다.

(1) 皆

술어와 관계된 사람이나 사물 전체를 총괄하며 우리말로 '모두'라고 해석한다.

> **子夏子游子張皆有聖人之一體.** 〈公上 2〉

> (자하, 자유, 자장은 모두 성인의 한 몸을 가지고 있다.)

본문은 '子夏子游子張(주어) + 皆(부사어) + 有(술어) + 聖人之一體(목적어)'의 구조로서 '皆'가 총괄부사로서 동사를 수식한다.

得之爲有財, 古之人皆用之.　　　　　　　　　〈公下 7〉

(그것을 얻고 재물이 있게 되면 옛사람은 모두 그것을 사용하였다.)

본문은 '古之人(주어) + 皆(부사어) + 用(술어) + 之(목적어)'의 구조로서 '皆'가 총괄부사로서 동사를 수식한다.

총괄부사 '皆'가 가끔 형용사를 수식하기도 한다.

尊賢使能, 俊傑在位, 則天下之士皆悅而願立於其朝矣.　　　　　　　　　　　　　　　　〈公上 5〉

(현자를 존중하고 능력 있는 자를 부려서 준걸들이 지위에 있게 되면 천하의 선비들이 모두 기뻐해서 그 조정에 서기를 원할 것이다.)

본문은 '天下之士(주어) + 皆(부사어) + 悅(술어)'의 구조로서 '皆'가 총괄부사로서 형용사를 수식한다.

至於日至之時, 皆熟矣.　　　　　　　　　　〈告上 7〉

(하지의 시기에 이르러 모두 익는다.)

본문은 '至於(개사) + 日至之時(개사목적어) + 皆(부사어) + 熟(술어)'의 구조로서 '皆'가 총괄부사로서 형용사를 수식한다.

총괄부사 '皆'가 명사를 수식하기도 한다.

在於王所者, 長幼卑尊皆薛居州也.　　　　　〈滕下 6〉

(왕의 처소에 있는 자가 어른과 아이, 낮고 높은 사람이 모두 설거주와 같다.)

본문은 '長幼卑尊(주어) + 皆(부사어) + 薛居州(술어) + 也'의 구조로서 총괄부사 '皆'가 명사를 수식한다.

曾子子思易地則皆然. 〈離下 31〉

(증자와 자사가 처지를 바꾸어도 모두 그리했을 것이다.)

본문은 '曾子子思(주어) + 易(술어) + 地(목적어) + 則(조사) + 皆(부사어) + 然(술어)'의 구조로서 총괄부사 '皆'가 대사를 수식한다.

(2) 勝

철저하고 완전하게 어떤 행위를 실천하는 것을 나타내며 우리말로 '전부, 모두, 이루다' 등으로 해석한다.

不違農時, 穀不可勝食也. 〈梁上 3〉

(농사짓는 때를 어기지 않으면 곡식은 모두 먹어 낼 수 없을 정도가 된다.)

본문은 '穀(주어) + 不 + 可(조동사) + 勝(부사어) + 食(술어)'의 구조로서 총괄부사 '勝'이 동사를 수식한다.

誅之, 則不可勝誅. 〈梁下 12〉

(그들을 베려 한다면 모두 벨 수가 없다.)

본문은 '誅(술어) + 之(목적어), 則(접속사) + 不 + 可(조동사) + 勝(부사어) + 誅(술어)'의 구조로서 총괄부사 '勝'이 동사를 수식한다.

既竭耳力焉, 繼之以六律, 正五音不可勝用也. 〈離上 1〉

(이미 청력을 다하고 육률로써 계속하니 오음을 바로잡음에 이루 다 쓸 수 없게 된다.)

본문은 '正五音(주어) + 不 + 可(조동사) + 勝(부사어) + 用(술어) + 也'
의 구조로서 총괄부사 '勝'이 동사를 수식한다.

(3) 擧

행동의 주체가 어떤 행위나 상태를 지니게 됨을 나타내며 우리
말로 '모두'로 해석한다.

百姓聞王鐘鼓之聲, 管籥之音, 擧疾首蹙頞而相
告. 〈梁下 1〉

(백성들이 왕의 종과 북소리, 관악기, 피리 소리를 듣고서 모두 머리를 아
파하고 이마를 찡그리며 서로 고할 것이다.)

본문은 '擧(부사어) + 疾(술어) + 首(목적어) + 蹙(술어) + 頞(목적어) +
而(접속사) + 相(부사어) + 告(술어)'의 구조로서 총괄부사 '擧'가 동사
를 수식한다.

故凡同類者, 擧相似也. 〈告上 7〉

(그러므로 무릇 종류가 같은 것은 모두 서로 비슷하다.)

본문은 '故(접속사) + 凡(부사어) + 同類者(주어) + 擧(부사어) + 相(부사
어) + 似(술어)'의 구조로서 총괄부사 '擧'가 형용사를 수식한다.

(4) 盡

서술하는 대상이 전부 어떤 동작이나 상태를 갖추고 있는 것을
나타내며 우리말로 '모두, 전부'로 해석한다.

陳相見許行而大悅, 盡棄其學而學焉. 〈滕上 4〉

(진상이 허행을 보고 크게 기뻐하면서 그 학문을 모두 버리고서 그에게 배웠다.)

본문은 '盡(부사어) + 棄(술어) + 其學(목적어) + 而(접속사) + 學(술어) + 焉'의 구조로서 총괄부사 '盡'이 동사를 수식한다.

盡信書, 則不如無書. 〈盡下 3〉

(서경을 전부 믿는다면 서경이 없음만 못하다.)

본문은 '盡(부사어) + 信(술어) + 書(목적어)'의 구조로서 총괄부사 '盡'이 형용사를 수식한다.

其妻問所與飲食者, 則盡富貴也. 〈離下 33〉

(그의 처가 더불어 함께 먹고 마신 자를 물었는데, 모두 부자와 귀한 사람이었다.)

본문은 '其妻(주어) + 問(술어) + 所與飲食者(목적어), 則(접속사) + 盡(부사어) + 富貴(술어) + 也'의 구조로서 총괄부사 '盡'이 명사를 수식한다.

(5) 咸

행위와 동작이 미치는 범위의 전부를 나타내며 우리말로 '모두'로 해석한다.

天下咸服, 誅不仁也. 〈萬上 3〉

(천하가 모두 복종한 것은 불인한 자를 베었기 때문이다.)

본문은 '天下(주어) + 咸(부사어) + 服(술어)'의 구조로서 총괄부사 '咸'이 동사를 수식한다.

> **佑啓我後人, 咸以正無缺.** 〈滕下 9〉
>
> (우리 후인을 돕고 일깨워 주니 모두 바름으로써 결함이 없게 하였다.)

본문은 '咸(부사어) + 以(개사) + 正(개사목적어) + 無(술어) + 缺(목적어)'의 구조로서 총괄부사 '咸'이 동사를 수식한다.

(6) 俱

두 개 이상의 행위 주체가 동시에 어떤 동작을 하거나 동일한 특징과 상태를 구비하고 있음을 나타내며 우리말로 '함께, 모두'로 해석한다.

> **雖與之俱學, 弗若之矣.** 〈告上 9〉
>
> (비록 그와 함께 배울지라도 그와 같지 않을 것이다.)

본문은 '雖(접속사) + 與(개사) + 之(개사목적어) + 俱(부사어) + 學(술어)'의 구조로서 총괄부사 '俱'가 동사를 수식한다.

> **父母俱存, 兄弟無故, 一樂也.** 〈盡上 20〉
>
> (부모가 모두 살아 계시고, 형제가 무고함이 첫 번째 즐거움이다.)

본문은 '父母(주어) + 俱(부사어) + 存(술어)'의 구조로서 총괄부사 '俱'가 동사를 수식한다.

6) 누가부사

동작의 행위나 상태가 시간이 갈수록 누적됨을 나타내며 우리말로 '다시, 또한'으로 해석한다.

(1) 又

上句에서 어떤 동작이나 행위가 진행되고 下句에서 다시 반복되거나 누적됨을 나타낸다. 이 경우 上句에 부사 '旣'가 호응하여 누적됨을 강조한다.

```
주어 + 부사어(又) + 술어 + 목적어
```

舜旣爲天子矣, 又帥天下諸侯以爲堯三年喪, 是二天子矣. 〈萬上 4〉

(순임금이 이미 천자가 되었고 다시 천하의 제후를 이끌고서 요를 위해 삼년상을 치렀다면 이것은 두 명의 천자가 된다.)

본문은 '又(부사어) + 帥(술어) + 天下諸侯(목적어) + 以(접속사) + 爲(개사) + 堯(개사목적어) + 三年喪(술어)'의 구조로서 '又'가 上句의 '旣'와 호응하여 누가부사가 되어 동사를 수식한다.

旣入其苙, 又從而招之. 〈盡下 26〉

(이미 돼지우리에 들어왔는데도 다시 쫓아서 그것을 매어 놓는다.)

본문은 '旣(부사어) + 入(술어) + 其苙(목적어), 又(부사어) + 從(술어) + 而(접속사) + 招(술어) + 之(목적어)'의 구조로서 '又'가 上句의 '旣'와 호응하여 누가부사가 되어 동사를 수식한다.

墨者夷之因徐辟而求見孟子. … 他日又求見孟子.
〈滕上 5〉

(묵자인 이지가 서벽을 통하여 맹자를 만나 뵙기를 부탁하였다. … 다른 날에 또 맹자 뵙기를 청하였다.)

본문은 '他日(부사어) + 又(부사어) + 求見(술어) + 孟子(목적어)'의 구조로서 '又'가 누가부사가 되어 동사를 수식한다.

及紂之身, 天下又大亂.
〈滕下 9〉

(주왕에 이르러 천하가 다시 크게 어지러웠다.)

본문은 '天下(주어) + 又(부사어) + 大(부사어) + 亂(술어)'의 구조로서 '又'가 누가부사가 되어 형용사를 수식한다.

其地同, 樹之時又同, 浡然而生.
〈告上 7〉

(그 땅이 같고 심는 시기가 또한 같으면 왕성하게 싹이 자란다.)

본문은 '樹之時(주어) + 又(부사어) + 同(술어)'의 구조로서 '又'가 누가부사가 되어 형용사를 수식한다.

(2) 復

上句에서 어떤 동작이나 행위가 진행되고 下句에서 다시 반복되거나 누적됨을 나타낸다.

주어 + 부사어(復) + 술어 + 목적어

聖人復起, 必從吾言矣.
〈公上 2〉

(성인이 다시 태어나도 반드시 나의 말을 따를 것이다.)

본문은 '聖人(주어) + 復(부사어) + 起(술어)'의 구조로서 누가부사 '復'가 동사를 수식한다.

世子自楚反, 復見孟子.　　　　　　　　　　　　　〈滕上 1〉

(세자가 초나라에서 돌아오는 길에 다시 맹자를 알현하였다.)

본문은 '世子(주어) + 自(개사) + 楚(개사목적어) + 反(술어), 復(부사어) + 見(술어) + 孟子(목적어)'의 구조로서 누가부사 '復'가 동사를 수식한다.

夫子臥而不聽, 請勿復敢見矣.　　　　　　　　　　〈公下 11〉

(선생님께서 누워서 듣지 않으시니 다시는 감히 뵙지 말아야 하겠습니다.)

본문은 '請(부사어) + 勿 + 復(부사어) + 敢(부사어) + 見(술어) + 矣'의 구조로서 누가부사 '復'가 동사를 수식한다.

國人皆以夫子將復爲發棠.　　　　　　　　　　　　〈盡下 23〉

(백성들이 모두 선생님께서 장차 다시 당의 창고를 열 것이라고 생각한다.)

본문은 '國人(주어) + 皆(부사어) + 以(개사) + 夫子(개사목적어) + 將(부사어) + 復(부사어) + 爲(술어) + 發棠(목적어)'의 구조로서 누가부사 '復'가 동사를 수식한다.

(3) 亟

上句에서 어떤 동작이나 행위가 진행되고 下句에서 연속하는 것을 나타내며 우리말로 '자주'로 해석한다.

繆公之於子思也, 亟問, 亟餽鼎肉. 〈萬下 6〉

(목공이 자사에 대하여 자주 문안하고 자주 삶은 고기를 보냈다.)

본문은 '亟(부사어) + 問(술어), 亟(부사어) + 餽(술어) + 鼎肉(목적어)'의 구조로서 누가부사 '亟'가 동사를 수식한다.

故王公不致敬盡禮, 則不得亟見之. 〈盡上 8〉

(그러므로 왕공이 공경을 다하고 예를 다하지 않으면 자주 만나 뵐 수 없다.)

본문은 '不 + 得(조동사) + 亟(부사어) + 見(술어) + 之(목적어)'의 구조로서 누가부사 '亟'가 동사를 수식한다.

仲尼亟稱於水, 曰 水哉, 水哉! 〈離下 18〉

(공자께서 자주 물에 대해서 칭찬하며 말씀하기를 '물이여, 물이여!'라고 하였다.)

본문은 '仲尼(주어) + 亟(부사어) + 稱(술어) + 於(개사) + 水(개사목적어)'의 구조로서 누가부사 '亟'가 동사를 수식한다.

(4) 且

동작이나 상태가 다시 발생하여 누적됨을 나타내며 우리말로 '또한'으로 해석한다.

以紂爲兄之子, 且以爲君, 而有微子啓王子比干. 〈告上 6〉

(주왕을 형의 아들로 삼고 또한 군주로 삼았는데 미자 계와 왕자 비간이 나왔다.)

본문은 '且(부사어) + 以(개사) + 爲(술어) + 君(목적어)'의 구조로서 누가부사 '且'가 동사를 수식한다.

> **周公方且膺之, 子是之學, 亦爲不善變矣.** 〈滕上 4〉
>
> (주공이 바야흐로 또한 이들을 응징하였는데, 그대는 이것을 배우니 또한 선하지 않은 쪽으로 변한 것이다.)

본문은 '周公(주어) + 方(부사어) + 且(부사어) + 膺(술어) + 之(목적어)'의 구조로서 누가부사 '且'가 동사를 수식한다.

7) 어기부사

확인이나 강조, 추측의 어기를 나타내는 부사로 술어 앞에서 부사어가 되어 술어의 동작이나 상태에 대한 어기를 나타낸다.

(1) 固

확인이나 강조하는 어기를 나타내며 우리말로 '정말로, 본래'로 해석한다.

> **百工之事, 固不可耕且爲也.** 〈滕上 4〉
>
> (백공의 일은 정말로 밭을 갈면서 또 할 수 없는 것이다.)

본문은 '百工之事(주어) + 固(부사어) + 不 + 可(조동사) + 耕且爲(술어) + 也'의 구조로서 어기부사 '固'가 동사를 수식한다.

> **我固有之也, 弗思耳矣.** 〈告上 6〉
>
> (내가 정말로 가지고 있지만 생각하지 않을 뿐이다.)

본문은 '我(주어) + 固(부사어) + 有(술어) + 之(목적어) + 也'의 구조로서 어기부사 '固'가 동사를 수식한다.

어기부사 '固'가 명사를 수식하기도 한다.

不敢請耳, 固所願也. 〈公下 10〉

(감히 청하지 못할 뿐이지 정말로 원하는 바이다.)

본문은 '不 + 敢(부사어) + 請(술어) + 耳(어기사), 固(부사어) + 所願(술어) + 也'의 구조로서 어기부사 '固'가 명사를 수식한다.

孟子曰 不亦善乎? 親喪固所自盡也. 〈滕上 2〉

(맹자께서 말씀하기를 '또한 좋지 않은가? 부모상은 진실로 직접 정성을 다해야 하는 것이다'라고 하였다.)

본문은 '親喪(주어) + 固(부사어) + 所自盡(술어) + 也'의 구조로서 어기부사 '固'가 명사를 수식한다.

(2) 乃

확인이나 강조하는 어기를 나타내며 우리말로 '곧, 바로'로 해석한다.

無傷也, 是乃仁術也. 〈梁上 7〉

(상심하지 마라, 이것이 바로 어짊의 방법이다.)

본문은 '是(주어) + 乃(부사어) + 仁術(술어) + 也'의 구조로서 어기부사 '乃'가 명사를 수식한다.

> 睊睊胥讒, 民乃作慝. 〈梁下 4〉

(눈을 흘겨보며 서로 헐뜯는데, 백성들이 곧 사특한 생각을 하게 한다.)

본문은 '民(주어) + 乃(부사어) + 作(술어) + 慝(목적어)'의 구조로서 어기부사 '乃'가 동사를 수식한다.

(3) 果

확인하는 어기를 나타내며 우리말로 '과연, 결국'으로 해석한다.

> 嬖人有臧倉者沮君, 君是以不果來也. 〈梁下 16〉

(총애하는 신하인 장창이라는 자가 군주를 제지하였고, 군주가 이로 인해 결국 오지 못하였다.)

본문은 '君(주어) + 是以(접속사) + 不 + 果(부사어) + 來(술어) + 也'의 구조로서 어기부사 '果'가 동사를 수식한다.

> 所敬在此, 所長在彼. 果在外, 非由內也. 〈告上 5〉

(공경하는 사람은 여기에 있고 어른으로 대접하는 사람은 저기에 있다. 결국 외부에 있는 것이지 내면에서 비롯하는 것이 아니다.)

본문은 '果(부사어) + 在(술어) + 外(목적어), 非 + 由(술어) + 內(목적어) + 也'의 구조로서 어기부사 '果'가 동사를 수식한다.

> 王使人瞷夫子, 果有以異於人乎? 〈離下 32〉

(왕이 사람을 시켜 선생님을 엿보게 하였는데, 과연 다른 사람과 다른 점이 있습니까?)

본문은 '果(부사어) + 有(술어) + 以異於人(목적어) + 乎'의 구조로서 어기부사 '果'가 동사를 수식한다.

(4) 殆

추측의 어기를 나타내며 우리말로 '거의, 정말로'로 해석한다.

> 國人皆以夫子將復爲發棠, 殆不可復.　　〈盡下 23〉

(백성들이 모두 선생님께서 장차 다시 당의 창고를 열 것이라고 생각하지만 거의 다시 할 수 없을 듯합니다.)

본문은 '殆(부사어) + 不 + 可(조동사) + 復(부사어)'의 구조로서 어기부사 '殆'가 동사를 수식한다.

> 殆非也. 夫子之設科也, 往者不追, 來者不距.
> 　　　　　　　　　　　　　　　　　　　　　〈盡下 30〉

(정말로 그렇지 않다. 선생님이 교과를 설치함은 가는 사람은 쫓지 않고 오는 사람은 막지 않는다.)

본문은 '殆(부사어) + 非(술어) + 也'의 구조로서 어기부사 '殆'가 동사를 수식한다.

> 殆有甚焉. 緣木求魚, 雖不得魚, 無後災.　〈梁上 7〉

(정말로 더 심한 것이 있다. 나무에 올라가 고기를 구하는 것은 비록 고기를 얻지 못해도 뒤의 재앙은 없다.)

본문은 '殆(부사어) + 有(술어) + 甚(목적어) + 焉'의 구조로서 어기부사 '殆'가 동사를 수식한다.

(5) 或

추측의 어기를 나타내며 우리말로 '행여, 아마'로 해석한다.

> 夫豈不義而曾子言之? 是或一道也. 〈公下 2〉

> (대저 어찌 의롭지 않은데 증자가 말했겠는가? 이것도 아마 하나의 방법일 것이다.)

본문은 '是(주어) + 或(부사어) + 一道(술어) + 也'의 구조로서 어기부사 '或'이 명사를 수식한다.

> 雖使五尺之童適市, 莫之或欺. 〈滕上 4〉

> (비록 오 척의 동자로 하여금 시장에 가게 하더라도 아마 아이를 속이지 않을 것이다.)

본문은 '莫 + 之(목적어) + 或(부사어) + 欺(술어)'의 구조로서 어기부사 '或'이 동사를 수식한다.

> 今此下民, 或敢侮予? 〈公上 4〉

> (지금 이 백성들이 행여 감히 나를 모욕하겠는가?)

본문은 '今(부사어) + 此下民(주어) + 或(부사어) + 敢(부사어) + 侮(술어) + 予(목적어)'의 구조로서 어기부사 '或'이 동사를 수식한다.

(6) 曾

의외의 뜻을 나타내는 어기부사로서 우리말로 '정말로'로 해석한다.

> 功烈如彼其卑也, 爾何曾比予於是? 〈公上 1〉

> (그의 공과 명예가 저와 같이 낮은데, 당신은 어찌 나를 이런 사람과 비교하는가?)

본문은 '爾(주어) + 何(의문부사) + 曾(부사어) + 比(술어) + 予(목적어) + 於(개사) + 是(개사목적어)'의 구조로서 어기부사 '曾'이 동사를 수식한다.

> ## 曾不知以食牛干秦穆公之爲汚也, 可謂智乎?
>
> 〈萬上 9〉

> (소 먹이는 것으로써 진목공에게 벼슬 구하는 것이 더러운 일이 된다는 것을 정말로 몰랐다면 지혜롭다고 할 수 있겠는가?)

본문은 '曾(부사어) + 不 + 知(술어) + 以食牛干秦穆公之爲汚(목적어) + 也'의 구조로서 어기부사 '曾'이 동사를 수식한다.

(7) 敢

겸비와 예절을 갖추는 어기를 나타내며 우리말로 '감히'로 해석한다.

> ## 敢問夫子之不動心與告子之不動心, 可得聞與?
>
> 〈公上 2〉

> (감히 묻겠습니다. 선생님의 부동심과 고자의 부동심에 대해 들어 볼 수 있을까요?)

본문은 '敢(부사어) + 問(술어), 夫子之不動心與告子之不動心(목적어), 可(조동사) + 得(조동사) + 聞(술어) + 與'의 구조로서 어기부사 '敢'이 동사를 수식한다.

> ## 有司未知所之, 敢請.
>
> 〈梁下 16〉

> (유사가 가는 곳을 모르니, 감히 묻고자 청합니다.)

본문은 '有司(주어) + 未 + 知(술어) + 所之(목적어), 敢(부사어) + 請(술어)'의 구조로서 어기부사 '敢'이 동사를 수식한다.

今此下民, 或敢侮予? ⟨公上 4⟩

(지금 이 백성들이 행여 감히 나를 모욕하겠는가?)

본문은 '今(부사어) + 此下民(주어) + 或(부사어) + 敢(부사어) + 侮(술어) + 子(목적어)'의 구조로서 어기부사 '敢'이 동사를 수식한다.

'敢'이 부정사 '不'이나 '勿'과 결합하여 '不敢', '勿敢'의 어구가 되어 '감히 ~하지 못한다'로 해석한다.

雖疏食菜羹, 未嘗不飽, 蓋不敢不飽也. ⟨萬下 3⟩

(비록 거친 밥과 나물국이라도 일찍이 배불리 먹지 않은 적이 없었으니, 감히 배불리 먹지 않을 수가 없었다.)

본문은 '蓋(부사어) + 不 + 敢(부사어) + 不 + 飽(술어)'의 구조로서 '不敢'은 '감히 ~하지 못한다'로 해석한다.

牲殺器皿衣服不備, 不敢以祭, 則不敢以宴, 亦不足弔乎? ⟨滕下 3⟩

(희생과 제기와 제복이 갖추어지지 않으면 감히 제사 지내지 못하게 되고, 감히 주연을 베풀지 못하니 또한 위로할 만하지 않겠는가?)

본문은 '不 + 敢(부사어) + 以(개사) + 祭(술어)', '不 + 敢(부사어) + 以(개사) + 宴(술어)'의 구조로서 '不敢'은 '감히 ~하지 못한다'로 해석한다.

> **我非堯舜之道, 不敢以陳於王前.**　　　〈公下 2〉
>
> (나는 요순의 도가 아니면 감히 왕의 앞에서 말씀 드리지 않는다.)

본문은 '不 + 敢(부사어) + 以(개사) + 陳(술어) + 於(개사) + 王前(개사목적어)'의 구조로서 '不敢'은 '감히 ~하지 못한다'로 해석한다.

> **夫子臥而不聽, 請勿復敢見矣.**　　　〈公下 11〉
>
> (선생님께서 누워서 듣지 않으시니 다시는 감히 뵙지 말아야 하겠습니다.)

본문은 '請(부사어) + 勿 + 復(부사어) + 敢(부사어) + 見(술어) + 矣'의 구조로서 '勿敢'은 '감히 ~하지 못한다'로 해석한다.

다음으로 '莫敢'은 '不敢'과는 의미가 조금 달라서 '아무도 감히 ~하지 않는 사람이 없다'로 해석하며 연속하여 부정사를 동반하기도 한다.

> **面深墨, 卽位而哭, 百官有司莫敢不哀, 先之.**
>
> 　　　　　　　　　　　　　　　　　　〈滕上 2〉
>
> (얼굴이 짙은 흑색이 되어 자리에 나아가서 곡을 하면 백관과 유사들이 감히 슬퍼하지 않는 이가 없는 것은 윗사람이 먼저 하기 때문이다.)

본문은 '百官有司(주어) + 莫 + 敢(부사어) + 不 + 哀(술어)'의 구조로서 어기부사 '莫敢'이 부정사 '不'과 결합하여 부정의 어기를 나타낸다.

> **魯頌曰 戎狄是膺, 荊舒是懲, 則莫我敢承.** 〈滕下 9〉
>
> (노송에서 이르기를 '융과 적을 정벌하니 형과 서가 이에 징계되어 감히 나를 당할 자가 없다'라고 하였다.)

본문은 '莫 + 我(목적어) + 敢(부사어) + 承(술어)'의 구조로서 '莫敢'은 '아무도 감히 ~하지 않는 사람이 없다'로 해석한다.

다음으로 '敢'이 의문부사와 결합하여 반어의 어기를 나타낸다.

> 주어 + 의문부사(惡(豈)) + 부사어(敢) +
> 술어 + 목적어 + 구말어기사(哉)?

夫撫劍疾視日 彼惡敢當我哉?　　　〈梁下 3〉

(대저 칼을 어루만지고 상대방을 노려보며 말하기를 '네가 어찌 감히 나를 당하겠는가'라고 하였다.)

본문은 '彼(주어) + 惡(의문부사) + 敢(부사어) + 當(술어) + 我(목적어) + 哉'의 구조로서 '敢'이 의문부사와 결합하여 반어의 어기를 나타낸다.

以士之招招庶人, 庶人豈敢往哉?　　　〈萬下 7〉

(선비의 부름으로써 서인을 부른다면, 서인이 어찌 감히 갈 수 있겠는가?)

본문은 '庶人(주어) + 豈(의문부사) + 敢(부사어) + 往(술어) + 哉'의 구조로서 '敢'이 의문부사와 결합하여 반어의 어기를 나타낸다.

(8) 請

상대방에게 어떤 동작이나 행위를 요구하거나 허락해 주기를 청구하는 의미를 나타낸다.

要於路曰 請必無歸, 而造於朝.　　　〈公下 2〉

(길목에서 지키고 있다가 말하기를 '부디 집으로 돌아오지 마시고 조회로 나가십시오'라고 하였다.)

본문은 '請(부사어) + 必(부사어) + 無 + 歸(술어)'의 구조로서 어기부사 '請'이 동사를 수식한다.

> ## 王曰 請問貴戚之卿. 〈萬下 18〉
> (왕이 말하기를 '친척으로서의 경에 대해 묻고자 한다'라고 하였다.)

본문은 '請(부사어) + 問(술어) + 貴戚之卿(목적어)'의 구조로서 어기부사 '請'이 동사를 수식한다.

> ## 夫子臥而不聽, 請勿復敢見矣. 〈公下 11〉
> (선생님께서 누워서 듣지 않으시니 다시는 감히 뵙지 말아야 하겠습니다.)

본문은 '請(부사어) + 勿 + 復(부사어) + 敢(부사어) + 見(술어) + 矣'의 구조로서 어기부사 '請'이 동사를 수식한다.

> ## 軻也請無問其詳, 願聞其指. 〈告下 4〉
> (저는 그 자세한 사정을 묻지 않겠지만 그 취지를 듣고 싶습니다.)

본문은 '軻(주어) + 也(어기사) + 請(부사어) + 無 + 問(술어) + 其詳(목적어)'의 구조로서 어기부사 '請'이 동사를 수식한다.

(9) 竊

상대방에 대해 겸손과 존경을 나타내며 우리말로 '삼가, 조심스럽게'로 해석한다.

> 昔者竊聞之, 子夏子游子張皆有聖人之一體.
>
> 〈公上 2〉

(예전에 제가 얼핏 들으니 자하, 자유, 자장은 모두 성인의 한 몸을 가지고 있다고 했습니다.)

본문은 '昔者(부사어) + 竊(부사어) + 聞(술어) + 之(목적어)'의 구조로서 어기부사 '竊'이 동사를 수식한다.

> 今願竊有請也, 木若以美然.
>
> 〈公下 7〉

(지금 삼가 질문을 드리고 싶은데, 관목이 너무 화려했던 것 같습니다.)

본문은 '今(부사어) + 願(조동사) + 竊(부사어) + 有(술어) + 請(목적어) + 也'의 구조로서 어기부사 '竊'이 동사를 수식한다.

(10) 庶幾

추측하거나 상대방에게 바람이 있음을 나타내며 우리말로 '혹시, 행여'로 해석한다.

> 王庶幾改之, 王如改諸, 則必反予.
>
> 〈公下 12〉

(왕이 행여 고치시기를 바라노니, 왕이 만일 고치신다면 반드시 나를 돌아오게 할 것이다.)

본문은 '王(주어) + 庶幾(부사어) + 改(술어) + 之(목적어)'의 구조로서 어기부사 '庶幾'가 동사를 수식한다.

> 王庶幾改之, 予日望之.
>
> 〈公下 12〉

(왕이 행여 고치시기를 나는 매일 바라고 있다.)

본문은 '王(주어) + 庶幾(부사어) + 改(술어) + 之(목적어)'의 구조로서
어기부사 '庶幾'가 동사를 수식한다.

(11) 滋

동작이나 상태가 점차 변화됨을 나타내며 우리말로 '더욱'으로
해석한다.

子柳子思爲臣, 魯之削也滋甚.　　　　　　　　　　〈告下 6〉

(자류와 자사가 신하가 되었으나 노나라 땅의 빼앗김이 더욱 심하였다.)

본문은 '魯之削(주어) + 也(어기사) + 滋(부사어) + 甚(술어)'의 구조로
서 어기부사 '滋'가 형용사를 수식한다.

若是, 則弟子之惑滋甚.　　　　　　　　　　　　〈公上 1〉

(이와 같다면 제자의 미혹됨이 더욱 심해집니다.)

본문은 '弟子之惑(주어) + 滋(부사어) + 甚(술어)'의 구조로서 어기부
사 '滋'가 형용사를 수식한다.

 接續詞

단어와 단어, 구과 구, 문장과 문장을 연결하며 크게 연합 관계와 주종 관계로 나눌 수 있다. 연합 관계의 접속사로는 병렬접속사, 연접접속사, 점층접속사, 선택접속사가 있고, 주종 관계를 이루는 접속사로는 전환접속사, 양보접속사, 가정접속사, 인과접속사, 주종접속사가 있다.

1) 병렬접속사

두 개 이상의 단어나 구를 서로 수식하거나 종속되지 않고 대등하게 연결한다.

(1) 與

두 개의 명사, 대사 혹은 명사구를 대등하게 연결한다.

> **欲知舜與蹠之分, 無他, 利與善之間也.** 〈盡上 25〉
> (순임금과 도척의 구분을 알고자 한다면 다른 것이 없으니, 이익과 선의 사이인 것이다.)

본문은 '欲(조동사) + 知(술어) + 舜與蹠之分(목적어)'의 구조이다. 이 경우 목적어는 다시 '舜 + 與 + 蹠'이 되어 '與'가 명사를 연결하는 병렬접속사가 된다. 下句도 '利 + 與 + 善'이 되어 '與'가 명사를 연결하는 병렬접속사가 된다.

夫子之不動心與告子之不動心, 可得聞與? 〈公上 2〉

(선생님의 부동심과 고자의 부동심에 대해 들어 볼 수 있을까요?)

본문은 '夫子之不動心與告子之不動心(목적어) + 可 + 得(조동사) + 聞(술어) + 與'의 구조이다. 이 경우 목적어는 다시 '夫子之不動心 + 與(접속사) + 告子之不動心'이 되어 '與'가 명사구를 연결하는 병렬접속사가 된다.

或問乎曾西曰 吾子與子路孰賢? 〈公上 1〉

(혹자가 증서에게 묻기를 '그대와 자로 중에 누가 더 현명한가'라고 하였다.)

본문은 '吾子與子路(목적어) + 孰(주어) + 賢(술어)'의 구조로서 '與'가 명사를 연결하는 병렬접속사가 된다.

(2) 及

두 개의 명사나 대사, 명사구를 대등하게 연결하며 중요한 단어가 보통 '及' 앞에 위치한다.

湯誓曰 時日害喪? 予及女偕亡. 〈梁上 2〉

(탕서에 이르기를 '이 해는 언제나 없어질까? 내가 너와 더불어 함께 망하겠다'라고 하였다.)

본문은 '予及女(주어) + 偕(부사어) + 亡(술어)'의 구조로서 '及'이 대사를 연결하는 병렬접속사가 된다.

爰及姜女, 聿來胥宇. 〈梁下 5〉

(이에 (고공단보가) 강녀와 마침내 와서 집터를 보았다.)

본문은 '爰(부사어) + 及(접속사) + 姜女(명사)'의 구조로서 주어가
'爰(古公亶甫)及姜女'가 되어 '及'이 명사를 연결하는 병렬접속사
가 된다.

(3) 而

두 개의 형용사, 동사 혹은 동사구를 대등하게 연결한다.

苟爲後義而先利, 不奪不饜.　　　　　　　〈梁上 1〉

(만일 의를 뒤에 하고 이익을 먼저 한다면 빼앗지 않으면 만족하지 않을
것이다.)

본문은 '苟(가정사) + 爲(술어) + 後義而先利(목적어)'의 구조로서
'而'가 두 개의 동사구를 연결하는 병렬접속사가 된다.

孟子曰 吾聞之, 喜而不寐.　　　　　　　　〈告下 13〉

(맹자께서 말씀하기를 '내가 이 말을 듣고 기뻐서 잠을 이루지 못했다'라고
하였다.)

본문은 '喜(술어) + 而(접속사) + 不 + 寐(술어)'의 구조로서 '而'가
두 개의 동사를 연결하는 병렬접속사가 된다.

夫子臥而不聽, 請勿復敢見矣.　　　　　　〈公下 11〉

(선생님께서 누워서 듣지 않으시니 다시는 감히 뵙지 말아야 하겠습니다.)

본문은 '夫子(주어) + 臥(술어) + 而(접속사) + 不 + 聽(술어)'의 구조로
서 '而'가 두 개의 동사를 연결하는 병렬접속사가 된다.

(4) 且

두 개의 형용사, 동사 혹은 동사구를 대등하게 연결한다.

百工之事, 固不可耕且爲也.　　　　　　〈滕上 4〉

(백공의 일은 진실로 밭을 갈면서 또 할 수는 없다.)

본문은 '固(부사어) + 不 + 可(조동사) + 耕且爲(술어) + 也'의 구조로 서 '且'가 두 개의 동사를 연결하는 병렬접속사가 된다.

待先生, 如此其忠且敬也.　　　　　　　〈離下 31〉

(선생을 모시는 것이 이처럼 충성스럽고 공경하였다.)

본문은 '如此(부사어) + 其(조사) + 忠且敬(술어)'의 구조로서 '且'가 두 개의 형용사를 연결하는 병렬접속사가 된다.

王自以爲與周公, 孰仁且智?　　　　　　〈公下 9〉

(왕께서는 자신이 주공과 비교해서 누가 더 어질고 지혜롭다고 생각하시 나요?)

본문은 '孰(주어) + 仁且智(술어)'의 구조로서 '且'가 두 개의 형용 사를 연결하는 병렬접속사가 된다.

仁且智, 夫子旣聖矣.　　　　　　　　　〈公上 2〉

(어질고 지혜로우시니, 선생님은 이미 성인이시다.)

본문은 '夫子(생략) + 仁且智(술어)'의 구조로서 '且'가 두 개의 형용사를 연결하는 병렬접속사가 된다.

2) 연접접속사

두 개 이상의 단어나 구가 대등하지 못하고 상호 간에 시간이나 동작, 사실의 선후 관계가 발생한다. 이 경우 연접한 뒤의 단어나 구는 앞의 단어나 구에 대해 설명이나 해석 혹은 판단, 조건, 목적을 나타낸다.

(1) 而

두 개의 동사구를 연결하여 동작이나 사실의 선후 관계를 나타낸다.

如有不嗜殺人者, 則天下之民皆引領而望之矣.
〈梁上 6〉
(만일 사람 죽이기를 좋아하지 않는 자가 있다면 천하의 백성들이 모두 목을 늘이고 바라볼 것이다.)

본문은 '皆(부사어) + 引(술어) + 領(목적어) + 而(접속사) + 望(술어) + 之(목적어) + 矣'의 구조로서 접속사 '而'가 연접접속사가 된다.

'而'가 술목구와 주술구를 연결하여 두 사건의 선후 관계를 나타낸다.

昔者禹抑洪水而天下平.	〈滕下 9〉
(옛날에 우임금이 홍수를 억제하자 천하가 태평해졌다.)	

본문은 '昔者(부사어) + 禹(주어) + 抑(술어) + 洪水(목적어) + 而(접속사) + 天下(주어) + 平(술어)'의 구조로서 접속사 '而'가 연접접속사가 된다.

孔子成春秋而亂臣賊子懼.　　〈滕下 9〉

(공자께서 춘추를 완성하자 난신과 적자가 두려워하였다.)

본문은 '孔子(주어) + 成(술어) + 春秋(목적어) + 而(접속사) + 亂臣賊子 (주어) + 懼(술어)'의 구조로서 접속사 '而'가 연접접속사가 된다.

有司莫以告, 是上慢而殘下也.　　〈梁下 12〉

(유사가 고하지 않았으니 이것은 윗사람이 태만해서 백성들을 해친 것이다.)

본문은 '是(주어) + 上慢而殘下(술어) + 也'의 구조이다. 이 경우 술어는 다시 '上(주어) + 慢(술어) + 而(접속사) + 殘(술어) + 下(목적어)'가 되어 접속사 '而'가 연접접속사가 된다.

(2) 以

두 개의 동사구를 연결하여 동작이나 사실의 선후 관계를 나타내며 접속사 '而'와 용법이 같다. 이 경우 나중의 행위나 동작은 종종 앞선 동작의 목적이 되거나 산출한 결과가 된다.

彼奪其民時, 使不得耕耨, 以養其父母.　　〈梁上 5〉

(저들이 백성들의 농사철을 빼앗아 밭 갈고 김매어서 그 부모를 봉양하지 못하게 하였다.)

본문은 '使(사역동사) + 不 + 得(조동사) + 耕耨(술어) + 以(접속사) + 養 (술어) + 其父母(목적어)'의 구조로서 '以'가 연접접속사가 된다.

老吾老, 以及人之老, 幼吾幼, 以及人之幼.

〈梁上 7〉

(내 노인을 노인으로 섬겨서 남의 노인에게 미치며, 내 어린이를 어린이로 사랑해서 남의 어린이에게 미친다.)

본문은 '老(술어) + 吾老(목적어) + 以(접속사) + 及(술어) + 人之老(목적어)'의 구조로서 '以'가 연접접속사가 된다.

帝使其子九男二女, 百官牛羊倉廩備, 以事舜於畎畝之中.

〈萬上 1〉

(요임금이 그의 자식 구남 이녀로 하여금 백관과 소와 양과 창고를 갖추어 밭 언덕 가운데에서 순을 섬기게 하였다.)

본문은 '百官牛羊倉廩(목적어) + 備(술어) + 以(접속사) + 事(술어) + 舜(목적어) + 於(개사) + 畎畝之中(개사목적어)'의 구조로서 '以'가 연접접속사가 된다.

飮食之人, 則人賤之矣, 爲其養小以失大也.

〈告上 14〉

(음식을 밝히는 사람을 사람들이 천히 여기나니, 그가 작은 것을 길러서 큰 것을 잃기 때문이다.)

본문은 '爲(접속사) + 其(주어) + 養(술어) + 小(목적어) + 以(접속사) + 失(술어) + 大(목적어) + 也'의 구조로서 '以'가 연접접속사가 된다.

(3) 則

'則'이 上句와 下句 사이에서 서로 호응하여 조건 관계가 되거나 상반된 사실을 나타낸다.

志壹則動氣, 氣壹則動志也. <공上 2>

(의지가 한결같으면 기를 움직이고, 기가 한결같으면 의지를 움직인다.)

본문은 '志(주어) + 壹(술어) + 則(접속사) + 動(술어) + 氣(목적어), 氣(주어) + 壹(술어) + 則(접속사) + 動(술어) + 志(목적어)'의 구조로서 '則'이 上句와 下句에서 서로 조건 관계를 나타낸다.

窮則獨善其身, 達則兼善天下. <盡上 9>

(곤궁하면 몸을 홀로 선하게 하고, 영달하면 천하를 겸하여 선하게 한다.)

본문은 '窮(술어) + 則(접속사) + 獨(부사어) + 善(술어) + 其身(목적어), 達(술어) + 則(접속사) + 兼(부사어) + 善(술어) + 天下(목적어)'의 구조로서 '則'이 上句와 下句에서 모두 상반된 사실을 나타낸다.

公都子曰 冬日則飲湯, 夏日則飲水. <告上 5>

(공도자가 말하기를 '겨울에는 끓는 물을 마시고 여름철에는 찬물을 마신다'라고 하였다.)

본문은 '冬日(부사어) + 則(접속사) + 飲(술어) + 湯(목적어), 夏日(부사어) + 則(접속사) + 飲(술어) + 水(목적어)'의 구조로서 '則'이 上句와 下句에서 상반된 사실을 나타낸다.

文武興則民好善, 幽厲興則民好暴. <告上 6>

(문왕과 무왕이 일어나면 백성들이 선을 좋아하고, 유왕과 려왕이 일어나면 백성들이 포악함을 좋아한다.)

본문은 '文武(주어) + 興(술어) + 則(접속사) + 民(주어) + 好(술어) + 善(목적어), 幽厲(주어) + 興(술어) + 則(접속사) + 民(주어) + 好(술어) + 暴(목적어)'의 구조로서 '則'이 上句와 下句에서 상반된 사실을 나타낸다.

(4) 比

문두에서 주술구조와 결합하여 동작이 발생한 시기나 시점을 나타내며 우리말로 '~할 때에'로 해석한다.

比 + 주어 + 술어, 주어 + 술어 + 목적어

比其反也, 則凍餒其妻子, 則如之何? 〈梁下 6〉

(그가 돌아왔을 때 처와 자식을 추위에 떨고 굶주리게 했다면, 어찌하면 좋을까요?)

본문은 '比(접속사) + 其(주어) + 反(술어) + 也'의 구조로서 접속사 '比'가 연접접속사가 된다.

(5) 及

문두에서 주술구조와 결합하여 동작이 발생한 시기나 시점을 나타내며 우리말로 '~할 때에'로 해석한다.

及其爲天子也, 被袗衣鼓琴. 〈盡下 6〉

(그가 천자가 됨에 이르러, 수놓은 옷을 입고 거문고를 연주하였다.)

본문은 '及(접속사) + 其(주어) + 爲(술어) + 天子(목적어) + 也'의 구조로서 접속사 '及'이 연접접속사가 된다.

及其更也, 民皆仰之. 〈公下 9〉

(그가 허물을 고치게 됨에 이르러, 백성들이 모두 그를 우러러본다.)

본문은 '及(접속사) + 其(주어) + 更(술어) + 也'의 구조로서 접속사 '及'이 연접접속사가 된다.

及至葬, 四方來觀之.　　　　　　　　　　　　　　　〈滕上 2〉

(장례함에 이르러 사방에서 와서 구경하였다.)

본문은 '及(접속사) + (주어 생략) + 至(술어) + 葬(목적어)'의 구조로
서 접속사 '及'이 연접접속사가 된다.

及其長也, 無不知敬其兄也.　　　　　　　　　　〈盡上 15〉

(그가 장성함에 이르러 형을 공경할 줄 모르지 않는다.)

본문은 '及(접속사) + 其(주어) + 長(술어) + 也'의 구조로서 접속사
'及'이 연접접속사가 된다.

(6) 當

문두에서 주술구조와 결합하여 동작이 발생한 시기나 시점을 나
타내며 우리말로 '~할 때에'로 해석한다.

當在宋也, 予將有遠行, 行者必以贐.　　　　　　〈公下 3〉

(송나라에 있을 때 내가 장차 멀리 가게 되었는데, 떠나는 자는 반드시 노
자를 준다.)

본문은 '當(접속사) + (주어 생략) + 在(술어) + 宋(목적어) + 也'의 구
조로서 접속사 '當'이 연접접속사가 된다.

3) 점층접속사

점층 관계를 나타내는 단어나 구를 연결하여 특정한 의미를 강
조한다. 이 경우 보통 上句에 정도가 높은 것을 제시하고 下句에
정도가 낮은 것을 제시하지만, 반대로 정도가 낮은 것을 먼저 제시

하고 뒤의 구에 정도가 높은 것을 제시하기도 한다.

(1) 況(而況)

上句에 정도가 높은 것을 제시하고 下句에 '況(而況)'을 사용하여 정도가 낮은 것을 제시하는 방법으로 문장 끝에 구말어기사 '乎'가 반드시 호응한다.

> 주어 + 술어 + 목적어, 況(而況) + 주어 + 술어 + 목적어 + 乎?
> 주어 + 술어 + 목적어, 況(而況) + 개사 + 개사목적어 + 乎?

仁智周公未之盡也, 而況於王乎? 〈公下 9〉

(어짐과 지혜는 주공도 다하지 못하였으니, 하물며 왕에게 있어서랴?)

본문은 '而況(접속사) + (술어 생략) + 於(개사) + 王(개사목적어) + 乎'의 구조로서 上句에 정도가 높은 것, 下句에 정도가 낮은 것이 위치한다.

爲其多聞也, 則天子不召師, 而況諸侯乎? 〈萬下 7〉

(그가 견문이 많기 때문이라면 천자도 스승을 부르지 않는데, 하물며 제후에게 있어서랴?)

본문은 '而況(접속사) + (술어 생략) + 諸侯(목적어) + 乎'의 구조로서 上句에 정도가 높은 것, 下句에 정도가 낮은 것이 위치한다.

吾未聞枉己而正人者也, 況辱己以正天下者乎? 〈萬上 7〉

(나는 자신을 굽혀서 남을 바르게 했다는 자를 들어 보지 못하였으니, 하물며 자신을 욕되게 하고서 천하를 바로잡는 자에게 있어서랴?)

본문은 '況(접속사) + 辱(술어) + 己(목적어) + 以(접속사) + 正(술어) + 天下者(목적어) + 乎'의 구조로서 上句에 정도가 높은 것, 下句에 정도가 낮은 것이 위치한다.

其居使之然也, 況居天下之廣居者乎? 〈盡上 36〉

(그 거처가 그로 하여금 그렇게 만든 것이니, 하물며 천하의 광거에 거하는 자에게 있어서랴?)

본문은 '況(접속사) + 居(술어) + 天下之廣居者(목적어) + 乎'의 구조로서 上句에 정도가 낮은 것, 下句에 정도가 높은 것이 위치한다.

(2) '且(猶, 尙)…況(而況, 況於)'의 경우

上句에 부사 '且, 猶, 尙'이 술어 앞에 위치하고 下句에 접속사 '況(而況, 況於)'와 구말어기사 '乎'가 호응하여 점층 관계를 나타낸다.

```
주어 + 부사(且, 猶, 尙) + 술어 + 목적어,
        況(而況, 況於) + 주어 + 술어 + 목적어 + 乎?
```

然且仁者不爲, 況於殺人以求之乎? 〈告下 8〉

(그러나 오히려 인자도 하지 않는데, 하물며 사람을 죽이면서 구한다는 말인가?)

본문은 '況於(접속사) + 殺(술어) + 人(목적어) + 以(접속사) + 求(술어) + 之(목적어) + 乎'의 구조로서 上句에 정도가 높은 것, 下句에 정도가 낮은 것이 위치한다.

> ### 陶以寡, 且不可以爲國, 況無君子乎? <告下 10>
> (질그릇이 너무 적더라도 오히려 나라를 다스릴 수 없는데, 하물며 군자가 없어서 되겠는가?)

본문은 '況(접속사) + 無(술어) + 君子(목적어) + 乎'의 구조로서 上句에 정도가 낮은 것, 下句에 정도가 높은 것이 위치한다.

> ### 見且猶不得亟, 而況得而臣之乎? <盡上 8>
> (만나는 것도 또한 오히려 자주 할 수 없는데, 하물며 그를 신하로 삼음에 있어서랴?)

본문은 '而況(접속사) + 得(조동사) + 而(조사) + 臣(술어) + 之(목적어) + 乎'의 구조로서 上句에 정도가 낮은 것, 下句에 정도가 높은 것이 위치한다.

> ### 孔子亦獵較. 獵較猶可, 而況受其賜乎? <萬下 4>
> (공자께서도 사냥놀이를 하셨다. 사냥놀이를 하는 것도 오히려 가능한데, 하물며 선물을 받은 것에 있어서랴?)

본문은 '獵較(주어) + 猶(부사어) + 可(조동사), 而況(접속사) + 受(술어) + 其賜(목적어) + 乎'의 구조로서 上句에 정도가 높은 것, 下句에 정도가 낮은 것이 위치한다.

4) 선택접속사

선택을 나타내는 접속사를 사용하여 上句와 下句 가운데 하나를 선택하도록 유도한다. 이러한 접속사로 '與(與其)', '抑', '則', '寧(寧爲)', '孰與', '豈若', '孰若' 등이 있다.

(1) '與(與其)…豈若(孰若)'의 경우

上句의 문두에 접속사 '與其'를 사용하고 下句에 '豈若'이나 '孰若' 등의 의문사를 사용하여 下句를 선택하도록 유도한다. 이 경우 우리말로 '…하는 것이 어찌 ~하는 것만 하겠는가'로 해석한다.

> 與我處畎畝之中, 由是以樂堯舜之道, 吾豈若使是君爲堯舜之君哉? 〈萬上 7〉
>
> (내가 밭 언덕 가운데 처하여 이로부터 요순의 도를 즐기는 것이 내가 어찌 이 군주로 하여금 요순과 같은 군주를 만드는 것만 하겠는가?)

본문은 '與 + 我(주어) + A(處畎畝之中, 由是以樂堯舜之道), 吾(주어) + 豈若 + B(使是君爲堯舜之君) + 哉'의 구조로서 'A하는 것이 어찌 B하는 것만 하겠는가'의 뜻이 된다.

> 吾豈若使是民爲堯舜之民哉, 吾豈若於吾身親見之哉? 〈萬上 7〉
>
> (내가 어찌 이 백성으로 하여금 요순의 백성이 되게 하는 것만 하며, 내가 어찌 내 몸에 직접 이것을 보는 것만 하겠는가?)

본문은 '吾(주어) + 豈若 + B(使是民爲堯舜之民) + 哉, 吾(주어) + 豈若 + B(於吾身親見之) + 哉'의 구조로서 '어찌 B하는 것만 하겠는가'로 해석하여 결국 下句를 선택하도록 유도한다.

(2) '與…孰'의 경우

上句에 접속사 '與'를 사용하고 下句에 의문사 '孰'과 호응하여 上句와 下句 중에서 하나를 선택할 것을 요구한다.

與＋A, 與＋B, 孰＋술어?

與少樂樂, 與衆樂樂, 孰樂? ⟨梁下 1⟩

(적은 사람과 음악을 즐기는 것과 많은 사람과 음악을 즐기는 것 중 어느 것이 더 즐거운가?)

본문은 '與＋A(少樂樂), 與＋B(衆樂樂), 孰(주어)＋樂(술어)'의 구조로서 'A와 B 중에서 어느 것이 더 나은가'로 해석하여 선택을 유도한다.

(3) '…與(乎), 抑…與(乎)'의 경우

上句의 구말에 의문형 구말어기사 '與'를 사용하고 下句의 문두에 '抑'과 구말어기사 '與'를 호응하여 선택을 유도한다. 이 경우 우리말로 '…인가? 아니면 ～인가?'로 해석하여 둘 중 하나의 선택을 유도한다.

伯夷之所築與? 抑亦盜跖之所築與? ⟨滕下 10⟩

(백이가 지은 것인가? 아니면 역시 도척이 지은 것인가?)

본문은 'A(伯夷之所築)＋與, 抑＋亦(부사어)＋B(盜跖之所築)＋與'의 구조로서 'A인가, 아니면 B인가'의 뜻으로 선택을 유도한다.

求牧與芻而不得, 則反諸其人乎? 抑亦立而視其死與? ⟨公下 4⟩

(목초지와 꼴을 구하려다 얻지 못하게 되면 그 주인에게 돌려주는가? 아니면 역시 서서 죽는 것을 보아야 하는가?)

본문은 'A(反諸其人) + 乎, 抑 + 亦(부사어) + B(立而視其死) + 與'
의 구조로서 'A인가, 아니면 B인가'의 뜻으로 선택을 유도한다.

(4) '…乎, …也'의 경우

下句의 문두에 접속사 '抑'이 호응하지 않는 형태의 선택형 구문
이다. 이 경우 의문형 구말어기사 '乎'와 '也'를 각각 上句와 下句
의 끝에 사용하여 선택을 유도한다.

子能順杞柳之性而以爲桮棬乎? 將戕賊杞柳而
後以爲桮棬也?   〈告上 1〉

(그대는 갯버들의 성질을 순하게 하여 나무 그릇을 만드는가? (아니면) 장
차 갯버들을 상하게 하고 나서 나무 그릇을 짜는가?)

본문은 'A(子能順杞柳之性而以爲桮棬) + 乎, 將(부사어) + B(戕賊
杞柳而後以爲桮棬) + 也'의 구조로서 上句의 구말에 '乎'를 사용하
고 下句의 구말에 '也'를 사용하여 선택을 유도한다.

(5) '不…則…'의 경우

上句에 부정사 '不'을 사용하고 下句에 접속사 '則'을 사용하여
우리말로 '…이 아니면 곧 ~이다'로 해석한다.

天下之言, 不歸楊則歸墨.   〈滕下 9〉

(천하의 말은 양주에게 돌아가지 않으면 묵적에게 돌아간다.)

본문은 '天下之言(주어) + 不 + 歸(술어) + A(楊, 목적어) + 則 + 歸(술
어) + B(墨, 목적어)'의 구조로서 'A가 아니면 B이다'의 뜻으로 선택
을 유도한다.

5) 전환접속사

上句와 下句의 의미가 서로 전환되거나 역접 관계를 나타낼 경우에 사용하며 '而', '然', '乃', '然而' 등이 있다.

(1) 而

下句의 문두에서 上句의 사실 관계를 부정하는 전절관계를 나타내며 우리말로 '그러나, 그런데'로 해석한다.

且天之生物也, 使之一本, 而夷子二本故也. 〈滕上 5〉

(또한 하늘이 물건을 냄은 그로 하여금 근본이 하나이게 하였는데, 그런데 이자는 근본이 둘이기 때문이다.)

본문은 '而(접속사) + 夷子(주어) + 二本(술어) + 故也'의 구조로서 '而'가 전절관계를 나타낸다.

今恩足以及禽獸, 而功不至於百姓者, 獨何與?

〈梁上 7〉

(지금 은혜가 충분히 짐승에게 미치는데, 그런데 공로가 백성들에게 미치지 못하는 것은 오직 무엇 때문인가?)

본문은 '而(접속사) + 功(주어) + 不 + 至(술어) + 於(개사) + 百姓(개사목적어) + 者'의 구조로서 '而'가 전절관계를 나타낸다.

(2) 然(然而)

下句의 문두에서 上句의 사실 관계를 부정하는 전절관계를 나타내며 우리말로 '그러나, 그런데'로 해석한다.

雖疏食菜羹, 未嘗不飽, 蓋不敢不飽也. 然終於
此而已矣. 〈萬下 3〉

(비록 거친 밥과 나물국이라도 배부르게 먹지 않음이 없었으니 감히 배불
리 먹지 않을 수가 없었다. 그러나 결국 이런 일에 그칠 뿐이었다.)

본문은 '然(접속사) + 終(술어) + 於(개사) + 此(개사목적어) + 而已矣'의
구조로서 '然'이 전절관계를 나타낸다.

識其不可, 然且至, 則是干澤也. 〈公下 12〉

(그가 성왕이 될 수 없음을 알면서도 그러나 장차 온다면 이는 벼슬을 구
하고자 함이다.)

본문은 '然(접속사) + 且(부사어) + 至(술어), 則(접속사) + 是(주어) + 干
(술어) + 澤(목적어) + 也'의 구조로서 '然'이 전절관계를 나타낸다.

夫環而攻之, 必有得天時者矣. 然而不勝者, 是天
時不如地利也. 〈公下 1〉

(대저 포위하여 공격하면 반드시 하늘의 유리한 때를 얻을 때가 있다. 그런
데도 이기지 못하는 것은 하늘의 때가 지형의 유리함만 못하기 때문이다.)

본문은 '然而(접속사) + 不勝者(주어)'의 구조로서 '然而'가 전절관
계를 나타낸다.

(3) 乃

下句의 문두에서 上句의 사실 관계를 부정하는 전절관계를 나타
내며 우리말로 '그러나'로 해석한다.

其知者以爲爲無禮也. 乃孔子則欲以微罪行.

<告下 6>

(잘 아는 사람은 무례함 때문이라고 생각하였다. 그러나 공자께서는 작은 허물을 핑계 삼아 떠나고자 하였다.)

본문은 '乃(접속사) + 孔子(주어) + 則(조사) + 欲(조동사) + 以(개사) + 微罪(개사목적어) + 行(술어)'의 구조로서 '乃'가 下句의 문두에서 전절관계를 나타낸다.

6) 양보접속사

上句와 下句의 의미가 서로 양보관계를 나타낼 경우에 사용한다. 이 경우 上句에 접속사 '雖'를 사용하고 下句에 부사를 사용하여 양보된 사실을 나타낸다.

(1) 雖

上句에 접속사 '雖'를 사용하여 양보관계를 나타내며 우리말로 '비록 ～라 할지라도'로 해석한다.

雖與之天下, 不能一朝居也.

<告下 9>

(비록 그에게 천하를 준다고 해도 하루아침도 차지할 수 없을 것이다.)

본문은 '雖(접속사) + 與(술어) + 之(목적어) + 天下(목적어)'의 구조로서 '雖'가 양보관계를 나타낸다.

不賢者雖有此, 不樂也.

<梁上 2>

(어질지 못한 자는 비록 이런 것을 가지고 있어도 즐기지 못한다.)

본문은 '不賢者(주어) + 雖(접속사) + 有(술어) + 此(목적어)'의 구조로서 '雖'가 양보관계를 나타낸다.

(2) '雖…亦(則)…'의 경우

上句에 접속사 '雖'를 사용하고 下句에 부사 '亦'이나 접속사 '則'이 호응하여 양보관계를 나타낸다.

由此觀之, 雖周, 亦助也. 〈滕上 3〉

(이로 말미암아 보건대 비록 주나라도 또한 조법을 사용하였다.)

본문은 '雖(접속사) + 周(주어), 亦(부사어) + 助(술어) + 也'의 구조로서 접속사 '雖'가 부사 '亦'과 호응하여 양보관계를 나타낸다.

雖有惡人, 齋戒沐浴, 則可以祀上帝. 〈離下 25〉

(비록 악한 사람이 있더라도 재계하고 목욕하면 상제에게 제사 지낼 수 있다.)

본문은 '雖(접속사) + 有(술어) + 惡人(목적어), (주어 생략) + 齋戒沐浴(술어), 則(접속사) + 可以(조동사) + 祀(술어) + 上帝(목적어)'의 구조로서 '雖'가 접속사 '則'과 호응하여 양보관계를 나타낸다.

7) 가정접속사

上句와 下句의 의미가 서로 가정관계를 나타낼 경우에 사용한다. 이 경우 上句에 가정접속사 '若', '如', '苟'를 사용하고 下句에 접속사 '則(卽)'이 호응하여 가정의 결과를 나타낸다.

(1) 若

上句에 가정접속사 '若'을 사용하고 下句에 접속사 '則'이 호응하여 가정의 결과를 나타낸다.

> **王若隱其無罪而就死地, 則牛羊何擇焉?** 〈梁上 7〉
>
> (왕께서 만약 그것이 죄 없이 사지로 나아감을 측은히 여기신다면, 소와 양을 어찌 가려서 선택했을까요?)

본문은 '王(주어) + 若(접속사) + 隱(술어) + 其無罪而就死地(목적어), 則(접속사) + 牛羊(목적어) + 何(의문부사) + 擇(술어) + 焉'의 구조로서 가정접속사 '若'이 下句의 '則'과 호응하여 가정의 결과를 나타낸다.

> **若殺其父兄, 係累其子弟, 毁其宗廟, 遷其重器,**
> **如之何其可也?** 〈梁下 11〉
>
> (만약 부형을 죽이고 자제를 포박하고 종묘를 헐어 버리고 중요한 기물을 빼앗아 가져간다면 어떻게 옳다고 할 수 있겠는가?)

본문은 '若(접속사) + 殺(술어) + 其父兄(목적어) + 係累(술어) + 其子弟(목적어) + 毁(술어) + 其宗廟(목적어) + 遷(술어) + 其重器(목적어)'의 구조로서 가정접속사 '若'이 下句의 '如之何'와 호응하여 가정의 결과를 나타낸다.

> **若孔子主癰疽與侍人瘠環, 何以爲孔子?** 〈萬上 8〉
>
> (만약 공자께서 옹저와 내시 척환을 주인으로 삼았다면 어떻게 공자라고 할 수 있겠는가?)

본문은 '若(접속사) + 孔子(주어) + 主(술어) + 癰疽與侍人瘠環(목적어)'의 구조로서 가정접속사 '若'이 下句의 '何以'와 호응하여 가정의 결과를 나타낸다.

(2) 苟(苟爲)

'苟'가 上句에서 가정의 조건을 나타낼 경우에는 下句에 접속사나 부사가 호응하지 않는다.

> ### 苟無恒心, 放辟邪侈, 無不爲已. 〈滕上 3〉
>
> (만일 떳떳한 마음이 없으면 방탕함과 편벽됨, 사악과 사치를 하지 않음이 없게 된다.)

본문은 '苟(접속사) + 無(술어) + 恒心(목적어), 放辟邪侈(목적어) + 無 + 不 + 爲(술어) + 已(구말어기사)'의 구조로서 '苟'가 가정접속사가 된다.

> ### 苟行王政, 四海之內皆擧首而望之. 〈滕下 5〉
>
> (만약에 왕도정치를 행한다면 천하의 백성들이 모두 머리를 들고서 바라볼 것이다.)

본문은 '苟(접속사) + 行(술어) + 王政(목적어), 四海之內(주어) + 皆(부사어) + 擧(술어) + 首(목적어) + 而(접속사) + 望(술어) + 之(목적어)'의 구조로서 '苟'가 가정접속사가 된다.

> ### 苟求其故, 千歲之日至, 可坐而致也. 〈離下 26〉
>
> (만일 지난 원인을 찾는다면 천년 후의 동지를 가만히 앉아서도 알 수 있다.)

본문은 '苟(접속사) + 求(술어) + 其故(목적어), 千歲之日至(목적어) + 可(조동사) + 坐(술어) + 而(접속사) + 致(술어) + 也'의 구조로서 '苟'가 가정접속사가 된다.

苟不志於仁, 終身憂辱, 以陷於死亡. 〈離上 9〉

(만일 어짊에 뜻을 두지 않으면 종신토록 근심하고 치욕을 받아 사망에 빠지게 될 것이다.)

본문은 '苟(접속사) + 不 + 志(술어) + 於(개사) + 仁(개사목적어), 終身(부사어) + 憂辱(술어)'의 구조로서 '苟'가 가정접속사가 된다.

가정접속사 '苟'가 '苟爲 + 술어' 형태로 가정을 유도한다. 이 경우 '苟爲'를 가정접속사로 보지 않고 '苟 + 爲(술어) + 목적어'의 구조로 보기도 한다.

苟爲後義而先利, 不奪不饜. 〈梁上 1〉

(만일 의를 뒤에 하고 이익을 먼저 한다면 빼앗지 않으면 만족하지 않을 것이다.)

본문은 '苟爲(접속사) + 後(술어) + 義(목적어) + 而(접속사) + 先(술어) + 利(목적어)'의 구조로서 '苟爲'가 가정접속사가 된다.

苟爲不蓄, 終身不得. 〈離上 9〉

(만일 쌓아 두지 아니하면 종신토록 얻지 못한다.)

본문은 '苟爲(접속사) + 不 + 蓄(술어), 終身(부사어) + 不 + 得(술어)'의 구조로서 '苟爲'가 가정접속사가 된다.

苟爲無本, 七八月之間雨集, 溝澮皆盈. 〈離下 18〉

(만약에 근본이 없는 물을 본다면, 칠팔월 사이에 비가 모여 도랑이 다 차게 된다.)

본문은 '苟爲(접속사) + 無(술어) + 本(목적어), 七八月之間(부사어) + 雨(주어) + 集(술어)'의 구조로서 '苟爲'가 가정접속사가 된다.

(3) 如

上句에서 가정의 조건을 나타낼 경우에 가정접속사 '苟'와 같이 下句에 접속사나 부사가 호응하지 않는다.

> ### 如恥之, 莫如爲仁.　　　　　　　　　　　〈公上 7〉
> (만약에 그것을 부끄럽게 여긴다면 인을 행하는 것만 같지 못하다.)

본문은 '如(접속사) + 恥(술어) + 之(목적어), 莫 + 如(술어) + 爲仁(목적어)'의 구조로서 '如'가 가정접속사가 된다.

> ### 如欲平治天下, 當今之世, 舍我其誰也?　　〈公下 13〉
> (만약 천하를 태평하게 하고자 한다면 지금의 세상을 당하여 나를 버리고 누가 있겠는가?)

본문은 '如(접속사) + 欲(조동사) + 平治(술어) + 天下(목적어)'의 구조로서 '如'가 가정접속사가 된다.

(4) 使(如使)

동사 '使'가 上句의 문두에서 단독으로 가정접속사가 된다. 이 경우 '使'가 동사 '如'나 '若'과 결합하여 '如使', '若使'가 되어 복합가정접속사가 되기도 한다.

> ### 如使予欲富, 辭十萬而受萬, 是爲欲富乎?　〈公下 10〉
> (가령 내가 부자가 되고 싶었다면 십만 종을 사양하고 만 종을 받는 것이 부자가 되고자 하는 것이겠는가?)

본문은 '如使(접속사) + 予(주어) + 欲(조동사) + 富(술어)'의 구조로서 '如使'가 복합가정접속사가 된다.

> 如使口之於味也, 其性與人殊, 若犬馬之與我不
> 同類也, 則天下何耆皆從易牙之於味也?　〈告上 7〉

(만약 입의 맛에 대함에 그 본성이 사람들과 서로 다름이 개와 말이 나와 같은 종류가 아님과 같다면, 천하의 기호가 어찌 모두 역아의 맛을 대함을 따르겠는가?)

본문은 '如使(접속사) + 口(주어) + 之(조사) + 於(개사) + 味(개사목적어) + 也…則(접속사) + …'의 구조로서 복합가정접속사 '如使'가 下句의 접속사 '則'과 호응한다.

> 使人之所惡莫甚於死者, 則凡可以辟患者, 何不
> 爲也?　〈告上 10〉

(만약 사람들이 싫어하는 바가 죽는 것보다 심한 것이 없다면, 무릇 환난을 피할 수 있는 방법을 어찌 하지 않겠는가?)

본문은 '使(접속사) + 人之所惡(주어) + 莫 + 甚(술어) + 於(개사) + 死者(개사목적어), 則(접속사) + …'의 구조로서 복합가정접속사 '使'가 下句의 접속사 '則'과 호응한다.

(5) '…, 則…'의 경우

上句에 조건을 나타내는 가정접속사를 사용하지 않고 下句에 접속사 '則'을 사용하여 조건에 대한 결과를 나타낸다.

> 七八月之間旱, 則苗槁矣. … 沛然下雨, 則苗浡然
> 興之矣.　〈梁上 6〉

(칠팔월 사이에 가물면 이삭이 마르게 된다. 쏴하고 비가 내리면 벼싹이 우쭉 일어난다.)

본문은 '(가정접속사 생략) + 七八月之間(부사어) + 旱(술어), 則(접속사) + 苗(주어) + 槁(술어) + 矣'의 구조이고, 下句도 '沛然(부사어) + 下(술어) + 雨(목적어), 則(접속사) + 苗(주어) + 渤然(부사어) + 興(술어) + 之(목적어) + 矣'의 구조로서 下句에 접속사 '則'을 사용하여 가정의 결과를 나타낸다.

君之視臣如手足, 則臣視君如腹心. 〈離下 3〉

(군주가 신하를 보는 것이 손과 발처럼 한다면, 신하가 군주를 보는 것이 자신의 배와 심장같이 생각할 것이다.)

본문은 '(가정접속사 생략) + 君之視臣(주어) + 如(술어) + 手足(목적어), 則(접속사) + 臣視君(주어) + 如(술어) + 腹心(목적어)'의 구조로서 下句에 접속사 '則'을 사용하여 가정의 결과를 나타낸다.

夜氣不足以存, 則其違禽獸不遠矣. 〈告上 8〉

(밤의 기운이 충분하게 보존되지 않으면, 금수와 차이남이 멀지 않게 된다.)

본문은 '(가정접속사 생략) + 夜氣(주어) + 不 + 足以(조동사) + 存(술어), 則(접속사) + 其違禽獸(주어) + 不 + 遠(술어) + 矣'의 구조로서 下句에 접속사 '則'을 사용하여 가정의 결과를 나타낸다.

天與賢則與賢, 天與子則與子. 〈萬上 7〉

(하늘이 어진 이에게 주면 어진 이에게 주고, 하늘이 자식에게 주면 자식에게 주는 것이다.)

본문은 '(가정접속사 생략) + 天(주어) + 與(술어) + 賢(목적어) + 則(접속사) + 與(술어) + 賢(목적어)'의 구조로서 下句에 접속사 '則'을 사용하여 가정의 결과를 나타낸다.

(6) 斯

上句에 조건을 나타내는 가정접속사를 사용하지 않고 下句의 문두에 접속사 '斯'를 사용하여 조건에 대한 결과를 나타낸다. 이 경우 '斯'는 접속사 '則'과 같은 역할을 하며 경우에 따라서는 조사로 보기도 한다.

君行仁政, 斯民親其上, 死其長矣. 〈梁下 12〉

(임금이 어진 정치를 하면, 백성들은 윗사람을 친히 여겨 윗사람을 위하여 죽을 것이다.)

본문은 '(가정접속사 생략) + 君(주어) + 行(술어) + 仁政(목적어), 斯(접속사) + 民(주어) + 親(술어) + 其上(목적어)'의 구조로서 下句에 접속사 '斯'가 호응하여 가정의 결과를 나타낸다.

王無罪歲, 斯天下之民至焉. 〈梁上 3〉

(왕께서 해에 죄를 두지 않는다면, 천하의 백성들이 이곳으로 모여들 것입니다.)

본문은 '(가정접속사 생략) + 王(주어) + 無(술어) + 罪歲(목적어), 斯(접속사) + 天下之民(주어) + 至(술어) + 焉'의 구조로서 下句에 접속사 '斯'가 호응하여 가정의 결과를 나타낸다.

得其民, 斯得天下矣. 〈離上 9〉

(백성의 마음을 얻으면, 천하를 얻게 되는 것이다.)

본문은 '(가정접속사 생략) + 得(술어) + 其民(목적어), 斯(접속사) + 得(술어) + 天下(목적어) + 矣'의 구조로서 下句에 접속사 '斯'가 호응하여 조건의 결과를 나타낸다.

> 經正則庶民興, 庶民興, 斯無邪慝矣.　　〈盡下 37〉
>
> (도리를 바로하면 서민이 흥하고, 서민이 창성하면 사특함이 사라진다.)

본문은 '(가정접속사 생략) + 庶民(주어) + 興(술어), 斯(접속사) + 無(술어) + 邪慝(목적어) + 矣'의 구조로서 下句에 접속사 '斯'가 호응하여 조건의 결과를 나타낸다.

8) 인과접속사

上句와 下句의 의미가 서로 원인과 결과의 관계를 나타낼 경우에 사용한다. 이 경우 上句가 원인을 설명하면 下句에서 그 결과를 나타내고, 반대로 上句에서 결과를 제시하면 下句에서 그 원인을 도출한다.

(1) '…, … 故(故也)'의 경우

上句에서 결과를 제시하고 下句에 '故(故也)'를 사용하여 그 결과에 대한 원인을 도출한다.

> 且天地生物也, 使之一本, 而夷子二本故也.
>
> 　　　　　　　　　　　　　　　　　　　〈滕上 5〉
>
> (또한 하늘이 물건을 냄은 그로 하여금 근본이 하나이게 하였는데, 이자는 근본이 둘이기 때문이다.)

본문은 '而(접속사) + 夷子(주어) + 二本(술어) + 故也'의 구조로서 上句에서 결과를 제시하고 下句의 말미에 '故也'를 사용하여 결과에 대한 원인을 설명한다.

(2) '···, 故(是故)···'의 경우

上句에서 사물이나 사건에 대한 조건과 원인을 설명하고 下句에 '故(是故)'를 사용하여 그 결과를 제시한다.

> **惟仁者爲能以大事小, 是故湯事葛.** 〈梁下 3〉
>
> (오직 인자만이 대국으로서 소국을 섬길 수 있으니, 이 때문에 탕왕이 갈 나라를 섬겼다.)

본문은 '是故(접속사) + 湯(주어) + 事(술어) + 葛(목적어)'의 구조로서 접속사 '是故'를 사용하여 上句의 원인에 대한 결과를 제시한다.

> **古之人與民偕樂, 故能樂也.** 〈梁上 2〉
>
> (옛사람은 백성들과 더불어 함께 즐겼으니, 고로 능히 즐길 수 있었다.)

본문은 '故(접속사) + 能(조동사) + 樂(술어) + 也'의 구조로서 접속사 '故'를 사용하여 上句의 원인에 대한 결과를 제시한다.

> **窮不失義, 故士得己焉. 達不離道, 故民不失望焉.** 〈盡上 9〉
>
> (곤궁하여도 의를 잃지 않았으니, 고로 선비가 자신을 지킬 수 있었다. 영달하여도 도를 떠나지 않았으니, 고로 백성들이 실망하지 않았다.)

본문은 '故(접속사) + 士(주어) + 得(술어) + 己(목적어) + 焉', '故(접속사) + 民(주어) + 不 + 失望(술어) + 焉'의 구조로서 접속사 '故'를 사용하여 上句의 원인에 대한 결과를 제시한다.

(3) '爲···也(焉)'의 경우

上句에서 결과를 제시하고 下句에 '爲···也' 어구를 사용하여 원인을 설명한다. 이 경우 '爲…也' 사이에 보통 주술구나 술목구를 동반한다.

> ### 所惡執一者, 爲其賊道也.
> 〈盡上 26〉
> (한쪽을 잡는 것을 미워하는 것은 그것이 도를 해치기 때문이다.)

　본문은 '爲(접속사) + 其(주어) + 賊(술어) + 道(목적어) + 也'의 구조로서 '爲…也' 어구가 上句의 결과에 대한 원인을 설명한다.

> ### 飲食之人, 則人賤之矣, 爲其養小以失大也.
> 〈告上 14〉
> (음식을 밝히는 사람을 사람들이 천히 여기나니, 그가 작은 것을 기르고 큰 것을 잃기 때문이다.)

　본문은 '爲(접속사) + 其(주어) + 養(술어) + 小(목적어) + 以(접속사) + 失(술어) + 大(목적어) + 也'의 구조로서 '爲…也' 어구가 上句의 결과에 대한 원인을 설명한다.

> ### 舜不告而娶, 爲無後也.
> 〈離上 26〉
> (순임금이 아뢰지 않고 장가든 것은 후손이 없기 때문이었다.)

　본문은 '爲(접속사) + (주어 생략) + 無(술어) + 後(목적어) + 也'의 구조로서 '爲…也' 어구가 上句의 결과에 대한 원인을 설명한다.

> ### 如有能信之者, 則不遠秦楚之路, 爲指之不若人也.
> 〈告上 12〉
> (만일 손가락을 펴 주는 자가 있다면 진나라와 초나라 사이의 길을 멀다고 여기지 않고 찾아가니, 손가락이 다른 사람과 같지 않기 때문이다.)

본문은 '爲(접속사) + 指(주어) + 之(조사) + 不 + 若(술어) + 人(목적어) + 也'의 구조로서 '爲…也' 어구가 上句의 결과에 대한 원인을 설명한다.

> ### 子之辭靈丘而請士師, 似也, 爲其可以言也.〈公下 5〉
> (그대가 영구의 읍재를 사양하고 사사를 청한 것이 이치에 맞으니, 그것이 왕에게 직언을 할 수 있기 때문이다.)

본문은 '爲(접속사) + 其(주어) + 可以(조동사) + 言(술어) + 也'의 구조로서 '爲…也' 어구가 上句의 결과에 대한 원인을 설명한다.

다음으로 '爲 + 술어 + 목적어 + 焉'의 용법으로 구말어기사 '也' 대신에 '焉'을 사용한다.

> ### 然則一羽之不擧, 爲不用力焉. 輿薪之不見, 爲不用明焉.　〈梁上 7〉
> (그렇다면 한 깃털을 들지 못함은 힘을 쓰지 않기 때문이다. 수레에 실은 나무 섶을 보지 못함은 시력을 쓰지 않기 때문이다.)

본문은 '爲(접속사) + 不 + 用(술어) + 力(목적어) + 焉', '爲(접속사) + 不 + 用(술어) + 明(목적어) + 焉'의 구조로서 '爲…焉' 어구가 上句의 결과에 대한 원인을 설명한다.

> ### 百姓之不見保, 爲不用恩焉.　〈梁上 7〉
> (백성들이 보호를 받지 못함은 은혜를 쓰지 않기 때문이다.)

본문은 '百姓之不見保(주어) + 爲(접속사) + 不 + 用(술어) + 恩(목적어) + 焉'의 구조로서 '爲…焉' 어구가 上句의 결과에 대한 원인을 설명한다.

(4) '…, 故'의 경우

下句의 문두에 '故'를 사용하여 上句의 전개 내용에 대해 결과를 제시한다.

> …, 故爲政者, 每人而悅之, 日亦不足矣.　〈離下 2〉

(그러므로 위정자가 모든 사람을 기쁘게 하려면 하루 종일도 부족할 것 이다.)

본문은 '故(접속사) + 爲政者(주어) + 每人(부사어) + 而(조사) + 悅(술 어) + 之(목적어)'의 구조로서 접속사 '故'가 上句의 원인에 대한 결 과를 설명한다.

> …, 故推恩足以保四海, 不推恩無以保妻子.
> 〈梁上 7〉

(그러므로 은혜를 넓게 하면 충분히 사해를 보호할 수 있고, 은혜를 넓게 하지 않으면 처자식도 보호할 수 없다.)

본문은 '故(접속사) + 推恩(주어) + 足以(조동사) + 保(술어) + 四海(목 적어)'의 구조로서 접속사 '故'가 上句의 원인에 대한 결과를 설명 한다.

> …, 故王之不王, 不爲也, 非不能也.　〈梁上 7〉

(그러므로 왕께서 왕도를 행하지 못하는 것은 하지 않는 것이지 할 수 없 는 것이 아니다.)

본문은 '故(접속사) + 王之不王(주어) + 不 + 爲(술어) + 也'의 구조로 서 접속사 '故'가 上句의 원인에 대한 결과를 설명한다.

(5) '所以…者'의 경우

조사 '所'가 개사 '以'와 결합하고 다시 술어와 함께 명사구를 만든다. 이 경우 '所以…者'가 결합된 구가 원인을 나타내며 下句에서 그 결과를 설명한다.

주어 + 所以 + 주술구(술목구) + 者(원인구),

　　　　　　　　　　주어 + 술어 + 목적어(결과구)

주어 + 술어 + 목적어(결과구),

　　　　　　　　　　주어 + 所以 + 주술구(술목구) + 者(원인구)

古之人所以大過人者, 無他焉, 善推其所爲而已矣.　　　〈梁上 7〉

(옛사람이 다른 사람보다 크게 뛰어난 까닭은 다른 것이 아니라 그 하는 바를 잘 넓혀 나갔기 때문이다.)

본문은 '古之人所以大過人者(주어) + 無(술어) + 他(목적어) + 焉'의 구조로서 '所以…者'가 원인을 나타내고 下句에서 그 결과를 설명한다.

學則三代共之, 皆所以明人倫也.　　　〈滕上 3〉

(학문은 삼대가 그것을 함께하였으니, 모두 인륜을 밝히고자 하기 때문이었다.)

본문은 '學(주어) + 則(조사) + 三代(부사어) + 共(술어) + 之(목적어), 皆(부사어) + 所以(접속사) + 明(술어) + 人倫(목적어) + 也'의 구조로서 上句에서 결과를 설명하고 下句에 '所以…者'의 어구로 원인을 제시한다.

國之所以廢興存亡者, 亦然. 〈離上 3〉

(나라가 폐하고 흥하고 존재하고 망하는 까닭은 역시 그러하다.)

본문은 '國(주어) + 之(조사) + 所以(접속사) + 廢興存亡者(주어) + 亦(부사어) + 然(술어)'의 구조로서 '所以…者'가 원인을 제시하고 下句에서 그 결과를 설명한다.

(6) '所以'의 경우

조사 '所'와 개사 '以'가 결합하면 접속사가 되어 원인에 대한 결과를 나타낸다. 이 경우 접속사 '所以'가 결합한 구가 원인을 제시하고 下句에서 그 결과를 설명한다.

所以動心忍性, 增益其所不能. 〈告下 15〉

(마음을 움직이고 성품을 참게 하기 때문에 그 불가능한 것을 이루는 데 보탬이 되게 한다.)

본문은 '所以(접속사) + 動(술어) + 心(목적어) + 忍(술어) + 性(목적어)'의 구조로서 上句에서 접속사 '所以'를 사용하여 원인을 제시하고 下句에서 그 결과를 설명한다.

言飽乎仁義也, 所以不願人之膏粱之味也. 〈告上 17〉

(인의에 배불렀다고 말할 수 있으니, 사람의 좋은 음식의 맛을 원하지 않기 때문이다.)

본문은 '所以(접속사) + 不 + 願(술어) + 人之膏粱之味(목적어) + 也'의 구조로서 上句에서 결과를 제시하고 下句에서 접속사 '所以'를 사용하여 원인을 설명한다.

> ## 公事畢, 然後敢治私事, 所以別野人也.　〈滕上 3〉
> (공전의 농사를 마치면 그 후에 감히 사전의 농사를 지었으니, (군자와) 야인을 구분하고자 함 때문이었다.)

　본문은 '所以(접속사) + 別(술어) + 野人(목적어) + 也'의 구조로서 上句에서 결과를 제시하고 下句에서 접속사 '所以'를 사용하여 원인을 설명한다.

> ## 存其心, 養其性, 所以事天也.　〈盡上 1〉
> (그 마음을 보존하고 그 본성을 기름은 하늘을 섬기고자 하기 때문이다.)

　본문은 '所以(접속사) + 事(술어) + 天(목적어) + 也'의 구조로서 上句에서 결과를 제시하고 下句에서 접속사 '所以'를 사용하여 원인을 설명한다.

介詞

명사, 대사 혹은 명사구와 결합하여 개사구조가 되어 시간·장소·목적·원인·방식·비교 등을 나타낸다. 이 경우 개사구조는 술어를 수식하는 부사어가 되거나 술어 뒤에서 보어가 된다.

개사가 개사목적어와 결합하여 보어나 부사어가 될 경우 술어와의 관계에 따라 시간개사, 비교개사, 장소개사, 원인개사, 방식개사, 대상개사로 나눌 수 있다.

> 주어 + 부사어 + 조동사 +
>   개사구조(개사 + 개사목적어) + 술어 + 목적어

天子不能以天下與人. 〈萬上 5〉

(천자가 천하를 남에게 줄 수 없다.)

본문은 '天子(주어) + 不 + 能(조동사) + 以(개사) + 天下(개사목적어) + 與(술어) + 人(목적어)'의 구조로서 개사구조 '以天下'는 술어 앞에서 술어를 수식하는 부사어가 된다.

> 주어 + 술어 + (목적어) + 개사구조(개사 + 개사목적어)

不仁而在高位, 是播其惡於衆也. 〈離上 1〉

(어질지 않으면서 높은 지위에 있으면, 이는 여러 사람에게 악을 퍼트리는 것이다.)

본문은 '是(주어) + 播(술어) + 其惡(목적어) + 於(개사) + 衆(개사목적어) + 也'의 구조로서 개사구조 '於衆'은 보어가 되어 행위의 대상을 나타낸다.

1) 시간개사

개사가 시간명사와 결합하여 동작이나 행위의 시작과 경과 혹은 종료 시점을 나타낸다.

(1) 於

개사가 시간명사와 결합하여 시간이나 시기를 나타내며 우리말로 '～때에'로 해석한다.

於今爲烈, 如之何其受之?　　　　　　　　　　〈萬下 4〉

(지금에도 법이 뚜렷한데 어찌 받을 수 있겠는가?)

본문은 '於(개사) + 今(개사목적어) + 爲(술어) + 烈(목적어)'의 구조로서 '於'가 시간개사가 된다.

於斯時也, 天下殆哉岌岌乎.　　　　　　　　　　〈萬上 4〉

(이때에 천하가 위험하고 위태하였다.)

본문은 '於(개사) + 斯時(개사목적어) + 也'의 구조로서 '於'가 시간개사가 된다.

至於日至之時, 皆熟矣.　　　　　　　　　　〈告上 7〉

(하지의 때에 이르러 모두 익는다.)

본문은 '至(술어) + 於(개사) + 日至之時(개사목적어)'의 구조로서 '於'가 시간개사가 된다.

(2) 當

문두에서 시간명사와 결합하여 동작이나 행위가 발생한 시기를 나타내며 개사 '於'와 문법적 역할이 같다.

當是時也, 內無怨女, 外無曠夫. 〈梁下 5〉
(이때에 이르러 안에는 원망하는 여자가 없었고 밖에는 홀아비가 없었다.)

본문은 '當(개사) + 是時(개사목적어) + 也'의 구조로서 '當'이 시간개사가 된다.

當堯之時, 天下猶未平, 洪水橫流. 〈滕上 4〉
(요임금 때에 이르러 천하가 아직 평안하지 못하여 홍수가 멋대로 흘렀다.)

본문은 '當(개사) + 堯之時(개사목적어)'의 구조로서 '當'이 시간개사가 된다.

(3) 及

문두에서 시간명사와 결합하여 동작이나 행위가 발생한 시기를 나타내며 개사 '於', '當'과 문법적 역할이 같다. 이 경우 우리말로 '~때에 이르러'로 해석한다.

及是時, 明其政刑, 雖大國必畏之矣. 〈公上 4〉
(이때에 이르러 정사와 형벌을 밝힌다면, 비록 강대국이라도 반드시 두려워할 것이다.)

본문은 '及(개사) + 是時(개사목적어)'의 구조로서 '及'이 시간개사가
된다.

> ### 及寡人之身, 東敗於齊, 長子死焉.　　　〈梁上 5〉
> (과인의 때에 이르러 동쪽으로 제나라에 패해 장자가 그곳에서 죽었다.)

본문은 '及(개사) + 寡人之身(개사목적어)'의 구조로서 '及'이 시간개
사가 된다.

(4) 自

문두에서 동사나 동사구와 결합하여 동작이나 행위와 관계된 시
점을 표시하며 우리말로 '~로부터'로 해석한다.

> ### 自耕稼陶漁, 以至爲帝, 無非取於人者.　　〈公上 8〉
> (밭 갈고 곡식을 심으며 질그릇 굽고 물고기 잡을 때로부터 황제가 될 때
> 까지 남에게서 취하지 않은 것이 없다.)

본문은 '自(개사) + 耕稼陶漁(개사목적어) + 以(접속사) + 至(개사) + 爲
帝(개사목적어)'의 구조로서 '自'가 시간개사가 된다.

> ### 自有生民以來, 未有盛於孔子也.　　　〈公上 2〉
> (백성이 생겨난 이래로부터 공자보다 훌륭한 분은 아직 없었다.)

본문은 '自(개사) + 有生民以來(개사목적어)'의 구조로서 '自'가 시간
개사가 된다.

(5) 至(至於)

동사 '至'가 개사 '於'와 결합하여 개사가 될 경우 개사 '至'와 용법이 같으며 우리말로 '~까지'로 해석한다.

> **由湯至於文王, 五百有餘歲.** 〈盡下 38〉
>
> (탕왕으로부터 문왕에 이르기까지 오백여 년이 되었다.)

본문은 '由(개사) + 湯(개사목적어) + 至於(개사) + 文王(개사목적어)'의 구조로서 '至於'가 시간개사가 된다.

> **自耕稼陶漁, 以至爲帝, 無非取於人者.** 〈公上 8〉
>
> (밭 갈고 곡식을 심으며 질그릇 굽고 물고기 잡을 때로부터 황제가 될 때까지 남에게서 취하지 않은 것이 없다.)

본문은 '自(개사) + 耕稼陶漁(개사목적어) + 以(접속사) + 至(개사) + 爲帝(개사목적어)'의 구조로서 '至'가 시간개사가 된다.

(6) 由

문두에서 개사목적어와 결합하여 시간이나 시기를 나타내며 개사 '自'와 문법적 역할이 같다.

> **由湯至於文王, 五百有餘歲.** 〈盡下 38〉
>
> (탕왕으로부터 문왕에 이르기까지 오백여 년이 되었다.)

본문은 '由(개사) + 湯(개사목적어) + 至於(개사) + 文王(개사목적어)'의 구조로서 '由'가 시간개사가 된다.

由湯至於武丁, 賢聖之君六七作. 〈公上 1〉

(탕왕에서부터 무정에 이르기까지 현명하고 성스러운 군왕이 여섯, 일곱
분이 일어났다.)

　본문은 '由(개사) + 湯(개사목적어) + 至於(개사) + 武丁(개사목적어)'의
구조로서 '由'가 시간개사가 된다.

由周而來, 七百有餘歲矣. 〈公下 13〉

(주나라 이래로부터 칠백여 년이 되었다.)

　본문은 '由(개사) + 周而來(개사목적어)'의 구조로서 '由'가 시간개사
가 된다.

(7) 以

　'以'가 시간명사와 결합하여 동작이나 행위가 발생한 시간을
나타낸다.

壯者以暇日修其孝悌忠信, 入以事其父兄, 出以事其長上. 〈梁上 5〉

(장성한 자들이 한가한 날에 효제와 충신을 닦아, 들어가서는 부형을 섬기
고 나가서는 어른을 섬긴다.)

　본문은 '壯者(주어) + 以(개사) + 暇日(개사목적어) + 修(술어) + 其孝悌
忠信(목적어)'의 구조로서 '以'가 시간개사가 된다.

(8) 乎

　'乎'가 시간명사와 결합하여 동작이 발생한 시간을 나타낸다.

奮乎百世之上, 百世之下, 聞者莫不興起也.

〈盡下 15〉

(백 세대의 위에서 분발했는데, 백 세대의 뒤에서 들은 자가 흥기하지 않은 이가 없다.)

본문은 '奮(술어) + 乎(개사) + 百世之上(개사목적어)'의 구조로서 '乎'가 시간개사가 된다.

2) 비교개사

개사가 형용사 술어 뒤에서 주어와 개사목적어를 비교하며 우리말로 '~보다'로 해석한다.

> 주어 + 술어(형용사) + (목적어) + 개사(於, 乎, 于) + 개사목적어

(1) 於

가장 많이 사용하는 개사로서 형용사 술어 뒤에서 비교의 뜻을 나타낸다.

欲重之於堯舜之道者, 大桀小桀也.
〈告下 10〉

(요순의 도보다 무겁게 하고자 하는 자는 큰 걸왕에 작은 걸왕이다.)

본문은 '欲(조동사) + 重(술어) + 之(목적어) + 於(개사) + 堯舜之道(개사목적어) + 者'의 구조로서 '於'가 형용사 뒤에서 비교개사가 된다.

所欲有甚於生者, 所惡有甚於死者.
〈告上 10〉

(원하는 것이 사는 것보다 심한 것이 있으며, 싫어하는 바가 죽는 것보다 심한 것이 있다.)

본문은 '所欲(주어) + 有(술어) + 甚於生者(목적어)'의 구조이다. 이 경우 목적어는 다시 '甚(술어) + 於(개사) + 生者(개사목적어)'가 되어 '於'가 형용사 뒤에서 비교개사가 된다.

> **民之憔悴於虐政, 未有甚於此時者也.** 〈公上 1〉
>
> (백성들이 학정에 초췌한 것이 이때보다 더 심한 적이 없었다.)

본문은 '未 + 有(술어) + 甚於此時者(목적어) + 也'의 구조이다. 이 경우 목적어는 다시 '甚(술어) + 於(개사) + 此時者(개사목적어)'가 되어 '於'가 형용사 뒤에서 비교개사가 된다.

(2) '莫…於(乎)~'의 경우

개사 앞에 부정사 '莫'이 호응하여 최상급을 유도하며 우리말로 '…보다 더 ~한 것은 없다'로 해석한다.

> 주어 + 莫 + 술어(형용사) + 목적어 + 개사(於, 乎, 于) + 개사목적어

> **孝子之至, 莫大乎尊親. 尊親之至, 莫大乎以天下養.** 〈萬上 4〉
>
> (효자의 지극함은 어버이를 높임보다 더 큰 것이 없다. 어버이를 높임의 지극함은 천하로써 봉양함보다 더 큰 것이 없다.)

본문은 '孝子之至(주어) + 莫 + 大(술어) + 乎(개사) + 尊親(개사목적어)', '莫 + 大(술어) + 乎(개사) + 以天下養(개사목적어)'의 구조로서 개사 '乎'가 부정사 '莫'과 호응하여 최상급을 유도한다.

養心莫善於寡欲. <盡下 35>

(마음을 수양함에 욕심을 적게 하는 것보다 더 좋은 것이 없다.)

본문은 '養心(주어) + 莫 + 善(술어) + 於(개사) + 寡欲(개사목적어)'의 구조로서 개사 '於'가 부정사 '莫'과 호응하여 최상급을 유도한다.

治地莫善於助, 莫不善於貢. <滕上 3>

(토지를 다스림은 조법보다 더 좋은 것이 없고 공법보다 더 나쁜 것이 없다.)

본문은 '治地(주어) + 莫 + 善(술어) + 於(개사) + 助(개사목적어), 莫 + 不 + 善(술어) + 於(개사) + 貢(개사목적어)'의 구조로서 개사 '於'가 부정사 '莫'과 호응하여 최상급을 유도한다.

(3) 于

'于'와 '於'는 발음이 유사하여 같은 용법으로 사용하였다. 초기 갑골문에는 '于'만 보이고, 『左傳』이나 『荀子』 등에는 '于'와 '於'를 함께 사용하였으며, 전국시기 이후에는 주로 '於'를 많이 사용하였다.

脅肩諂笑, 病于夏畦. <滕下 7>

(어깨를 움츠린 채 아첨하는 웃음을 짓는 것은 한여름 밭두둑에서 일하는 것보다 더 피곤하다.)

본문은 '脅肩諂笑(주어) + 病(술어) + 于(개사) + 夏畦(개사목적어)'의 구조로서 '于'가 비교개사가 된다.

(4) 乎

'乎'의 상고음이 '于'와 가까워 비교개사로 사용하였다. 이 경우 개사 '乎'의 목적어는 주어와 비교하는 대상이 된다.

> ### 孝子之至, 莫大乎尊親. 〈萬上 4〉
> (효자의 지극함은 어버이를 존중함보다 더 큰 것이 없다.)

본문은 '孝子之至(주어) + 莫 + 大(술어) + 乎(개사) + 尊親(개사목적어)'의 구조로서 개사 '乎'가 부정사 '莫'과 호응하여 최상급을 유도한다.

> ### 故君子莫大乎與人爲善. 〈公上 8〉
> (그러므로 군자는 남이 선을 실천하도록 돕는 것보다 더 귀한 것이 없다.)

본문은 '故(접속사) + 君子(주어) + 莫 + 大(술어) + 乎(개사) + 與人爲善(개사목적어)'의 구조로서 개사 '乎'가 부정사 '莫'과 호응하여 최상급을 유도한다.

3) 장소개사

개사가 장소를 나타내는 개사목적어를 술어에 소개하는 역할을 한다. 이 경우 개사는 동작이 발생한 장소나 종착점, 기점을 모두 포함한다.

(1) 于

동작이나 행위와 관계된 장소를 표시하며 우리말로 '～에'로 해석한다.

帝館甥于貳室, 亦饗舜.　　　　　　　　　　〈萬下 12〉

(요임금이 별실에 사위를 묵게 하고 역시 순에게 음식을 대접하였다.)

본문은 '帝(주어) + 館(술어) + 甥(목적어) + 于(개사) + 貳室(개사목적어)'의 구조로서 '于'가 장소개사가 된다.

舜往于田, 號泣于旻天.　　　　　　　　　　〈萬上 1〉

(순임금이 밭에 가서 하늘을 향해 소리 내어 울었다.)

본문은 '舜(주어) + 往(술어) + 于(개사) + 田(개사목적어)'의 구조로서 '于'가 장소개사가 된다.

踰梁山, 邑于岐山之下, 居焉.　　　　　　　〈梁下 15〉

(양산을 넘어 기산의 아래에 도읍하고 거기에 머물렀다.)

본문은 '邑(술어) + 于(개사) + 岐山之下(개사목적어) + 居(술어) + 焉'의 구조로서 '于'가 장소개사가 된다.

(2) 於

춘추전국시기 이전에는 주로 개사 '于'를 사용하였고, 전국시기 이후에는 장소개사 '於'를 많이 사용하였다.

天下之士皆悅而願立於其朝矣.　　　　　　〈公上 5〉

(천하의 선비들이 모두 기뻐하여 그 조정에 서기를 원한다.)

본문은 '天下之士(주어) + 皆(부사어) + 悅(술어) + 而(접속사) + 願(조동사) + 立(술어) + 於(개사) + 其朝(개사목적어) + 矣'의 구조로서 '於'가 장소개사가 된다.

今人乍見孺子將入於井, 皆有怵惕惻隱之心.

<公上 6>

(지금 사람들이 갑자기 어린아이가 장차 우물에 들어가는 것을 보면 모두 놀라고 측은히 여기는 마음이 생겨난다.)

본문은 '今(부사어) + 人(주어) + 乍(부사어) + 見(술어) + 孺子將入於井(목적어)'의 구조이다. 이 경우 목적어는 다시 '孺子(주어) + 將(부사어) + 入(동사) + 於(개사) + 井(개사목적어)'가 되어 '於'가 장소개사가 된다.

夫子當路於齊, 管仲晏子之功, 可復許乎? <公上 1>

(선생님께서 제나라에서 요직을 맡으신다면 관중이나 안자의 공적을 다시 기대할 수 있을까요?)

본문은 '夫子(주어) + 當(술어) + 路(목적어) + 於(개사) + 齊(개사목적어)'의 구조로서 '於'가 장소개사가 된다.

(3) 由

동작이나 행위가 시작되는 장소를 나타내며 우리말로 '~로부터'로 해석한다.

他日由鄒之任, 見季子. 由平陸之齊, 不見儲子.

<告下 5>

(그 후 추나라에서 임나라로 가서는 계자를 만났다. 평륙에서 제나라로 가서는 저자를 만나 보지 않았다.)

본문은 '他日(부사어) + 由(개사) + 鄒(개사목적어) + 之(술어) + 任(목적어)', '由(개사) + 平陸(개사목적어) + 之(술어) + 齊(목적어)'의 구조로서 '由'가 모두 장소개사가 된다.

> **仁義禮智, 非由外鑠我也.** 〈告上 6〉

> (인의예지는 외부에서부터 나를 녹이는 것이 아니다.)

　본문은 '非 + 由(개사) + 外(개사목적어) + 鑠(술어) + 我(목적어) + 也'의 구조로서 '由'가 장소개사가 된다.

(4) 乎

　장소개사 '於'와 용법이 비슷하여 동작이나 행위가 발생한 장소를 나타내며 우리말로 '~에서'로 해석한다.

> **立乎人之本朝而道不行, 恥也.** 〈萬下 5〉

> (사람의 조정에 서서 도가 행하여지지 않으면 부끄러운 일이다.)

　본문은 '立(술어) + 乎(개사) + 人之本朝(개사목적어) + 而(접속사) + 道(주어) + 不 + 行(술어)'의 구조로서 '乎'가 장소개사가 된다.

> **凶年饑歲, 君之民老弱轉乎溝壑.** 〈梁下 12〉

> (흉년과 굶주리는 해에 군주의 백성들 가운데 노약자들이 도랑과 개천에서 시신으로 뒹군다.)

　본문은 '君之民老弱(주어) + 轉(술어) + 乎(개사) + 溝壑(개사목적어)'의 구조로서 '乎'가 장소개사가 된다.

> **是故知命者, 不立乎巖墻之下.** 〈盡上 2〉

> (그러므로 천명을 아는 자는 위험한 담장 아래 서지 않는다.)

　본문은 '不 + 立(술어) + 乎(개사) + 巖墻之下(개사목적어)'의 구조로서 '乎'가 장소개사가 된다.

(5) 諸

술어 뒤에서 '之於'의 합음사가 되어 동작이나 행위와 관계된 장소를 나타낸다.

> **有諸內必形諸外.** 〈告下 6〉
> (내면에 가지고 있으면 반드시 밖으로 드러나게 된다.)

본문은 '有(술어) + 諸(之於) + 內(개사목적어) + 必(부사어) + 形(술어) + 諸(之於) + 外(개사목적어)'의 구조로서 '於'가 장소개사가 된다.

> **於卒也, 摽使者出諸大門之外.** 〈萬下 6〉
> (마침내 사자를 손짓하여 대문 밖으로 나가도록 하였다.)

본문은 '摽(술어) + 使者(목적어) + 出(술어) + 諸(之於) + 大門之外(개사목적어)'의 구조로서 '於'가 장소개사가 된다.

(6) 自

동작과 관계된 장소의 출발점을 나타내며 우리말로 '～로부터'로 해석한다.

> **孟子自齊葬於魯, 反於齊.** 〈公下 7〉
> (맹자께서 제나라로부터 노나라에서 장례를 치르고 제나라로 돌아왔다.)

본문은 '孟子(주어) + 自(개사) + 齊(개사목적어) + 葬(술어) + 於(개사) + 魯(개사목적어)'의 구조로서 '自'가 장소개사가 된다.

> ## 天誅造攻自牧宮, 朕載自亳. 〈萬上 7〉
> (하늘의 토벌이 공격을 시작한 것이 목궁에서부터 하였으니, 내가 박읍에서부터 비롯한 것이다.)

본문은 '天誅(주어) + 造(술어) + 攻(목적어) + 自(개사) + 牧宮(개사목적어), 朕(주어) + 載(술어) + 自(개사) + 亳(개사목적어)'의 구조로서 '自'가 장소개사가 된다.

> ## 自葛載, 十一征而無敵於天下. 〈滕下 5〉
> (갈나라로부터 시작하여 열한 개의 나라를 치니 천하에 적이 없었다.)

본문은 '自(개사) + 葛(개사목적어) + 載(술어)'의 구조로서 '自'가 장소개사가 된다.

> ## 書曰 湯一征, 自葛始, 天下信之. 〈梁下 11〉
> (서경에서 이르기를 '탕이 한 번 정벌을 갈에서부터 시작하자 천하가 믿었다'라고 하였다.)

본문은 '湯一征(목적어) + 自(개사) + 葛(개사목적어) + 始(술어)'의 구조로서 '自'가 장소개사가 된다.

4) 원인개사

동작이나 행위가 발생한 원인을 나타내며, 개사목적어는 개사의 앞이나 뒤에 위치한다.

(1) 爲

개사목적어와 결합하여 뒤의 술어를 수식하는 부사어가 되거나 주술구나 술목구 전체에 대해서 원인이나 이유를 나타낸다.

吾爲此懼, 閑先聖之道, 距楊墨. 〈滕下 9〉
(내가 이 때문에 두려워하여 이전 성인의 도를 보호해서 양자와 묵자를 막으려 한다.)

본문은 '吾(주어) + 爲(개사) + 此(개사목적어) + 懼(술어)'의 구조로서 '爲'가 원인개사가 되어 형용사를 수식한다.

爲其殺是童子而征之, 四海之內皆曰. 〈滕下 5〉
(그가 이 동자를 죽였기 때문에 정벌하였는데, 천하의 사람들이 모두 다음과 같이 말하였다.)

본문은 '爲(개사) + 其(주어) + 殺(술어) + 是童子(목적어)'의 구조로서 '爲'가 원인개사가 되어 술목구를 수식한다.

(2) 以

개사목적어와 결합하여 술어를 수식하며 동작이 발생한 원인을 나타낸다.

吾聞之也, 君子不以天下儉其親. 〈公下 7〉
(내가 들으니 군자는 천하 때문에 어버이를 검소하게 장사하지 않는다고 하였다.)

본문은 '君子(주어) + 不 + 以(개사) + 天下(개사목적어) + 儉(술어) + 其親(목적어)'의 구조로서 '以'가 원인개사가 되어 동사를 수식한다.

梁惠王以土地之故, 糜爛其民而戰之, 大敗.

〈盡下 1〉

(양혜왕이 토지의 연고 때문에 자기 백성의 살과 피를 썩게 하며 전쟁을 했으나 대패하였다.)

본문은 '梁惠王(주어) + 以(개사) + 土地之故(개사목적어) + 糜爛(술어) + 其民(목적어) + 而(접속사) + 戰(술어) + 之(목적어)'의 구조로서 '以'가 원인개사가 되어 동사를 수식한다.

經德不回, 非以干祿也.

〈盡下 33〉

(떳떳한 덕을 구부리지 않았기 때문에 녹봉을 구하지 않은 것이다.)

본문은 '經德不回(개사목적어) + 非 + 以(개사) + 干(술어) + 祿(목적어) + 也'의 구조이다. 이 경우 원래 '非 + 以 + (經德不回) + 干祿也'가 되는데 개사목적어를 강조하기 위하여 도치한 것으로 '以'가 원인개사가 되어 동사를 수식한다.

(3) 由

원인을 나타내는 개사로서 개사 '以'와 용법이 비슷하며 우리말로 '~때문에'로 해석한다.

由是則生而有不用也, 由是則可以辟患而有不爲也.

〈告上 10〉

(이것 때문에 살 수 있는데도 사용하지 않음이 있고, 이것 때문에 죽음을 피할 수 있는데도 하지 않는 경우가 있다.)

본문은 '由(개사) + 是(개사목적어) + 則(조사) + 生(술어) + 而(접속사) + 有(술어) + 不用(목적어) + 也'의 구조로서 '由'가 원인개사가 되어 동사를 수식한다.

夫子加齊之卿相, 得行道焉, 雖由此霸王不異矣.

〈公上 2〉

(선생님이 제나라의 상대부나 재상을 맡아 도를 행할 수 있다면, 비록 이 것으로 인해 (제나라가) 패왕과 다르지 않게 됩니다.)

본문은 '雖(접속사) + 由(개사) + 此(개사목적어) + 霸王(목적어) + 不 + 異(술어) + 矣'의 구조로서 '由'가 원인개사가 되어 동사를 수식한다.

5) 방식(도구)개사

방식이나 도구를 나타내는 명사를 술어에 소개하는 데 사용하며 '以', '因', '由', '用' 등이 있다.

(1) 以

어떤 행동을 실행하는 구체적 도구인 명사와 결합하여 우리말로 '~을 가지고'로 해석한다.

大匠誨人必以規矩, 學者亦必以規矩.　　〈告上 20〉

(큰 목수가 사람을 가르칠 적에 반드시 규구를 가지고서 하니, 배우는 자 도 역시 반드시 규구로써 한다.)

본문은 '大匠(주어) + 誨(술어) + 人(목적어) + 必(부사어) + 以(개사) + 規矩(개사목적어)'의 구조로서 '以'가 방식(도구)개사가 된다.

今之爲仁者, 猶以一杯水救一車薪之火也.〈告上 18〉

(지금 인을 행하는 자는 한 잔의 물을 가지고 한 수레에 가득 실은 땔감의 불을 끄고자 하는 것 같다.)

본문은 '以(개사) + 一杯水(개사목적어) + 救(술어) + 一車薪之火(목적어) + 也'의 구조로서 '以'가 방식(도구)개사가 된다.

다음으로 개사 '以'가 어떤 행위를 실행함에 있어서 추상적인 방식이나 근거를 나타낸다.

曾子曰 生事之以禮, 死葬之以禮, 祭之以禮, 可謂孝矣. 〈滕上 2〉

(증자가 말하기를 '살아서는 섬기기를 예로써 하며, 죽어서는 장례하기를 예로써 하며, 제사하기를 예로써 하면 효라고 말할 수 있다'라고 하였다.)

본문은 '生(주어) + 事(술어) + 之(목적어) + 以(개사) + 禮(개사목적어)', '死葬之以禮', '祭之以禮'의 구조로서 '以'가 추상적인 방법을 나타내는 방식(도구)개사가 된다.

以禮食則飢而死, 不以禮食則得食, 必以禮乎? 〈告下 1〉

(예의 방법으로써 먹으면 굶어 죽고 예의 방법으로써 먹지 않으면 얻어 먹을 수 있더라도 반드시 예로써 해야 하는가?)

본문은 '以(개사) + 禮(개사목적어) + 食(술어) + 則(접속사) + 飢(술어) + 而(접속사) + 死(술어)'의 구조로서 '以'가 추상적인 방법을 나타내는 방식(도구)개사가 된다.

以生道殺民, 雖死, 不怨殺者. 〈盡上 12〉

(살려 주는 방법으로써 백성을 죽이면 비록 죽더라도 죽이는 자를 원망하지 않을 것이다.)

본문은 '以(개사) + 生道(개사목적어) + 殺(술어) + 民(목적어)'의 구조로서 '以'가 추상적인 방법을 나타내는 방식(도구)개사가 된다.

以母則不食, 以妻則食之, 以兄之室則弗居之.

〈滕下 10〉

(어머니의 방식으로 하면 먹지 않고 아내의 방식으로 하면 먹으며, 형의 집에 사는 방식으로는 거하지 않는다.)

본문은 '以(개사) + 母(개사목적어) + 則(조사) + 不 + 食(술어), 以(개사) + 妻(개사목적어) + 則(조사) + 食(술어) + 之(목적어), 以(개사) + 兄之室(개사목적어) + 則(조사) + 弗 + 居(술어) + 之(목적어)'의 구조로서 '以'가 모두 추상적인 방법을 나타내는 방식(도구)개사가 된다.

仁者以其所愛, 及其所不愛. 不仁者以其所不愛, 及其所愛.

〈盡下 1〉

(어진 사람은 그 사랑하는 방법으로써 사랑하지 않는 사람에게 미친다. 어질지 않은 사람은 그 사랑하지 않는 방법으로써 사랑하는 사람에게 미친다.)

본문은 '仁者(주어) + 以(개사) + 其所愛(개사목적어) + 及(술어) + 其所不愛(목적어)'의 구조로서 '以'가 추상적인 방법을 나타내는 방식(도구)개사가 된다.

(2) 用

주로 추상적인 동작이나 행위를 실현하는 데 필요한 도구나 방식을 나타내며 우리말로 '～로서'로 해석한다.

> 用下敬上, 謂之貴貴. 用上敬下, 謂之尊賢. 〈萬下 3〉
>
> (아랫사람으로서 윗사람을 공경하는 것을 귀함을 귀하게 여긴다고 말한다. 윗사람으로서 아랫사람을 공경하는 것을 어진 이를 존중한다고 말한다.)

본문은 '用(개사) + 下(개사목적어) + 敬(술어) + 上(목적어)', 下句인 '用上敬下'도 동일한 구조로서 '用'이 방식(도구)개사가 된다.

> 吾聞用夏變夷者, 未聞變於夷者也. 〈滕上 4〉
>
> (나는 중화의 문화로써 오랑캐를 변화시켰다는 말은 들었지만, 오랑캐에 의해 변화되었다는 말은 듣지 못하였다.)

본문은 '吾(주어) + 聞(술어) + 用夏變夷者(목적어)'의 구조이다. 이 경우 목적어는 다시 '用(개사) + 夏(개사목적어) + 變(술어) + 夷(목적어) + 者'가 되어 '用'이 방식(도구)개사가 된다.

6) 대상(목적)개사

대상이 되는 사람이나 사건을 술어에 소개하는 역할을 하며 우리말로 '~와, ~에게, ~을 통해서'로 해석한다.

(1) 于

동작과 관련된 대상을 나타내며 주로 술어 뒤에 위치한다.

> 號泣于旻天, 于父母, 則吾不知也. 〈萬上 1〉
>
> (하늘과 부모에게 소리쳐 울었다고 하는 말을 나는 모르겠다.)

본문은 '號泣(술어) + 于(개사) + 旻天(개사목적어) + 于(개사) + 父母(개사목적어)'의 구조로서 '于'가 대상개사가 된다.

詩云 刑于寡妻, 至于兄弟, 以御于家邦. 〈梁上 7〉

(시경에서 이르기를 '나의 처에게 모범을 보여 형제에게 이르니 가문과 나라를 다스린다'라고 하였다.)

본문은 '刑(술어) + 于(개사) + 寡妻(개사목적어) + 至(술어) + 于(개사) + 兄弟(개사목적어)'의 구조로서 '于'가 대상개사가 된다.

伊尹曰 予不狎于不順. 〈盡上 31〉

(이윤이 말하기를 '나는 도에 순종하지 못하는 것을 친하게 여기지 못한다'라고 하였다.)

본문은 '予(주어) + 不 + 狎(술어) + 于(개사) + 不順(개사목적어)'의 구조로서 '于'가 대상개사가 된다.

(2) 與

동작이나 행위가 미치거나 수익이 되는 대상을 나타내며 우리말로 '～와'로 해석한다.

蚤起, 施從良人之所之, 遍國中無與立談者. 〈離下 33〉

(일찍 일어나 남편이 가는 곳을 따라가 보니, 도성 안을 두루 다니지만 함께 서서 말하는 자가 없었다.)

본문은 '遍(술어) + 國中(목적어) + 無(술어) + 與(개사) + (개사목적어 생략) + 立談(술어) + 者'의 구조로서 '與' 다음에 '良人'이 생략된 대상개사가 된다.

昔者孟子嘗與我言於宋, 於心終不忘. 〈滕上 2〉

(지난번에 맹자께서 일찍이 나와 더불어 송나라에서 말씀하셨는바 내 마음에 끝내 잊지 못하였다.)

본문은 '昔者(부사어) + 孟子(주어) + 嘗(부사어) + 與(개사) + 我(개사목적어) + 言(술어) + 於(개사) + 宋(개사목적어)'의 구조로서 '與'가 대상개사가 된다.

王往而征之, 夫誰與王敵? 〈梁上 5〉

(왕께서 출정해서 징벌하신다면 누가 왕에게 대적하겠습니까?)

본문은 '夫 + 誰(주어) + 與(개사) + 王(개사목적어) + 敵(술어)'의 구조로서 '與'가 대상개사가 된다.

(3) 於

동작이나 행위가 미치거나 수익이 되는 대상을 나타내며 우리말로 '~에게, ~에 대해서'라고 해석한다.

居下位而不獲於上, 民不可得而治. 〈離上 12〉

(아래 지위에 있으면서 윗사람에게 신임을 얻지 못하면 백성을 다스리지 못할 것이다.)

본문은 '居(술어) + 下位(목적어) + 而(접속사) + 不 + 獲(술어) + 於(개사) + 上(개사목적어)'의 구조로서 '於'가 대상개사가 된다.

耳之於聲也, 有同聽焉. 目之於色也, 有同美焉. 〈告上 7〉

(귀가 청각에 대해서 동일한 좋은 소리가 있고, 눈이 색에 있어서 동일한 아름다움이 있다.)

본문은 '耳(주어) + 之(조사) + 於(개사) + 聲(개사목적어)'의 구조로서 '於'가 대상개사가 된다.

寡人之於國也, 盡心焉耳矣. 〈梁上 3〉

(과인이 나라에 대해서 마음을 다했을 뿐이다.)

본문은 '寡人(주어) + 之(조사) + 於(개사) + 國(개사목적어) + 也'의 구조로서 '於'가 대상개사가 된다.

人之於身也, 兼所愛. 〈告上 14〉

(사람은 자신의 몸에 대해서 두루 사랑하는 바가 있다.)

본문은 '人(주어) + 之(조사) + 於(개사) + 身(개사목적어) + 也'의 구조로서 '於'가 대상개사가 된다.

(4) 以

동작이 미치는 대상을 다음 술어에 전달하는 작용을 하며 우리말로 '~을'로 해석한다.

陳子以時子之言告孟子. 〈公下 10〉

(진자가 시자의 말을 맹자에게 아뢰었다.)

본문은 '陳子(주어) + 以(개사) + 時子之言(개사목적어) + 告(술어) + 孟子(목적어)'의 구조로서 '以'가 대상개사가 된다.

天子不能以天下與人. 〈萬上 5〉

(천자가 천하를 남에게 줄 수 없다.)

본문은 '天子(주어) + 不 + 能(조동사) + 以(개사) + 天下(개사목적어) + 與(술어) + 人(목적어)'의 구조로서 '以'가 대상개사가 된다.

使管叔監殷, 管叔以殷畔也. 〈公下 9〉

(관숙으로 하여금 은나라를 감독하게 하였는데, 관숙이 은나라 사람들과 반란을 일으켰다.)

본문은 '管叔(주어) + 以(개사) + 殷(개사목적어) + 畔(술어) + 也'의 구조로서 '以'가 대상개사가 된다.

子思之不悅也, 豈不曰 以位則子君也, 我臣也. 〈萬下 7〉

(자사가 기뻐하지 않음이 어찌 '지위로 보면 그대는 군주이고 나는 신하이다'라고 말함이 아니겠는가?)

본문은 '豈(의문부사) + 不 + 曰(술어) + 以位則子君也, 我臣(목적어) + 也'의 구조이다. 이 경우 목적어는 다시 '以(개사) + 位(개사목적어) + 則(접속사) + 子(주어) + 君(술어) + 也'가 되어 '以'가 대상개사가 된다.

다음으로 '以 + 개사목적어'의 구조가 술어 뒤에 놓이기도 한다.

五畝之宅樹之以桑, 五十者可以衣帛矣. 〈梁上 3〉

(오 무의 집에 뽕나무를 심으면, 오십 대의 사람이 비단옷을 입을 수 있다.)

본문은 '五畝之宅(주어) + 樹(술어) + 之(목적어) + 以(개사) + 桑(개사목적어)'의 구조로서 '以'가 대상개사가 된다.

暴見於王, 王語暴以好樂. 〈梁下 1〉

(제가 왕을 뵈었는데, 왕께서 제게 음악을 좋아한다고 말하셨습니다.)

본문은 '王(주어) + 語(술어) + 暴(목적어) + 以(개사) + 好樂(개사목적어)'의 구조로서 '以'가 대상개사가 된다.

(5) 由

동작이나 행위가 미치는 대상을 나타내며 우리말로 '~에서'로 해석한다.

> 由君子觀之, 則人之所以求富貴利達者, 其妻妾
> 不羞也而不相泣者, 幾希矣. 〈離下 33〉
>
> (군자의 입장에서 본다면 사람 중에 부귀와 이익과 영달을 추구하는 자는 처첩이 부끄러워하지 않고 또 서로 울지 않을 자가 거의 드물 것이다.)

본문은 '由(개사) + 君子(개사목적어) + 觀(술어) + 之(목적어)'의 구조로서 '由'가 대상개사가 된다.

> 之則以爲愛無差等, 施由親始. 〈滕上 5〉
>
> (저는 사랑에는 차등이 없지만 베푸는 것은 어버이에게서 시작한다고 생각합니다.)

본문은 '施(주어) + 由(개사) + 親(개사목적어) + 始(술어)'의 구조로서 '由'가 대상개사가 된다.

(6) 在

개사가 될 경우 동작이나 행위와 관련된 대상을 나타내며 우리말로 '~할 경우에'로 해석한다.

> 在他人則誅之, 在弟則封之. 〈萬上 3〉
>
> (타인의 경우에는 죽이면서 동생의 경우에는 땅을 봉해 주었다.)

본문은 '在(개사) + 他人(개사목적어) + 則(조사) + 誅(술어) + 之(목적어), 在(개사) + 弟(개사목적어) + 則(조사) + 封(술어) + 之(목적어)'의 구조로서 '在'가 대상개사가 된다.

(7) 比

동작이나 행위가 미치는 대상을 나타내며 우리말로 '~에게, ~을 위하여'로 해석한다.

> **願比死者一洒之, 如之何則可?** 〈梁上 5〉
>
> (죽은 자에게 한 번 설욕해 주기를 원하노니, 어떻게 하면 되겠습니까?)

본문은 '願(술어) + 比死者一洒之(목적어)'의 구조이다. 이 경우 목적어는 다시 '比(개사) + 死者(개사목적어) + 一(부사어) + 洒(술어) + 之(목적어)'가 되어 '比'가 대상(목적)개사가 된다.

> **且比化者無使土親膚, 於人心獨無恔乎?** 〈公下 7〉
>
> (또 죽은 사람에게 흙을 피부에 닿지 않도록 하는 것이 자식의 마음에 어찌 만족스럽지 않겠는가?)

본문은 '且(부사어) + 比(개사) + 化者(개사목적어) + 無(술어) + 使土親膚(목적어)'의 구조로서 '比'가 대상(목적)개사가 된다.

(8) 爲

동작이나 행위가 미치는 대상을 나타내며 우리말로 '~에게, ~을 위하여'로 해석한다.

> **臣請爲王言樂.** 〈梁下 1〉
>
> (신이 청컨대 왕에게 음악에 대해 말씀 드리겠습니다.)

본문은 '臣(주어) + 請(부사어) + 爲(개사) + 王(개사목적어) + 言(술어) + 樂(목적어)'의 구조로서 '爲'가 대상(목적)개사가 된다.

爲長者折枝, 語人曰 我不能, 是不爲也.　〈梁上 7〉

(장자를 위하여 나뭇가지를 꺾는 것을 사람들에게 '내가 할 수 없다'라고 말한다면, 이것은 하지 않는 것이다.)

본문은 '爲(개사) + 長者(개사목적어) + 折(술어) + 枝(목적어)'의 구조로서 '爲'가 대상(목적)개사가 된다.

非富天下也, 爲匹夫匹婦復讐也.　〈滕下 5〉

(천하를 탐해서가 아니라 지아비와 지어미를 위하여 복수하는 것이다.)

본문은 '爲(개사) + 匹夫匹婦(개사목적어) + 復讐(술어) + 也'의 구조로서 '爲'가 대상(목적)개사가 된다.

爲湯武敺民者, 桀與紂也.　〈離上 9〉

(탕왕과 무왕에게 백성을 몰아 보내 준 자는 걸과 주이다.)

본문은 '爲湯武敺民者(주어) + 桀與紂(술어) + 也'의 구조이다. 이 경우 주어는 다시 '爲(개사) + 湯武(개사목적어) + 敺(술어) + 民(목적어) + 者'가 되어 '爲'가 대상(목적)개사가 된다.

辭曰 聞戒故, 爲兵饋之, 予何爲不受?　〈公下 3〉

(말하기를 '경계한다는 말을 들었기 때문에 군대를 위하여 드립니다'라고 하였으니, 내가 어찌 받지 않을 수 있겠는가?)

본문은 '爲(개사) + 兵(개사목적어) + 饋(술어) + 之(목적어)'의 구조로서 '爲'가 대상(목적)개사가 된다.

개사 '爲' 다음에 대사를 사용하는 경우도 있다.

> 주어 + 개사(爲) + 대사(之, 我) + 술어 + 목적어

今有受人之牛羊爲之牧之者, 則必爲之求牧與芻矣.　〈公下 4〉

(지금 남의 소와 양을 받아서 그를 위하여 길러 주는 자가 있으면 반드시 그를 위하여 목장과 꼴을 구할 것이다.)

본문은 '今(부사어) + 有(술어) + 受人之牛羊爲之牧之者(목적어)'의 구조이다. 이 경우 목적어는 다시 '受人之牛羊(주어) + 爲(개사) + 之(개사목적어) + 牧(술어) + 之(목적어)'가 되어 '爲'가 대상(목적)개사가 된다.

恐其不能盡於大事, 子爲我問孟子.　〈滕上 2〉

(그가 대사에 예를 다하지 못할까 두려우니, 당신은 나를 위하여 맹자에게 물어보아야 한다.)

본문은 '子(주어) + 爲(개사) + 我(개사목적어) + 問(술어) + 孟子(목적어)'의 구조로서 '爲'가 대상(목적)개사가 된다.

湯使亳衆往爲之耕, 老弱饋食.　〈滕下 5〉

(탕왕이 박읍의 백성들로 하여금 가서 그들을 위하여 밭을 갈아 주니, 노약자들이 밥을 내다 먹였다.)

본문은 '湯(주어) + 使(사역동사) + 亳衆(목적어) + 往(술어) + 爲(개사) + 之(개사목적어) + 耕(술어)'의 구조로서 '爲'가 대상(목적)개사가 된다.

(9) 乎

동작이나 행위가 미치는 대상을 나타낼 경우 개사 '於'와 용법이
비슷하며 우리말로 '~에게, ~와(과)'로 해석한다.

> **是故得乎丘民而爲天子, 得乎天子爲諸侯.** 〈盡下 14〉
>
> (그러므로 백성에게 신임을 얻으면 천자가 되고, 천자에게 신임을 얻으면
> 제후가 된다.)

본문은 '是故(접속사) + 得(술어) + 乎(개사) + 丘民(개사목적어) + 而(접
속사) + 爲(술어) + 天子(목적어), 得(술어) + 乎(개사) + 天子(개사목적어) +
爲(술어) + 諸侯(목적어)'의 구조로서 '乎'가 대상개사가 된다.

> **非之無擧也, 刺之無刺也, 同乎流俗, 合乎汙世.**
> 〈盡下 37〉
>
> (그를 비난하려고 해도 증거로 들 것이 없으며 탄핵하려고 해도 찌를 것이
> 없어서 세속과 동조하며 더러운 세상과 영합한다.)

본문은 '同(술어) + 乎(개사) + 流俗(개사목적어), 合(술어) + 乎(개사) +
汙世(개사목적어)'의 구조로서 '乎'가 대상개사가 된다.

> **戒之戒之. 出乎爾者, 反乎爾者也.** 〈梁下 12〉
>
> (경계하고 경계하라. 너에게서 나온 것이 너에게로 돌아가게 된다.)

본문은 '出(술어) + 乎(개사) + 爾者(개사목적어), 反(술어) + 乎(개사) +
爾者(개사목적어) + 也'의 구조로서 '乎'가 대상개사가 된다.

(10) 至於

동작이나 행위가 미치는 대상을 나타낼 경우 일반적으로 문두에서 강조하며 우리말로 '~에 대해서'로 해석한다.

> **至於身, 而不知所以養之者.** 〈告上 13〉
>
> (몸에 대해서 그것을 기르는 방법을 알지 못한다.)

본문은 '至於(개사) + 身(개사목적어) + 而(접속사) + 不 + 知(술어) + 所以養之者(목적어)'의 구조로서 '至於'가 대상개사가 된다.

> **至於治國家, 則曰 姑舍女所學而從我.** 〈梁下 9〉
>
> (국가를 다스리는 것에 대해서 잠시 네가 배운 바를 버리고 나를 따르라고 말한다.)

본문은 '至於(개사) + 治國家(개사목적어)'의 구조로서 '至於'가 대상개사가 된다.

(11) 因

동작이나 행위가 근거하는 대상을 나타내며 우리말로 '~을 따라서, ~을 통하여'로 해석한다.

> **時子因陳子而以告孟子.** 〈公下 10〉
>
> (시자가 진자를 통해서 (그 말을) 맹자에게 알리게 하였다.)

본문은 '時子(주어) + 因(개사) + 陳子(개사목적어) + 而(조사) + 以(개사) + 告(술어) + 孟子(목적어)'의 구조로서 '因'이 대상개사가 된다.

墨子夷之因徐辟而求見孟子.　　　　　　　〈滕上 5〉

(묵자인 이지가 서벽을 통하여 맹자를 뵙기를 구하였다.)

본문은 '墨子夷之(주어) + 因(개사) + 徐辟(개사목적어) + 而(조사) + 求
見(술어) + 孟子(목적어)'의 구조로서 '因'이 대상개사가 된다.

 **4** 語氣詞

어기조사라고도 부르는데 문장의 앞이나 중간, 끝에 위치하여
전체 어기를 강화한다. 이러한 어기사는 문장에서의 위치에 따라
구수어기사, 구중어기사, 구말어기사로 나눌 수 있다.

1) 구수어기사

문두에서 주어를 다음 구에 소개하거나 강조한다.

(1) 夫

문두에서 주어를 강조하거나 의론을 제기하여 다음 구를 이끌어
내는 작용을 하며 보통 발어사라고 부른다.

(가) 명사(구)의 주어 앞에 위치한 경우

夫國君好仁, 天下無敵.	〈離上 7〉
(대저 나라의 군주가 인을 좋아하면 천하에 대적할 이가 없다.)	

본문은 '夫 + 國君(주어) + 好(술어) + 仁(목적어)'의 구조로서 '夫'가
명사인 주어 앞에서 의론을 제기한다.

夫民今而後得反之也, 君無尤焉.	〈梁下 12〉
(대저 백성들이 지금에 와서 되갚음을 한 것이니, 군주께서는 그들을 원망하지 마십시오.)	

본문은 '夫 + 民(주어) + 今而後(부사어) + 得(조동사) + 反(술어) + 之(목적어) + 也'의 구조로서 '夫'가 명사인 주어 앞에서 의론을 제기한다.

> ## 夫舜惡得而禁之? 夫有所受之也.　　〈盡上 35〉
> (대저 순이 어찌 그것을 금할 수 있겠는가? 대저 전수받은 바가 있는 것이다.)

본문은 '夫 + 舜(주어) + 惡(의문부사) + 得(조동사) + 而(조사) + 禁(술어) + 之(목적어)'의 구조로서 '夫'가 명사인 주어 앞에서 의론을 제기한다.

(나) '者' 구조 앞에 위치한 경우

> ## 夫徐行者, 豈人所不能哉?　　〈告下 2〉
> (대저 천천히 가는 것이 어찌 사람이 할 수 없는 바이겠는가?)

본문은 '夫 + 徐行者(주어) + 豈(의문부사) + 人所不能(술어) + 哉'의 구조로서 '夫'가 주어인 '者'자구 앞에서 의론을 제기한다.

> ## 夫君子所過者化, 所存者神.　　〈盡上 13〉
> (대저 군자가 지나가는 곳은 교화되고, 마음에 두고 있는 것은 신묘해진다.)

본문은 '夫 + 君子所過者(주어) + 化(술어), 所存者(주어) + 神(술어)'의 구조로서 '夫'가 주어인 '者'자구 앞에서 의론을 제기한다.

(다) 대사 앞에 위치한 경우

王往而征之, 夫誰與王敵? 〈梁上 5〉

(왕께서 출정해서 징벌하신다면 대저 누가 왕에게 대적하겠습니까?)

본문은 '夫 + 誰(주어) + 與(개사) + 王(개사목적어) + 敵(술어)'의 구조로서 '夫'가 주어인 대사 앞에서 의론을 제기한다.

夫我乃行之, 反而求之, 不得吾心. 〈梁上 7〉

(대저 내가 마침내 행하고서 돌이켜서 그 뜻을 찾았으나 내 마음에서 얻지 못하였다.)

본문은 '夫 + 我(주어) + 乃(부사어) + 行(술어) + 之(목적어)'의 구조로서 '夫'가 주어인 대사 앞에서 의론을 제기한다.

(라) 술목구조 앞에 위치한 경우

술목구조 앞에서 의론을 제기하거나 조건 관계임을 나타낸다.

夫謂非其有而取之者, 盜也. 〈萬下 4〉

(대저 그의 소유물이 아닌데도 취하는 자를 도둑이라고 말한다.)

본문은 '夫 + 謂(술어) + 非其有而取之者(목적어) + 盜(보어) + 也'의 구조로서 '夫'가 문두에서 의론을 제기한다.

夫環而攻之, 必有得天時者矣. 〈公下 1〉

(대저 포위하고 공격하면 반드시 하늘의 때를 얻을 때가 있다.)

본문은 '夫 + 環而攻(술어) + 之(목적어)'의 구조로서 '夫'가 문두에서 의론을 제기한다.

> ### 夫有所受之也. 〈盡上 35〉
> (대저 그것을 받아들여야 할 도리가 있다.)

　본문은 '夫 + 有(술어) + 所受之(목적어) + 也'의 구조로서 '夫'가 의
론을 제기한다.

(2) 且

　문두에서 의론을 제기하여 다음 구를 이끌어 내는 작용을 하며
보통 발어사라고 부른다. 이 경우 구수어기사가 아니라 부사로 보
아 '또한'으로 해석하기도 한다.

> ### 且天之生物也, 使之一本, 而夷子二本故也. 〈滕上 5〉
> (대저 하늘이 사물을 낼 때에 그로 하여금 근본이 하나이게 하였는데, 이
> 자는 근본이 둘이기 때문이다.)

　본문은 '且 + 天(주어) + 之(조사) + 生(술어) + 物(목적어) + 也'의 구
조로서 '且'가 문두에서 下句에 의론을 제기한다.

> ### 且以文王之德, 百年而後崩, 猶未洽於天下. 〈公上 1〉
> (대저 문왕의 덕으로 백 년이 지난 후에 붕어하셨는데, 아직 천하에 교화
> 가 젖어들지 않았다.)

　본문은 '且 + 以(개사) + 文王之德(개사목적어) + 百年(술어) + 而後(접속
사) + 崩(술어)'의 구조로서 '且'가 문두에서 下句에 의론을 제기한다.

(3) 若夫

　'夫'가 동사 '若'과 결합하여 문두에서 발어사가 되어 下句에 의
론을 제기한다.

若夫君子所患則亡矣, 非仁無爲也, 非禮無行也.

〈離下 28〉

(대저 군자가 걱정하는 바는 없으니, 인이 아니면 하지 않으며 예가 아니면 행하지 않는다.)

　본문은 '若夫 + 君子所患(주어) + 則(조사) + 亡(술어) + 矣'의 구조로서 '若夫'가 문두에서 下句에 의론을 제기한다.

若夫豪傑之士, 雖無文王猶興.　　　　〈盡上 10〉

(대저 호걸지사는 비록 문왕이 없어도 오히려 일어난다.)

　본문은 '若夫 + 豪傑之士(주어) + 雖(접속사) + 無(술어) + 文王(목적어) + 猶(부사어) + 興(술어)'의 구조로서 '若夫'가 문두에서 下句에 의론을 제기한다.

若夫成功則天也, 君如彼, 何哉?　　　〈梁下 14〉

(대저 성공은 하늘에 달려 있으니, 군주께서 저들에게 어찌하겠습니까?)

　본문은 '若夫 + 成功(주어) + 則(조사) + 天(술어) + 也'의 구조로서 '若夫'가 문두에서 下句에 의론을 제기한다.

若夫爲不善, 非才之罪也.　　　　　　〈告上 6〉

(대저 선하지 않은 일을 하는 것은 타고난 재질의 죄가 아니다.)

　본문은 '若夫 + 爲(술어) + 不善(목적어)'의 구조로서 '若夫'가 문두에서 下句에 의론을 제기한다.

(4) 今夫

'夫'가 시간명사 '今'과 결합하여 문두에서 발어사가 되어 현재의 시점을 강조한다.

> 今夫水搏而躍之, 可使過顙. 激而行之, 可使在山.
> 〈告上 2〉

(지금 물을 쳐서 튀어 오르게 하면 이마를 지나게 할 수 있다. 격동하여 흐르게 하면 산에 있게 할 수 있다.)

본문은 '今夫 + 水(목적어) + 搏(술어) + 而(접속사) + 躍(술어) + 之(목적어)'의 구조로서 '今夫'가 문두에서 발어사가 되어 현재의 시점을 강조한다.

> 今夫麰麥播種而耰之, 其地同, 樹之時又同, 渤然而生.
> 〈告上 7〉

(지금 보리를 파종하고 씨앗을 덮되 그 땅이 같고, 심는 시기가 또한 같으면 쑥하고 싹이 자라난다.)

본문은 '今夫 + 麰麥(목적어) + 播種(술어) + 而(접속사) + 耰(술어) + 之(목적어)'의 구조로서 '今夫'가 문두에서 발어사가 되어 현재의 시점을 강조한다.

> 今夫奕之爲數, 小數也. 不專心致志, 則不得也.
> 〈告上 9〉

(지금 바둑이 술수를 행함은 작은 수이다. (그러나) 마음을 전념하고 뜻을 다하지 않으면 터득하지 못한다.)

본문은 '今夫 + 奕(주어) + 之(조사) + 爲(술어) + 數(목적어)'의 구조로
서 '今夫'가 문두에서 발어사가 되어 현재의 시점을 강조한다.

(5) 且夫

'且'가 '夫'와 결합하여 문두에서 발어사가 되어 下句에 의론을
제기한다.

且夫枉尺而直尋者, 以利言也.　　　　　　　　　〈滕下 1〉
(대저 한 자를 굽혀서 한 길을 편다는 것은 이익으로 말한 것이다.)

본문은 '且夫 + 枉(술어) + 尺(목적어) + 而(접속사) + 直(술어) + 尋(목
적어) + 者'의 구조로서 '且夫'가 문두에서 발어사가 되어 下句에
의론을 제기한다.

(6) 乃若

'乃'가 동사 '若'과 결합하여 문두에서 발어사가 되어 上句에 대
해 반대하는 의론을 제기한다.

乃若其情則可以爲善矣, 乃所謂善也.　　　　　　〈告上 6〉
(그런데 본마음을 말하자면 선을 행함이 가능하니, 그래서 본성이 선하다
고 하는 것이다.)

본문은 '乃若 + 其情(주어) + 則(조사) + 可以(조동사) + 爲(술어) + 善
(목적어) + 矣'의 구조로서 '乃若'이 문두에서 반대하는 의론을 제기
한다.

(7) 惟

문두에서 주어나 목적어를 제시하거나 강조하는 작용을 한다. 이 경우 주어 앞에서 주어를 강조하고 제한하는 한정부사로 볼 수도 있다.

> 舜曰 惟玆臣庶, 汝其于予治. 〈萬上 2〉
>
> (순이 말하기를 '이 여러 신하들을 너는 내게 와서 다스리라'고 하였다.)

본문은 '惟 + 玆臣庶(목적어), 汝(주어) + 其(조사) + 于(술어) + 予(목적어) + 治(술어)'의 구조로서 '惟'가 문두에서 목적어를 강조한다.

> 惟士無田, 則亦不祭. 〈滕下 3〉
>
> (선비가 밭이 없으면 역시 제사를 지낼 수 없다.)

본문은 '惟 + 士(주어) + 無(술어) + 田(목적어)'의 구조로서 '惟'가 문두에서 주어를 강조한다.

> 大哉, 堯之爲君. 惟天爲大, 惟堯則之. 〈滕上 4〉
>
> (크도다, 요의 임금 됨이여. 하늘이 위대한데 오직 요임금이 그것을 본받았도다.)

본문은 '惟 + 天(주어) + 爲(술어) + 大(목적어), 惟(부사어) + 堯(주어) + 則(술어) + 之(목적어)'의 구조로서 '惟'가 문두에서 주어를 강조한다. 이 경우 '惟'를 한정부사로 보아 '오직'으로 해석하기도 한다.

(8) 蓋

문두에서 의론을 제기하거나 사건을 추측하는 작용을 하며 보통 발어사라고 부른다.

蓋自是臺無饋也. 〈萬下 6〉
(대체로 이로부터 하인들이 음식을 보냄이 없었다.)

본문은 '蓋 + 自(개사) + 是(개사목적어) + 臺(주어) + 無(술어) + 饋(목적어) + 也'의 구조로서 '蓋'가 문두에서 의론을 제기한다.

蓋上世嘗有不葬其親者. 〈滕上 5〉
(아마 상고시대는 일찍이 자기 부모를 장사 지내지 않는 자가 있었을 것이다.)

본문은 '蓋 + 上世(주어) + 嘗(부사어) + 有(술어) + 不葬其親者(목적어)'의 구조로서 '蓋'가 문두에서 추측을 나타낸다.

以一服八, 何以異於鄒敵楚哉? 蓋亦反其本矣. 〈梁上 7〉
(하나로써 여덟을 복종시키는 것이 어찌 추나라가 초나라를 대적하는 것과 다르겠습니까? 대저 근본을 돌아보아야 합니다.)

본문은 '蓋 + 亦(부사어) + 反(술어) + 其本(목적어) + 矣'의 구조로서 '蓋'가 문두에서 의론을 제기한다.

2) 구중어기사

문장 중간에서 어기를 정돈하거나 완화하여 下句에 주의를 환기하는 작용을 한다.

(1) 也

문장 중간에서 어기를 정돈하여 下句에 주의를 환기하는 작용을 한다.

(가) '주어 + 之 + 개사구조 + 也'의 경우

> 仁人之於弟也, 不藏怒焉, 不宿怨焉.　　　〈萬上 3〉
> (어진 사람은 동생에 대해서 분노를 감추지 않고, 원망을 묵혀 두지 않는다.)

본문은 '仁人(주어) + 之(조사) + 於(개사) + 弟(개사목적어) + 也'의 구조로서 '也'가 정돈의 작용을 한다.

> 君子之於物也, 愛之而弗仁.　　　〈盡上 45〉
> (군자는 사물에 대해서 그것을 사랑하기는 하나 인을 베풀지는 않는다.)

본문은 '君子(주어) + 之(조사) + 於(개사) + 物(개사목적어) + 也'의 구조로서 '也'가 정돈의 작용을 한다.

> 人之於身也, 兼所愛.　　　〈告上 14〉
> (사람은 자신의 몸에 대해서 두루 사랑하는 바가 있다.)

본문은 '人(주어) + 之(조사) + 於(개사) + 身(개사목적어) + 也'의 구조로서 '也'가 정돈의 작용을 한다.

(나) '주어 + 之 + 술어 + 목적어 + 也'의 경우

且天之生物也, 使之一本, 而夷子二本故也.
〈滕上 5〉

(대저 하늘이 사물을 낼 때에 그로 하여금 근본이 하나이게 하였는데, 이 자는 근본이 둘이기 때문이다.)

본문은 '且 + 天(주어) + 之(조사) + 生(술어) + 物(목적어) + 也'의 구조로서 '也'가 정돈의 작용을 한다.

(다) 시간명사 뒤에 사용한 경우

시간명사 뒤에서 시기와 시점을 강조하며 다음 구에 주의를 환기하는 작용을 한다.

今也制民之産, 仰不足以事父母, 俯不足以畜妻子.
〈梁上 7〉

(지금은 백성의 생업을 제정해 주었지만, 위로는 부모를 섬기기에 충분하지 않고 아래로는 처자를 기르기에 충분하지 않다.)

본문은 '今(부사어) + 也 + 制(술어) + 民之産(목적어)'의 구조로서 '也'가 시간명사 뒤에서 정돈의 작용을 한다.

今也父兄百官不我足也, 恐其不能盡於大事.
〈滕上 2〉

(지금은 부형과 백관들이 나를 만족해 하지 않아서, 그들이 대사에 마음을 다하지 않을까 염려스럽다.)

본문은 '今(부사어) + 也 + 父兄百官(주어) + 不 + 我(목적어) + 足(술어) + 也'의 구조로서 '也'가 시간명사 뒤에서 정돈의 작용을 한다.

(라) 주어인 명사 뒤에 사용한 경우

주어 다음에서 정돈하여 下句에 주의를 환기하는 작용을 한다.

> **夫士也, 亦無王命而私受之於子, 則可乎?** 〈公下 8〉
>
> (대저 선비가 왕의 명령도 없이 사사로이 그대에게서 받는다면 가능하겠는가?)

본문은 '夫 + 士(주어) + 也 + 亦(부사어) + 無(술어) + 王命(목적어)'의 구조로서 '也'가 주어 다음에서 정돈의 작용을 한다.

> **夫泚也, 非爲人泚, 中心達於面目.** 〈滕上 5〉
>
> (대저 땀 흘림은 다른 사람들을 위해서 흘린 것이 아니라, 속마음이 얼굴에 도달한 것이다.)

본문은 '夫 + 泚(주어) + 也 + 非 + 爲(개사) + 人(개사목적어) + 泚(술어)'의 구조로서 '也'가 주어 다음에서 정돈의 작용을 한다.

> **是詩也, 非是之謂也.** 〈萬上 4〉
>
> (이 시는 이것을 말하는 것이 아니다.)

본문은 '是詩(주어) + 也 + 非 + 是(목적어) + 之(조사) + 謂(술어) + 也'의 구조로서 '也'가 주어 다음에서 정돈의 작용을 한다.

> **軻也請無問其詳, 願聞其指.** 〈告下 4〉
>
> (저는 자세한 사정은 묻지 않고 그 취지를 듣고 싶습니다.)

본문은 '軻(주어) + 也 + 請(부사어) + 無 + 問(술어) + 其詳(목적어)'의 구조로서 '也'가 주어 다음에서 정돈의 작용을 한다.

(마) 上句와 下句 사이에 사용한 경우

上句의 끝에서 정돈하여 下句에 주의를 환기하는 작용을 한다.

陽貨矙孔子之亡也, 而饋孔子蒸豚. 〈滕下 7〉

(양화는 공자가 집에 없는 때를 엿보아 공자에게 삶은 돼지고기를 보냈다.)

본문은 '陽貨(주어) + 矙(술어) + 孔子之亡(목적어) + 也'의 구조로서 '也'가 上句 뒤에서 정돈의 작용을 한다.

子謂薛居州善士也, 使之居於王所. 〈滕下 6〉

(그대는 설거주를 선한 선비라고 말하고서 그를 왕의 거처에 거하게 하였다.)

본문은 '子(주어) + 謂(술어) + 薛居州(목적어) + 善士(보어) + 也'의 구조로서 '也'가 上句 뒤에서 정돈의 작용을 한다.

(2) 矣

시간명사나 동사 뒤에서 정돈의 작용을 하며 과거에 발생한 사건의 정황을 강조한다.

今旣數月矣, 未可以言與? 〈公下 5〉

(지금 이미 수개월이 지났는데 아직 말을 하지 않는 것인가?)

본문은 '今(부사어) + 旣(부사어) + 數月(술어) + 矣'의 구조로서 '矣'가 시간명사 뒤에서 시간의 경과를 강조한다.

> **天下之生久矣, 一治一亂.** 〈滕下 9〉
>
> (천하 사람들의 삶은 오래되었지만 한 번 다스려지고 한 번 어지러웠다.)

본문은 '天下之生(주어) + 久(술어) + 矣'의 구조로서 '矣'가 동사 뒤에서 시간의 경과를 나타낸다.

3) 구말어기사

문장 끝에서 문장 전체의 어기를 강조한다. 구수어기사나 구중 어기사의 경우 정돈하여 주어나 주어구를 下句에 소개하거나 주의 를 환기하는 반면에, 구말어기사는 문장 전체의 어기를 강조하거 나 주의를 환기한다.

(1) 也

문장 끝에서 서술, 단정, 의문, 감탄, 사역 등의 어기를 나타낸다.

(가) 판단문의 경우

명사가 술어인 문장 끝에서 '~이다, ~와 같다'로 해석하며 판 단의 어기를 나타낸다.

> **治則進, 亂則退, 伯夷也.** 〈公上 2〉
>
> (다스려지면 나아가 벼슬하고 어지러우면 물러나는 것이 백이이다.)

본문은 '治則進, 亂則退(주어) + 伯夷(술어) + 也'의 구조로서 '也' 가 판단의 어기를 나타낸다.

爲湯武敺民者, 桀與紂也. <離上 9>

(탕왕과 무왕에게 백성을 몰아 보내 주는 자가 걸과 주이다.)

본문은 '爲湯武敺民者(주어) + 桀與紂(술어) + 也'의 구조로서 '也'가 판단의 어기를 나타낸다.

(나) 비판단문의 경우

서술문의 끝에서 서술한 내용에 대해 긍정하고 단정하는 어기를 나타낸다.

自生民以來, 未有盛於孔子也. <公上 2>

(백성들이 태어난 이래로 공자보다 더 훌륭한 분은 있지 않다.)

본문은 '未 + 有(술어) + 盛於孔子(목적어) + 也'의 구조로서 '也'가 서술문에서 단정의 어기를 나타낸다.

百姓皆以王爲愛也, 臣固知王之不忍也. <梁上 7>

(백성들이 모두 왕더러 재물을 아꼈다고 생각하지만, 신은 정말로 왕께서 차마 하지 못함을 잘 알고 있습니다.)

본문은 '臣(주어) + 固(부사어) + 知(술어) + 王之不忍(목적어) + 也'의 구조로서 '也'가 서술문에서 긍정의 어기를 나타낸다.

且王者之不作, 未有疏於此時者也. <公上 1>

(또한 어진 왕이 나타나지 않음이 지금보다 더 드문 때도 없었다.)

본문은 '且(부사어) + 王者之不作(주어) + 未 + 有(술어) + 疏於此時者(목적어) + 也'의 구조로서 '也'가 서술문에서 단정의 어기를 나타낸다.

(다) 의문문의 경우

의문사가 있는 문장 끝에서 의문의 어기를 나타낸다. 이 경우 의문사 가운데 '誰'와 '何'가 가장 많이 사용된다.

吾王之好鼓樂, 夫何使我至於此極也?　　　　〈梁下 1〉

(우리 왕이 음악 연주를 좋아함이여, 대저 어떻게 우리로 하여금 이 곤궁에 이르게 하는가?)

본문은 '夫 + 何(의문부사) + 使(사역동사) + 我(목적어) + 至(술어) + 於(개사) + 此極(개사목적어) + 也'의 구조로서 '也'가 의문사와 결합하여 의문의 어기를 나타낸다.

問其僕曰 追我者誰也?　　　　〈離下 24〉

(그 마부에게 묻기를 '나를 추격하는 사람이 누구인가'라고 하였다.)

본문은 '追我者(주어) + 誰(술어) + 也'의 구조로서 '也'가 의문사와 결합하여 의문의 어기를 나타낸다.

當今之世, 舍我其誰也?　　　　〈公下 13〉

(지금의 세상을 당하여 나를 버리고 누가 하겠는가?)

본문은 '當(술어) + 今之世(목적어) + 舍(술어) + 我(목적어) + 其(조사) + 誰(주어) + 也'의 구조로서 '也'가 의문사와 결합하여 의문의 어기를 나타낸다.

焉有仁人在位, 罔民而可爲也?　　　　〈滕上 3〉

(어진 군주가 지위에 있으면서 백성들을 그물질하는 것을 어찌 할 수 있겠는가?)

본문은 '焉(의문부사) + 有(술어) + 仁人在位, 罔民而可爲(목적어) + 也'의 구조로서 '也'가 의문사와 결합하여 의문의 어기를 나타낸다.

다음으로 반어문의 끝에서 반문의 어기를 나타낸다. 이 경우 보통 술어 앞이나 뒤에서 부사의 조력을 받기도 한다.

> # 齊人無以仁義與王言者, 豈以仁義爲不美也?
> <公下 2>

(제나라 사람이 인의로써 왕에게 말하는 사람이 없는데, 어찌 인의를 아름답지 않다고 여겨서겠는가?)

본문은 '豈(의문부사) + 以(개사) + 仁義(개사목적어) + 爲(술어) + 不美(목적어) + 也'의 구조로서 '也'가 의문사와 결합하여 반문의 어기를 나타낸다.

> # 如使人之所欲莫甚於生, 則凡可以得生者, 何不用也?
> <告上 10>

(만약 사람의 원하는 것이 사는 것보다 심한 것이 없다면, 무릇 살기 위한 방법을 어찌 사용하지 않겠는가?)

본문은 '凡可以得生者(목적어) + 何(의문부사) + 不 + 用(술어) + 也'의 구조로서 '也'가 의문사와 결합하여 반문의 어기를 나타낸다.

마지막으로 선택을 요구하는 문장의 끝에 사용하는 경우도 있다.

> ## 子能順杞柳之性而以爲桮棬乎? 將戕賊杞柳而
> ## 後以爲桮棬也? <告上 1>
>
> (그대는 갯버들의 본성을 순하게 하여 나무 그릇을 만드는가? 아니면 갯
> 버들을 상하게 하여 나무 그릇을 짜는가?)

　본문은 '將(부사어) + 戕賊(술어) + 杞柳(목적어) + 而後(접속사) + 以(개
사) + 爲(술어) + 桮棬(목적어) + 也'의 구조로서 上句의 '乎'와 호응하
여 下句의 구말에 '也'를 써서 선택을 유도한다.

　(라) 감탄문의 경우

　주어 앞으로 술어를 도치하여 감탄이나 탄식을 나타낼 경우 도
치한 주어 다음에 사용한다.

> ## 晏子對曰 善哉, 問也. <梁下 4>
>
> (안자가 대답하기를 '훌륭하구나, 질문이여!'라고 하였다.)

　본문은 '善(술어) + 哉 + 問(주어) + 也'의 구조로서 '也'가 구말에
서 감탄의 어기를 나타낸다.

> ## 固哉, 高叟之爲詩也. <告下 3>
>
> (고루하구나, 고수가 시를 해석함이여!)

　본문은 '固(술어) + 哉 + 高叟之爲詩(주어) + 也'의 구조로서 '也'가
구말에서 감탄의 어기를 나타낸다.

> ## 不仁哉, 梁惠王也. <盡下 1>
>
> (어질지 못하구나, 양혜왕이여!)

본문은 '不仁(술어) + 哉 + 梁惠王(주어) + 也'의 구조로서 '也'가
구말에서 감탄의 어기를 나타낸다.

(마) 금지문의 경우

상대방에게 어떤 일을 하지 말도록 금지할 경우 사용하며 부정
부사 '勿'을 동반하는 경우가 많다.

必有事焉而勿正, 心勿忘, 勿助長也.　　　〈公上 2〉
(반드시 힘쓰되 미리 단정하지 말고 마음에 잊지 말고 억지로 돕지 말아야
한다.)

본문은 '勿 + 助(술어) + 長(목적어) + 也'의 구조로서 '也'가 금지부
정사와 결합하여 금지의 어기를 나타낸다.

所欲與之聚之, 所惡勿施爾也.　　　〈離上 9〉
(원하는 바를 그에게 모아 주고, 싫어하는 바를 베풀지 말아야 한다.)

본문은 '所惡(목적어) + 勿 + 施(술어) + 爾也'의 구조로서 '也'가 금
지부정사와 결합하여 금지의 어기를 나타낸다.

(2) 矣

사물의 과거 상태나 미래 사실에 대해 변화를 긍정하고 예측하
거나 명령, 결단 혹은 청구하는 어기를 나타낸다.

(가) 서술문의 경우

과거에 발생한 사건이나 정황을 강조하는 어기를 나타낸다.

王無親臣矣. 昔者所進, 今日不知其亡也. 〈梁下 7〉

(왕은 친한 신하가 없어졌습니다. 예전에 등용한 신하가 오늘 없어진 것도 모르고 있습니다.)

본문은 '王(주어) + 無(술어) + 親臣(목적어) + 矣'의 구조로서 '矣'가 구말에서 과거 사실에 대한 정황을 판단한다.

仁且智, 夫子旣聖矣. 〈公上 2〉

(어질고 지혜로우시니 선생님은 이미 성인이시다.)

본문은 '夫子(주어) + 旣(부사어) + 聖(술어) + 矣'의 구조로서 '矣'가 구말에서 과거 사실에 대한 정황을 판단한다.

다음으로 미래 사실에 대한 정황을 나타낸다. 이 경우 어기사 '也'가 현재 상황을 판단하고 긍정한다면, '矣'는 미래 상황에 대한 진행을 알리고자 한다.

上下交征利, 而國危矣. 〈梁上 1〉

(윗사람과 아랫사람이 서로 이익을 취한다면, 나라가 위태롭게 될 것이다.)

본문은 '而(접속사) + 國(주어) + 危(술어) + 矣'의 구조로서 '矣'가 구말에서 미래 사실에 대한 정황을 판단한다.

五畝之宅樹之以桑, 五十者可以衣帛矣. 〈梁上 3〉

(오 무의 택지에 뽕나무를 심게 한다면, 오십 대의 사람이 비단옷을 입을 수 있게 된다.)

본문은 '五十者(주어) + 可以(조동사) + 衣(술어) + 帛(목적어) + 矣'의 구조로서 '矣'가 구말에서 미래 사실에 대한 정황을 판단한다.

君行仁政, 斯民親其上, 死其長矣.　　　〈梁下 12〉

(군주께서 인정을 행하시면, 백성들이 윗사람을 가까이해서 어른들을 위해 죽을 것이다.)

본문은 '死(술어) + 其長(목적어) + 矣'의 구조로서 '矣'가 구말에서 미래 사실에 대한 정황을 판단한다.

聖人復起, 必從吾言矣.　　　〈公上 2〉

(성인이 다시 나오셔도 반드시 내 말을 따를 것이다.)

본문은 '必(부사어) + 從(술어) + 吾言(목적어) + 矣'의 구조로서 '矣'가 구말에서 미래 사실에 대한 정황을 판단한다.

人不可以無恥. 無恥之恥, 無恥矣.　　　〈盡上 6〉

(사람이 부끄러움이 없어서는 안 된다. 부끄러움이 없는 것을 부끄러워한다면 부끄러움이 없게 될 것이다.)

본문은 '無恥(목적어) + 之(조사) + 恥(술어), 無(술어) + 恥(목적어) + 矣'의 구조로서 '矣'가 구말에서 미래 사실에 대한 정황을 판단한다.

今王與百姓同樂, 則王矣.　　　〈梁下 1〉

(지금 왕께서 백성과 더불어 함께 즐거워하신다면 왕도정치를 하게 될 것입니다.)

본문은 '今(부사어) + 王(주어) + 與(개사) + 百姓(개사목적어) + 同(부사어) + 樂(술어), 則(접속사) + 王(술어) + 矣'의 구조로서 '矣'가 구말에서 미래 사실에 대한 정황을 판단한다.

(나) 의문문의 경우

의문부사 '何如'와 결합하여 의문의 어기를 나타낸다.

德何如, 則可以王矣? 〈梁上 7〉

(덕이 어떠해야 왕 노릇 할 수 있겠습니까?)

본문은 '德(주어) + 何如(의문부사) + 則(조사) + 可以(조동사) + 王(술어) + 矣'의 구조로서 '矣'가 '何如'와 결합하여 의문의 어기를 나타낸다.

何如斯可以囂囂矣? 〈盡上 9〉

(어떻게 해야 만족해 한다고 할 수 있는가?)

본문은 '何如(의문부사) + 斯(조사) + 可以(조동사) + 囂囂(술어) + 矣'의 구조로서 '矣'가 '何如'와 결합하여 의문의 어기를 나타낸다.

何如斯可謂狂矣? 〈盡下 37〉

(어떻게 하면 미친 듯 기세가 높다고 할 수 있는가?)

본문은 '何如(의문부사) + 斯(조사) + 可(조동사) + 謂(술어) + 狂(목적어) + 矣'의 구조로서 '矣'가 '何如'와 결합하여 의문의 어기를 나타낸다.

何如斯可謂之鄕原矣? 〈盡下 37〉

(어떠하면 그를 향원이라고 말할 수 있습니까?)

본문은 '何如(의문부사) + 斯(조사) + 可(조동사) + 謂(술어) + 之(목적어) + 鄕原(목적어) + 矣'의 구조로서 '矣'가 '何如'와 결합하여 의문의 어기를 나타낸다.

(다) 금지문의 경우

부정부사 '勿'과 결합하여 구말에서 금지하는 어기를 나타낸다.

> **王欲行王政, 則勿毁之矣.** 〈梁下 5〉
> (왕께서 왕도정치를 행하고자 하신다면 그것을 허물지 마소서.)

본문은 '勿 + 毁(술어) + 之(목적어) + 矣'의 구조로서 '矣'가 '勿'과 결합하여 금지의 어기를 나타낸다.

> **夫子臥而不聽, 請勿復敢見矣.** 〈公下 11〉
> (선생님께서 누워서 듣지 않으시니 다시는 감히 뵙지 말아야 하겠습니다.)

본문은 '請(부사어) + 勿 + 復(부사어) + 敢(부사어) + 見(술어) + 矣'의 구조로서 '矣'가 '勿'과 결합하여 금지의 어기를 나타낸다.

(라) 감탄문의 경우

주어 앞으로 술어를 도치하여 감탄이나 탄식을 나타낼 경우 도치한 주어나 술어 다음에 사용한다.

> **大哉, 言矣! 寡人有疾, 寡人好勇.** 〈梁下 3〉
> (훌륭하도다, 말씀이여! 과인이 병이 있는데, 과인이 용맹을 좋아합니다.)

본문은 '大(술어) + 哉 + 言(주어) + 矣'의 구조로서 '矣'가 구말에서 감탄의 어기를 나타낸다.

> ## 孟子曰 死矣, 盆成括!　　　　　　　　　　　〈盡下 29〉
> (맹자께서 말씀하기를 '죽겠구나 분성괄이여!'라고 하였다.)

본문은 '死(술어) + 矣 + 盆成括(주어)'의 구조로서 '矣'가 동사 뒤에서 감탄의 어기를 나타낸다.

> ## 道則高矣, 美矣, 宜若登天然.　　　　　　　　〈盡上 41〉
> (도는 높고 아름다우니, 마땅히 하늘에 오르는 것 같다.)

본문은 '道(주어) + 則(조사) + 高(술어) + 矣, 美(술어) + 矣'의 구조로서 '矣'가 형용사 뒤에서 감탄의 어기를 나타낸다.

(3) 乎

문장 끝에서 의문, 반문, 감탄의 어기를 나타낸다.

(가) 의문문의 경우

화자가 어떤 사건을 말하고 긍정이나 부정의 대답을 기다리는 경우에 사용한다.

> ## 顧鴻雁麋鹿曰 賢者亦樂此乎?　　　　　　　　〈梁上 2〉
> (기러기와 사슴을 돌아보고 '현자도 또한 이것을 즐거워합니까'라고 물었다.)

본문은 '賢者(주어) + 亦(부사어) + 樂(술어) + 此(목적어) + 乎'의 구조로서 '乎'가 의문의 어기를 나타낸다.

叟不遠千里而來, 亦將有以利吾國乎? ⟨梁上 1⟩

(영감께서 천 리를 멀다고 하지 않고 오셨으니, 또한 장차 우리나라를 이롭게 할 만한 것이 있겠습니까?)

본문은 '亦將(부사어) + 有(술어) + 以利吾國(목적어) + 乎'의 구조로서 '乎'가 의문의 어기를 나타낸다.

(나) 선택문의 경우

'A…乎? B…乎(與)'의 구문으로 A와 B 중 선택을 요구할 경우 문장 끝에 사용한다.

滕小國也, 間於齊楚. 事齊乎? 事楚乎? ⟨梁下 13⟩

(등나라는 작은 나라로 제나라와 초나라 사이에 끼여 있습니다. 제나라를 섬겨야 합니까? 초나라를 섬겨야 합니까?)

본문은 '事(술어) + 齊(목적어) + 乎, 事(술어) + 楚(목적어) + 乎'의 구조로서 '乎'가 구말에서 선택을 유도한다.

求牧與芻而不得, 則反諸其人乎? 抑亦立而視其死與? ⟨公下 4⟩

(목장과 꼴을 구하다가 얻지 못하면 그 주인에게 돌려주어야 하는가? 아니면 또한 서서 죽는 것을 보고 있어야 하는가?)

본문은 '反(술어) + 諸(대사) + 其人(개사목적어) + 乎, 抑(부사어) + 亦(부사어) + 立(술어) + 而(접속사) + 視(술어) + 其死(목적어) + 與'의 구조로서 '乎'가 구말에서 선택을 유도한다.

孟子曰 敬叔父乎? 敬弟乎?
〈告上 5〉

(맹자께서 말씀하기를 '숙부를 공경해야 하는가, 아우를 공경해야 하는가'
라고 하였다.)

본문은 '敬(술어) + 叔父(목적어) + 乎, 敬(술어) + 弟(목적어) + 乎'의
구조로서 '乎'가 구말에서 선택을 유도한다.

(다) 반어문의 경우

'乎'가 구말에서 반어형을 유도하기도 한다.

聖人之憂民如此, 而暇耕乎?
〈滕上 4〉

(성인이 백성을 걱정함이 이와 같은데 밭 갈 겨를이 있겠는가?)

본문은 '而(접속사) + 暇(술어) + 耕(목적어) + 乎'의 구조로서 '乎'가
구말에서 반문의 어기를 나타낸다.

'乎'가 또 '不亦'이나 '不爲'와 호응하여 '不亦…乎', '不爲…乎'
의 어구를 이루어 반어형을 유도한다.

是方四十里爲阱於國中. 民以爲大, 不亦宜乎?
〈梁下 2〉

(이는 사방 사십 리로 나라 가운데 함정을 만든 것이다. 백성들이 크다고
여김이 마땅하지 않겠는가?)

본문은 '民(주어) + 以爲(술어) + 大(목적어), 不 + 亦(부사어) + 宜(술
어) + 乎'의 구조로서 '乎'가 반어형을 유도한다.

(라) 추측문의 경우

구말어기사 '乎'가 조사 '其'와 호응하여 추측의 뜻을 나타낸다.

王之好樂甚, 則齊其庶幾乎! 〈梁下 1〉

(왕께서 음악을 좋아하심이 심하면, 제나라는 거의 다스려질 것이다.)

본문은 '齊(주어) + 其(조사) + 庶幾(술어) + 乎'의 구조로서 '乎'가 '其'와 호응하여 추측의 어기를 나타낸다.

知我者, 其惟春秋乎! 罪我者, 其惟春秋乎! 〈滕下 9〉

(나를 알아주는 것은 아마 오직 춘추일 것이다. 나를 벌하는 것도 아마 오직 춘추일 것이다.)

본문은 '知我者(주어) + 其(조사) + 惟(부사어) + 春秋(술어) + 乎'의 구조로서 '乎'가 '其'와 호응하여 추측의 어기를 나타낸다.

仲尼曰 始作俑者, 其無後乎? 〈梁上 4〉

(공자께서 말씀하기를 '처음으로 허수아비 인형을 만든 자는 아마 후손이 없었을 것이다'라고 하였다.)

본문은 '始(부사어) + 作俑者(주어) + 其(조사) + 無(술어) + 後(목적어) + 乎'의 구조로서 '乎'가 '其'와 호응하여 추측의 어기를 나타낸다.

(마) 감탄문의 경우

구말어기사 '乎'가 형용사 뒤에서 감탄의 어기를 나타낸다.

孔子曰 於斯時也, 天下殆哉岌岌乎!　　　　　　〈萬上 4〉

(공자께서 말씀하기를 '이때에 천하가 위태로웠고 아슬아슬하였다'라고 하였다.)

본문은 '天下(주어) + 殆(술어) + 哉 + 岌岌(술어) + 乎'의 구조로서 '乎'가 형용사 뒤에서 감탄의 어기를 나타낸다.

不亦善乎! 親喪固所自盡也.　　　　　　　　　〈滕上 2〉

(또한 선하지 아니한가! 부모상은 진실로 스스로 정성을 다해야 하는 것이다.)

본문은 '不 + 亦(부사어) + 善(술어) + 乎'의 구조로서 '乎'가 형용사 뒤에서 감탄의 어기를 나타낸다.

(4) 焉

주로 서술문에서 단정의 어기를 나타낸다. 그리고 의문이나 반문의 어기를 나타내기도 하는데 구말어기사 '乎'와 용법이 같다.

(가) 서술문의 경우

國君好仁, 天下無敵焉.　　　　　　　　　　〈盡下 4〉

(나라의 군주가 인을 좋아하면 천하에 적이 없는 법이다.)

본문은 '天下(주어) + 無(술어) + 敵(목적어) + 焉'의 구조로서 '焉'이 단정의 어기를 나타낸다.

於齊國之士, 吾必以仲子爲巨擘焉.　　　　　　〈滕下 10〉

(제나라의 선비 중에 나는 반드시 진중자를 최고로 여긴다.)

본문은 '吾(주어) + 必(부사어) + 以(개사) + 仲子(개사목적어) + 爲(술어) + 巨擘(목적어) + 焉'의 구조로서 '焉'이 단정의 어기를 나타낸다.

王之爲都者, 臣知五人焉. 〈公下 4〉

(왕의 도읍을 다스리는 자를 신이 다섯 사람을 알고 있습니다.)

본문은 '臣(주어) + 知(술어) + 五人(목적어) + 焉'의 구조로서 '焉'이 단정의 어기를 나타낸다.

是以後世無傳焉, 臣未之聞也. 〈梁上 7〉

(이 때문에 후세에 전해진 것이 없어서, 신이 아직 그것에 대해 듣지 못하였습니다.)

본문은 '是以(접속사) + 後世(주어) + 無(술어) + 傳(목적어) + 焉'의 구조로서 '焉'이 단정의 어기를 나타낸다.

(나) 반어문의 경우

의문사와 결합하여 반문의 어기를 나타낸다.

如此則與禽獸奚擇哉? 於禽獸又何難焉? 〈離下 28〉

(이와 같으면 금수와 어찌 구별되겠는가? 금수에게 또 무엇을 꾸짖으리오?)

본문은 '於(개사) + 禽獸(개사목적어) + 又(부사어) + 何(목적어) + 難(술어) + 焉'의 구조로서 '焉'이 의문사 '何'와 결합하여 반문의 어기를 나타낸다.

> 萬鍾則不辨禮義而受之, 萬鍾於我何加焉?
>
> 〈告上 10〉

(만 종의 녹봉은 예의를 가리지 않고 받으니, 만 종의 녹봉이 나에게 무엇을 더하여 주겠는가?)

본문은 '萬鍾(주어) + 於(개사) + 我(개사목적어) + 何(목적어) + 加(술어) + 焉'의 구조로서 '焉'이 의문사 '何'와 결합하여 반문의 어기를 나타낸다.

(5) 耳

보통 술어문에서 한정의 어기를 나타내며 '爾'와 음이 같고 동시에 '而已'의 합음사로서 우리말로 '~일 뿐이다'로 해석한다.

> 直不百步耳, 是亦走也.
>
> 〈梁上 3〉

(다만 백 보를 달아나지 않았을 뿐이지 이 역시 도망간 것이다.)

본문은 '直(부사어) + 不 + 百步(술어) + 耳'의 구조로서 '耳'가 한정부사 '直'과 결합하여 한정의 뜻을 나타낸다.

> 寡人非能好先王之樂也, 直好世俗之樂耳. 〈梁下 1〉

(과인은 선왕의 음악을 좋아하는 것이 아니라 다만 세속의 음악을 좋아할 뿐이다.)

본문은 '直(부사어) + 好(술어) + 世俗之樂(목적어) + 耳'의 구조로서 '耳'가 한정부사 '直'과 결합하여 한정의 뜻을 나타낸다.

> 聖人先得我心之所同然耳.
>
> 〈告上 7〉

(성인은 우리 마음에 공통되는 것을 먼저 터득하였을 뿐이다.)

본문은 '聖人(주어) + 先(부사어) + 得(술어) + 我心之所同然(목적어) + 耳'의 구조로서 '耳'가 한정의 뜻을 나타낸다.

然則非自殺之也, 一間耳. 〈盡下 7〉

(그런즉 직접 죽인 것은 아니지만 틈 하나의 차이가 있을 뿐이다.)

본문은 '一(부사어) + 間(술어) + 耳'의 구조로서 '耳'가 한정의 뜻을 나타낸다.

何以異於人哉? 堯舜與人同耳. 〈離下 32〉

(어찌 다른 사람과 다르겠는가? 요순도 다른 사람과 같을 뿐이다.)

본문은 '堯舜(주어) + 與(개사) + 人(개사목적어) + 同(술어) + 耳'의 구조로서 '耳'가 한정의 뜻을 나타낸다.

不敢請耳, 固所願也. 〈公下 10〉

(감히 청하지 못할 뿐이지 정말로 원하는 바이다.)

본문은 '不 + 敢(부사어) + 請(술어) + 耳, 固(부사어) + 所願(술어)'의 구조로서 '耳'가 한정의 뜻을 나타낸다.

古之爲市者, 以其所有易其所無者, 有司者治之耳. 〈公下 10〉

(옛날에 시장에서 장사하는 자는 그가 가지고 있는 것으로 없는 것을 바꾸었고, 유사가 시장을 관리할 뿐이었다.)

본문은 '有司者(주어) + 治(술어) + 之(목적어) + 耳'의 구조로서 '耳'가 한정의 뜻을 나타낸다.

(6) 哉

보통 문장 끝에서 의문과 감탄의 어기를 나타낸다.

(가) 의문문의 경우

의문부사와 결합하여 의문의 어기를 나타내며 주로 '何…哉' 혹은 '何哉'의 구문 형식을 취한다.

> 是誠何心哉? 我非愛其財而易之以羊也. 〈梁上 7〉
>
> (이것이 진실로 어떤 마음인가? 내가 재물을 아껴서 양과 바꾸고자 한 것이 아니다.)

본문은 '是(주어) + 誠(부사어) + 何心(술어) + 哉'의 구조로서 '哉'가 의문부사 '何'와 결합하여 의문의 어기를 나타낸다.

> 子何以其志爲哉? 〈滕下 4〉
>
> (그대는 어찌하여 그 본심만을 생각하는가?)

본문은 '子(주어) + 何以(의문부사) + 其志(목적어) + 爲(술어) + 哉'의 구조로서 '哉'가 의문부사 '何'와 결합하여 의문의 어기를 나타낸다.

> 卻之卻之爲不恭, 何哉? 〈萬下 4〉
>
> (예물을 물리치는 것은 공손하지 않다고 하는데 어째서인가?)

본문은 '卻之卻之(주어) + 爲(술어) + 不恭(목적어), 何(의문부사) + 哉'의 구조로서 '哉'가 의문부사 '何'와 결합하여 의문의 어기를 나타낸다.

如不待其招而往, 何哉?
〈滕下 1〉
(만일 그 부름을 기다리지 않고 간다면 어찌하겠습니까?)

본문은 '如(접속사) + 不 + 待(술어) + 其招(목적어) + 而(접속사) + 往(술어), 何(의문부사) + 哉'의 구조로서 '哉'가 의문부사 '何'와 결합하여 의문의 어기를 나타낸다.

(나) 반어문의 경우

구말어기사 '哉'가 의문부사와 결합하여 반어의 어기를 나타낸다.

㉠ '何(爲)…哉'의 경우

當今之世, 舍我其誰也? 吾何爲不豫哉?
〈公下 13〉
(지금 세상을 당하여 나를 버리고 누가 하겠는가? 내가 어찌하여 기뻐하지 않겠는가?)

본문은 '吾(주어) + 何爲(의문부사) + 不 + 豫(술어) + 哉'의 구조로서 '哉'가 의문부사 '何爲'와 결합하여 반어의 어기를 나타낸다.

夫旣或治之, 予何言哉?
〈公下 6〉
(대저 이미 혹자가 그것을 다스렸는데 내가 무엇을 말하겠는가?)

본문은 '予(주어) + 何(목적어) + 言(술어) + 哉'의 구조로서 '哉'가 의문사 '何'와 결합하여 반어의 어기를 나타낸다.

ⓛ '焉…哉'의 경우

臧氏之子焉能使予不遇哉? 〈梁下 16〉

(장씨의 아들이 어찌 나로 하여금 만나지 못하게 할 수 있겠는가?)

본문은 '臧氏之子(주어) + 焉(의문부사) + 能(조동사) + 使(사역동사) + 予(목적어) + 不 + 遇(술어) + 哉'의 구조로서 '哉'가 의문부사 '焉'과 결합하여 반어의 어기를 나타낸다.

聽其言也, 觀其眸子, 人焉廋哉? 〈離上 15〉

(그의 말을 들어 보고 그 눈동자를 관찰한다면, 사람이 무엇을 숨길 수 있겠는가?)

본문은 '人(주어) + 焉(목적어) + 廋(술어) + 哉'의 구조로서 '哉'가 의문사 '焉'과 결합하여 반어의 어기를 나타낸다.

ⓒ '豈…哉'의 경우

雖有臺池鳥獸, 豈能獨樂哉? 〈梁上 2〉

(비록 누각과 연못과 새와 짐승을 가지고 있어도 어찌 홀로 즐거워할 수 있겠는가?)

본문은 '豈(의문부사) + 能(조동사) + 獨(부사어) + 樂(술어) + 哉'의 구조로서 '哉'가 의문부사 '豈'와 결합하여 반어의 어기를 나타낸다.

堯舜之治天下, 豈無所用其心哉? 〈滕上 4〉

(요순이 천하를 다스림에 어찌 마음을 쓰신 바가 없겠는가?)

본문은 '豈(의문부사) + 無(술어) + 所用其心(목적어) + 哉'의 구조로서 '哉'가 의문부사 '豈'와 결합하여 반어의 어기를 나타낸다.

ⓔ '惡…哉'의 경우

夫撫劍疾視曰 彼惡敢當我哉? 〈梁下 3〉

(대저 칼을 만지고 노려보면서 말하기를 '네가 어찌 감히 나를 대적하고자 하는가'라고 하였다.)

본문은 '彼(주어) + 惡(의문부사) + 敢(부사어) + 當(술어) + 我(목적어) + 哉'의 구조로서 '哉'가 의문부사 '惡'와 결합하여 반어의 어기를 나타낸다.

夫尹士惡知予哉? 〈公下 12〉

(저 윤사라는 자가 어찌 나를 알겠는가?)

본문은 '夫 + 尹士(주어) + 惡(의문부사) + 知(술어) + 予(목적어) + 哉'의 구조로서 '哉'가 의문부사 '惡'와 결합하여 반어의 어기를 나타낸다.

ⓜ '何以…哉'의 경우

의문부사 '何以'와 구말어기사 '哉'가 결합하여 반어의 어기를 나타낸다.

子何以其志爲哉? 其有功於子, 可食而食之矣. 〈滕下 4〉

(자네가 어찌하여 그 뜻을 따지는가? 자네에게 공이 있어 먹일 만하여 먹이는 것이다.)

본문은 '子(주어) + 何以(의문부사) + 其志(목적어) + 爲(술어) + 哉'의 구조로서 '哉'가 의문부사 '何以'와 결합하여 반어의 어기를 나타낸다.

何以異於敎玉人彫琢玉哉?　〈梁下 9〉

(옥공에게 옥을 다듬는 것을 가르치겠다고 하는 것과 어찌 다르겠는가?)

본문은 '何以(의문부사) + 異(술어) + 於(개사) + 敎玉人彫琢玉(개사목적어) + 哉'의 구조로서 '哉'가 의문부사 '何以'와 결합하여 반어의 어기를 나타낸다.

何以異於人哉? 堯舜與人同耳.　〈離下 32〉

(어찌 다른 사람과 다르겠는가? 요순도 다른 사람과 같을 뿐이다.)

본문은 '何以(의문부사) + 異(술어) + 於(개사) + 人(개사목적어) + 哉'의 구조로서 '哉'가 의문부사 '何以'와 결합하여 반어의 어기를 나타낸다.

ⓗ '奚…哉'의 경우

구말어기사 '哉'가 의문부사 '奚'와 결합하여 반어의 어기를 나타낸다.

如此則與禽獸奚擇哉?　〈離下 28〉

(이와 같으면 금수와 어찌 구별되겠는가?)

본문은 '如(술어) + 此(목적어) + 則(접속사) + 與(개사) + 禽獸(개사목적어) + 奚(의문부사) + 擇(술어) + 哉'의 구조로서 '哉'가 의문부사 '奚'와 결합하여 반어의 어기를 나타낸다.

以其小者信其大者, 奚可哉?　〈盡上 34〉

(작은 것으로써 큰 것을 믿는 것이 어찌 가능하겠는가?)

본문은 '以(개사) + 其小者(개사목적어) + 信(술어) + 其大者(목적어) + 奚(의문부사) + 可(술어) + 哉'의 구조로서 '哉'가 의문부사 '奚'와 결합하여 반어의 어기를 나타낸다.

我必不仁也, 必無禮也. 此物奚宜至哉? 〈離下 28〉

(내가 반드시 어질지 못했구나 반드시 무례했구나. 이러한 일들이 어찌 이를 수 있겠는가?)

본문은 '此物(주어) + 奚(의문부사) + 宜(부사어) + 至(술어) + 哉'의 구조로서 '哉'가 의문부사 '奚'와 결합하여 반어의 어기를 나타낸다.

(다) 감탄문의 경우

구말어기사 '哉'가 주로 문장 끝에서 감탄의 어기를 나타낸다.

子産曰 得其所哉! 得其所哉! 〈萬上 2〉

(자산이 말하기를 '살 곳을 얻었구나! 살 곳을 얻었구나!'라고 하였다.)

본문은 '得(술어) + 其所(목적어) + 哉'의 구조로서 '哉'가 감탄의 어기를 나타낸다.

仲尼亟稱於水, 曰 水哉! 水哉! 何取於水也? 〈離下 18〉

(공자께서 자주 물을 칭송하면서 말씀하기를 '물이구나! 물이구나!'라고 하셨는데, 물에서 무엇을 취한 것인가요?)

본문은 '水(술어) + 哉'의 구조로서 '哉'가 감탄의 어기를 나타낸다.

> **放其心而不知求, 哀哉!** 〈告上 11〉
>
> (마음을 놓고서 찾을 줄 모르니 슬프도다!)

본문은 '哀(술어) + 哉'의 구조로서 '哉'가 감탄의 어기를 나타 낸다.

(7) 與

문장 끝에서 순수한 의문을 나타내며 의문사와 결합하면 의문의 어기가 더 강해진다.

(가) 의문문의 경우

> **今日性善, 然則彼皆非與?** 〈告上 6〉
>
> (지금 본성이 선하다고 말씀하시니, 그렇다면 저들은 모두 틀린 것입니까?)

본문은 '然則(접속사) + 彼(주어) + 皆(부사어) + 非(술어) + 與'의 구조 로서 '與'가 의문의 어기를 나타낸다.

> **王之所大欲可得聞與?** 〈梁上 7〉
>
> (왕께서 크게 바라는 것을 들을 수 있겠습니까?)

본문은 '王之所大欲(목적어) + 可得(조동사) + 聞(술어) + 與'의 구조 로서 '與'가 의문의 어기를 나타낸다.

> **孟子謂戴不勝曰 子欲子之王之善與?** 〈滕下 6〉
>
> (맹자께서 대불승에게 말씀하기를 '그대는 그대의 왕이 선하기를 바라는 가'라고 하였다.)

본문은 '子(주어) + 欲(술어) + 子之王之善(목적어) + 與'의 구조로서 '與'가 의문의 어기를 나타낸다.

今言王若易然, 則文王不足法與? 〈公上 1〉

(지금 왕 노릇 하는 것이 쉬운 것처럼 말하시는데, 문왕은 본받기에 부족한가요?)

본문은 '文王(주어) + 不 + 足(조동사) + 法(술어) + 與'의 구조로서 '與'가 의문의 어기를 나타낸다.

其餽也以禮, 斯可受禦與? 〈萬下 4〉

(그 보내 준 것이 예로써 한다면 강도질한 물건을 받을 수 있습니까?)

본문은 '斯(조사) + 可(조동사) + 受(술어) + 禦(목적어) + 與'의 구조로서 '與'가 의문의 어기를 나타낸다.

(나) 반어문의 경우

문장 가운데 부정부사 '不', '弗'과 결합하거나 부사 '獨', '豈' 등과 결합하여 반문의 어기를 나타낸다.

將使卑踰尊, 疏踰戚, 可不愼與? 〈梁下 7〉

(장차 낮은 자로 하여금 존귀한 자를 넘게 하고, 소원한 자로 하여금 친한 이를 뛰어넘게 하는 것이니, 가히 신중하지 않을 수 있겠는가?)

본문은 '可(조동사) + 不 + 愼(술어) + 與'의 구조로서 '與'가 부정부사 '不'과 결합하여 반문의 어기를 나타낸다.

然則治天下獨可耕且爲與? 〈滕上 4〉

(그런즉 천하를 다스리는 일은 오직 밭 갈면서 또 할 수 있겠는가?)

　본문은 '然則(접속사) + 治天下(주어) + 獨(부사어) + 可(조동사) + 耕且爲(술어) + 與'의 구조로서 '與'가 부사 '獨'과 결합하여 반문의 어기를 나타낸다.

豈謂是與? 〈公下 2〉

(어찌 이것을 말하는 것이겠는가?)

　본문은 '豈(부사어) + 謂(술어) + 是(목적어) + 與'의 구조로서 '與'가 의문부사 '豈'와 결합하여 반문의 어기를 나타낸다.

大哉, 居乎! 夫非盡人之子與? 〈盡上 36〉

(크도다 거처함이여! 대저 모두 사람의 자식이 아니겠는가?)

　본문은 '夫 + 非 + 盡(부사어) + 人之子(술어) + 與'의 구조로서 '與'가 부정부사 '非'와 결합하여 반문의 어기를 나타낸다.

　(다) 선택문의 경우

　上句와 下句에 각각 '與'를 사용하거나 下句의 첫머리에 접속사 '抑'을 사용하여 선택을 유도한다.

聲音不足聽於耳與, 便嬖不足使令於前與? 〈梁上 7〉

(아름다운 음악이 귀로 듣기에 부족한 것인가? 총애하는 사람들이 임금 앞에서 명령하는 것에 부족함이 있는가?)

　본문은 '聲音(주어) + 不 + 足(조동사) + 聽(술어) + 於(개사) + 耳(개사

목적어) + 與, 便嬖(주어) + 不 + 足(조동사) + 使令(술어) + 於(개사) + 前
(개사목적어) + 與'의 구조로서 '與'가 上句와 下句의 끝에서 선택을
유도한다.

仲子所居之室, 伯夷之所築與? 抑亦盜跖之所築與? ⟨滕下 10⟩

(진중자가 사는 집은 백이가 지은 것인가? 아니면 도척이 지은 것인가?)

본문은 '仲子所居之室(주어) + 伯夷之所築(술어) + 與, 抑(접속사) +
亦(부사어) + 盜跖之所築(술어) + 與'의 구조로서 '與'가 上句와 下句
의 끝에서 선택을 유도한다.

(라) 추측문의 경우

화자가 그러하리라고 짐작하면서도 확실히 믿을 수 없어 상대방
에게 확신을 요구할 때 사용한다.

吾王庶幾無疾病與? 何以能鼓樂也? ⟨梁下 1⟩

(우리 왕이 행여 질병이 없으신가? 어떻게 음악을 연주할 수 있는가?)

본문은 '吾王(주어) + 庶幾(부사어) + 無(술어) + 疾病(목적어) + 與'의
구조로서 '與'가 추측의 어기를 나타낸다.

出入無時, 莫知其鄉, 惟心之謂與. ⟨告上 8⟩

(나가고 들어옴에 일정한 때가 없고 그 방향을 알 수 없는 것이 오직 사람
의 마음을 말하는 것이리라.)

본문은 '惟(부사어) + 心(목적어) + 之(조사) + 謂(술어) + 與'의 구조로
서 '與'가 추측의 어기를 나타낸다.

(8) 已

문장 전체의 해석을 돕거나 사실을 진술하는 어기를 나타낸다.

> **不受也者, 是亦不屑就已.** 〈公上 9〉
>
> (받아들이지 않았다는 것은 역시 나아감을 달갑게 여기지 않는 것이다.)

본문은 '是(주어) + 亦(부사어) + 不 + 屑(술어) + 就(목적어) + 已'의 구조로서 '已'가 진술하거나 해석을 돕는 어기를 나타낸다.

> **援而止之而止者, 是亦不屑去已.** 〈公上 9〉
>
> (당겨서 멈추게 하면 멈추는 것은 역시 떠남을 달가워하지 않은 것이다.)

본문은 '是(주어) + 亦(부사어) + 不 + 屑(술어) + 去(목적어) + 已'의 구조로서 '已'가 진술하거나 해석을 돕는 어기를 나타낸다.

다음으로 미래 사실을 긍정하고 단정하는 어기를 나타내는데, 미래 사실의 변화를 판단하는 어기사 '矣'와 용법이 같다.

> **苟無恆心, 放辟邪侈, 無不爲已.** 〈滕上 3〉
>
> (만약 떳떳한 마음이 없으면 방탕과 편벽과 사악함과 사치스러움을 하지 않음이 없게 될 것이다.)

본문은 '苟(접속사) + 無(술어) + 恆心(목적어), 放辟邪侈(목적어) + 無 + 不 + 爲(술어) + 已'의 구조로서 '已'가 미래 사실을 판단하는 어기를 나타낸다.

> **雖欲無王, 不可得已.** 〈離上 9〉
>
> (비록 왕 노릇 하지 않으려고 해도 될 수 없게 될 것이다.)

본문은 '雖(접속사) + 欲(조동사) + 無(술어) + 王(목적어), 不 + 可得(조동사) + 己'의 구조로서 '己'가 미래 사실을 판단하는 어기를 나타낸다.

> # 然則王之所大欲可知已. 〈梁上 7〉
> (그런즉 왕의 큰 욕심을 가히 알 수 있게 될 것이다.)

본문은 '然則(접속사) + 王之所大欲(목적어) + 可(조동사) + 知(술어) + 己'의 구조로서 '己'가 미래 사실을 판단하는 어기를 나타낸다.

(9) 爾

문장 끝에서 주로 한정의 어기를 나타낸다. 또 어떤 경우에는 어기사 '也'나 '矣'와 같이 단순한 서술형 어기사가 되기도 한다.

> # 有本者如是, 是之取爾. 〈離下 18〉
> (근본이 있는 자가 이와 같아서 이것을 취하신 것이다.)

본문은 '是(목적어) + 之(조사) + 取(술어) + 爾'의 구조이다. 이 경우 '爾'는 한정과 긍정의 의미를 모두 포함하고 있지만 어감상 단정의 어기가 더 강하다.

> # 象曰 鬱陶思君爾, 忸怩. 〈萬上 2〉
> (상이 말하기를 '근심 걱정하면서 당신을 생각하고 있었다'라고 하면서, 부끄러워하였다.)

본문은 '鬱陶(부사어) + 思(술어) + 君(목적어) + 爾'의 구조로서 '爾'가 한정의 어기를 나타낸다.

> **所欲與之聚之, 所惡勿施爾也.** 〈離上 9〉
>
> (백성이 원하는 것은 그에게 모아 주고, 싫어하는 것은 베풀지 말아야
> 한다.)

본문은 '所惡(주어) + 勿 + 施(술어) + 爾也'의 구조로서 '爾也'가
결합하여 단정의 어기를 나타낸다.

4) 구말어기사의 연용

구말어기사가 서로 결합하여 문장 전체의 어기를 강화한다. 이
경우 두 개의 구말어기사가 결합하는 것과 세 개의 구말어기사가
결합하는 것으로 나눌 수 있다.

(1) 已矣

'已'가 서술문에서 긍정하고 단정하는 어기를 나타내며 '矣'와
결합하여 다시 어기가 더욱 강화된다.

> **由是觀之, 則君子之所養可知已矣.** 〈滕下 7〉
>
> (이로 말미암아 보건대 군자가 기르는 바를 가히 알 수 있다.)

본문은 '則(접속사) + 君子之所養(목적어) + 可(조동사) + 知(술어) + 已
矣'의 구조로서 '已矣'가 단정의 어기를 나타낸다.

> **其設心以爲不若是, 是則罪之大者, 是則章子已矣.**
> 〈離下 30〉
>
> (그 마음이 이와 같이 하지 않으면 이는 죄가 크다고 여겼으니, 이것이 바
> 로 장자이다.)

본문은 '是(주어) + 則(조사) + 章子(술어) + 已矣'의 구조로서 '已矣'가 단정의 어기를 나타낸다.

(2) 耳矣

서술문에서 '耳'는 한정의 어기를 나타내는데 다시 '矣'와 결합하여 단정의 어기를 강화한다.

我固有之也, 弗思耳矣.   〈告上 6〉

(내가 본래 소유하고 있건만 생각하지 않을 뿐이다.)

본문은 '弗 + 思(술어) + 耳矣'의 구조로서 '耳矣'가 한정과 단정의 어기를 나타낸다.

人人有貴於己者, 弗思耳矣.   〈告上 17〉

(사람마다 자기에게 귀함이 있건마는 생각하지 않을 뿐이다.)

본문은 '弗 + 思(술어) + 耳矣'의 구조로서 '耳矣'가 한정과 단정의 어기를 나타낸다.

人之易其言也, 無責耳矣.   〈離上 22〉

(사람이 그 말을 함부로 하는 것은 책망하지 않을 뿐이다.)

본문은 '無(술어) + 責(목적어) + 耳矣'의 구조로서 '耳矣'가 한정과 단정의 어기를 나타낸다.

(3) 而已

'而已'는 '已'의 합음사로 볼 수 있으며 한정의 어기를 나타낸다.

> **今交九尺四寸以長, 食粟而已.** 〈告下 2〉
>
> (지금 저는 신장이 구 척 사 촌이지만 곡식만 먹을 뿐이다.)

본문은 '食(술어) + 粟(목적어) + 而已'의 구조로서 '而已'가 한정의 어기를 나타낸다.

> **君子之事君也, 務引其君以當道, 志於仁而已.** 〈告下 8〉
>
> (군자가 군주를 섬김은 군주를 이끌어 도에 합하게 하여 인에 뜻을 두게 하는 데 힘쓸 뿐이다.)

본문은 '志(술어) + 於(개사) + 仁(개사목적어) + 而已'의 구조로서 '而已'가 한정의 어기를 나타낸다.

(4) 而已矣

'而已矣'는 '而已'와 '矣'의 어기사가 결합한 경우로 세 개의 어기사가 결합한 것으로 볼 수 없다. 이 경우 '而已矣'는 여기에 그칠 뿐이고 나머지는 없다는 의미를 나타내며, '耳矣'와 어기가 비슷하지만 좀 더 부드럽다고 할 수 있다.

> **王何必曰利, 亦有仁義而已矣.** 〈梁上 1〉
>
> (왕은 하필 이익에 대해 말씀하십니까? 또한 인과 의가 있을 뿐입니다.)

본문은 '亦(부사어) + 有(술어) + 仁義(목적어) + 而已矣'의 구조로서 '而已矣'가 한정과 단정의 어기를 나타낸다.

> **君如彼何哉? 强爲善而已矣.** 〈梁下 14〉
>
> (군주께서 저들에게 어찌하시겠습니까? 억지로라도 선을 행할 뿐입니다.)

본문은 '强(부사어) + 爲(술어) + 善(목적어) + 而已矣'의 구조로서 '而已矣'가 한정과 단정의 어기를 나타낸다.

旣得人爵, 而棄其天爵, 則惑之甚者也. 終亦必亡 而已矣.

<告上 16>

(이미 사람이 내린 벼슬을 얻고 나면 하늘이 내린 벼슬을 버리니, 미혹됨이 심한 짓이다. 결국 반드시 사람이 내린 벼슬마저 잃을 뿐이다.)

본문은 '終(부사어) + 亦(부사어) + 必(부사어) + 亡(술어) + 而已矣'의 구조로서 '而已矣'가 한정과 단정의 어기를 나타낸다.

無爲其所不爲, 無欲其所不欲, 如此而已矣.

<盡上 17>

(하지 않아야 할 것을 하지 않으며 욕심내지 말아야 할 것을 욕심내지 않아야 하니, 이와 같이 할 뿐이다.)

본문은 '如(술어) + 此(목적어) + 而已矣'의 구조로서 '而已矣'가 한정과 단정의 어기를 나타낸다.

如水益深, 如火益熱, 亦運而已矣.

<梁下 10>

(만일 물이 더욱 깊어지고 불이 더욱 뜨거워지면 또한 딴 곳으로 옮겨 갈 뿐이다.)

본문은 '亦(부사어) + 運(술어) + 而已矣'의 구조로서 '而已矣'가 한정과 단정의 어기를 나타낸다.

> 然終於此而已矣, 弗與共天位也, 弗與治天職也. 〈萬下 3〉
>
> (그러나 이런 일에 그칠 뿐이었다. (그와) 더불어 하늘이 내린 지위를 함께 하지 않았고 더불어 하늘이 내린 직분을 다스리지 않았다.)

본문은 '然(접속사) + 終(술어) + 於(개사) + 此(개사목적어) + 而已矣'의 구조로서 '而已矣'가 한정과 단정의 어기를 나타낸다.

> 孔子嘗爲委吏矣, 曰 會計當而已矣. 〈萬下 5〉
>
> (공자께서 일찍이 창고출납관리가 되시고 말씀하기를 '회계를 마땅히 할 뿐이다'라고 하였다.)

본문은 '會計(목적어) + 當(술어) + 而已矣'의 구조로서 '而已矣'가 한정과 단정의 어기를 나타낸다.

(5) 焉耳矣

구말어기사 '焉', '耳', '矣'가 결합한 경우에 해당한다. 이 경우 '焉'은 '於之'의 의미로 보고 '耳矣'만 한정과 단정의 어기를 나타내는 것으로 보기도 한다.

> 寡人之於國也, 盡心焉耳矣. 〈梁上 3〉
>
> (과인은 나라를 다스림에 있어 마음을 다할 뿐입니다.)

본문은 '盡(술어) + 心(목적어) + 焉耳矣'의 구조이다. 이 경우 '焉'은 '盡心'의 대상인 '國'을 강조하고, '耳'는 한정의 어기를, '矣'는 단정의 어기를 나타낸다.

(6) 也已矣

구말어기사 '也', '已', '矣'가 결합한 경우에 해당한다. 이 경우 '也'는 판단의 어기를, '已矣'는 한정의 어기를 나타낸다.

> 此亦妄人也已矣. 如此則與禽獸奚擇哉?
>
> 〈離下 28〉
>
> (이 사람은 역시 미치광이일 뿐이다. 이와 같다면 금수와 어찌 다르겠는가?)

본문은 '此(주어) + 亦(부사어) + 妄人(술어) + 也已矣'의 구조로서 '也已矣'는 판단과 한정의 어기를 나타낸다.

(7) 云爾

동사 '云'과 어기사 '爾'가 결합한 경우로 앞의 문장을 거듭 진술하여 한정하고 단정하는 어기를 나타낸다.

> 其心曰 是何足與言仁義也云爾, 則不敬莫大乎是.
>
> 〈公下 2〉
>
> (그 속마음에 '이 어찌 족히 (왕과) 더불어 인의를 논할 만하겠는가'라고 말할 뿐이니, 그런즉 불경함이 이것보다 더 큰 것이 없다.)

본문은 '是(주어) + 何(의문부사) + 足(조동사) + 與(개사) + 言(술어) + 仁義(목적어) + 也 + 云爾'의 구조이다. 이 경우 '云爾'는 앞의 구를 다시 중술하면서 한정하고 주의를 환기한다.

> 不行王政云爾, 苟行王政, 四海之内皆擧首而望
> 之.　　　　　　　　　　　　　　　　　〈滕下 5〉

(왕도정치를 행하지 않는다고 말할 뿐이지 만약 왕도정치를 행한다면, 천하가 모두 머리를 들고 바라볼 것이다.)

본문은 '不 + 行(술어) + 王政(목적어) + 云爾'의 구조로서 '云爾'는 앞의 구를 다시 중술하면서 한정하고 주의를 환기한다.

> 薄乎云爾, 惡得無罪?　　　　　　　　　　〈離下 24〉

(죄가 약하다고 말할 뿐이지 어찌 죄가 없다고 하겠는가?)

본문은 '薄(술어) + 乎(조사) + 云爾'의 구조로서 '云爾'는 앞의 구를 다시 중술하면서 한정하고 주의를 환기한다.

> 是猶或紾其兄之臂, 子謂之姑徐徐云爾.　〈盡上 39〉

(이는 혹자가 형의 팔뚝을 비틀거든 그대가 그에게 우선 천천히 하라고 말하는 것과 같을 뿐이다.)

본문은 '子(주어) + 謂(술어) + 之(목적어) + 姑徐徐(보어) + 云爾'의 구조로서 '云爾'는 앞의 구를 다시 중술하면서 한정하고 주의를 환기한다.

(8) 乎爾

구말어기사 '乎'와 '爾'가 결합한 경우로 추측하면서 탄식하는 어기를 나타낸다.

> 近聖人之居, 若此其甚也. 然而無有乎爾, 則亦無
> 有乎爾.　　　　　　　　　　　　　　　　〈盡下 38〉

(성인이 거주하신 곳과 가까움이 이와 같이 심하게 가까운가. 그런데도 남아 있는 것이 없구나, 그러니 역시 아무것도 남지 않게 되겠구나!)

　본문은 '然而(접속사) + 無(술어) + 有(목적어) + 乎爾, 則(접속사) + 亦(부사어) + 無(술어) + 有(목적어) + 乎爾'의 구조로서 '乎爾'가 추측하고 탄식하는 어기를 나타낸다.

(9) 也乎

　구말어기사 '也'와 '乎'가 결합한 경우로 '也'는 판단의 어기를, '乎'는 반문의 어기를 나타낸다.

> 以兄之室則弗居, 以於陵則居之. 是尚爲能充其
> 類也乎?　　　　　　　　　　　　　　　　〈滕下 10〉

(형의 집에는 살지 않고 오릉에는 거주하였다. 이러고도 오히려 그 (이상한 종류의) 지조를 채울 수 있겠는가?)

　본문은 '是(주어) + 尚(부사어) + 爲(술어) + 能充其類(목적어) + 也乎'의 구조로서 '也乎'가 판단과 반문의 어기를 나타낸다.

(10) 矣乎

　구말어기사 '矣'와 '乎'가 결합한 경우로 '矣'는 완결의 어기를, '乎'는 의문의 어기를 나타낸다.

> 昔者子貢問於孔子曰 夫子聖矣乎?　　〈公上 2〉

(옛날에 자공이 공자께 묻기를 '선생님은 이미 성인이시지요'라고 하였다.)

본문은 '夫子(주어) + 聖(술어) + 矣乎'의 구조로서 '矣乎'가 완결과 의문의 어기를 나타낸다.

> ## 孔子兼之, 曰 我於辭命則不能也. 然則夫子旣聖 矣乎? 〈公上 2〉
>
> (공자께서는 겸하셨으되 '나는 외교적으로 말하는 것에 대해서 능하지 못하다'라고 말하셨으니 그렇다면 선생님은 이미 성인이시지요?)

본문은 '然則(접속사) + 夫子(주어) + 旣(부사어) + 聖(술어) + 矣乎'의 구조로서 '矣乎'가 완결과 의문의 어기를 나타낸다.

(11) 云乎

동사 '云'과 어기사 '乎'가 결합한 경우로 앞에서 인용한 말을 다시 중술하면서 추측이나 의문의 어기를 나타낸다.

> ## 古之人有言曰 事之云乎, 豈曰 友之云乎? 〈萬下 7〉
>
> (옛사람이 말하기를 '섬겼다고 말할지언정 어찌 벗했다고 말하겠는가'라고 하였다.)

본문은 '事(술어) + 之(목적어) + 云乎', '友(술어) + 之(목적어) + 云乎'의 구조로서 '云乎'가 앞의 구를 중술하면서 추측하는 어기를 나타낸다.

(12) 乎來

어기사 '乎'와 조사 '來'가 결합한 경우로 '乎'는 반문의 어기를 나타내고 '來'는 어기를 부드럽게 한다.

> ### 興曰 盍歸乎來! 吾聞西伯善養老者. 〈離上 13〉
> (흥기하여 말하기를 '어찌 돌아가지 않겠는가. 내가 들으니 서백은 노인을 잘 봉양한다'라고 하였다.)

　본문은 '盍(의문부사) + 歸(술어) + 乎來'의 구조로서 '乎來'가 완곡하게 반문하는 어기를 나타낸다.

> ### 孔子在陳, 曰 盍歸乎來? 〈盡下 37〉
> (공자께서 진나라에 계실 때에 말씀하기를 '어찌 돌아가지 않겠는가'라고 하였다.)

　본문은 '盍(의문부사) + 歸(술어) + 乎來'의 구조로서 '乎來'가 완곡하게 반문하는 어기를 나타낸다. 동일한 어구가 〈離婁上〉에 두 군데, 〈告子上〉에 두 군데 보이는데 모두 완곡하게 반문하는 어기를 나타낸다.

(13) 乎哉

　어기사 '乎'와 '哉'가 결합한 경우로 '乎'는 의문의 어기를, '哉'는 미세한 반문의 어기를 나타낸다.

> ### 若寡人者, 可以保民乎哉? 〈梁上 7〉
> (과인과 같은 자도 백성을 보호할 수 있습니까?)

　본문은 '若寡人者(주어) + 可以(조동사) + 保(술어) + 民(목적어) + 乎哉'의 구조로서 '乎哉'가 의문의 어기는 약하면서 반문의 어기를 내포하고 있다.

彼以其爵, 我以吾義, 吾何慊乎哉? 〈公下 2〉

(저들이 관직으로써 하면 나는 내 의로써 대할 것이니, 내가 어찌 부족함이 있겠는가?)

본문은 '吾(주어) + 何(의문부사) + 慊(술어) + 乎哉'의 구조로서 '乎哉'가 의문부사 '何'와 결합하여 반문의 어기를 나타낸다.

不識. 此語誠然乎哉? 〈萬上 4〉

(알지 못하겠습니다. 이 말이 진실로 그러합니까?)

본문은 '此語(주어) + 誠(부사어) + 然(술어) + 乎哉'의 구조로서 '乎哉'가 의문의 어기를 나타낸다.

(14) 也哉

어기사 '也'와 '哉'가 결합한 경우로 의문사와 결합하여 의문이나 반문의 어기를 나타낸다.

且君之欲見之也, 何爲也哉? 〈萬下 7〉

(또한 군주가 그를 만나 보고자 함은 무엇 때문인가?)

본문은 '何(개사목적어) + 爲(개사) + 也哉'의 구조로서 '也哉'가 의문사 '何'와 결합하여 의문의 어기를 나타낸다.

人見其禽獸也, 而以爲未嘗有才焉者, 是豈人之情也哉? 〈告上 8〉

(사람들이 금수를 보고는 일찍이 훌륭한 재질이 있다고 생각하지 않으니, 이것이 어찌 사람의 실정이겠는가?)

본문은 '是(주어) + 豈(의문부사) + 人之情(술어) + 也哉'의 구조로서
'也哉'가 의문부사 '豈'와 결합하여 반문의 어기를 나타낸다.

(15) 矣夫

어기사 '矣'와 '夫'가 결합한 경우로 '矣'는 단정의 어기를, '夫'
는 탄식의 어기를 나타낸다.

子濯孺子曰 今日我疾作, 不可以執弓, 吾死矣夫!

〈離下 24〉

(자탁유자가 말하기를 '오늘 나는 병이 나서 활을 잡을 수 없으니, 나는 죽
었구나'라고 하였다.)

본문은 '吾(주어) + 死(술어) + 矣夫'의 구조로서 '矣夫'가 단정과
탄식의 어기를 나타낸다.

親親, 仁也. 固矣夫, 高叟之爲詩也!　　　〈告下 3〉

(어버이를 친하게 여기는 것이 인이다. 고루하구나, 고수가 시를 해석함
이여!)

본문은 '固矣夫(술어) + 高叟之爲詩(주어) + 也'의 구조로서 '矣夫'
가 단정과 탄식의 어기를 나타낸다.

助詞

조사는 실사가 아니므로 단독으로 사용하지 못하고 단어나 구 사이에서 부가적인 뜻을 나타내며 문법적 관계를 돕는 역할을 한다.

1) 之

문장에서 소속, 수식, 제한 관계나 목적어 도치, 주격 조사, 목적어 조사, 명사의 타동사 용법 등에 사용한다.

(1) 소속 관계

수식어와 피수식어 사이에서 소속 관계를 나타내며, 이 경우 수식어는 명사나 대명사가 된다.

鄰國之民不加少, 寡人之民不加多, 何也?　〈梁上 3〉

(이웃 나라의 백성이 더 줄어들지 않고, 과인의 백성이 더 늘어나지 않는 것은 무엇 때문인가?)

본문은 '鄰國(수식어) + 之(조사) + 民(피수식어)', '寡人(수식어) + 之(조사) + 民(피수식어)'의 구조로서 '之'가 소속 관계를 나타낸다.

子欲子之王之善與? 我明告子.　〈滕下 6〉

(그대는 그대의 왕이 선하기를 바라는가? 내가 분명하게 그대에게 알려 주겠다.)

본문은 '子(주어) + 欲(술어) + 子之王之善(목적어) + 與'의 구조로서 '之'가 소속 관계를 나타낸다.

離婁之明, 公輸子之巧, 不以規矩不能成方員.

〈離上 1〉

(이루의 밝은 눈과 공수자의 솜씨로도 규구로써 하지 않으면 사각형이나 원을 그릴 수 없다.)

본문은 '離婁(수식어) + 之(조사) + 明(피수식어), 公輸子(수식어) + 之 (조사) + 巧(피수식어)'의 구조로서 '之'가 소속 관계를 나타낸다.

(2) 수식 관계

수식어와 피수식어 사이에서 수식 관계를 나타내며, 이 경우 수식어는 형용사, 동사 혹은 동사구가 된다.

無辭讓之心, 非人也. 無是非之心, 非人也.

〈公上 6〉

(사양하는 마음이 없으면 사람이 아니다. 옳고 그름을 따지는 마음이 없으면 사람이 아니다.)

본문은 '無(술어) + 辭讓之心(목적어)'의 구조로서 '之'가 수식어와 피수식어 사이에서 수식 관계를 나타낸다.

有不虞之譽, 有求全之毁.

〈離上 21〉

(예상하지 못한 명예가 있기도 하고, 완전함을 추구하다가 비방을 받을 수도 있다.)

본문은 '有(술어) + 不虞之譽(목적어), 有(술어) + 求全之毁(목적어)'

의 구조로서 '之'가 수식어와 피수식어 사이에서 수식 관계를 나타낸다.

> **雖存乎人者, 豈無仁義之心哉?** 〈告上 8〉
>
> (하물며 사람에게 있는 것 중에 어찌 인의의 마음이 없겠는가?)

본문은 '豈(의문부사) + 無(술어) + 仁義之心(목적어)'의 구조로서 '之'가 수식어와 피수식어 사이에서 수식 관계를 나타낸다.

(3) 제한 관계

수식어와 피수식어 사이에서 제한 관계를 나타내며, 이 경우 수식어는 시간, 수량 혹은 장소를 나타내는 명사나 명사구가 된다.

> **百畝之田勿奪其時, 數口之家可以無飢矣.** 〈梁上 3〉
>
> (백 무의 밭에 그 농사철을 빼앗지 않으면, 몇 식구의 집이 굶지 않아도 될 것이다.)

본문은 '百畝(수식어) + 之(조사) + 田(피수식어)', '數口(수식어) + 之(조사) + 家(피수식어)'의 구조로서 '之'가 수식어와 피수식어 사이에서 제한 관계를 나타낸다.

> **苟爲無本, 七八月之間雨集, 溝澮皆盈.** 〈離下 18〉
>
> (진실로 근본이 없이 한다면 칠팔월 사이에 비가 내려, 도랑과 시내가 모두 가득 찬다.)

본문은 '七八月(피수식어) + 之(조사) + 間(수식어)'의 구조로서 '之'가 수식어와 피수식어 사이에서 제한 관계를 나타낸다.

> **前日之不受是, 則今日之受非也.** 〈公下 3〉
>
> (전날에 받지 않은 것이 옳다면 금일에 받는 것은 잘못된 것이다.)

본문은 '前日(수식어) + 之(조사) + 不受(피수식어)', '今日(수식어) + 之 (조사) + 受(피수식어)'의 구조로서 '之'가 수식어와 피수식어 사이에서 제한 관계를 나타낸다.

(4) 목적어의 도치

목적어를 술어 앞으로 도치할 경우 조사 '之'를 써서 도치 관계를 나타낸다.

(가) 서술문의 경우

> **然則一羽之不擧, 爲不用力焉. 輿薪之不見, 爲不用明焉.** 〈梁上 7〉
>
> (그렇다면 깃털 하나를 들지 못함은 힘을 쓰지 않기 때문이다. 수레에 가득 실은 땔나무를 보지 못하는 것은 시력을 사용하지 않기 때문이다.)

본문은 '然則(접속사) + 一羽(목적어) + 之(조사) + 不 + 擧(술어)', '輿薪(목적어) + 之(조사) + 不 + 見(술어)'의 구조로서 '之'가 목적어인 명사를 동사 앞으로 도치한다.

> **恭敬者, 幣之未將者也.** 〈盡上 37〉
>
> (공경은 폐백을 받들기 이전에 이미 있는 것이다.)

본문은 '幣(목적어) + 之(조사) + 未 + 將(술어) + 者 + 也'의 구조로서 '之'가 목적어인 명사를 동사 앞으로 도치한다.

(나) 의문문의 경우

不仁而可與言, 則何亡國敗家之有?　　　〈離上 8〉

(어질지 않으면서 더불어 말할 수 있다면, 어찌 나라를 망하게 하고 가문을 패하게 하는 일이 있겠는가?)

본문은 '何(의문부사) + 亡國敗家(목적어) + 之(조사) + 有(술어)'의 구조로서 '之'가 목적어인 두 개의 술목구를 동사 앞으로 도치한다.

(다) 지시대사(고유명사) 도치의 경우

是詩也, 非是之謂也?　　　〈萬上 4〉

(이 시는 이것을 말한 것이 아닌가요?)

본문은 '非 + 是(목적어) + 之(조사) + 謂(술어) + 也'의 구조로서 '之'가 목적어인 지시대사를 동사 앞으로 도치한다.

有本者如是, 是之取爾.　　　〈離下 18〉

(근본이 있는 자가 이와 같으니, 이것을 취하신 것이다.)

본문은 '是(목적어) + 之(조사) + 取(술어) + 爾'의 구조로서 '之'가 목적어인 지시대사를 동사 앞으로 도치한다.

詩云 殷鑒不遠, 在夏后之世, 此之謂也.　　　〈離上 2〉

(시경에서 이르기를 '은나라의 거울이 멀지 않고 하나라 왕조의 세대에 있다'라고 했으니, 이것을 두고 말한 것이다.)

본문은 '此(목적어) + 之(조사) + 謂(술어)'의 구조로서 '之'가 목적어인 지시대사를 동사 앞으로 도치한다.

다음으로 고유명사를 강조하기 위해서 술어 앞으로 도치할 때 사용한다.

詩云 他人有心, 予忖度之. 夫子之謂也.　　〈梁上 7〉

(시경에서 이르기를 '다른 사람이 가진 마음을 내가 헤아린다'라고 하였다. 선생님을 두고 말한 것이다.)

본문은 '夫子(목적어) + 之(조사) + 謂(술어)'의 구조로서 '之'가 고유명사인 목적어를 동사 앞으로 도치한다.

詩云 周雖舊邦, 其命維新, 文王之謂也.　　〈滕上 3〉

(시경에서 이르기를 '주나라는 비록 오래된 나라이지만, 천명은 새롭다'라고 했으니, 문왕을 일컫는 것이다.)

본문은 '文王(목적어) + 之(조사) + 謂(술어)'의 구조로서 '之'가 고유명사인 목적어를 동사 앞으로 도치한다.

(5) 주격(목적격) 조사의 경우

주어와 술어 사이에서 주어를 下句에 소개하거나 강조할 때 사용하며 上句의 구중어기사 '也'와 호응하여 정돈의 어기를 나타낸다.

人之易其言也, 無責耳矣.　　〈離上 22〉

(사람이 말을 함부로 하는 것은 책망을 받지 않기 때문이다.)

본문은 '人(주어) + 之(조사) + 易(술어) + 其言(목적어) + 也'의 구조로서 '之'가 주어를 강조하는 조사가 된다.

> 民之望之, 若大旱之望雨也. 〈滕下 5〉
>
> (백성들이 정벌을 바라는 것이 마치 큰 가뭄에 비를 바라는 것과 같다.)

　본문은 '民(주어) + 之(조사) + 望(술어) + 之(목적어)'의 구조로서 '之'가 주어를 강조하는 조사가 된다.

　술목구조에서 술어의 목적어가 길어질 경우 조사 '之'를 사용하여 목적어구 안의 주어와 술어를 연결한다.

> 주어 + 술어 + 목적어(주어 + 之 + 술어 + 목적어)

> 舜不知象之殺己與? 〈萬上 2〉
>
> (순은 상이 자신을 죽이려고 한 것을 모르셨습니까?)

　본문은 '舜(주어) + 不 + 知(술어) + 象之殺己(목적어) + 與'의 구조이다. 이 경우 목적어는 다시 '象(주어) + 之(조사) + 殺(술어) + 己(목적어)'가 되어 '之'가 주어와 술어를 연결한다.

(6) 개사구조의 경우

　주어와 개사구조 사이에서 주어를 강조하는 역할을 한다.

> 주어 + 之(조사) + 개사 + 개사목적어 + (也)

> 麒麟之於走獸, 鳳凰之於飛鳥, 太山之於丘垤,
> 河海之於行潦, 類也. 〈公上 2〉
>
> (기린이 달리는 짐승 중에서, 봉황이 나는 새 중에서, 태산이 구릉과 둔덕 중에서, 황하와 바다가 물이 고인 것 중에서 모두 같은 종류이다.)

본문은 '麒麟(주어) + 之(조사) + 於(개사) + 走獸(개사목적어), 鳳凰(주어) + 之(조사) + 於(개사) + 飛鳥(개사목적어), 太山(주어) + 之(조사) + 於(개사) + 丘垤(개사목적어), 河海(주어) + 之(조사) + 於(개사) + 行潦(개사목적어)'의 구조로서 '之'가 모두 개사구조 앞에서 주어를 강조하는 조사가 된다.

周公之不有天下, 猶益之於夏, 伊尹之於殷也.

(주공이 천하를 소유하지 않음은, 익이 하나라에 있어서와 이윤이 은나라에 있어서와 같은 경우이다.)

본문은 '益(주어) + 之(조사) + 於(개사) + 夏(개사목적어), 伊尹(주어) + 之(조사) + 於(개사) + 殷(개사목적어) + 也'의 구조로서 '之'가 개사구조 앞에서 주어를 강조하는 조사가 된다.

(7) 술어의 경우

형용사 '甚'이 관형어가 되어 명사를 수식할 경우 피수식어인 주어를 강조하기 위해 조사 '之'를 써서 도치한다.

주어 + 之 + 술어(甚) + 者

旣得人爵, 而棄其天爵, 則惑之甚者也. 〈告上 16〉

(이미 사람이 내린 벼슬을 얻고 나서 하늘이 내린 벼슬을 버린다면 미혹이 심한 짓이다.)

본문은 '惑(주어) + 之(조사) + 甚(술어) + 者'의 구조로서 '之'가 주어를 강조하기 위해 도치한 조사가 된다.

> **此又與於不仁之甚者也.** 〈告上 18〉
>
> (이것은 또한 어질지 못함이 심한 자와 함께하는 것이다.)

　본문은 '此(주어) + 又(부사어) + 與(술어) + 於(개사) + 不仁之甚者 (개사목적어) + 也'의 구조이다. 이 경우 개사목적어는 다시 '不仁(주어) + 之(조사) + 甚(술어) + 者'가 되어 '之'가 주어를 강조하기 위해 도치한 조사가 된다.

(8) '所'자구의 경우

　주어와 '所'자구 사이에 조사 '之'를 써서 연결한다.

$$\boxed{\text{주어 + 之(조사) + 所 + 동사}}$$

> **晉國, 天下莫强焉, 叟之所知也.** 〈梁上 5〉
>
> (진나라가 천하에 막강하다는 것은, 어르신께서도 아시는 바일 것이다.)

　본문은 '叟(주어) + 之(조사) + 所知(술어)'의 구조로서 '之'가 '所'자구와 결합하는 조사가 된다.

> **耕者之所獲, 一夫百畝.** 〈萬下 2〉
>
> (경작한 자가 얻게 되는 것은 한 가장이 백 무를 받는다.)

　본문은 '耕者(주어) + 之(조사) + 所獲(술어)'의 구조로서 '之'가 '所'자구와 결합하는 조사가 된다.

2) 所

    문장에서 단독으로 쓰이지 못하고 반드시 다른 단어나 구와 결합하여 명사구를 만든다.

(1) 형용사, 동사(구)의 경우

    '所'가 형용사나 동사(구)와 결합하여 명사(구)가 되어 우리말로 '~하는 사람' 혹은 '~하는 것'으로 해석한다.

> 所 + 형용사, 동사(구) = 명사(구)

仁者以其所愛, 及其所不愛.　　　　　　　　　　〈盡下 1〉

(어진 사람은 사랑하는 사람으로서 사랑하지 않는 사람에게 미친다.)

    본문은 '仁者(주어) + 以(개사) + 其所愛(개사목적어) + 及(술어) + 其所不愛(목적어)'의 구조로서 '所'가 형용사와 결합하여 명사가 된다.

王之所大欲, 可得聞與?　　　　　　　　　　　　〈梁上 7〉

(왕께서 크게 하고자 하는 바를 얻어들을 수 있겠습니까?)

    본문은 '王之所大欲(목적어) + 可(조동사) + 得(조동사) + 聞(술어) + 與'의 구조로서 '所'가 동사와 결합하여 명사가 된다.

無爲其所不爲, 無欲其所不欲.　　　　　　　　　〈盡上 17〉

(하지 않아야 할 것을 하지 않으며, 욕심내지 말아야 할 것을 욕심내지 않아야 한다.)

    본문은 '無 + 爲(술어) + 其所不爲(목적어), 無 + 欲(술어) + 其所不欲(목적어)'의 구조로서 '所'가 동사와 결합하여 명사가 된다.

(2) '주어 + 之(조사) + 所 + 형용사(동사) + 者'의 경우

'所 + 형용사(동사)'가 다시 조사 '者'와 결합하여 문장에서 주어나 목적어가 된다.

狄人之所欲者, 吾土地也. 〈梁下 15〉

(적인이 바라는 것은 우리의 땅입니다.)

본문은 '狄人(주어) + 之(조사) + 所 + 欲(동사) + 者'의 구조로서 '所 + 동사'가 다시 '者'와 결합하여 문장에서 주어가 된다.

君子犯義, 小人犯刑, 國之所存者幸也. 〈離上 1〉

(군자가 의로움을 해치고 소인이 죄를 범하는데, 나라가 존재하는 것이 다행이다.)

본문은 '國(주어) + 之(조사) + 所 + 存(동사) + 者'의 구조로서 '所 + 동사'가 다시 '者'와 결합하여 문장에서 주어가 된다.

人之所不學而能者, 其良能也. 〈盡上 15〉

(사람이 배우지 않고 능한 것은 양능이다.)

본문은 '人(주어) + 之(조사) + 所 + 不學而能(동사) + 者'의 구조로서 '所 + 동사'가 다시 '者'와 결합하여 문장에서 주어가 된다.

人之所貴者, 非良貴也. 趙孟之所貴, 趙孟能賤之. 〈告上 17〉

(다른 사람이 귀하게 해 준 것은 양귀가 아니다. 조맹이 귀하게 여기는 것을 조맹이 천하게 할 수 있다.)

본문은 '趙孟(주어) + 之(조사) + 所 + 貴(형용사)'의 구조로서 '所'가 형용사와 결합하여 문장에서 목적어가 된다.

> ### 易牙先得我口之所耆者也. 〈告上 7〉
> (역아는 우리 입이 즐기는 것을 먼저 터득한 사람이다.)

본문은 '易牙(주어) + 先(부사어) + 得(술어) + 我口之所耆者(목적어) + 也'의 구조로서 '所'자구가 목적어가 된다.

(3) '所 + 형용사'의 경우

'所'가 형용사와 결합하여 명사가 되어 행위의 대상을 나타낸다.

> ### 所敬在此, 所長在彼, 果在外, 非有內也. 〈告上 5〉
> (공경하는 사람이 여기에 있고, 어른으로 여기는 사람이 저기에 있으니 과연 외면에 있는 것이요 내면으로부터 나오는 것이 아니다.)

본문은 '所敬(주어) + 在(술어) + 此(목적어), 所長(주어) + 在(술어) + 彼(목적어)'의 구조로서 '所'가 형용사와 결합하여 행위의 대상이된다.

(4) '所 + 개사'의 경우

'所'가 개사와 결합하여 '所以', '所從', '所由', '所與', '所爲' 등의 단어를 만든다. 이 경우 개사 뒤의 동사는 동작이나 행위가 발생한 장소나 원인, 수단이나 방법 혹은 행위와 관계된 사람이나 사물을 나타낸다.

> 所 + 개사 + 동사(동사구)

君子不以其所以養人者, 害人. 〈梁下 15〉

(군자는 사람을 기르는 방법으로써 사람을 해치지 않는다.)

본문은 '君子(주어) + 不 + 以(개사) + 其所以養人者(개사목적어) + 害(술어) + 人(목적어)'의 구조로서 '所'가 개사 '以'와 결합하여 수단이나 방법을 나타낸다.

其妻問所與飮食者, 則盡富貴也. 〈離下 33〉

(그 아내가 남편에게 더불어 먹고 마시는 사람을 물었더니 모두 부귀한 사람이었다.)

본문은 '其妻(주어) + 問(술어) + 所與飮食者(목적어)'의 구조로서 '所'가 개사 '與'와 결합하여 행위의 대상을 나타낸다.

(5) '(주어 + 所 + 동사) + 之(조사) + 명사'의 경우

'주어 + 所 + 동사'가 동작의 대상인 명사를 수식하여 문장에서 주어가 된다.

仲子所居之室, 伯夷之所築與? 抑亦盜跖之所築與? 〈滕下 10〉

(중자가 사는 집은 백이가 지은 것인가? 아니면 역시 도척이 지은 것인가?)

본문은 '仲子所居之室(주어) + 伯夷之所築(술어) + 與'의 구조이다. 이 경우 주어는 다시 '仲子所居(수식어) + 之(조사) + 室(피수식어)'가 되어 문장에서 주어가 된다.

(6) '주어 + 之(조사) + 所 + 형용사(동사)'의 경우

'所 + 형용사(동사)' 구조 앞에 주격 조사 '之'를 써서 동작의 대상인 주어를 나타낸다.

> **仲子所居之室, 伯夷之所築與? 抑亦盜跖之所築與?** 〈滕下 10〉
>
> (중자가 사는 집은 백이가 지은 것인가? 아니면 역시 도척이 지은 것인가?)

본문은 '仲子所居之室(주어) + 伯夷之所築(술어) + 與'의 구조이다. 이 경우 술어는 다시 '伯夷(주어) + 之(조사) + 所築(술어)'가 되어 '所'자구가 동작의 대상인 주어를 나타낸다.

> **其日夜之所息平旦之氣, 其好惡與人相近也者幾希.** 〈告上 8〉
>
> (그 낮과 밤에 자라는 마음과 새벽의 좋은 기운에는 좋아하고 싫어함이 사람마다 비슷하게 가지고 있음이 거의 드물지 않다.)

본문은 '其日夜(주어) + 之(조사) + 所息(술어)'의 구조로서 '所'자구가 동작의 대상인 주어를 나타낸다.

3) 者

'者'의 문법적 기능에 대해서는 크게 두 가지 주장이 있다. 첫째는 실사의 의미가 있으므로 보조성 대사나 특수한 지시대사로 보는 것이다. 둘째는 '者'가 단독으로 어떤 문법적인 역할을 수행할 수 없으므로 구조 조사로 간주하는 것이다.

(1) '동사(동사구) + 者'의 경우

'者'가 동사나 동사구와 결합하면 '∼하는 사람, ∼하는 것'으로 해석하며 문장에서 주어나 목적어가 된다.

> **不嗜殺人者能一之.**　　　　　　　　　　　〈梁上 6〉
>
> (사람 죽이는 것을 좋아하지 않는 자가 그것을 하나로 할 수 있다.)

본문은 '不嗜殺人者(주어) + 能(조동사) + 一(술어) + 之(목적어)'의 구조로서 '者'가 동사구와 결합하여 주어가 된다.

> **五十而慕者, 予於大舜見之矣.**　　　　　　　〈萬上 1〉
>
> (오십 세가 되어도 부모를 사모하는 자를 나는 대순에게서 보았다.)

본문은 '五十而慕者(목적어) + 予(주어) + 於(개사) + 大舜(개사목적어) + 見(술어) + 之(목적어) + 矣'의 구조로서 '者'가 동사구와 결합하여 목적어가 된다.

(2) '형용사 + 者'의 경우

'者'가 형용사와 결합하여 명사가 되면 우리말로 '∼하는 사람, ∼하는 것'으로 해석하며 문장에서 주어나 목적어가 된다.

> **賢者而後樂此, 不賢者雖有此, 不樂也.**　　〈梁上 2〉
>
> (현자가 된 이후에야 즐거워하나니, 어질지 못한 자는 비록 이런 것을 가지고 있다고 해도 즐거워하지 못한다.)

본문은 '賢者(주어) + 而後(접속사) + 樂(술어) + 此(목적어)'의 구조로서 '者'가 형용사와 결합하여 주어가 된다.

以其小者信其大者, 奚可哉? 〈盡上 34〉

(작은 것으로서 큰 것을 믿는다는 것이 어찌 가능하겠는가?)

본문은 '以(개사) + 其小者(개사목적어) + 信(술어) + 其大者(목적어)'의 구조로서 '者'가 형용사와 결합하여 목적어가 된다.

(3) '수사 + 者'의 경우

'者'가 수사와 결합하여 명사가 되면 사람이나 사물의 수량을 나타낸다. 이 경우 上句에 출현한 내용을 반복하여 설명하거나 숫자를 대표하는 사람을 개괄한다.

此四者, 天下之窮民而無告者. 〈梁下 5〉

(이 네 사람은 천하의 곤궁한 백성으로 아뢸 곳이 없는 사람들이다.)

본문은 '此四者(주어) + 天下之窮民而無告者(술어)'의 구조로서 '者'가 수사와 결합하여 주어가 된다.

智之實, 知斯二者弗去是也. 〈離上 27〉

(지혜의 결실은 이 두 가지를 알고서 여기에서 떠나지 않는 것이다.)

본문은 '智之實(주어) + 知(술어) + 斯二者(목적어) + 弗 + 去(술어) + 是(목적어) + 也'의 구조로서 '者'가 수사와 결합하여 목적어가 된다.

七十者衣帛食肉, 黎民不飢不寒, 然而不王者未之有也. 〈梁上 3〉

(칠십 대의 사람이 비단옷을 입고 고기를 먹어, 백성들이 굶주리지 않고 춥지 않으면 그러고도 왕 노릇 하지 못한 자는 아직 있지 않았다.)

본문은 '七十者(주어) + 衣(술어) + 帛(목적어) + 食(술어) + 肉(목적어)'
의 구조로서 '者'가 수사와 결합하여 주어가 된다.

(4) '시간명사 + 者'의 경우

'者'가 시간명사와 결합하여 부사가 되면 동작이나 행위가 과거
에 발생하였음을 나타낸다.

昔者文王之治岐也, 耕者九一, 仕者世祿. 〈梁下 5〉

(옛날에 문왕이 기땅을 다스릴 때에, 밭을 가는 자는 구분의 일을 세내었
고, 벼슬하는 자는 대대로 녹봉을 주었다.)

본문은 '昔者(부사어) + 文王(주어) + 之(조사) + 治(술어) + 岐(목적
어) + 也'의 구조로서 '者'가 시간명사와 결합하여 부사가 된다.

古者易子而敎之. 〈離上 18〉

(옛날에는 자식을 바꾸어서 가르쳤다.)

본문은 '古者(부사어) + (주어 생략) + 易(술어) + 子(목적어) + 而(접
속사) + 敎(술어) + 之(목적어)'의 구조로서 '者'가 시간명사와 결합하
여 부사가 된다.

孟子曰 古者不爲臣, 不見. 〈滕下 7〉

(맹자께서 말씀하기를 '옛날에는 신하가 되지 않을 것이면 군주를 만나지
않았다'라고 하였다.)

본문은 '古者(부사어) + (주어 생략) + 不 + 爲(술어) + 臣(목적어)'의
구조로서 '者'가 시간명사와 결합하여 부사가 된다.

(5) '명사 + 者'의 경우

'者'가 명사와 결합하여 주어가 되면 정돈의 어기를 나타내며 下句에 주어를 소개한다.

夫明堂者, 王者之堂也. 〈梁下 5〉
(대저 명당은 왕들이 거처하는 집이다.)

본문은 '夫 + 明堂者(주어) + 王者之堂(술어) + 也'의 구조로서 '者'가 주어 다음에서 정돈의 어기를 나타낸다.

所謂故國者, 非謂有喬木之謂也, 有世臣之謂也. 〈梁下 7〉
(소위 고국이라는 것은 큰 나무가 있음을 말하는 것이 아니라 세신이 있음을 말하는 것이다.)

본문은 '所謂故國者(주어) + 非 + 謂(술어) + 有喬木之謂(목적어) + 也, 有(술어) + 世臣之謂(목적어) + 也'의 구조로서 '者'가 주어 다음에서 정돈의 어기를 나타낸다.

(6) '가정구 + 者'의 경우

'者'가 上句에서 가정구와 결합하여 정돈의 어기를 나타낸다.

今天下之君有好仁者, 則諸侯皆爲之敺矣. 〈離上 9〉
(지금 천하의 군주 중에 인을 좋아하는 사람이 있다면, 제후들이 모두 그에게 백성들을 몰아 줄 것이다.)

본문은 '今(부사어) + 天下之君(주어) + 有(술어) + 好仁者(목적어)'의 구조로서 '者'가 가정구와 결합하여 정돈의 어기를 나타낸다.

> 如有能信之者, 則不遠秦楚之路.　　　　　　　　　〈告上 12〉
>
> (만약 능히 펴 주는 자가 있으면 진나라와 초나라 사이의 길을 멀다고 여기지 않을 것이다.)

　　본문은 '如(접속사) + 有(술어) + 能信之者(목적어)'의 구조로서 '者'가 가정구와 결합하여 정돈의 어기를 나타낸다.

(7) '결과구 + 者'의 경우

　　'者'가 上句에서 결과를 나타내는 결과구와 결합하여 정돈의 어기를 나타내며 下句에서 원인 관계를 설명한다.

> 然而不勝者, 是天時不如地利也.　　　　　　　　　〈公下 1〉
>
> (그런데도 이기지 못하는 것은 이것이 하늘의 때가 땅의 유리함만 못하기 때문이다.)

　　본문은 '然而(접속사) + 不勝者(주어), 是(주어) + 天時不如地利(술어) + 也'의 구조로서 '者'가 결과구와 결합하여 정돈의 어기를 나타낸다.

> 其所以放其良心者, 亦猶斧斤之於木也, 旦旦而伐之.　　　　　　　　　〈告上 8〉
>
> (그 양심을 놓아 버린 것은 역시 도끼가 나무에 대해서 아침마다 베는 것과 같다.)

　　본문은 '其所以放其良心者(주어) + 亦(부사어) + 猶(술어) + 斧斤之於木也, 旦旦而伐之(목적어)'의 구조로서 '者'가 결과구와 결합하여 정돈의 어기를 나타낸다.

4) 其

문장에서 조사가 될 경우 특정한 부사나 구말어기사와 결합하여 추측의 뜻을 나타낸다.

(1) '如此(若是) + 其'의 경우

'其'가 부사 '如此(若是)'와 결합하여 정도를 나타내는 형용사가 술어가 되며 문장 끝에 구말어기사 '與', '乎', '也' 등이 호응한다.

> 如此(若是) + 其(조사) + 술어(甚, 大, 急) + 구말어기사?

王曰 若是其甚與? 曰 殆有甚焉. 〈梁上 7〉

(왕이 '이와 같이 심합니까'라고 말하자, 맹자께서 '이보다 더 심함이 있다'라고 말씀하였다.)

본문은 '若是(부사어) + 其(조사) + 甚(술어) + 與'의 구조로서 '其'가 조사가 된다.

晉國亦仕國也, 未嘗聞仕如此其急也. 〈滕下 3〉

(진나라가 역시 벼슬할 만한 나라이지만 벼슬하는 것이 이처럼 급하다는 것을 일찍이 듣지 못하였다.)

본문은 '未 + 嘗(부사어) + 聞(술어) + 仕如此其急(목적어) + 也'의 구조로서 '其'가 조사가 된다.

稷思天下有飢者, 由己飢之也. 是以如是其急也.

<離下 29>

(후직은 천하에 굶주린 사람이 있으면 자신이 그를 굶주리게 한 것같이 생각하였다. 이 때문에 이처럼 급했던 것이다.)

본문은 '是以(접속사) + 如是(부사어) + 其(조사) + 急(술어) + 也'의 구조로서 '其'가 조사가 된다.

行乎國政如彼其久也, 功烈如彼其卑也.　　<公上 1>

(국정을 행하는 것이 저와 같이 오래하였는데, 공과 명예가 저와 같이 낮다.)

본문은 '如彼(부사어) + 其(조사) + 久(술어) + 也, 功烈(주어) + 如彼(부사어) + 其(조사) + 卑(술어) + 也'의 구조로서 '其'가 조사가 된다.

曰 若是其大乎? 曰 民猶以爲小也.　　<梁下 2>

(왕이 '이와 같이 큽니까'라고 말하자, 맹자께서 '백성들이 오히려 작다고 생각합니다'라고 말씀하였다.)

본문은 '若是(부사어) + 其(조사) + 大(술어) + 乎'의 구조로서 '其'가 조사가 된다.

待先生, 如此其忠且敬也.　　<離下 31>

(선생을 대하는 것이 이와 같이 충성스럽고 공경하였다.)

본문은 '待先生(주어) + 如此(부사어) + 其(조사) + 忠且敬(술어) + 也'의 구조로서 '其'가 조사가 된다.

(2) '其…乎(矣, 也)'의 경우

'其'가 구말어기사 '乎', '矣', '也'와 결합하여 추측의 어기를 나타낸다.

> **王之好樂甚, 則齊其庶幾乎.**　　　　　　　　〈梁下 1〉
>
> (왕이 음악을 좋아하는 것이 심하면 제나라는 거의 다스려질 것이다.)

　본문은 '齊(주어) + 其(조사) + 庶幾(술어) + 乎'의 구조로서 '其'가 추측을 나타내는 조사가 된다.

> **我不憾焉者, 其惟鄕原乎!**　　　　　　　　　〈盡下 37〉
>
> (내가 서운해 하지 않는 사람이 있다면 아마 향원일 것이다.)

　본문은 '其(조사) + 惟(부사어) + 鄕原(술어) + 乎'의 구조로서 '其'가 추측을 나타내는 조사가 된다.

> **孔子曰 舜其至孝矣, 五十而慕.**　　　　　　　〈告下 3〉
>
> (공자께서 말씀하기를 '순임금은 지극히 효도를 다했으니, 오십 세가 되어도 사모했다'라고 하였다.)

　본문은 '舜(주어) + 其(조사) + 至孝(술어) + 矣'의 구조로서 '其'가 추측을 나타내는 조사가 된다.

> **當今之世, 舍我, 其誰也?**　　　　　　　　　〈公下 13〉
>
> (지금 세상을 당하여 나를 버리고 누가 하겠는가?)

　본문은 '當(술어) + 今之世(목적어) + 舍(술어) + 我(목적어) + 其(조사) + 誰(주어) + 也'의 구조로서 '其'가 추측을 나타내는 조사가 된다.

(3) '동사 + 其 + 동사'의 경우

'其'가 동사 사이에 위치하여 추측이나 模擬를 나타내며 우리말로 '대략, 아마'로 해석한다.

> **書曰 徯我后, 后來其蘇.** 〈梁下 11〉
>
> (서경에서 이르기를 '우리 임금을 기다리노니, 임금이 오시면 소생하게 될 것이다'라고 하였다.

본문은 '后(주어) + 來(술어) + 其(조사) + 蘇(술어)'의 구조로서 '其'가 두 개의 동사 사이에서 추측을 나타내는 조사가 된다.

5) 則

주어 다음에 위치하여 정돈의 어기를 나타내며 다음 술어에 주어를 소개하고 강조한다.

> **其設心以爲不若是, 是則罪之大者, 是則章子已矣.** 〈離下 30〉
>
> (그 마음이 이와 같이 하지 않으면 이는 죄가 크다고 여겼으니, 이것이 장자일 뿐이다.)

본문은 '是(주어) + 則(조사) + 罪之大者(술어), 是(주어) + 則(조사) + 章子(술어) + 已矣'의 구조로서 '則'이 주어 다음에서 정돈의 어기를 나타낸다.

> **道則高矣, 美矣, 宜若登天然.** 〈盡上 41〉
>
> (도는 높고 아름다우니, 마땅히 하늘에 오르는 것 같다.)

본문은 '道(주어) + 則(조사) + 高(술어) + 矣, 美(술어) + 矣'의 구조로서 '則'이 주어 다음에서 정돈의 어기를 나타낸다.

吾未能有行焉, 乃所願則學孔子也. 〈公上 2〉

(내가 행함이 있지는 못하지만, 다만 원하는 것은 공자를 배우고자 함이다.)

본문은 '乃(부사어) + 所願(주어) + 則(조사) + 學(술어) + 孔子(목적어) + 也'의 구조로서 '則'이 주어 다음에서 정돈의 어기를 나타낸다.

學則三代共之, 皆所以明人倫也. 〈滕上 3〉

(학문은 삼대에서 함께하였는데, 모두 인륜을 밝히고자 하기 때문이었다.)

본문은 '學(주어) + 則(조사) + 三代(부사어) + 共(술어) + 之(목적어)'의 구조로서 '則'이 주어 다음에서 정돈의 어기를 나타낸다.

先生之志則大矣, 先生之號則不可. 〈告下 4〉

(선생의 뜻은 크지만, 선생의 명분은 불가하다.)

본문은 '先生之志(주어) + 則(조사) + 大(술어) + 矣, 先生之號(주어) + 則(조사) + 不 + 可(술어)'의 구조로서 '則'이 주어 다음에서 정돈의 어기를 나타낸다.

其子趨而往視之, 苗則槁矣. 〈公上 2〉

(그의 아들이 달려가서 그것을 보았더니, 싹은 말라 있었다.)

본문은 '苗(주어) + 則(조사) + 槁(술어) + 矣'의 구조로서 '則'이 주어 다음에서 정돈의 어기를 나타낸다.

6) 而

조동사 다음에서 명사나 동사를 연결하거나 목적어를 도치할 경우 주로 사용한다.

(1) '조동사 + 而 + 술어(명사, 동사)'의 경우

> ### 盛德之士, 君不得而臣, 父不得而子. 〈萬上 4〉
>
> (덕이 성대한 선비는 군주가 신하로 삼을 수 없고, 아비가 자식으로 삼을 수 없다.)

본문은 '君(주어) + 不 + 得(조동사) + 而(조사) + 臣(술어), 父(주어) + 不 + 得(조동사) + 而(조사) + 子(술어)'의 구조로서 '而'가 조동사와 명사를 연결하는 조사가 된다.

> ### 夫舜惡得而禁之? 夫有所受之也. 〈盡上 35〉
>
> (대저 순이 어찌 금지할 수 있겠는가? 대저 전수받은 바가 있는 것이다.)

본문은 '夫 + 舜(주어) + 惡(의문부사) + 得(조동사) + 而(조사) + 禁(술어) + 之(목적어)'의 구조로서 '而'가 조동사와 동사를 연결하는 조사가 된다.

(2) '목적어 + 而 + 술어'의 경우

목적어를 강조하기 위해서 술어 앞으로 도치할 경우에 사용한다.

> ### 焉有仁人在位, 罔民而可爲也? 〈梁上 7〉
>
> (어진 사람이 지위에 있으면서 백성들을 그물질하는 짓을 어찌 할 수 있겠는가?)

본문은 '罔民(목적어) + 而(조사) + 可(조동사) + 爲(술어) + 也'의 구조로서 '而'가 목적어를 도치하는 조사가 된다.

(3) '명사 + 而 + 술어'의 경우

명사와 결합하면 명사가 부사어가 되어 다음 술어를 수식한다.

我欲中國而授孟子室. 〈公下 10〉

(내가 도성 한가운데에 맹자에게 집을 지어 주겠다.)

본문은 '我(주어) + 欲(조동사) + 中國(명사) + 而(조사) + 授(술어) + 孟子(목적어) + 室(목적어)'의 구조로서 '而'가 명사와 동사 사이에서 조사가 된다.

焉有君子而可以貨取乎? 〈公下 3〉

(군자가 되어 재물에 농락당하는 일을 어찌 할 수 있겠는가?)

본문은 '君子(명사) + 而(조사) + 可以(조동사) + 貨取(술어) + 乎'의 구조로서 '而'가 명사와 동사 사이에서 조사가 된다.

其所以放其良心者, 亦猶斧斤之於木也, 旦旦而伐之. 〈告上 8〉

(그 양심을 놓아 버린 것은 역시 도끼가 나무에 대해서 아침마다 베는 것과 같다.)

본문은 '旦旦(명사) + 而(조사) + 伐(술어) + 之(목적어)'의 구조로서 '而'가 명사와 동사 사이에서 조사가 된다.

(4) '의문부사 + 而 + 술어'의 경우

의문부사와 술어 사이에서 조사가 되어 연결하는 기능을 한다.

> 舜不知象之將殺己與? 曰 奚而不知也?　　　〈萬上 2〉
>
> (순은 상이 장차 자신을 죽이려 한 것을 모르셨습니까? 말씀하기를 '어찌 알지 못하셨겠는가'라고 하였다.)

본문은 '奚(의문부사) + 而(조사) + 不 + 知(술어) + 也'의 구조로서 '而'가 의문부사와 동사 사이에서 조사가 된다.

7) 斯

조건구 다음에서 결과를 나타내거나 의문부사 다음에서 정돈의 어기를 나타낸다.

(1) '조건구, 斯 + 결과구'의 경우

> 其餽也以禮, 斯可受禦與?　　　　　　　　　〈萬下 4〉
>
> (보내 준 것이 예로써 한다면 강도질한 물건을 받을 수 있습니까?)

본문은 '其餽(주어) + 也 + 以(개사) + 禮(개사목적어), 斯(조사) + 可(조동사) + 受(술어) + 禦(목적어) + 與'의 구조로서 '斯'가 조건구와 결합하여 조사가 된다.

> 一鄕之善士, 斯友一鄕之善士, 一國之善士, 斯友一國之善士.　　　　　　　　　　　　　　　　　〈萬下 8〉
>
> (한 고을의 선사여야 한 고을의 선사와 벗할 수 있고, 한 나라의 선사라야 한 나라의 선사와 벗할 수 있다.)

본문은 '一鄕之善士(주어) + 斯(조사) + 友(술어) + 一鄕之善士(목적어)'의 구조로서 '斯'가 조건을 나타내는 조사가 된다.

孔子曰 小子聽之. 淸斯濯纓, 濁斯濯足矣. 〈離上 8〉

(공자께서 말씀하기를 '소자들아 들어 보아라. 물이 맑으면 갓끈을 빨고, 물이 흐리면 발을 씻는다'라고 하였다.)

본문은 '淸(술어) + 斯(조사) + 濯(술어) + 纓(목적어), 濁(술어) + 斯(조사) + 濯(술어) + 足(목적어) + 矣'의 구조로서 '斯'가 조건을 나타내는 조사가 된다.

得其民有道, 得其心, 斯得民矣. 〈離上 9〉

(백성을 얻는 것에는 도가 있으니, 그 마음을 얻으면 백성을 얻는 것이다.)

본문은 '得(술어) + 其心(목적어), 斯(조사) + 得(술어) + 民(목적어) + 矣'의 구조로서 '斯'가 조건을 나타내는 조사가 된다.

(2) '의문부사 + 斯 + 술어'의 경우

의문부사 '何如'나 '如何'가 동사를 수식할 경우에 중간에 조사 '斯'를 사용하여 어기를 늦추어 준다.

國君欲養君子, 如何斯可謂養矣? 〈萬下 6〉

(군주가 군자를 봉양하고자 하면 어찌해야 봉양한다고 말할 수 있겠습니까?)

본문은 '如何(의문부사) + 斯(조사) + 可(조동사) + 謂(술어) + 養(목적어) + 矣'의 구조로서 '斯'가 의문부사와 동사 사이에서 조사가 된다.

何如斯可謂之鄕原矣?　〈盡下 37〉

(어떠하면 그를 향원이라고 말할 수 있을까?)

본문은 '何如(의문부사) + 斯(조사) + 可(조동사) + 謂(술어) + 之(목적어) + 鄕原(보어) + 矣'의 구조로서 '斯'가 의문부사와 동사 사이에서 조사가 된다.

8) 是

명사가 술어인 경우 명사 앞에서 연결하는 역할을 한다. 이 경우 '是'는 上句를 지시하는 지시대사로 볼 수도 있다.

鈞是人, 或爲大人, 或爲小人, 何也?　〈告上 15〉

(똑같이 사람인데 혹은 대인이 되고 혹은 소인이 되는 것은 어째서입니까?)

본문은 '鈞(부사어) + 是(조사) + 人(술어)'의 구조로서 '是'가 명사 앞에서 조사가 된다.

誦堯之言, 行堯之行, 是堯而已矣.　〈告下 2〉

(요임금의 말씀을 외우며 요임금의 행실을 행한다면 요임금이 될 뿐이다.)

본문은 '是(조사) + 堯(술어) + 而已矣'의 구조로서 '是'가 조사가 된다. 이 경우 '是'를 지시대사로 보아 '이 사람'으로 해석할 수도 있다.

安炳國,『古代漢語 語法의 基礎』, 에피스테메, 1998.

安炳國,『初級漢文』, 한국방송통신대학교출판부, 2010.

李鍾漢,『한문 문법의 분석적 이해』, 계명대학교출판부, 2001.

李佐豊,『文言實詞』, 北京語文出版社, 1994.

劉子瑞,「孟子'以'字用法的考察」(湖北大學學報, 1990, 1期)

馮玉,「孟子中連用的句尾語氣詞」(甘肅高師學報, 11卷, 2006)

張闖,「孟子副詞研究」(遙寧師範大學碩士學位論文, 2008)

張玉金,「孟子第一人稱代詞研究」(廣東第二師範學院學報, 33卷,
    2013)

張俊,「孟子中的第一人稱代詞和第二人稱代詞」(樂山師範學院學報,
    20卷, 2005)

羅海來,「孟子中'其'用法淺析」(文學敎育, 2008)

蔣重母,「孟子疑問句研究」(天中學刊, 16卷, 2001)

朱淑華,「從篇章回指角度看孟子中的指示代詞'此'·'是'」(大慶師範學
    院學報, 31卷, 2011)

羅海來,「孟子中'之'的語法語用功能考察」(銅仁學院學報, 10卷,
    2008)

王佐傑,「孟子中虛飼'焉'的翻譯」(宜春學院學報, 33卷, 2011)

漆凡,「孟子中'然'的詞義討論」(樂山師範學院學報, 21卷, 2006)

汪强,「孟子中的單音節形容詞研究」(鄭州航空工業管理學院學報, 25
    卷, 2006)

郭向敏,「孟子的賓語前置」(新鄕師範高等專科學校學報, 18卷, 2004)

張婷,「孟子雙賓語句分析」(桂林師範高等專科學校學報, 29卷, 2015)

郭雅倩,「淺析孟子中的被動句式」(蘭州教育學院學報, 31卷, 2015)

魏勝艷,「孟子介詞總量考察」(山東社會科學, 2009, 5期)

劉越,「孟子中的'主＋之＋謂'結構」(語言本體研究)

曾劍,「孟子動詞研究」(山東大學碩士學位論文, 2008)

胡勃,「孟子中非名詞謂語判斷句探析」(玉林師範學院學報, 32卷, 2011)

孫瑋,「孟子中'然'字用法初探」(康定民族師範高等專科學校學報, 15卷, 2006)

秦照英,「孟子中的'其'字」(和田師範科學校學報, 2009, 28卷, 一期)

王全喜,「孟子否定副詞考察」(淮北職業技術學院學報, 2015, 6月)